KB026486

| A.TEMPO PREMIUM LABEL. op. 005

언니가
남자 주인공을
주워 왔다

이 책은 (주)에이템포 미디어가 저작권자와의 계약에 따라 발행한 것으로 저작권법의 보호를
받는 저작물입니다. 본서의 내용을 무단 전재 및 무단 복제하는 것을 금합니다. 작가와 협의하
여 인지는 생략합니다.

이 도서의 국립중앙도서관 출판시도서목록은 서지정보유통지원시스템 홈페이지(http://
seoji.nl.go.kr)와 국가자료공동목록시스템(www.nl.go.kr/kolisnet)에서 이용하실 수 있습니
다. (CIP제어번호: CIP2020012894)

언니가 남자 주인공을 주워왔다

문시현 장편소설

V

PREMIUM
LABEL

CONTENTS

언니가 남자 주인공을
주워 왔다

Romance Fantasy
crescendo

MY SISTER PICKED UP THE MALE LEAD

은빛 여우의 심장

XIV

14

은빛 여우의 심장

세레나와의 이야기는 그대로 끝일 줄 알았지만 의외로 그녀는 모든 이야기가 끝난 뒤에도 나가지 않고 자리를 지켰다. 할 이야기가 남은 걸까, 아니면 그냥 여기 머무르는 것일까.

궁금한 점을 묻는 대신 세레나를 물끄러미 바라봤다. 머리카락 한 가닥이 더듬이처럼 뺨과 이마를 간지럽히는데도 그녀는 한곳을 빤히 보고 있었다. 눈앞의 것에 몹시도 집중한 얼굴이었다.

"저, 스승님."

나는 참지 못하고 불쑥 물었다.

"……뭐하고 계신 거예요?"

집중할 때의 버릇인지 세레나의 아랫입술이 평소보다 살짝 튀어나와 있었다. 문제는 왜 눈앞의 사과를 이렇게 노려보고 있느냐는 거지. ……그것도 한 손에 단도는 왜 들고 있는 거지?

"사과예요."

"……네. 그건 저도 알아요. 그런데 왜 그 사과를 적이라도 되는 것처럼 노려보고 계시냐는 거예요."

나는 그녀의 손가락을 가리켰다.

"그것도 단도까지 손에 쥐고 계신 채로."

세레나의 푸른 눈이 내 손을 따라 이동했다.

"이건 과도예요."

"……과도? 누가 과도를 그렇게 잡아요?"

일단 스승님 손가락부터 잘릴 것 같은데요.

"스승님 손가락에 치료 마법을 쓰고 싶으신 건 아니시죠?"

일단 내려놔요. 얼른.

그녀의 손이 움직였다. 역으로 쥐어 위험천만해 보이던 손이 아래로 내려가자, 나는 잠시 안도의 숨을 내쉬었다.

"……이렇게 잡는 게 아니라고요?"

"……절 찌르는 줄 알았는데요."

세레나의 눈이 동그랗게 뜨이더니 고개가 기울어졌다.

"에이미를 칼로 찌를 리 없잖아요. 찌를 거라면 칼보다는 마법이 효율적이에요."

"……뒷말은 꼭 붙이시지 않아도 돼요, 스승님."

잠시 우리의 의사소통에 무엇이 문제인 것인지 고민했지만, 나에게는 문제가 없는 것 같다. 그래. 내가 적응하자.

"이런 걸 해보지 않아서 몰랐어요."

"하긴 그럴 수도 있겠네요. 근데 누가 이런 익숙지 않은 일을 시킨 거예요?"

"디아나 경이에요."

나는 멈칫했다. 우리 언니? 언니가 여기서 왜 나오는 거지?

"시킨 건 아니에요. 단지……."

세레나가 잠시 망설이는 듯하다가 입술을 열었다.

"친구 사이에는…… 이렇게 병문안 가서, 과일을 깎아주는 거라고…… 하던걸요."

"아…….."

나는 머뭇머뭇하는 세레나를 멍하니 바라봤다. 그녀는 자신이 생각해도 낯선 말을 한 것 같다는 듯 조금 어색한 표정이었다. 나는 피식 웃고는 세레나가 내려놓은 과도를 잡았다.

"칼은 내가 쥘게요. 내가 더 잘 깎을 것 같으니까."

산 밑 마을에 살 때, 언니는 친구가 아프면 과일을 한 아름 사와 과도를 챙겨 병문안을 갔다. 검은 잘 썼어도, 과일은 더럽게 못 깎는 언니였지만 말이다.

아무래도 언니는 세레나가 마음에 쏙 든 모양이었다. 아니면 나와 세레나가 아주 친한 친구라고 생각했든지. 이렇게 과일을 줘서 들여 보낸 걸 보면, 언니답달지.

나는 능숙하게 껍질을 벗겨낸 과일을 세레나에게 내밀었다.

"이건 무슨 모양인가요?"

"토끼요."

세레나가 호기심 어린 눈빛을 보냈다. 탐구욕 가득한 눈이었다.

"그나저나 우리 언니는 뭘 하고 있어요?"

"성채에서 영주민들과 함께 수습을 돕고 있어요."

언니는 역시나, 언니다운 일을 하고 있었다. 언니 성격에 내가 많이 아팠으면 꼼짝 않고 내 옆을 지켰을 테지만……. 자리를 비운 걸 보니 내 몸에는 큰 문제가 없는 모양이었다. 아니면, 언니가 밖으로

10

나가진 않았을 테니.

"스승님, 제 몸에 딱히 큰 문제는 없는 거죠?"

아삭, 사과를 베어 물던 세레나의 입술이 잠시 멈췄다. 포크를 내려놓고 손등으로 입술을 닦는 행동은 꽤 털털했지만 그녀의 외모가 겹쳐지니 퍽 우아해 보였다.

"그렇지 않아도 거기에 대해서 할 얘기가 있어요."

"할 얘기요?"

"네. 이건 아무에게도 하지 않은 이야기예요. 대공에게도, 디아나 경에게도."

언니와 리녹. 두 사람은 내가 기절했을 때 일종의 내 보호자일 터. 그런 두 사람에게 말하지 않았다면 내게만 하고 싶은 얘기가 있는 건가?

"에이미의 몸과 관련한 이야기예요."

"……내 몸요? 혹시……. 문제가 있어요?"

"일단, 요르문간드의 독. 알고 있을지 모르지만 그건 강력한 독이에요. 특히나 강한 마력을 가진 사람에겐 더욱 효과적인 독이죠. 에이미는 마력 양이 많기 때문에 위험해요."

일단은……. 조치를 취했지만 결과를 좀 더 두고 봐야 한다고 말했다. 나는 그녀의 진단에 고개를 끄덕였다. 책 속에서도 리녹을 괴롭혔던 독이었다. 만만찮음은 나도 익히 아는 바였다. 그래도 세레나가 있어서 다행이랄지. 세레나의 말이 이어졌다.

"뿐만 아니라 에이미가 알아야 할 사실이 있어요. 혹시 기억해요? 그동안 저택과 하얀 산맥에서 허리가 아플 때마다 치료 마법을 걸어주었던 일."

"네? 아……. 네, 네. 기억 나요."

리녹 덕분에 다음날 걷지도 못해서였지……. 영 부끄러운 이유로 치료를 받았던 거라 뺨이 붉어지는 기분이었다. 하지만 세레나는 진지했다. 덩달아 붉은 기가 가시는 느낌이었다.

"에이미, 에이미는 스스로를 치료할 수 없어요."

이어지는 그녀의 선고에 나는 숨 쉬는 것을 잊었다.

"……네?"

"그날 내게 오기 전에 스스로를 치료해 보려 했지만 잘 안 됐다고 했었잖아요. 그때부터 이상하다고 생각했어요."

세레나의 설명에 따르면, 치료 마법은 본인과 타인을 불문했다.

"여기에서 그치는 게 아니에요. 에이미를 치료할 때 유달리 많은 마력이 들어가요."

"……치료하기 힘들다는 건가요?"

"힘든 정도가 아니에요. 고대 주문을 사용해야 치료가 가능하다면 이해가 되겠어요?"

"……."

"보통 마법사의 힘으로는 치료조차 못 한다는 얘기예요."

잠시 우리 둘 사이에 침묵이 흘렀다.

"모든 고대 주문 사용자에게는 반드시 '대가'가 따라요. 예외는 없죠. 에이미의 대가는 이것인 것 같아요."

그녀는 차분히 설명했다.

"대공이 가진 거대한 마력도 일종의 고대 주문에 따른 대가로 밤낮의 모습이 달라지는 변형을 치르게 된 거라 볼 수 있어요."

"……그 말은 스승님도 그런 '대가'를 치르고 있다는 얘긴가요?"

"네. 나에게도 있어요. '대가'가."

나는 세레나의 살갗에 나타나던 문양을 떠올렸다. 동시에 어안이 벙벙했다.

"저……. 설명 중에 죄송한데. 스승님. 만약 이게 정말 대가라면……. 대가치고는 너무 약하지 않나요?"

스스로를 치료하지 못하기 때문에 정 급하면 세레나에게 치료를 받아야 한다. 정리하자면 이런데. 불편하긴 해도 리녹이 밤낮이 바뀌는 것에 비하면야……. 하지만 세레나의 얼굴은 여전히 진지했다.

"모르겠어요, 에이미?"

"네……?"

"스스로를 치료할 수 없다는 말은. 에이미는 훌륭한 인질이 될 수 있다는 이야기예요."

그녀의 맑은 두 눈이 나를 올곧게 응시했다.

"만약 적들이 당신에게 치명상을 입힌다면 대공은 과연 어떻게 나올까요?"

상상한 순간, 핏기가 싹 가셨다. 그제야 나는 세레나가 이 이야기를 나에게만 꺼낸 이유를 깨달았다. 이건 절대 밖으로 알려져서는 안 될 이야기였다.

"나를 제외하면 탄시즈와 몇몇 마탑의 장로만이 에이미를 치료할 수 있어요."

특히나, 적진에는 절대로.

"그리고 고대 주문의 마력만 사용해야 하는 거라면, 그중에서도 탄시즈와 황제만 남겠죠."

이건 얼마든지 이용 가능한 약점이었다. 나는 새하얗게 질린 얼굴로 세레나를 바라봤다. 그녀는 이런 살벌한 이야기들을 하면서도 차분하기 그지없는 얼굴이었다.

"……무슨 말인지 알았어요."

마법사가 되면서, 그리고 리녹의 곁에 머물면서 꽤 많이 들은 단어가 바로 '대가'였다. 펜릴도, 무닌도, 율리아도. 각기 말한 것은 달랐지만 모두 내게 '대가'에 대해 말했다. 그리고 이것이 미래를 바꾸기 위한 '대가'일지도 몰랐다. 하지만 여전히 그리 크지 않다고 느꼈다. 삶의 절반을 빼앗긴 리녹에 비하면 더욱더 그랬다.

"……그런데 왜 하필 치유력일까요?"

"글쎄요. 사실 고대 주문의 대가는……. 정확하지는 않지만 주문을 처음 사용하는 순간과 관련이 있다고 알고 있어요."

세레나의 눈이 잠시 회한에 잠겼지만 아주 잠깐이었다.

'내가 주문을 처음 사용한 순간이 언제였지? 내가 처음 사용했던 순간은…….'

일순 소름이 오소소 돋았다. 마수로 인해 다친 리녹을 치료했을 때였다. 그것도 아주 말끔히 치료했을 때.

"아……."

세레나의 말이 사실이라면 어째서 이런 대가를 치르게 된 것인지 알 듯했다. 하지만 후회가 되지는 않았다. 그날로 돌아가도 나는, 나를 안전하게 도망갈 수 있도록 도와 준 그가 아프지 않기를 간절히 바랐을 테니까.

세레나와의 대화는 여기까지였다. 체력이 약해지긴 한 것인지 아니면 충격을 이기지 못한 건지 잠이 쏟아졌고 그대로 눈을 감고 수마에 빠져들었으니까.

다시 눈을 떴을 때는 한밤중이었다. 그대로 상체를 일으켜 등받이에 기댔다.

'낮에 첼시랑 언니가 다녀간 것 같은데. 어머님도.'

쭉 자긴 했지만 깊은 잠이 아니라 선잠이었던 것 같다. 중간중간 방문했던 이들이 나눴던 이야기가 떠올랐다. 눈을 뜨진 못했지만 이야기는 똑똑히 들렸었지. 옆에 쭉 있었던 건지 세레나의 목소리도.

'리녹이 보고 싶어.'

천천히 몸을 일으켜 일어나 흘린 듯이 걸음을 옮겼다. 이상하게 방 안에도 복도에도 아무도 없었다. 마치 누가 일부러 자리를 비워 주기라도 하듯이.

행선지를 정하지 않았음에도 발은 거침없이 움직였다. 어디로 갈지, 망설임은 전혀 없었다.

"대공이 일어났다는구나."

"대공님이 드디어요? 난동을 부리시지 않으려나 모르겠네요."

"그럴 것 같아서 결계를 만든 것이지 않습니까. 두 분 모두의 건강을 위해서이긴 한데……. 대장님도 참 아가씨를 위한 일이라고 하니 거짓말처럼 결계 안에 머무시더군요. 몹쓸 짓 한 것도 아닌데 기분이 영……."

눈을 뜬 리녹이 내게 오지 못했던 이유.

"에이미는 절대 안정이 필요해요. 특히나 마력적으로는 더욱. 그러니 대공도 마력을 얼른 안정시킬 필요가 있어요."

나를 위해서였다. 아직 마력이 안정되지 못한 그가 독을 맞은 내게 어떤 악영향을 미칠지 몰라서. 무려 5일 밤을 새우며 곁을 지켰던 사람이 그 한 마디에 나랑 떨어지기를 결정했단다. 마음이 아려왔다. 이처럼 그의 모든 결정에는 내가 우선이었다.

모두가 만류했던 것은 이유가 있겠지만……. 내 몸은 내가 안다. 나는 괜찮았고, 괜찮을 거였다. 다만, 리녹을 보지 않으면…… 죽을 것 같았다. 겨우 잠시 보지 못한 것인데. 어쩜 이토록 갈증이 이는지. 역시 그 각인인지 뭔지가 영향을 미치는 것이 분명했다.

'사실은 사랑해서 어쩔 줄 모르는 마음을, 각인 탓으로 돌리고 싶은 거면서.'

진심을 뒤로한 채 어느 문 앞에 멈춰 섰다. 한눈에 보아도 마력의 흐름이 느껴졌다. 바깥의 마력을 차단하는 결계였다.

이 방 안에 당신이 있다.

홀로 남은 당신은 무슨 생각을 하고 있을까?

이 순간에 나만큼……. 당신도 내가 보고 싶을까?

목에 걸린 목걸이를 움켜쥐자, 내게서 희미한 빛이 흘러나왔다. 이내 구슬은 내가 원하는 곳으로 나를 데려가 주었다. 결계 안으로는 허가된 자만 들어갈 수 있기에 내가 쓴 편법이었다. 결계를 건드려 누군가 오기를 바라지 않았으니까.

방 안은 고요했다. 달빛이 쏟아지는 창문, 살짝 열린 발코니 사이로 커튼이 크게 팔랑거렸다. 리녹은 책상에 가만히 걸터앉아 있었다. 침실에 있으리라 생각했건만 그는 응접실에 있었다. 침상도 하나 없는 곳에 자신을 가뒀다. 마치 벌이라도 주듯이.

그는 서류에 시선을 주고 있었다. 반듯한 이마 위로 밤처럼 까만 머리칼이 한들한들 움직였다. 왜일까. 우리가 처음 만난 밤이 스쳤다. 달빛에 물든 얼굴을 바라보며 숨이 막혔던 그 순간이 덧씌워지는 기분.

그가 천천히 시선을 들어 올렸다. 그리고 우리의 눈이 마주쳤다.

"……이제는 서서 꿈을 꾸는 모양이군."

리녹이 작게 웃었다. 허탈한 웃음이었다. 그러고는 내게로 성큼 걸어왔는데, 중간에 놓인 소파 위에 걸쳐져 있던 흰 담요를 내 몸에 둘둘 감았다.

"아무리 꿈이라 한들, 그 차림은 너무 춥지 않은가. 염려된다."

가슴이 뭉클했다.

"꿈이지만 역시나 먼저 묻고 싶군. 안아 봐도, 되겠나?"

이건 당신의 꿈이 아니라고 말하고 싶은데 목이 메여 입이 떨어지지 않았다. 천천히 끄덕이자, 그가 나를 품에 안더니, 그대로 들어 올렸다. 그는 한쪽 팔로 나를 가볍게 꽉 안고는 책상 앞으로 돌아가 자리에 앉았다. 그리고 나서는 다시 서류를 보는 것이 아닌가. 아니, 나랑 있는데 서류를 본다고……?

"뭘 하는 거예요? 날 안 보고."

"……꿈의 네가 날 조를 때도 있군."

"그러니까 꿈이 아니……."

"입 맞추고 싶은데. 맞추면 늘 꿈에서 깨더라고."

키스할 듯 다가온 그의 얼굴을 보며 나는 꿈이 아니라고 말하기 위해 입술을 벌렸다.

"뭘 하는지 궁금하다 했나. 네게 청혼할 표현을 고르고 있었다."

나는 그대로 멈칫했다.

"……어째서인지, 영 멋진 말이 떠오르지 않아."

거기까지 듣는 순간 꿈이 아니라고 밝혀도 될지 망설여졌다. 음, ……심각하게 고민하는 것 같은데. 여기서 밝히면 안 되는 거 아니야? 난감하게 눈을 굴리다가 천천히 시선을 내리자 종이가 눈에 들어왔다.

"……이건 표현을 모아둔 종이가 아니잖아요?"

"그렇지. 아. 네게 조언을 듣는 것도 나쁘지 않겠군. 꿈속의 너도, 내가 사랑하는 에이미일 터이니."

……그러니까 나는 진짜라니까요.

리녹이 손에 쥐고 있던 것은 서류를 잘 모르는 나도 확실히 알 수 있는 것이었다. 이베르크 땅과 관련한 문서였으니까. 이름과 사인을 해야 하는 부분은 비어 있었다.

"이건 이베르크 영지를 아우르는…… 땅에 관련한 소유권 증명서다. 일종의 땅문서로 보면 되겠군."

"땅 주인인 걸 증명하는 거요?"

"그렇지."

리녹의 손이 내 목을 지분거렸다. 마치 입술을 가져다 대지 못하는 것을 대신하듯이. 이쯤 되면 눈치채야 하는 거 아닌가 싶었지만 그의 모습을 봐서는…… 내가 이렇게 실감 나게 꿈에 등장한 게 한두 번이 아니었나 보다. 절로 얼굴이 빨개질 것 같았다.

"이걸 네게 주려 한다."

……네?

나는 뺨을 쥐다 말고 얼른 고개를 홱 들어 올렸다.

"이, 이걸 왜 나……. 날 줘요?"

"이제 네가 말없이 멀리 가버릴 일은 없겠지만…… 책임질 것이 생기면 더욱 머무르지 않겠나."

그가 나른하게 미소 지어 보였다. 뭐 이런 거에 그 좋은 머리를 쓰는 건가. 황당하기만 했다. 아니, 그렇다고 땅을 줘요? 이 넓은 땅을?

"선대공비도 동의한 일이다."

'……어머님!'

"싫은가?"

"……싫고 말고를 떠나서……."

나는 어안이 벙벙한 얼굴로 관자놀이를 꾹꾹 눌렀다. 이, 상식 이상의 모자 같으니.

"아니. 막말로 내가 땅만 받고 이 땅에서 당신만 쫓아내면 어떡하려고 그래요?"

물론 그럴 생각은 추호도 없지만 너무 안일한 거 아닌가. 내가 이 땅의 주인이 된다면 능히 가능한 일이었다. 그러니까 이론상으로는.

리녹은 잠시 고민에 잠기는 듯한 얼굴이더니 이내 나를 바라봤다.

"역시 꿈이긴 해도 넌 현명한 지적을 해 주는군."

리녹은 그리 말하고는 펜을 들어 올렸다. 그러고는 내용 마지막 끝자락에 유려한 필체로 무언가를 써넣었다. 그 부분을 툭 두드리며 그가 귓가에 속삭였다.

"결혼 선물로 이건 어떻겠나."

"……."

「특약1. 어딜 가든 아래 적힌 것을 반드시 가져갈 것.」

그리고 아래에는 단 한 줄이 단출하게 적혀 있었다.

「남편, '리녹 이베르크'.」

잠시 종이를 바라보며 아무 말도 할 수 없었다. 무엇부터 말해야 할지. 아니, 무엇을 말해야 할지 모르겠다. 머릿속에 새하얀 페인트 통이 쏟아지고, 모든 것이 하얗게 덮인 기분이었다.

나쁜 기분이냐 하면은 그렇지는 않았다. 전혀. 오히려……. 손끝에서 차가운 나뭇결이 느껴졌다. 그제야 나는 내 손가락 끝이 파르르 떨리고 있음을 깨달았다. 검지 끝에서 둥둥. 박동이 뛴다. 심장이 거대한 종소리처럼 온몸을 울리는 것 같다.

'소리가 들리지 않을까? 너무 큰데.'

이를 깨닫자 귀가 발긋 달아오른다. 아닌 게 아니라 발끝에서부터 슬슬 열이 달아오르는 것 같았다. 뺨이 뜨거웠다. 아주 많이. 나를 뒤로 안고 있는 리녹은 이런 내 얼굴을 모를 터였다.

……들키지 말자. 들키면 너무……. 쑥스러울 것 같아. 이미 볼 장 다 본 사이에 쑥스러울 게 뭐가 있겠나 싶지만, 그래도 부끄러운 건…… 부끄럽단 말이야.

이런 내 마음을 아는지 모르는지, 리녹은 내 손을 겹쳐 잡았다. 그의 커다란 손에 내 손이 모조리 가려졌다. 그것이 늘 그에게 폭 안기는 내 모습과 비슷하게 여겨졌다.

"그래서…… 어떤가."

그는 깍지를 낀 채 느릿하게 움직였다. 귀에 바로 닿는 숨결에 나도 모르게 히익, 숨을 삼켰다. 모, 목에 숨이…….

"어떤가. 꿈속의 네게 검토받으면 더 완벽해지지 않을까 하는데."

"……리, 리녹."

대체 리녹은 뭘 보고 계속 꿈이라 여기는 걸까? 입술이 우물우물 움직였다. 리녹이 나를 안고 움직이는 터라 뺨은 여전히 화르륵 달아오른 채였다.

"나, 나한테 인정받아서 어쩌려고요……. 어차피 꿈이라면서……."

"네가 인정해 주면 자신감이 생길 것 같다."

"구…… 꿈과 현실이 다르면요?"

"그건 걱정할 필요 없어."

확신을 담고 있는 낮은 음성이 나지막이 터져 나왔다.

"자신 있다."

"뭐가요?"

"난 꿈에서도 지독하게 너를 그리워하니까."

잠시 숨을 멈춘 동안, 리녹이 귀 뒤에 길게 입을 맞췄다.

"꿈속의 너는 현실과 다르지 않았다. 말도, 행동도, 달아오른 이 뺨도, 네 살결도……."

마치 보이지 않아도 안다는 듯한 말투와 음성에 가슴이 간질간질했다. 리녹의 입술은 목덜미로 넘어와 가볍게 머물렀다. 그는 여린 부분을 가볍게 지분거리다가도 입술을 살짝 벌려 아프지 않게 깨물기도 했다.

"으읏……."

자극적인 감각에 놀라 신음을 흘리자 그는 괜찮다는 듯이 입술을 꾹 눌러 맞댔다. 어쩔 줄 몰라 하는 표정으로 그를 올려다보았다. 그 모습에 리녹이 잠시 멈칫하였다.

"……오늘따라 정말……. 현실 같군."

허리가 미끄러지듯 기울어지고, 목 뒤를 받친 단단한 손과 팔 덕에 불편하지도 아프지도 않았다. 시야를 가득 채우는 아름다운 낯. 나는 애타게 갈구하는 아기 새처럼 목을 한껏 뻗어 그의 입술을 반겼다. 한창 숨결을 나눴을까, 그가 잠시 떨어졌다.

"네 숨은 참 달다. 에이미."

"응……. 리녹, 흐으……. 하아."

뜨거운 숨을 색색 고르는데, 미약한 간지러움이 느껴진다.

툭. 투둑. 낯설지 않은, 익숙한 소리에 나는 그대로 정지했다.

"리, 리녹?"

툭. 단추가 하나 더 풀렸다. 자연스레 스르륵 내려가 어깨가 살짝 드러났다. 이미 3분의 1 이상 풀린 듯 등 뒤가 반쯤 휑했다. 리녹이 어깨에 조심스럽게 입술을 얹었다. 그가 어린아이처럼 이마를 비비며 긴 숨을 내려놓았다.

파드득, 옅은 한기에 몸이 떨렸다.

"……너와 함께 밤을 보내고 싶다."

꿈이라면서요. 나는 웅얼거리듯이 답변했다. 뱃속에 몰린 뜨거운 열기 탓에 몸이 배배 꼬이는 기분이었다.

"허락해 주겠나?"

그…… 러니까요. 일단 이건 꿈이 아니라 현실이야, 이 대공님아.

"먼저 할 말이 있는데……."

"잠시 뒤에 듣지."

"아, 아니 지금 들어야……!"

그 순간이었다. 나를 번쩍 들어 올려 책상에 앉힌 리녹이 몸을 낮게 낮추더니 양팔로 나를 가뒀다.

"정녕 꿈이라면……."

"……."

"평소에는 하지 못할 것도 할 수 있지 않겠나?"

목 깊은 곳을 긁는 듯한 음성은 평소와는 다르게 오싹하고 쾌락적인 곳을 자극했다.

"뭐, 뭘 하려고요?"

꼼짝없이 갇힌 채로 눈을 깜빡였다. 나는 이 떨림이 무서움이나 경계가 아니라 요란한 설렘에서 비롯된 것임을 깨달았다. 평소와 다르게 더욱 깊은 눈이 더욱더 야릇하게 보였으니까.

아, 당장 내가 이건 꿈이 아니라 진짜 에이미라고 말해도 모자랄 판국에 같이 동요하다니. 뭐 하는 거야, 나.

하지만 어쩔 수 없었다. 술 한 모금 머금지 않고도 달콤한 알코올에 흠뻑 적셔진 기분이었으니.

"글쎄……. 생각해 보진 않았군."

리녹은 내 어깨와 목 사이로 파고들었다. 등 뒤의 단추는 풀렸지만 아직 앞부분의 리본이 꽁꽁 묶여 있었다. 자면서 풀리지 말라고 하녀가 야무지게 묶어준 것이기도 했다. 리녹은 그 리본을 입에 물었다.

"그…… 건 입에 왜 문 거예요?"

그의 눈이 보일 듯 말 듯 휘어진다. 그의 시선에서 "이렇게 하려고."라는 말이 전해지는 것 같았다.

사르르. 그가 힘을 주어 잡아당기자, 언제 꽉 묶여 있었냐는 듯이 리본이 거짓말처럼 스르륵 풀렸다. 리본을 물고 있는 동안에 그의 자색 눈은 오로지 내 눈을 향해 있었다.

'……아니, 무슨 유혹을 이런 색다른 방식으로 하세요?'

꿀꺽. 침이 넘어간다.

"당신, 지금……."

입이 바짝 말랐다.

"……나…… 심장 떨려 죽으라고 그렇게 보는 거죠."

리녹이 리본을 입에 문 채로 피식 웃었다. 바람 소리가 새어 나왔다.

사뭇 도발적인 시선이 나를 담았다. 나도 모르게 손을 뻗어 그의 눈꼬리를 쓰다듬자, 그는 애교를 피우는 짐승처럼 눈을 감으며 내 손에 얼굴을 내맡겼다. 마치 내가 어떻게 해도 상관없다는 듯이.

나는 떨리는 심장을 꾹 누르며, 한 손으로 그의 뺨을 거머쥐었다.

"리녹……. 만약에 말이에요."

깊은 밤, 달콤한 장소로 가는 마지막 관문 앞에서 문득 뇌리를 파고든 생각이 있었다.

"더는 내게 치료 마법이 통하지 않는다면 어떨 것 같아요?"

세레나는, 자신이 나를 치료할 수 있는 것은 나와 같거나 상위의 고대 주문의 주인이기 때문이며, 자신일지라도 치료가 힘든 순간이 올지도 모른다고 했다. 그렇기에 조심해야 할 것이라고.

"그게 무슨 말이지? 상처를 입어도 치료할 수 없다는 얘기인가."

"네. 맞아요."

잠시 그대로 멈춘 그는 한 폭의 그림 같았다. 그가 허공을 맴돌던 내 손을 붙잡았다.

"……그게 지금 네 상태인가?"

그는 역시나 예리했다. 나는 잠시 망설이다가 끄덕였다.

"네. 맞아요."

"세레나 히아신스가 네 부상을 두고 유달리 마력이 듣지 않는다고 했다. 그것이……."

"네. 이 때문이에요. 아무래도 이건……. 제가 고대 주문을 쓰는 '대가'인 것 같아요."

당신의 밤낮을 주관하는 그 고대 주문처럼. 이 말은 그대로 삼켜져 나오지 못했으나 그는 이 말마저 짐작한 것 같았다.

"……진정 꿈이라면 달콤하기만 한 꿈은 아니었군. 모두 사실이 겠지."

"네, 사실이에요."

사실이냐는 그의 질문에 씁쓸함이 묻어났다.

"그래……. 사실이라면 꿈에서 깨어나 한 번 더 듣게 되겠군."

그는 조금 혼란스러워 보였다. 꿈인가. 현실인가. 동시에 착잡해 보였다. 이 순간만큼은 꿈이길 바라는 모습인 듯하여 나는 결국 사실을 밝히는 대신 그의 품 안에 말없이 안겨 있기를 택했다.

"……달라지는 건 없어."

그의 말은 나를 향했지만 스스로에게 중얼거리는 것 같기도 했다.

"늘 그랬듯이, 모든 적으로부터 너를 향하는 그 어떤 검과 창도 네 게 닿지 못하도록 내가 지킬 터이니."

"……."

"부디 불안해하지 마라. 넌, 이 자리에만 있어 주면 된다."

"리녹."

리녹이 지그시 눈을 감으며, 내 손가락에 입술을 맞췄다.

"……그리하면 돼, 에이미."

네 번째 손가락에 닿은 입맞춤이 꼭 이 자리에 없는 반지를 대신한 것처럼 느껴졌다.

"평생, 내가 지킬 테니."

그의 말에 가슴이 뭉클하게 부풀어 올랐다. 동시에 내 입꼬리에 아릿하고도 달콤한 미소가 지어졌다.

"네, 리녹. 그럼 당신도 약조 하나 해요."

"약조?"

반문하는 그에게 끄덕이며 잡혀 있던 손을 살짝 **빼**냈다.

"다신 내가 없다고, 내가 다쳤다고 폭주하지 않기."

나는 그의 손을 붙잡고 쪽 입술을 묻었다. 고개를 들자 그는 살짝 복잡한 표정이었다.

"……내가 지킬 수 있는 사안인가?"

그가 처음으로 불안을 내비쳤다. 나는 그런 그의 손을 토닥이고는 꽉 잡아 붙들어주었다.

"그래도 약속하는 것과 아닌 것은 다를 거예요."

그러고는 생긋 웃었다, 진심을 가득 담아서.

"당신이 날 위해 노력해 줄 거잖아요. 그렇죠?"

그의 커다란 손등엔 죽죽 그어진 흉터가 남아 있었다. 검을 쥐는 것치고는 퍽 섬세해 보이는 그의 손가락 사이로 희고 가는 내 손이 파고들었다.

"그리하면 현실에서도 고려해 볼게요, 당신 청혼."

당연히 승낙하겠지만.

나는 눈앞의 내가 꿈이 아니라 현실이라는 진실을 말하는 대신 이 순간을 넘어가 나중의 즐거움을 남기기로 결정했다.

"뭐 해요, 리녹?"

이번엔 내 차례라는 듯 나는 손을 뻗었다. 그의 눈이 자신의 앞섶 단추를 하나씩 풀어내리는 내 손을 뚫어질 듯이 응시했다.

"밤은 깊다면서요?"

등 뒤로 푹신한 소파가 느껴졌다. 그의 손이 아프지 않게 나를 꽉 잡아챘다. 벽에 진 그림자는 푸른 달빛 아래서 한데 모여 덩어리진, 꽉 안은 그림자를 그렸다.

"꿈이니, 잠을 잘 일은 없겠군."

……그 말은 밤새 괴롭히겠단 얘긴가? 물론, 그 말은 사실이 되었다.

이튿날 아침, 세레나는 예상치 못한 장소에서 환자를 맞이하게 되었다.

"에이미?"

"하하, 하하하. 스승님……. 이른 아침부터 일어나계셨군요? 물론 8시가 그렇게 일찍은 아니긴 하겠지만 말이지요."

"아침부터 순간이동으로 내 방을 찾아 올 용건이 있었나요?"

난 바닥에 앉은 채 실없는 웃음을 지었다.

리녹이 내게 준 순간이동 구슬은 저택 내의 공간이라면 어디든 이동할 수 있었다. 어젯밤 내가 결계를 거치지 않고 바로 리녹 옆으로 이동한 것처럼 말이다. 그리고 리녹이 일어나기도 전에 얼른 세레나 방으로 이동한 것도 이 덕분이었다. 속된 말로 튄 거나 다름없지만.

'그가 끝내 꿈이라 여기고 싶어 하니 어쩌겠나. 나도 청혼은 제대로 낮에 받고 싶기도 하고.'

솔직히 그가 그 청혼장을 건네며 할 말이 기대되기도 했다. 또 무슨 말을 해서 심장을 다져놓으시려나? 우리 대공님은.

"제 허리 좀 고쳐주세요."

"……치료 마법을 쓴 지 오래되지 않은 것 같은데요."

세레나는 대수롭지 않게 고개를 갸웃하며 말했으나, 나는 시선을 슬그머니 피했다. 이를테면 '절대 안정' 푯말이 걸린 환자가 제 발로 뛰쳐나가 사고치고(?) 온 꼴이었으니.

다행히 세레나는 별다른 추궁 없이 마법을 걸어주었다. 독니에 찔린 것처럼 심한 부상이 아니다 보니 치유 마법이 걸리는 모양이었다. 더불어 그녀는 치료 마법이 어느 순간에 적절히 사용될 수 있는지 간단히 설명해 주었다. 이런 관점에서 보면 세레나는 참 좋은 스승이긴 했다.

한낮이 되자, 어제처럼 많은 사람이 내 방을 찾아왔다. 그레이부터 첼시, 별도로 친해진 기사단원들과 가신들, 그리고 어머님까지. 나는 그들에게 펄펄 나는 모습을 보여주고 완치 판정을 받아냈다. 완치 판정이라니 조금 우습긴 하지만 정상적인 활동이 얼추 가능하다는 인정을 받은 셈이다. 어쨌거나, 모두의 인정을 받고 나서야 나는 리녹을 볼 수 있었다. 사실 리녹을 만나기 위해서 더욱 적극적으로 어필했던 거지만.

"에이미."

"리녹!"

그는 성큼 걸어와서는 내 몸에 이불을 둘둘 감았다. 아니, 왜 이래? 갑작스럽게 김밥말이가 된 나로선 얼떨떨하기만 했다.

"……저어, 전 감기 걸린 게 아닌데요, 리녹."

"……안다. 그렇지만……. 네가 아픈 건 싫다."

그의 웅얼거림이 퍽 처연하고 귀엽게 느껴져서 픽 미소가 새어나갔다. 동시에 어젯밤에도 담요로 나를 이리 만들었다는 것을 떠올리고 웃음을 터트리기도 했다. 그는 한동안 나를 품에서 놓아주지 않았고, 나는 가만히 그의 어깨를 두드려 주었다. 그에겐 지난밤이 꿈이었을 테니까.

리녹을 부르고 얼마 가지 않아 핵심 인원들만 모두 모이게 했다. 나는 모두 모인 것을 확인하고, 세레나에게 들었던 내 '대가'에 대해서 털어놓았다. 그레이와 첼시, 어머님, 로테, 그리고 리녹과 언니,

세레나만이 모인 극소수의 인원이었다. 적어도 여기서는 새어 나갈 리 없다고 여겨지는 인물들.

예상대로 그들은 하나같이 경악했다. 하지만 이내 별다른 수가 없다는 것을 알고 빠르게 수긍했다.

"이제부터 전투에서 무조건 아가씨의 안전을 최우선으로 움직여야겠습니다."

"편제를 다시 짜야겠군요."

"그레이, 다른 일 안 하고 아가씨 호위에만 신경 쓰게 해줘."

하나같이 진지한 얼굴로 한마디씩 하는 것을 보며 조금 신기한 기분이기도 했다.

"다들, 나더러 전투에 나서지 말라고는 안 하네?"

"나서지 말라고 한들 지키지 않을 걸 아니까?"

언니가 가볍게 응수했다. 다정한 눈에는 염려가 소용돌이쳤지만 애써 티 내지 않으려는 눈이었다.

"너처럼 대단한 마법사를 꼭꼭 숨겨둘 수도 없으니까."

언니의 인정에 가슴이 조금 뭉클했다. 일방적으로 보호만을 주장할 줄 알았는데……..

"우리 예쁜이가 언제 이렇게 큰 걸까."

조그맣게 중얼거리는 언니의 말에 눈이 조금 시큰하기도 했다. 살짝 고개를 돌려 리녹을 바라보자 그는 침묵을 고수하고 있었다.

"리녹은 별로 놀라지 않는 것 같네요?"

마침 옆에 있어 작게 속삭이자, 그가 살짝 난감한 낯을 하며 들릴 듯 말 듯 내게 속삭였다.

"……조금 이상한 소리일지도 모르나 어쩐지 이 일을 꿈속에서 겪은 것 같아서 말이다."

"……그래요?"

나는 시치미를 뚝 뗐다.

회의가 거의 끝나가고 있었다. 앞으로 나를 어떻게 호위할 것인지 얼추 이야기가 마무리된 것 같았다. 어머님의 끝인사로 파하기 직전, 말없이 서 있던 세레나가 손을 들어 올렸다.

"저어 다들, 한 가지 이야기해 둘 것이 있는데……."

세레나의 고개가 쭉 돌아가더니 리녹에게 둘둘 말려 안겨 있는 내 쪽에서 멈췄다.

"에이미, 독니에 관한 것은 모두가 아는 사실이니 여기서 말해도 되겠어요?"

"네? 아, 네."

나는 그녀가 드물게 배려하고 있다는 사실을 깨닫고 눈을 깜빡이며 끄덕였다. 무심히 던지는 것이 아니라 의사를 묻는 모습. 처음 만났을 때와 다른 모습이었다.

"그동안 확실해질 때까지 언급을 피한 일인데."

세레나의 입술이 조용히 움직였다.

"내 힘으로도 부상을 치료하는 것이 한계였어요."

"그게 무슨 말이지?"

리녹의 반문에 세레나는 솜씨 좋은 선생님처럼 조곤조곤 설명을 덧붙였다.

"오늘 아침에 막 알았어요."

그녀는 그동안 확신하지 못하다가 오늘 아침 나를 검사 겸 치료하면서 정확히 알게 되었다고 전했다.

"요르문간드의 독은 아직 해독되지 못한 채 에이미의 몸에 남아 있어요."

그녀가 짚은 자리는 탄시즈의 검에 찔렸던 자리였다.

"언제 다시 '중독'될지 모르는 상태로요."

세레나가 마력을 두른 손으로 내 아랫배를 문질러 내렸다.

"세레나 님, 부상을 치료하는 것이 한계라고 하셨는데."

"네."

"정녕…… 세레나 님의 마법으로도 힘든 것입니까?"

이리 물은 사람은 그레이였다. 그는 연신 세레나의 눈치를 보면서도 또박또박 할 말을 마쳤다. 어쩌면 세레나라면 방법이 있지 않을까 하는 얼굴이었다. 첼시 또한 그레이와 마찬가지로 기대 어린 표정을 숨기지 못했다. 이런 표정들 사이에서 잠시 고민할 만도 한데 세레나는 단정하게 고개를 내저었다.

"나는 이거 해독 못 해요."

"……그럼?"

"해독하려면, 독니가 필요해요."

등 뒤로 나를 안고 있던 리녹의 손이 움찔했다. 저 독니가 무엇인지 알 뿐 아니라, 저것을 얻기 위해선 어찌해야 하는지 알기 때문일 터였다. 세레나의 한마디로 분위기는 싸늘하게 가라앉았다. 리녹과 마찬가지로 사태의 심각성을 깨달았기 때문이겠지.

"그렇지 않아도 황궁에서 대귀족 소집명을 내리지 않았습니까."

'대귀족 소집', 거대한 영지를 가지고 있고 대백작 이상의 작위를 가진 이들을 끌어모으는 명령으로 제국의 대소사를 논하곤 했다. 보통 한 해나 두 해에 한 번씩 하는 것이라 들었지만, 이 시기의 소집명은 다분히 어떤 의미를 담고 있었다.

"이베르크에 명했다는 것은, 아직은 이베르크가 제국의 귀족임을 인정하는 동시에……."

"이번 일을 조용히 덮어버리겠다는 뜻이겠지."

리녹의 음성이 공기를 단호하게 갈랐다.

"여태까지 그러했던 것처럼."

로테가 침음을 흘렸다. 어쩐 일인지 그는 아직 할 말이 남은 것 같았다.

"아직 아가씨께서는 듣지 못했을 것이나 사실 황실은 이것 말고도 제안을 하나 더 했습니다."

"하나 더…… 요?"

로테가 흘끗 리녹을 보자, 리녹이 보일 듯 말 듯 가볍게 끄덕였다. 어머님의 얼굴 또한 마찬가지로 움직였다. 두 주인에게서 허가가 떨어지자 로테가 거침없이 입술을 열었다.

"예. 황실에서 10일 후에 접선을 제안했습니다. 이날의 만남은 철저히 비밀에 부쳐질 것이며, 아울러 장소 또한 수도가 아닙니다."

로테의 목소리에 낮은 긴장감이 흘렀다.

"수도가 아니라면, 어디인가요?"

"루아체입니다."

루아체? 잠시 어느 곳인지 몰라 미간을 찌푸리자 설명이 잇따랐다.

"스틸라 공작령을 기억하십니까? 그곳과 멀지 않은 곳입니다."

모를 리가. 책 속 악녀인 비네아를 만난 곳이자 가면무도회가 있던 곳 아니던가.

"달리 말하자면…… 수도와 이곳 이베르크 영지 사이의 중간 지점이지요.”

“잠깐만요, 중간 지점이라고는 하지만⋯⋯. 스틸라 공작령과 그리 멀지 않다면서요.”

안타깝게도 스틸라 공작가는 황실 세력이다. 현재 비네아의 아버지인 스틸라 공작은 황제의 충신일 터였다. 그렇다면 이건⋯⋯. 함정이나 다름없었다.

“이건 함정 아닐까요?”

로테가 끄덕인다. 내가 생각한 것을 이들이 생각하지 못할 리 없었다.

“그럴지도 모르지요. 일단은 그렇기에 이 제안은 보류해 두고 있었습니다.”

황실은 이베르크에게 서신을 보내며 이번 ‘오명’에 대해 유감을 표하고 싶다고 전했다. 다시 말하자면 우리가 오해한 것 같은데, 황제는 무치(無恥), 부끄러울 것이 없는 존재이기에 대놓고 ‘사과는 그렇고, 보상할 자리 마련해 볼게.’라고 전한 것인데. 과연 보상의 자리인지는 알 수 없었다.

면이 면이다 보니 공개적인 자리가 아닌 은밀하게 준비했다고 하는데, 아귀가 들어맞을지 몰라도 믿을 수 없는 건 분명했고. 이는 여기 모인 이들의 생각과도 일치했다.

“사실 이 제안을 거절하고 곧바로 대귀족 소집명에 따라 수도에만 출석하여도 크게 문제가 되지는 않을 것으로 생각됩니다. 어쨌거나 그곳에 참석하는 것만으로도 이베르크에는 문제가 없음을, ‘오명’이었음을 보이는 일이니까요. 황실도 겉으로는 치하할 겁니다. 다만⋯⋯.”

로테의 얼굴이 잠깐 난감하게 흐려졌다.

"거절하지 못할 이유가 있단 거예요?"

"……황실이 마련한 루아체의 자리에 황태자가 황실 대표로서 참여합니다."

"……."

어찌 보면 황제가 황실을 비우고 멀리까지 나갈 수 없으니 당연한 일이긴 했다. 그리고 황태자가 참여한다는 것은.

"황태자가 여전히 독니를 가지고 있을 수도 있겠네요. 아니면, 에이미의 상태를 짐작하고 일부러 가져오거나."

세레나가 요점을 확실하게 짚었다.

"사실 황태자로서도 내가 이 독을 해독할 확률을 반반으로 생각하고 있을 거예요. 나도 그랬으니까."

이어진 세레나의 말은 탄시즈가 독니를 소지할 가능성을 더욱 높여주었다. 모인 이들 사이로 침묵이 내려앉았다. 이런 고요함을 해소한 것은 리녹이었다.

"받아들이지."

"대장님?"

"각하?"

곧이어 마찬가지로 침묵하고 계시던 어머님이 고개를 들어 올렸다.

"나 또한 같은 생각이구나."

그녀의 머리가 우아하게 기울어졌다. 리녹이 별다른 말을 하지 않았음에도 그의 생각을 알아챈 낯이었다.

"나쁘지 않은 일 같은데, 어떠하니."

"그렇지요."

어머님의 옅은 미소를 따라 리녹의 입꼬리도 보일 듯 말 듯한 호선을 그렸다. 그 미소의 온도는 현저히 낮아 차갑고도 냉혹하게 보였다.

"함정이라면, 역이용하면 그만이다. 세레나 히아신스, 너는 독니의 위치 파악 정도는 할 수 있겠지?"

"가능하죠."

세레나는 탄시즈가 가까이에만 있다면 얼마든지 가능할 거라고 덧붙였다. 모두가 긴장한 이 순간에도 평온하게 설명하는 것이 세레나다웠다.

"준비하면 되겠군."

리녹은 한 손으로 내 허리를 안고는 다른 손으로 테이블을 짚었다. 그의 얼굴이 근사한 각도로 틀어졌다. 이어 눈을 한번 깜빡이는 동안 그는 나를 사랑하는 남자에서 무수한 전쟁과 전투를 이끌어 온 무패의 대공이 되었다.

"기습을 저쪽만 하라는 법 있나?"

△

이틀 뒤.

함정을 역이용하여 적진의 우두머리를 친다는 말도 안 되는 작전을 세운 이베르크 진영은 실제로 이 작전이 말이 되게끔 준비하고 있었다.

"기습을 시도해 보지."

사실 리녹이 이렇게 말을 했을 때만 해도 나는 얼른 반대를 외쳤지만 씨알도 먹히지 않았다. 아니, 내 말을 제대로 들어주지 않더라. 심지어 언니까지 뭐든 돕겠다고 나선 형국이었으니.

'나를 생각해 주는 건 좋지만…… 그렇다고 위험해지는 건 내가 바라는 일이 아닌데.'

나도 모르게 아랫배를 살살 문질렀으나 느껴지는 게 있을 리 없었다. 상처는 아주 작은 흉터만 남긴 채 아물었고 독은 내 몸 안을 부유하고 있을 테니까.

'사실 이렇게 멀쩡하니까 내가 중독된 상태란 게 안 믿기긴 해.'

세레나는 내가 아직 해독되지 않은 상태고, 어떤 조건에서 이 독이 활성화될지는 모른다고 했다.

'처음엔 마법을 쓰면 그럴지도 모른다고 했지만 그것도 아니었고.'

시험 삼아 약한 마법부터 대단위 마법까지 써봤지만 몸은 잠잠했다. 이쯤 되니 정말 내 몸 안에 독이 남아 있나 싶었지만, 세레나가 이런 걸 틀릴 리가 없었다.

원작에서 요르문간드의 독니는 리녹의 폭주를 부추기는 역할을 했다. 그의 폭주를 좌지우지하며 목숨까지 위협하는 도구였다. 이에 세레나는 목숨을 걸고 폭주를 잠재웠고, 이후 더는 등장하지 않았다.

현실에서 세레나가 리녹의 폭주를 잠재우기에는 무리가 있었다. 세레나는 이제 원작에서처럼 리녹을 사랑하지 않으니 말이다. 지금 두 사람의 관계로는 어림도 없는 일이었다. 동료긴 해도 너무나 건조했으니. 거의 옆 부서의 직장 동료를 보듯 했다. 언제 퇴사하더라도 그러려니 할. 여기에 더해 가만 보면 서로를 참 싫어한다. 물론 리녹의 일방적인 싫음이지만, 세레나도 작게나마 동조한다고 할지.

"아가씨, 그쪽으로 갑니다!"

"네!"

어쨌거나 모두가 리녹이 내세운 기습 작전을 수행하기 위해 준비에 한창이었다. 한가한 사람은 병석에서 막 일어난 나뿐이었다.

'아니, 나를 구하기 위한 작전이라면서 왜 나는 제외당하는 건데.'

일명 '에이미 없는 에이미 구출팀'에 대해 살짝 심술이 일었지만 티 내지는 않았다. 그들의 마음을 모르는 건 아니었으니까. 하지만 쉬는 건 이틀 정도면 충분했다.

현재 내가 있는 곳은 대공저에서 멀지 않은 숲이었다. 이곳에서 하급 마수가 출몰한다고 기사단으로 신고가 들어온 것이 오늘 아침이었다.

마침 가볍게 몸이나 풀까 싶어 기사단을 찾아갔다가 듣게 된 참이었던 나는 함께 가겠다고 청했다. 물론 반대가 잇따랐지만 출몰한 마수가 일반 사람에게나 위협이 되는 최하급 마수였던 점, 그동안 내내 갇혀 있어서 답답했던 점, 심지어 처음에 나를 이곳에 납치하다시피 데려와 나가지 못하게 했던 것까지 모두 터트렸더니 리녹도 마지못해 허락했다.

사실 리녹과 같이 나가고 싶은 것이 가장 컸으나 그는 성채 전투를 포함해 앞으로 있을 기습까지 신경 쓸 것이 너무 많아 같이 나오지 못했다.

"이야, 시원하게 때리시네요."

"그런가요?"

드러누운 마수를 보며 첼시가 턱을 닦았다. 땀방울은 흘러나오지 않았건만 장난스럽게 흉내 내는 것에 불과했다. 아마 첼시 정도 되는 기사에겐 저 마수는 식후 운동거리도 되지 않을 거다.

"저게 마지막 개체입니다. 더는 보이지 않는 것 같아요."

"생각보다 적네요."

"그렇죠? 여긴 대장님께서 직접 관리하는 숲이라. 사실 넓게 보면 대공저의 정원이나 다름없죠."

"이런 곳에 마수가 나타난 거예요?"

"음, 아무래도 하얀 산맥에서 군단장이 마수의 왕이 될 뻔하지 않 았습니까? 그 영향이 있는 것 같아요. 마수의 개체 수는 우두머리 힘 에 따르는 편이긴 하니까요."

나는 그제야 리녹이 나를 이곳에 보내준 또 다른 이유를 알았다. 대공저의 정원이나 다름없다니.

"첼시, 정원이라고 말한 거요. 혹시 그거, 무슨 일이 있으면 리녹 이 금방……."

"달려오실걸요? 마법 한 방이면 뿅 하고 튀어나오실 거리예요."

역시나. 리녹이 집무실에 있긴 해도 5분 대기조로 대기하고 있는 모양이었다. 나는 헛웃음을 터트렸다. 산책도 자기 눈에 미치는 곳 에서 하라니 참 그다운 발상이었다.

"음, 마수 개체 파악은 저보다 셰드 놈이 더 잘 찾긴 해요. 셰드, 더는 없는 거 확실하지?"

그러자 수풀 사이에서 부대장 중 한 명인 셰드 경이 고개를 내밀 었다.

"없거나……. 하나 정도 남은 것 같은데."

"그래? 그럼 네가 여기 있어 봐. 내가 흔적 좀 볼게."

보통 개체를 파악하면 흔적을 찾아내는 것이 자신의 역할이라며 내게 설명하고는 잠시 수풀 사이로 사라졌다. 덕분에 나는 무뚝뚝한 얼굴을 한 기사님과 덩그러니 남겨졌다. 셰드 경은 나를 보며 묘한 얼굴을 했다. 그러고 보니 이 사람, 늘 나를 볼 때마다 묘한 얼굴을 했었지. 항상 할 말이 많다는 얼굴로.

"저기, 나한테 할 말이 있나요?"

우직하던 어깨가 움찔했다. 태양에 건강하게 그을린 뺨 위로 손가락이 굵고 지나간다. 그는 조금 난감해하는 눈이었다.

"오래, 말을 할까 말까 망설였습니다마는."

"네."

"혹시…… 3년 전, 밤의 숲에서 대공가 기사를 치료한 일을 기억하십니까."

그의 말에 나는 고개를 갸웃했다. 그런 적이 있었……. 아.

나는 얼른 고개를 들어 올렸다.

"혹시 그때 그 사람이 셰드 경인가요?"

그가 끄덕였다.

3년 전. 우리 집이 황실 기사단에 습격받던 날, 리녹은 나를 안전한 곳에 데려다 놓고 언니를 구하기 위해 떠났다. 나는 기다림을 참지 못하고 나섰고, 집으로 가던 길에 쓰러진 기사 하나를 치료했다. 리녹 외에도 타인을 치료하는 능력이 있다는 걸 깨닫게 된 순간이기도 했다.

"……역시 아가씨가 맞으셨군요."

이제 와서 아니라고 손사래 칠 일은 아니었다. 그래서 가볍게 끄덕였는데 웬걸, 나는 눈을 동그랗게 떴다. 셰드 경이 한쪽 무릎을 꿇고 허리를 깊이 숙였다. 대장인 리녹에게나 하던 인사였다.

"목숨을 살려주신 은혜, 잊지 않았습니다. 앞으로도 아가씨를 대장님처럼 믿고 따르겠습니다."

'……아니, 이렇게 갑자기요?'

물론 대장보다 더 따르진 않겠다고 하니 다행이긴 한데. 이번엔 내 쪽이 난감한 얼굴이 되어 뺨을 긁적였다. 가만 보면 기사단 대부분이 비글미 넘치는 강아지 군단인 데 비해, 우직하니 꼭 '오수의 개'처럼 충직하기 그지없는 이들이 있었는데 셰드 경이 대표적인 인물이었다. 집 한번 정말 잘 지킬 것 같은 경비견의 형상이라고 할까.

"저어, 그렇게까지는……."

"앞으로 계속 뵙지 않겠습니까. 은혜를 갚겠습니다."

"물론 어차피 리녹이랑 평생 살게 되면 얼굴을 볼 거긴 한데요……."

"염려 마십시오. 훗날 두 분 사이에 나온 자제분께도 충성을 다하겠습니다."

……아니. 낳지도 않은 아기 얘긴 왜 나오는 건데. 그나저나 갑작스럽게 진지한 이 분위기를 어찌한다. 애꿎은 지팡이만 쥐었다가 놓으며 할 말을 찾을 때였다.

"아가씨!"

첼시의 외침이었다.

"그쪽으로 갑니다! 마지막 하나요!"

수풀이 거칠게 흔들렸다. 꽤 큼지막한 실루엣을 봐서, 첼시의 움직임으로 인한 것은 절대 아니었다. 나는 '옳다구나' 하고 지팡이를 고쳐 쥐었다.

"포스텐이군요."

셰드 경도 언제 그랬냐는 듯이 자리에서 일어나 내 옆을 지켰다. 덕분에 어색한 분위기를 벗어나서 다행이었다.

찰흙 덩어리 같이 생긴 마수 포스텐은 덩치만 꽤 클 뿐 어려운 마수 아니었다. 나는 가벼운 웃음을 머금고 지팡이에 마력을 모았다. 얼려서 넘어트리는 게 최고겠지? 그런 마음으로 손을 간단히 흔드는 순간이었다.

두근.

'아······?'

무언가 이상하다는 것을 느꼈을 땐, 마수가 이미 성큼 다가온 뒤였다. 눈앞에서 마수가 둘로 갈라지며, 검은 연기가 새어 나왔다. 포스텐이 사망했음을 알리는 신호였다. 하지만 내 몸에서 일어난 이상함은 그칠 줄 몰랐다.

두근. 심장이 멋대로 거칠게 뛰었다. 본능적으로 마력을 다시 한 번 일으키려 했지만 이를 거부하고 마구잡이로 날뛰었다. 꼭 내 몸이 아닌 듯이.

"아, 아가씨!"

천천히 허물어지는 몸이 누군가에게 붙잡혔다. 반쯤 기울어진 시야로 누군가가 달려왔다. 시선을 옮겨 내 손을 바라보자, 점차 보라색으로 물드는 손등이 보였다. 한 번도 본 적이 없었으나 깨달았다.

'······독이구나.'

이상했다. 대체 무엇이 문제였지? 움직이는 것도 마법을 쓰는 것도 전혀 이상이 없었다. 발작은 그저 예고 없이 찾아왔을 뿐이었다. 마치 시한폭탄처럼 시간이 되었다는 듯이.

"셰드, 대장님을 부르고, 얼른 세레나 님께 모시고 가! 당장!"

다급한 첼시의 목소리를 마지막으로 눈을 꼭 감았다.

눈을 다시 떴을 때는 천장이 바뀌어 있었다. 푸른 하늘도 숲의 정경도 아니었다.

"……은 ……한 위급한 상태예요. 급한 대로 해독 마법을 시도해 보겠지만, 이곳에서는 안 돼요. 작은 마력이라도 해가 되는 상황인데, 이 저택에는 저택에 걸린 마법 때문에 자잘한 마력이 너무 많아요! 조용한 곳 없어요?"

세레나의 음성이었다. 세레나가 저렇게 빠르게 말을 할 수도 있구나. 흐릿한 시야로 누군가 바쁘게 움직이고 손끝을 꽉 부여잡는 손이 느껴진다. 언니였다.

"……하얀 산맥 초입 전, 검은 계곡에 작은 별장이 있다. 절벽으로 둘러싸여 결계로 나눠진 곳이다."

"대대로 도피처로 사용하신 곳을 말씀하시는군요."

"어디든 좋으니까 빨리 내 동생 좀 옮겨줘요! 어서!"

목에 힘이 들어가지 않았으나 애를 써서 눈을 돌리자, 리녹이 보였다. 세레나의 어깨를 꽉 붙들고 초조한 얼굴로 외치는 그의 모습이.

"정녕 그곳에 가면 가능성이 있나? 장담할 수 있나? 네 이름을 걸고!"

"시도는 해 볼 거예요, 대공."

가물가물한 시야에서도 포착된 건, 서로를 바라보는 두 사람의 시선이었다. 이 와중에도 리녹은 차가웠고 세레나는 고요했다.

"그리고 걸어 다니는 마력 덩어리인 당신은 잠시 자리를 비워줘야 한다는 사실, 잊지 않았겠죠?"

세레나가 웃는 얼굴을 지워내며 야차와 같이 변한 리녹에게 말했다.

"그리고 장담은 못 해요. 하지만 원한다면 해두죠. 지금부터 내 제자를 살리는 데 최선을 다하겠다고."

"……"

"이름을 걸고 맹세하겠어요."

"……."

눈이 천천히 감긴다. 그리고 마지막으로 보인 시야에서는.

"……제발."

처음으로 누군가에게 간절히 부탁하는 리녹의 모습이 담겼다.

"……살려준다면 무엇이든지 하겠다."

△

몸이 무겁다. 속이 울렁울렁했다. 아주 오래전 전생에서 탔던 놀이기구가 생각났다. 어지러움과 멀미를 동반한 울렁거림이 심했다. 숨이 막혔다. 마치 새카만 물속을 부유하는 것 같았다. 앞이 보이지 않고, 얇은 눈꺼풀을 따라 검은 물결이 요동치는 것처럼 느껴졌다.

'정말 물속인 걸까?'

온몸이 차가웠다. 거기다 차차 가라앉는 몸은 밧줄에 묶인 듯 아무것도 할 수 없다. 힘겹게 눈을 떴다. 물속이 아니었다. 아니, 잠깐 물보라를 본 것도 같았지만 물보라 같기도 하고 눈보라 같기도 한 하얀 기포였다. 눈앞에는 펜릴이 있었다. 정확히는 펜릴과 '나'였다.

「어딜 봐도 신기한 구석 하나 없는 평범한 여성인데요?」

「선지자이지 않은가.」

밤. 이베르크의 정원이었다. 언니의 모습으로 나타나서 나를 꾀어냈었지. 이는 펜릴을 처음으로 본 날이기도 했었다.

「그대, 미래를 알지 않나.」

이건 꿈일까?

「미래를 아는 것. 흐름에 휘둘리지 않는 것.」

그렇다면 왜 나는 이날의 꿈을 꾸고 있는 걸까.

「선지자는 변하게 할 수 있다. 흐름을 뒤바꾸고도 대가를 치르지 않는다. 네가 그 자리에 있는 게 나쁜가?」

항상 궁금하긴 했었지. 나는 '선지자'다. 도대체 선지자란 정확히 무엇인가. 이후 무닌에게도 이 호칭을 들었지만 잘 모르겠다.

펜릴의 설명은 너무 순식간에 지나갔다. 눈앞에서는 펜릴의 설명이 쭉 이어지고, 나는 펜릴에게 리녹이 행복하길 바란다고 주장하고 있었다.

그래. 그 마음은 변하지 않았다. 다만, 지금은 여기에 몇 사람 추가되기는 했다. 그레이와 첼시, 기사단 사람들과 하양이, 로테와 어머님. 마지막으로 최근에 내 마음에 합류한 사람. 세레나까지.

물론 이들 중 누가 가장 많은 비중을 차지하는지, 굳이 꺼내지 않아도 알았다. 아직 언니를 제외하고 리녹이 차지하는 비중을 어느 누구도 이기지 못할 테니까. 시간이 지나면 언니마저도.

그렇지만 중요한 것은 한때 언니만이 유일하고 소중했던 내 세상에서 또 다른 소중한 사람이 생겼다는 거다.

이 책은 이야기다. 이야기 속 세상. 결말을 아는 세상.

「바뀐 방향은 네가 말한 이가 행복해지지 않나?」

본래는 이 세상에 맞지 않던 부품.

나는 '이레귤러'다. 내가 끼어들지 않는 것이 이 세상에 정해진 '행복'과 '결말'을 건드리지 않는 것이라 여겼다. 그리하여 모두 정해진 것처럼 행복해질 것이라고. 그때는 그렇게 생각했다. 모두가 행복해지고 끝날 이야기를 망치고 싶지 않다고 말했다.

이런 나에게 무닌은 이상한 이야기를 했다.

「행복한 끝, 이야기라 했으니, 그래. 책장을 덮은 뒤에는?」

아니, 이건 그때는 생각하지 못했던 이상함이다.

「이야기가 끝난 뒤에도 그들은 행복한가?」

그때는 대수롭지 않게 여겼던 질문. 나는 거기에 대답하려 했지만 목소리가 나오지 않았다. 대신에 그날의 내가 재잘재잘 떠드는 말이 멀어진다.

다시 눈보라가 일어나며 눈앞이 희게 흐려졌다. 거품처럼 흩어지고 있었다. 몸이 그대로 가라앉았다. 숨이 막혔다가 다시 탁 트였다.

"……미, 한 건가요?"

다시 눈을 떴을 때, 낯선 천장이 보였다.

"에이미, 정신이 들어요?"

살짝 높은 톤, 청아하고 맑은 미색, 보드라운 음성이었다.

"에이미."

다정한 말씨를 구사하지만 묘하게도 온기가 느껴지지 않는 그런 목소리.

"……승님……."

힘겹게 눈동자를 굴리자, 사르르 흘러내리는 은발이 보였다. 몸이 무겁다. 숨을 쉬기가 어려웠다. 이 때문에 세레나에게 무어라 하려던 입술이 금방 가쁜 숨에 저지되었다.

나를 바라보던 세레나가 손을 들어 올렸다.

"이런, 부작용인가 봐요. 억지로 말하지 말아요. 잠시만요."

한차례 흰빛이 스치고 숨쉬기가 편안해졌다.

"이제 좀 괜찮아요?"

"······네······ 콜록."

세상에. 이게 뭐야. 나는 흘러나온 목소리에 깜짝 놀랐다. 내 음성은 끔찍하도록 쉬어 있었다.

"목소리, 가······ 왜 이래······."

끽끽대는 목소리가 듣기 싫을 정도였다.

"마법의 부작용이에요."

말을 꺼낼 때마다 목 안에서 얇은 가시가 긁어내리는 것 같았다.

"해독 마법은 독을 한곳에 모아서 배출하는 것이에요. 부득이하게 독이 고였던 곳이······ 여기."

"······성대요······?"

"네. 정확히는 성대 부근이지만, 영향을 미쳤을 거예요."

덕분에 목소리가 이렇게 끔찍하게 변했다 이거구나. 세레나는 일시적인 현상이고 시간이 지나면 돌아올 거라고 덧붙였다.

그나저나 해독 마법을 썼다면······.

"저 완전히······ 해독된 거예요?"

"······아니요."

아주 잠깐의 간격 끝에 대답이 들려왔다. 보통은 망설일 법도 한데 세레나는 이 상황에서도 그녀다웠다.

"해독 마법이 실패했다거나······."

"성공했어요. 다시 말해 해독에는 문제가 없었어요. 문제는······ 몸속에 있는 독니의 독. 그게 끊임없이 독을 만들어내고 있어요."

"······."

"당신의 몸에 커다란 공방이 있고, 독을 **빼내고 빼내도** 끝이 없다는 얘기예요."

이미 해독 마법으로 상당히 많은 양을 빼냈지만 잠깐뿐이라고 했다.

"기억할지는 모르겠지만 기절했다가 몇 번 깨어났었어요."

"……그래요?"

"금방 다시 눈을 감았지만."

"……기억나지 않는데……."

"지금 이성이 돌아온 건 아마도 상당히 많은 독을 빼냈기 때문일 거예요. 그 대신, 몸에도 함께 무리가 간 거고."

그래서 몸이 무거운 건가.

들은 적이 있다. 치료 마법이 무작정 좋은 것만은 아니라고. 치료 마법은 한순간에 상처를 치료하지만 몸의 면역력과 자율 치유 능력을 저하시킨다. 기사들이 긴급한 상황이 아니면 치유 마법을 자제하는 이유이기도 했다.

마찬가지로 어떤 마법이든 몸에 중첩해서 걸수록 몸에 부담을 줄수밖에 없다. 해독 마법도 마찬가지일 터였다.

"몸이…… 무겁네요……. 식욕도 없고……."

"움직이지 말아요."

"괜, 찮아요……. 콜록."

눈을 깜빡였다가 뜬다. 이내 손을 쥐었다가 폈다.

"그래도…… 당장 눈을 뜬 게 어디에요."

세레나가 한 말은 지금 이 방법이 임시방편이고, 당장은 어쩔 도리가 없다고 시인한 것이나 다름없었다.

"이 상황은 나쁘지 않아요. 분명 난 아프지만."

세레나를 똑바로 응시했다.

"대신, 무엇이 필요한지. 확실히 정해진 거잖아요."

그러니까 결국 이 독을 완전히 해독하기 위해서는 황태자가 가진 '독니'가 필요하다는 얘기다.

"내가 처음 쓰러지고 나서 얼마나 지난 거예요?"

"조금 오래 지났어요."

세레나가 이리 말하고는 오늘 날짜를 이야기해 주었다. 그녀의 대답을 듣고 재빠르게 유추했다.

'기습까지 얼마 남지 않았어.'

내가 꽤 오래 기절했던 모양이긴 했다. 계획대로라면 리녹이 기습을 위해 황실과 약속한 도시로 떠날 날이 얼마 남지 않았다. 아니, 어쩌면 이베르크 영지에서 이미 떠났을 수도 있겠다. 세레나에게 묻자 아니나 다를까, 떠났을지도 모른다는 답변이 돌아왔다.

"자세한 이야기는 여기에 대해 잘 아는 사람과 나눠요. 나보다 잘 알 테니까."

"여기에 대해 잘 아는 사람요?"

"네. 연락했으니 금방 올 것 같은데. 아, 오는 것 같네요."

"잠깐, 스승님! 누구를 말하는 거예요?"

잘 알 만한 사람이면 기사단일 테고, 전부 리녹을 돕느라 바쁠 텐데? 그러고 보니 여긴 어디인 거지? 그제야 내가 있는 공간에 대해 생각이 미쳤다. 언뜻 보고 그저 낯선 천장이라고 생각했지만 다시 바라보니 세레나 뒤로 보이는 풍경이 심상찮았다.

뭔가 굉장히 높아 보였다. 고층 건물에서 아래를 내려다보는 듯한 정경이었다. 기절하기 전에 나를 어디로 옮긴다는 얘길 들은 것도 같고……. 여기에 대해서 무어라 물으려 하던 순간이었다.

벌컥. 문이 활짝 열렸다.

"어디야! 어디죠?"

문을 열고 들어온 사람은 익히 아는 인물이었다. 모를 수가 없었다.

"언니?"

대답을 듣기도 전에 단단한 몸이 나를 감싸 안았다. 너무나도 익숙한 언니의 품이었다.

"에이미? 정말 에이미니? 일어난 거야? 세상에……."

강인하던 언니의 음성에 울음이 묻어났다. 나는 대답하는 대신 가만히 안겨주었다.

언니가 숨을 길게 내쉰 건 이로부터 약 5분 뒤였다.

"흐아……. 깜짝 놀랐잖니. 갑자기 비상 구슬이 경보음을 내서."

"비상 구슬이라니?"

"아니. 혹시나 네가 있는 방에 적이 나타나거나 위험한 일이 생기면 울리게끔 한다고 했거든."

"누가?"

"마법사님이?"

나도 모르게 세레나를 향했다. 세레나는 우리 자매의 시선에 변함없이 웃어 보였다.

"제일 빠른 방법이잖아요?"

……그러니까 일종의 화재 비상벨 같은 게 있는데, 그걸 언니를 부르기 위해 눌렀다고?

"아니, 이런 식으로 언니를 부르시면 어떡해요."

"하지만 이곳은 특정 마법이 아니면 마법이 거의 통하지 않아요. 그럼 언니분을 직접 가서 불러야 하는데, 에이미는 조금이라도 더 일찍 보고 싶지 않았나요? 이 상황을 아는 사람."

"……."

"보고 싶었잖아요."

아니, 그건 그렇긴 한데. 맞는 말이고, 일리는 있지만……. 요상한 기분을 지울 수 없었다.

"이쪽이 효율적이잖아요."

합리적이고, 묘하게 반박하기 힘든 말이다. 나는 듣다 말고 얼떨 떨하게 고개를 끄덕였다.

"디아나 씨가 보고 싶어 했어요. 에이미가 눈을 뜬 모습을요."

담담히 말하는 세레나에게서 이질감이 느껴졌다. 세레나의 모습을 찬찬히 보던 나는 눈을 크게 떴다. 세상에, 이게 뭐야. 세레나의 이야기에 집중하느라 느끼지 못했던 건가?

평소 세레나는 대마법사답게 거대한 마력을 몸에 두르고 있었다. 전부 드러낸 것은 아니었지만 보는 것만으로도 깊은 물속을 보듯이 아득한 깊이가 느껴지는 기분이었다. 한데 현재 그녀에게서는 그런 것이 느껴지지 않았다. 오히려 평소보다 마력이 훨씬 덜하거나 약해 진 느낌.

이런 모습을 단 한 번 본 적 있었다. 바로 무닌의 첫 번째 시험.

"……고마워요, 스승님."

어쨌거나 그녀가 나를 구하기 위해 최선을 다한 것은 틀림없는 사실이었다. 내가 당황하는 사이, 세레나는 살포시 미소를 지으며 문으로 걸어갔다.

"그럼 에이미, 이야기는 언니에게 들어요."

언니는 눈물을 머금은 중에도 세레나에게 착실하게 인사했고 세레나 또한 마찬가지였다.

달칵. 문이 닫히고 언니가 얼른 나를 돌아보았다.

"우리 예쁜이."

언니의 손이 내 어깨를 꽉 끌어안았다. 언니의 어깨에 머리를 기대며 나도 언니의 옷을 꽉 쥐었다가 놓았다.

"대체 어떻게 된 거야. 여긴 어디고?"

"이베르크가의 비밀 별장이야. 마법사님에게 어디까지 들었니?"

나는 세레나에게 들었던 단편적인 이야기를 털어놓았다. 내가 기절한 지 얼마나 됐는지 같은 것들.

"네가 잠든 사이에 황실과의 비밀 회담이 뒤로 미뤄졌어."

"뭐?"

"장소는 변함없고. 이 때문에 이베르크 대공은 좀 더 일찍 도착해 작전을 실행할 예정이야."

작전이라면 기습? 황실 측 사람들이 막 도착했을 때를 노려 빠르게 뺏어보겠다는 생각인 듯했다.

"이건 에이미, 네 일 때문이기도 해."

"내 일 때문이라니?"

"정확히는 네 상태."

"무슨 말이야, 제대로 설명해 줘. 콜록!"

잔뜩 쉰 목소리로 대답하다 말고 목을 부여잡았다.

"에이미……."

할 말을 잇지 못하는 언니의 얼굴을 본 순간, 등골로 커다란 뱀이 사나운 기세로 스쳐 지나가는 듯했다. 언니는 아주 어린 시절 내게 도망을 권유하던 때와 같은 얼굴을 하고 있었다. 숨죽여 도망가야 할 때, 어쩔 수 없이 해야 할 말을 꺼내야 할 때. 참고 싶으면서도 끝내 꺼내는 이 얼굴.

"너 이대로는 오래 못 버텨."

"언니?"

언니의 얼굴이 딱딱하게 굳었다. 아니, 일그러진 것에 가까웠다. 마치 환자 앞에서 선고를 내리기 힘든 의사처럼.

"죽을지도 모른다는 얘기야."

나는 그 묵직한 음성에 어깨를 떨었다. 그러나 그것도 잠시, 허리를 곧게 폈다.

"그래서?"

"……뭐? 에이미, 너. 제대로 못 들었니? 네가……!"

"알아들었어. 다시 설명 안 해줘도 돼."

나는 언니의 손을 붙잡았다.

"이 정도는 예상했던 일이야."

"뭐? 언제? 언제부터?"

"……쓰러지는 순간에."

마수를 잡다 말고 쓰러지던 순간에 나는 올 것이 왔구나 생각했다. 책 속에서 무려 리녹을 폭주하게 만들었던 독이다. 리녹보다 약한 내게 어찌 치명적이지 않을 수가 있겠나. 어쩌면 목숨에 위협이 갈지도 모른다고 생각은 했다.

'다만, 이런 식으로 예상치 못한 순간에 찾아올 줄은 몰랐지.'

주먹을 말아 쥐었다. 우울해 봐야 달라지는 건 없다. 해결할 방법이 없는 것도 아니다.

"황실, 아니, 황태자에게서 '독니'를 빼앗아 오면 해결되는 일이잖아."

내가 할 일은 비극의 주인공처럼 슬픔에 잠기는 것이 아니라 앞으로 리녹에게 도움이 될 만한 것은 없는지 고민하고 찾아보는 일이다.

"에이미."

"왜 그래, 응? 항상 이런 일에 안심시켜 주는 쪽은 언니였으면서."

"……."

나를 빤히 바라보던 언니가 미간을 일그러트리며 헛웃음을 지었다. 언니의 손가락이 내 뺨을 스쳤다.

"이건 억지로 괜찮다고 하는 얼굴이 아니네."

뺨에서 떨어진 손은 곧 나와 똑같이 주먹을 말아 쥐었다.

"우리 이쁜이가 이렇게 씩씩하면, 언니는 어떡해. 눈물을 머금은 이 언니만 부끄럽잖니."

"언니."

"언니는……. 네 성장에 슬프게 느껴지는 순간이 있을 줄은 몰랐어."

언니가 실처럼 가는 미소와 함께 차차 울음기를 삼켰다. 나는 언니의 눈이 깜빡이기를 기다렸다.

"어여쁜 내 동생. 넌 황실의 최종 목표가 무엇인지 아니?"

"최종 목표?"

뜬금없는 주제였지만 무슨 소리냐고 묻지 않았다.

황실의 목표. 원작에 따르면 황실, 황제와 황태자 탄시즈로 대표되는 이들은 세레나를 사랑하는 또 다른 남자 주인공이자 리녹의 대적자였을 따름이었다. 탄시즈라면 모를까 황실이라는 거대한 집단을 뭉뚱그려 생각해 본 적은 없었다.

"니온 왕국에서 언니에게 맡긴 임무는……. 최근 들어 마수가 증가하는 이유와 제국과의 국경에서 마법 생물의 생체 신호가 날로 사

라지는 이유에 관한 것이었어. 물론 언니의 주목적은 제국으로 와서
널 찾는 것이었지만."

"왕국이 내린 임무가 황실과 관련이 있다는 거야?"

언니가 끄덕였다.

"이 이야기를 하기 위해서는 전에 했던 이야기로 거슬러 올라가
야 해. 언니가 '요르문간드'와 하나뿐인 그의 새끼가 정체불명의 세
력에 의해 습격당한 일을 말한 적 있을 거야. 기억하니?"

"기억해."

내가 눈과 겨울의 마법사란 호칭을 받은 지 얼마 되지 않았을 때,
언니와 리녹이 주고받은 이야기였지?

"조사 결과 정체불명의 세력은 제국 황실로 판명 났어. 그리고 최
근······. 요르문간드는 끝내 살해당했지. 에이미, 중요한 건 여기부
터야. 요르문간드가 죽은 자리엔 새끼의 흔적이 어디에도 없었다고
해. 죽은 흔적 또한 없고."

"······."

"황실이 데려간 것이겠지. 그렇다면 여기서, 황실은 왜 새끼 요르
문간드를 데려갔을까?"

"······모르겠어."

"에이미, 왕국과의 국경을 포함해 제국, 왕국을 통틀어 가장 강한
마법 생물이 넷 있어. 무엇인 줄 아니?"

"······."

"무닌과 후긴, 펜릴, 그리고 요르문간드야. 다시 공통점을 꼽아볼까?"

언니의 손이 움직였다. 흉터가 진 손은 검집에 안착했다.

"오랜 세월을 살며, '강한 마력'을 가졌지."

언니가 하려는 말이 어느 큰 그림을 위한 조각 같다는 생각이 들었다.

"네가 잠들어 있는 동안 이베르크에서 밝혀낸 사실이 하나 있어. 아니, 정확히는 마법사님의 원조로 알아낸 사실이지."

"그게 뭔데?"

잠시 침묵이 흘렀다. 언니는 말을 정돈하는 듯했다.

"……황실 말이야."

점차 내가 아는, 부드럽지만 강인한 모습으로 돌아온 언니가 입을 열었다.

"황실은 강력한 마력을 가진 생물에게서 마력을 추출할 수 있어. 아니, 오랫동안 거기에 관한 '실험'을 했다고 하더라?"

"……."

"마탑과 함께."

언니가 말한 마법사님이란 필시 세레나일 터였다. 그녀가 아니고서는 그리 말을 할 수 있는 마법사는 없으니까.

실험이라. 아귀가 맞아떨어지는 느낌이었다.

"나는 내 아버지, 황제 폐하께서 직접 시험하는 실험체이며 실험 도구였습니다."

"나는 강대한 마력을 몸속에 집어넣기 위한 실험 대상이었고, 끊임없는 실험을 받았습니다. 눈이 보이지 않았던 것은 부작용이었지요. 어쩌면 낫지 않았을지도 모를."

"그러고 보니 나와 같은 처지가 당신이 아는 사람 중에 있겠군요. '세레나 히아신스'. 그녀는 황실과 마탑이 연계하는 실험 중 마탑 쪽의 실험 대상이었지만."

탄시즈의 음성. 그리고 책 속에서 꾸준히 언급되었던 그가 가진 열등감. 유일하게 원작과 달라지지 않았던 것이기도 했다.

"……내가 실험체가 되었던 것은, 자신의 아들이 이베르크의 혈통보다 약하게 태어나 분노했기 때문이었지요."

"나는, 그 이름이 싫습니다."

톱니바퀴가 돌아간다. 탄시즈의 잔상이 일그러지며 파편 부스러기로 흘러내리자, 언니의 모습이 다시 보였다. 언니가 엄지로 입술을 꾹 눌렀다. 분노를 꾹 누를 때 나오는 언니의 버릇이었다.

"에이미, 이제는…… 모든 것이 이해가 가지 않니? 우리 집안이 왜, 하루아침에 반역자가 되었는지."

책 속 황실은 언제나 강대한 마력을 갈망했다. 오랜 세월을 거대한 땅의 정점으로 살아온 자들. 가장 강력한 마법사를 보유한 것은, 항상 황실이어야만 했다. 그러나 그들보다도 강력한 리녹이 태어났고 황실은 그를 미워했으며 죽이려 들었다. 그것이 원작이었다.

게다가 황실은 강력한 마력을 가진 생명에게서 마력을 추출할 수 있단다. 생명. 여기엔 인간도 포함되는 말이었다. 그리고 내 집안 '라미아스'는 돌연변이가 있는 집안이다.

"황제는 아버지에게 아버지 자신과 나와 너를 실험의 대상으로 요구했어."

아주 강력한 마력을 타고나는 돌연변이. 그때는 몰랐던 실험의 정체가 밝혀졌다.

"충직한 기사였던 아버지는 선택해야 했어."

"자신과 두 딸을 황실에 바칠지. 아니면 명을 거부하고 몸을 피할지."

"아버지는 어머니와 함께 자신이 희생양이 되고 나와 너를 피신시

킨 거야. 에이미……."

기억도 나지 않는 부모님의 얼굴. 그들은 나와 언니를 살리기 위해 희생된 존재였다.

돌연, 언니의 뒤로 공간이 작게 일렁거렸다. 곧 반투명한 형체가 둥둥 떠올랐다. 율리아였다. 그녀는 언니를 바라보며 무언가 말을 하고 싶은 듯 착잡한 표정이었다. 그러다 나와 눈이 마주친 율리아는 검지를 입으로 가져다 대며 고개를 살래살래 흔들었다.

"그까짓 마력이 뭐라고. 황실의 실험체가 되지 않아서 가문은 반역으로 몰려 모조리 죽고 살아남은 건 너와 나뿐이야, 에이미."

율리아 라미아스. 머나먼 우리의 조상은 이 이야기를 듣고 무슨 생각을 했을까.

"언니, 나는……. 황실과의 비밀 회담에서 황실을 습격한다는 얘기를 들었을 때 그런 생각을 했어. 리녹은 단단히 각오를 했구나."

목이 쉰 까닭에 간간이 마른침을 삼키며 차분히 말했다.

"그건, 진짜 '반역'이야."

그렇지 않아도 황실은 어떻게든 리녹의 몰락을 빚어낼 틈을 노리고 있다. 지금까지 그가 얌전히 부당한 대우를 견딘 이유는 무력 충돌을 피하기 위해서였다.

여기서 황실을 습격하는 것은 고스란히 빌미를 제공하는 것이나 마찬가지였다. 그리고 리녹은, 이번 작전을 위해 이를 각오했다.

"언니, 지금껏 우리는 그 이름을 억울해하고 있던 것 아니었어?"

목이 가뭄이 인 것처럼 쩍쩍 갈라진다. 비단 목뿐만이 아니었다. 입술도 말랐다. 초조해서가 아니었다. 가슴에 일어난 불꽃이 옮겨 온 탓이었다.

"억울하지."

"……."

"그러니까 언니는, 앞으로 진짜 반역자가 되려고 해."

언니가 허리춤에서 검집 채로 검을 빼냈다. 쿵. 무거운 검이 바닥을 찧었다.

"라미아스의 마지막 가주로서."

단단한 눈동자가 나를 향했다.

"나에게 물어볼까? 무엇이 가장 중요한가. 에이미. 바로, 너야."

나는 언니의 녹색 눈동자가 환상 속에서 보았던 율리아의 눈과 비슷하다고 여겼다.

"……니온 왕국은 어쩌고."

"언니는 항상 그곳에서 모든 임무가 마지막 임무라 여기며 살았어. 언제든 네게 무슨 일이 생기면 달려가야 하니까."

검 손잡이를 잡은 채로 언니는 방긋 웃었다.

"내게 너보다 중요한 게 어딨니? 내 동생을 건드린 개 같은 인간들을 두고 넘길 만큼 직책이 중요하진 않아."

보드라운 언니의 얼굴과는 어울리지 않는 험악한 말들이 튀어나왔다. 그것은 언니의 화사한 웃음과 불균형을 이뤘음에도 묘하게 조화로워 보였다.

"이 시간부로 디아나 라미아스는 이 작전에 동참한다. 이를 모든 가문 사람에게 알리는 바야."

모든 가문 사람. 모순적인 말이었다. 오래전에 모조리 죽어버린 가문에 남은 사람은 나와 언니 두 사람밖에 없었으니까.

아. 아닌가. 아니, 이 순간만큼은 셋일지도 모른다. 언니의 뒤에서

율리아의 반투명한 형상이 일렁거렸다.

"나는 적에게서 물러나지 않고 가문의 정의를 수호하겠다고."

"……언니."

"우리 가문의 후계자이자 마지막 레이디에게 약속해."

둘밖에 남지 않은 상황에서 한 사람이 가주라면 자연히 다른 한 사람은 후계자였다. 그리고 그 말은 썩 즐겁게 들리지 않았다.

"……마지막이니 하는 말은, 별로 듣고 싶지 않아, 언니."

"후후. 그냥 하는 말이지. 그냥."

언니는 그리 웃고는 품 안에서 무언가를 꺼냈다. 자그마하고 평평한 판 위에 주황빛으로 새가 양각되어 있다. 나는 어렴풋이 이것이 무엇인지 알았다.

"그건 뭐야?"

"가문의 문양이야. 그리고……. 대대로 가주가 가지는 목걸이이기도 해."

저걸 흐린 기억 속에서 본 적 있다. 정확히는 저 문양이 곳곳에 있던 저택을 기억한다.

"지금까지는 이 목걸이를 보는 것만으로 가슴이 아파서 꺼내지 못했어. 아버지가 죽기 전 마지막으로 건넸던 순간이 떠오르지만, 언니는 아무것도 할 수 없었으니까. 너와 나를 살리는 것만으로 부족했던 시간이었으니까."

"……."

침묵하던 나는 언니가 이야기를 꺼내기 전에 입술을 열었다.

"하지만 이젠 그럴 필요가 없지."

언니는 잠시 눈을 크게 떴다가 이내 끄덕였다. 언니가 한쪽 무릎을 접었다. 침대에 등을 기댄 나와 눈높이가 맞았다. 내가 언니를 내려다보는 형국이었다. 그 상태로 언니가 자신의 무릎 앞에 검을 쿵 찍었다.

"언니만 믿어."

잔잔한 파도가 일렁거리는 눈동자. 그러나 이것은 아주 오랫동안 담아온 파동일 것이다. 언니의 뒤로 율리아가 다가왔다. 시선을 내게 올곧이 향한 언니는 알아채지 못했다. 아니면, 율리아가 기척을 드러내지 않은 것일지도.

"내 부모님을 죽이고 내 동생을 건드린 새끼들."

반투명한 율리아의 손가락이 톡. 검의 폼멜을 건드렸다.

"전부 쓸어줄게."

칼을 타고 희미한 흰빛이 일렁거렸다. 언니는 잠시 놀란 듯했지만 정말 잠시뿐이었다. 순간 내 손등에서 문양이 드러났으니까 내가 한 모양이라고 생각하는 듯했다.

율리아는 다시 한번 검지를 입술에 가져다 댔다.

[네 언니가 바라는 순간, 이 검은 무엇이든지 단 한 순간에 베는 검이 될 것이야.]

마치 그것이 그녀가 해 줄 수 있는 유일하고도 서글픈 선물인 양. 아득한 조상의 눈에 씁쓸함이 스쳐 지나간 것 같았다. 언니의 검을 건드린 이후 율리아의 몸은 조금 전보다 더욱 투명해졌다. 금방이라도 사라질 것같이.

[타협하지 않는 신념은 꼭 날 닮았구나.]

언니가 몸을 일으키는 것과 함께 율리아의 형상이 사라졌다.

"어디 가? 이베르크 영지로 가는 거야?"

언니가 고개를 저었다.

"아니, 작전 지역이 있어. 그곳으로 가서 이베르크 대공과 합류할 거야."

언니는 나를 보더니 잠시 쓰게 미소 지었다. 미안함을 담은 미소이기도 했다.

"대공님은 먼저 출발했기 때문에 이곳에 올 수가 없어. 거기서 마법 사용이 힘들다고 하더라."

"……그래?"

"언니가 대표로 여기 남아 있다가 네가 눈뜨는 걸 보고 가려고 한 거야."

어쩔 수 없는 상황임을 알지만 아쉬운 기색이 스쳤다. 언니는 그걸 놓치지 않은 모양이었다.

"대공님이 널 보고 싶어 했어."

"……."

"아주 많이."

언니의 손이 내 손바닥을 스쳤다. 나는 손바닥에 놓인 것을 가만히 내려다봤다.

'마법 구슬?'

처음 보는 색이다. 통신 구슬, 순간이동 구슬과는 또 다른 색이었다. 언니는 이것이 '영상 구슬'이라고 말했다.

"혼자 있을 때 열어봐. 널 위한 선물이라고 하니까."

"……응."

하나 금방 출발할 것 같았던 언니는 하루가 더 지나서야 출발할 수 있었다. 이곳의 기상이 갑자기 나빠진 탓이었다.

아침에 언니를 배웅하기 위해 나섰을 때는 나뿐 아니라 세레나도 함께였다.

"언니는 가 볼게. 건강하게 지내고. 끼니 거르지 말고."

"응."

"마법사님 말 잘 듣고."

"……내가 애야?"

"영원히 애지. 언니 눈에는."

언니가 함지박만 한 웃음을 지었다. 언니가 고개를 돌려 옆에 서 있던 세레나를 향했다.

"마법사님, 제 동생 잘 부탁드려요."

"네."

"에이미, 마법사님이랑 싸우지 말고. 말 잘 들어 알았니?"

"아. 언니!"

"물론 크게 걱정은 안 하지만."

"걱정할 거 없대도."

"그래그래, 알지. 두 사람 절친한 친구잖아?"

그때까지만 해도 평소처럼 미소를 달고 있던 세레나가 잠시 멈칫했다.

"친구…… 라니요?"

"아. 정확히는 스승과 제자였나요? 제 예쁜 동생 잘 부탁드려요. 두 사람. 나이대도 맞고 친해 보여서요. 우리 애가 사실 어릴 적부터 변변한 친구가 없었어서……."

"언니!"

"아. 알았어, 애. 보세요, 에이미도 아니란 말은 안 한다니까요. 친한 사이죠?"

"……."

나를 보던 언니가 세레나로 시선을 옮기고는 씩 눈을 휘었다.

"마법사님도 수줍음을 잘 타시는구나?"

방긋 웃어 보인 언니가 과장스러운 동작으로 등을 돌렸다. 차차 멀어지는 언니를 보다가 나도 모르게 걸음을 쫓았다. 열 걸음쯤 쫓았을까.

"언니."

"들어가. 여기까지 안 나와도 된대도. 춥잖아."

"다치면 안 돼."

한때는 꼼짝없이 죽을지도 모른다고 생각했던 언니였다. 그런 언니가 멀쩡히 살아남아 강인한 기사가 되기까지 했다.

언니는 몸을 반만 돌려 내 어깨를 툭툭 두드려 주었다.

"걱정하지 마."

세레나는 내 상태를 고려하여 이곳에 남기로 했다. 남은 기간은 둘이서 보내야 할 터였다. 그러니 언니가 안심할 수 있도록 웃어줘야 하는데…….

"여긴 안전할 거래. 쳐들어오는 이가 있지 않은 이상 그렇다고 하니, 걱정하지 말고 있어. 아. 그리고."

언니는 왜인지 품을 뒤져 다시 한번 목걸이를 꺼냈다. 라미아스 가주의 목걸이였다.

"사실 이거, 네게 준 순간이동 구슬과 한 세트야."

"세트?"

우리가 도망 다닐 때 늘 사용했던 순간이동 구슬을 말하는 건가?

"각각 하나씩 나눠 가지면, 가주 목걸이를 가진 쪽에서는 구슬을 가진 사람이 어디에 있는지 알 수 있어."

"위치를?"

"응."

나는 그제야 언니가 날 찾아서 정확히 이베르크 영지로 오게 된 이유를 알게 되었다. 단순히 추측만으로 온 게 아니었단 말이야?

"뭐야. 그걸 왜 이제 이야기해?"

"언니가, 늘 말했잖니. 니온 왕국으로 가면서, 에이미 네가 어디 있든 찾아갈 수 있으니 걱정하지 말라고."

"그게 어떻게 그 말이야?"

"네가 성인이 되면 이야기하려 했어. 상황이 이렇게 될 줄은 몰랐지."

내가 성인이 되던 날과 언니의 입단식이 겹쳐 언니는 내 성인식 날보다 조금 일찍 산맥을 나섰어야 했다.

"아무튼 이젠 알았잖니."

"……그건 그렇긴 한데."

한숨을 쉬며 절레절레 고개를 젓는 나를 언니가 꼭 안아주었다.

"무사해야 해."

"응. 우리 예쁜이. 너도 여기서 안전하게 있어 줘."

언니와의 이별은 여기서 끝이었다. 멀어지는 언니의 뒷모습을 보다가 돌아섰다. 문득 다시 고개를 돌렸을 때 언니의 모습은 온데간데없었다. 세레나의 말에 따르면 이곳에는 외부와 차단하는 결계가 쳐져 있어, 언니가 결계를 넘어갔기에 보이지 않는 것이라고 했다. 눈이 사박사박 내리는 절벽 아래를 보다가 완전히 눈을 돌렸다. 모두가 안전하길 바라며.

방으로 돌아간 나는 침대에 몸을 뉘었다. 이상하게도 조금만 움직였을 뿐인데 빨리 지치는 기분이었다. 세레나는 해독 마법을 과도하게 쓴 부작용 때문이라고 했다.

"잠시 쉬어요."

"네. 스승님. 스승님도요."

세레나가 잠시 약초를 살펴보러 나간 사이, 나는 숨을 토해냈다.

'세레나는 한 시간쯤 걸린댔지.'

천천히 손바닥을 펼쳤다. 조그마한 구슬. 언니가 주고 간 것이었다. 그리고 리녹이 내게 선물했다고 하는 것.

눈곱만큼의 마력을 주입하자, 구슬에서 옅은 빛이 흘러나왔다. 리녹의 눈동자 색처럼 푸른빛이 섞인 보랏빛이었다. 빛이 사라지고 난 뒤로 반투명한 형체가 뿌옇게 그려졌다. 마치 벽을 스크린 삼아 영사기로 영상을 돌리는 것 같은 느낌이었다.

[이게 기록이 된다고?]

리녹? 화면 안에는 낯익은 이가 보였다. 그는 이쪽을 보지 않은 채 인상을 살짝 찌푸렸다. 리녹이 있는 곳은 나도 익히 아는 그의 집무실이었다.

[음성과 모습 모두 저장된다라.]

[예. 각하. 베이커가 막 만든 것이라 하더군요.]

로테의 음성이 들려왔다.

[이곳을 통해 저장되는 것이라 전해 들었습니다.]

[……실용성이 없어 보이는데.]

[본래는 아가씨께서 갖고 싶다고 하셨던 것인데…….]

[필요한 물건이군.]

얼른 태세를 바꿔 진지하게 끄덕이는 리녹을 보며, 나는 옅은 웃음을 터트렸다. 영상 구슬이라고 해서 대체 무엇인가 했더니. 이전에 베이커에게 만들어달라고 요청했던 것이었다. 내가 원했던 건 정확히는 비디오 캠코더 같은 것이었지.

'어린 리녹이 사라질지도 모르니까.'

고대 마법을 풀 것이라고 생각했기에 언젠가는 아이의 모습을 볼 수 없을 거라고 생각했다. 그렇다면 무엇으로든 좋으니 너를 남길 수 있는 기록이 있었으면 좋겠다고. ……물론 그것이 이렇게 쓰일 줄은 몰랐지만.

[각하, 이쪽을 바라보시면 됩니다.]

그 순간 리녹과 눈이 마주친 것 같았다.

[저긴가.]

정확히는 리녹이 렌즈 역할을 하는 부분을 본 것이겠으나, 가슴을 떨리게 하기엔 충분했다.

[됐으니까 물러나.]

[예.]

마법이 좋긴 좋구나. 반투명한 영상 속 리녹은 눈앞에 있는 듯했다. 심지어 날이 좋은지 리녹에게 쏟아지는 볕에 붉은 갈색으로 물든 머리카락까지 세세하게 보였다.

자색 눈동자가 느리게 굴러 정면을 향했다. 달칵. 로테가 나간 것인지 문이 여닫히는 소리가 들렸다. 텅 빈 방에 홀로 남았음에도 리녹의 입술은 떨어질 줄 몰랐다. 남들에게는 냉정하게 느껴질 얼굴이었지만, 사실 고민에 잠겨 있는 얼굴이란 건 나밖에 모를 터였다.

[……에이미.]

낮고도 나직한 목소리. 가슴이 뻐근해졌다.

[이렇게 말하면 정말 네게 들리는 건가.]

리녹이 잠깐 입술을 다물었다. "미친 짓 같지만……."이라고 중얼거리는 것 같기도 했다.

[……보고 싶다.]

허공을 배회하던 시선이 올곧이 정면을 향했다. 시간과 공간을 뛰어넘어 그와 마주하는 기분이 들었다.

[보고 싶어, 에이미.]

"……."

이대로 영영 헤어지는 것도 아니건만 가슴이 꾹 조여들었다. 나는 천천히 손을 뻗어 화면을 잡아 보았다. 잡히지 않았지만 눈을 뗄 수 없었다. 그의 깜빡임조차 놓치고 싶지 않았다. 그는 얼굴을 쓸어내렸다.

[……네가 없는 밤은. 미치도록, 잠들기 어려워.]

그의 목소리가 점차 잠겨들었다.

[하지만 네가 없는 세상은…… 더욱. 견디기 힘들겠지.]

화면 속의 그가 나를 쳐다봤다.

[죽지 마라.]

"리녹."

[아니, 네가 죽게 두지 않을 거다.]

그는 무슨 생각을 하며 화면 속 나를 들여다봤을까.

[에이미, 세상은 이베르크를 두고 늑대에 비유하곤 하지. 우리를 둘러싼 용어 또한 그렇다.]

늑대의 매듭, 늑대의 각인……. 확실히 그러했다. 손가락으로 꼽아보다 말고 다시 화면을 향했다.

　[하얀 산맥의 늑대는 거대한 먹이를 가져온 수컷만이 반려에게 청혼할 수 있다. 이를 따서 우리의 청혼은 '늑대의 혼약'이라 부른다.]

　잠시 먼 곳을 향했던 그의 시선이 이쪽으로 돌아왔다.

　[에이미, 이미 네게 내 모든 것을 바친 나는 더 줄 수 있는 것이 없어 고민했다.]

　목이 막혔다. ……이미 준 것만으로 충분한데. 울컥한 목소리는 성대를 빠져나오지 못했다.

　[네게 늑대의 청혼을 하기 위해선, 이 세상을 다 바쳐도 모자랄 것 같다.]

　"그렇지 않아요."

　[그래서 네게 제국을 주는 것은 어떠한가 생각했다.]

　"네 모자라지 않, 네?!"

　그가 듣지 못할 것을 알면서도 화들짝 반문했다. 당연하겠지만 그에게선 답이 없었다.

　[한때, 너와의 내기에서 지면 이 세상을 모두 이베르크 영지로 만들까 생각했다.]

　"……."

　[그럼 발 딛는 곳마다 이베르크 땅이겠지, 그리 생각하면서.]

　대체 그 스케일은 어디서 튀어나오는 거냐고 묻고 싶었다. 잔잔하던 파도는 사라지고 크고 거칠게 일렁이는 남자가 있었으니까.

　[지금도 그 생각에 변함은 없다.]

　숲속에서 함께 살던 시절부터 보석 같던 그의 눈동자는 변함없이 아름다웠다. 아름답고 올곧았다.

[하지만 무엇보다 우선되어야 하는 것은, 네가 무사한 것이다.]

"……."

화면이 잠시 새까맣게 변했다. 그가 손바닥으로 가린 것 같았다. 마치 자신의 표정을 보이기 싫다는 듯이.

[너는 내가 반드시 구하겠다.]

까만 화면에서 그의 목소리만 흘러나왔다. 기절하기 직전 세레나에게 나를 살려달라고 했던 그 음성이다. 작고 간절한 음성.

[그리고 이 제국을 손에 넣어 돌아왔을 때.]

"……."

[그때는.]

검은 화면에 차차 빛이 번졌다. 마치 어두운 세상에 일출이 떠오르듯이. 빛이 트이며 당신의 눈동자가 보였다.

[내가 가져온 세상을 받아주겠나. 혼인 선물로.]

"리녹."

[나의 반려.]

오래된 기억이 떠올랐다. 아니, 그리 오래되지 않은 기억이다.

"에이미, 이 책을 다 읽은 건가? 모두 로맨스 소설 같은데."

"그렇죠. 아 잠깐 보지 말아요! 또 따라 하려고 그러지. 부끄럽단 말예요!"

"어느 장면을 제일 감명 깊게 읽었나?"

그때 나는 무슨 말을 했더라.

완전히 어둠이 걷힌 화면 속, 유려한 남자가 정중하게 한쪽 무릎을 꿇고 앉아 있다.

"프러포즈죠. 남자 주인공이 한쪽 무릎을 착 접어서! 한 손에는 꽃

을 들고!"

한 손에는 단 한 송이의 새파란 장미를 들고서.

"꽃다발은 식상하잖아요. 으음. 내가 주인공이라면…… 음, 그래. 어디에서도 나지 않는 것을 받고 싶어요."

전생의 내 세상에서 불가능을 상징하는 꽃이 있었다.

우연히 이곳에는 꽃이 전혀 피지 않는다는 이야기를 들었다. 계절 대부분이 겨울이기 때문에. 식물들도 다른 방식으로 생식한다고. 마법으로 만들어진 정원에서도 추위를 아주 막을 수 없어 매해 꽃을 새로 심어야 한다고 했다. 꽃을 보기 힘든 이곳에서 더욱 구하기 힘든 것.

[꽃을 피워내는 것이 참 힘들더군.]

책 속 청혼 장면 얘기를 했던 날은 꽤 오래전이었다. 당신은 언제부터 오늘을 준비했을까? ……그리고 이렇게 말하게 되어서 얼마만큼 서글펐을까.

[너는 이것을 끝까지 보고 있을까. ……조금은 의심스럽다.]

"……잘…… 보고 있어요."

[홀로 얘기하는 것은 조금…… 그래. 공허하군.]

"내가 옆에 있어요."

나는 닿지 않는 말을 중얼거렸다. 리녹이 아주 잠깐 낮게 웃음을 터트렸다. 꼭 내게 화답한 것처럼 느껴졌다.

화면 위로 꽃이 선명하게 보였다. 리녹은 그저 들어 올린 것이나 내게는 내민 것처럼 보였다. 나는 웃음을 터트렸다. 눈물 한줄기가 뺨을 가로질렀다.

"뭘 그렇게 떨어요."

[……염려되는군.]

"내가 거절할 리 없잖아요."

무릎 꿇고 홀로 중얼거리는 것이 어색하다고 말하면서도 끝내 꼿꼿한 자세를 유지한 리녹. 그의 귀가 보일 듯 말 듯 붉었다. 나는 그의 붉음마저 사랑스러워 견딜 수가 없었다.

[돌아오면 다시 청하겠지만.]

세상에서 오직 나만이 들을 수 있던 목소리가 공간에 고요히 퍼졌다.

[나의 반려.]

음률이 느껴지는 다정한 음색. 나는 그 음성을 정말 사랑했으며 지금도 사랑하고 있었다. 지나간 말 한마디마저 잊지 않는 당신을, 정말 사랑한다.

[여생을 나와 함께해 주겠나.]

환희와 서글픔이 교차하는 순간이었다. 그가 볼 수는 없겠지만 그럼에도 활짝 웃었다. 우리, 얼른 다시 만나요.

"……네. 좋아요."

나의 대공님.

△

세레나와 함께 이 고요한 별장에 머문 지도 며칠이 흘렀다.

별장이라 하니 말인데, 이곳은 정말 깎아지른 듯한 벼랑 끄트머리에 위태롭게 자리한 별장이었다. 꼭 폭풍이 몰아치는 언덕에 우르릉 쾅쾅 번개 치는 하늘이 딱 어울릴 것 같달까. 물론 실제 풍경은 평화롭기 그지없지만 말이다. 하얀 눈 봉오리는 사람을 편안하게 만들어

주는 힘이 있었다.

"에이미, 생각을 해봤어요."

"……또 무슨 생각을 하신 거죠, 스승님."

고즈넉한 풍경과 달리, 세레나와 함께한 지난 며칠은 평온하지만
은 않았다.

세레나는 생긋 웃었다.

"음식 및 식자재와 관련한 이야기는 아니니, 그렇게 쳐다보지 말
아요."

"요리하겠다는 말은 아니신 거죠? 정말로?"

"네."

세레나는 정말, 정말. 정말로 끔찍하게 요리를 못했다. 단순히 손
재주의 문제는 아니었다. 지나치게 호기심이 강하고 실험 정신이 투
철한 탓이었다.

"죽이에요."

"……개바, 아니 죽이라고요?"

나로도 모자라 본인의 몸마저 서슴없이 실험에 쓰곤 했으니까. 그
리고 이건 내가 단 하루 만에 침대에서 벌떡 일어난 이유가 되기도
했다. 어차피 하루가 지나고 몸이 멀쩡해져서 일어나려곤 했었지만.

세레나는 계속 다양한 시도를 하려 했고(특히나 집안일에서), 번
번이 내게 가로막혔다.

"에이미. 에이미. 약초와 식재료의 배합에 대한 거예요. 들어봐요."

"아니요. 안 들을게요."

이곳은 아는 이가 극소수인 비밀 별장이었기에 사용인을 쉽게 들
일 수 없었다. 대신 식자재와 같은 것은 부족함 없이 충분했다. 세레

나가 요상한 걸로 낭비를 하긴 했어도 끄떡없었단 소리다.

"제가 할 이야기는 에이미의 몸과 관련한 이야기예요."

그러나 화기애애한 일상과는 다르게 내 몸은 빠른 속도로 망가지고 있었다. 심지어 움직이기 위해 세레나가 고통을 덜 느끼는 마법을 걸어줄 정도였다. 세레나는 이 마법을 걸기 전, 그녀답지 않게 망설였으나 강력하게 주장하는 내 청에 결국 들어주고 말았다.

"제 몸이라면 어떤?"

가만히 있어도 바짝 마르는 입술을 축였다. 거울을 보지 않아도 알 수 있었다. 창백해진 얼굴, 며칠 사이 눈에 띄게 도드라진 손목뼈와 쇄골.

"이대로는 오래 못 버텨요."

"……."

그녀는 그녀답게 중요한 이야기도 산뜻하리만치 담담하게 풀어놓았다. 마치 일상을 이야기하듯이.

"해독 마법에도 한계가 왔다는 얘기예요."

황실과의 회담까지는 아직 시일이 남아 있었다. 작전 일까지는 더 남았다는 소리다.

'과연 그때까지 몸이 버텨줄 수 있을까?'

사실 내 한계는 내가 더욱 잘 알고 있었다. 하지만 이대로는 안 된다. 리녹이 돌아올 때까지는 버텨야 한다.

"다른 방법을 이용하면 어때요?"

"다른 방법이요?"

나도 모르게 고개를 들고 눈을 동그랗게 떴다.

"문헌에 따르면 요르문간드의 독은 마력이 강한 이에게 더욱 큰 효력을 발휘해요. 요르문간드는 마력을 먹는 뱀이니까요."

나도 아는 사실이었다. 원작에서 나왔으니까. 그래서 탄시즈가 이 독을 이용했었지.

"에이미 몸에는 그 독의 근원이 있어요. 이것이 지금 몸속에서 끊임없이 독을 생성하고 있고요."

"……네."

"그런데 그 근원이 요르문간드의 성질을 띤 것이라면 강한 마력을 좋아하지 않을까요? 에이미의 상태를 보며 세운 가설이에요."

"내 안의 독이 마력을 가늠한다고요?"

"네. 실제로 내가 해독 마법을 주입할 때면 독이 반응을 해요."

"그건……."

마력의 세기를 가늠하는 거라면 독이 움직일 가능성도 있을까.

"에이미, 마법사에게는 속성이란 것이 있으며 그 속성은 주로 칭호로 드러나죠. 에이미의 칭호는 눈과 얼음이죠?"

"네."

"칭호로는 드러나지 않았지만 내가 가장 선호하는 속성은."

"불이죠."

말을 가로채인 세레나가 눈을 크게 떴다가 이내 변함없이 미소를 지었다. 맞아요, 하고.

"독의 취약점은 불이죠. 만약 내가 그 독에 당했다면 능히 태울 수 있었을 거예요. 하지만 에이미는 속성상 무리일 테니, 독이 잠복기를 가졌던 걸로 추정해요. 아마도 본인도 모르게 얼렸겠죠."

"……얼리는 것만으로는 무리였고요?"

"네. 부상을 입고 약해진 몸도 한 몫을 했겠지만요."

"그래서 스승님은 무슨 말이 하고 싶은 거예요?"

조금만 더 기다리면 리녹을 만날 수 있겠지만 그 조금을 견디지 못할 상황인지도 몰랐다.

"내게 옮겨요."

이 상황에서 세레나의 제안은 놀랍기 그지없는 것이었다.

"……네? 무슨 말이에요. 옮기면, 스승님이 위험해지는 거잖아요!"

"관찰해 본 결과 위험하지 않아요. 나는 태울 수 있으니까요."

그녀는 자신만만하지 않았다. 으스대지도 않았고 뽐내지도 않았다. 그저 당연한 이야기를 하듯이 말을 했다. 그 모습이 더 설득력 있게 느껴졌다.

"정말 위험하지 않아요?"

"네."

여태까지 그녀는 내게 거짓말을 한 적이 없었다.

"에이미는 운 나쁘게도 속성상 가장 좋지 않은 독에 걸린 것뿐이에요. 내게 옮길 수만 있다면 자유의 몸이 되겠죠. 어쩌면 대공이 오기 전에 말이에요."

그녀는 이걸 좀 더 빨리 눈치채지 못한 것이 아쉬운 일이라고 덧붙였다. 확실히 그랬다. 그녀의 말대로 되었다면 리녹이 기습을 결심하거나 조급히 떠날 필요는 없었을 것이다.

물론 성공할 수 있는 일이라면 말이지.

"내가 어떻게 하면 되죠?"

"고통스러운 방법일 텐데 괜찮겠어요?"

"……네."

"그럼…… 독의 근원이 움직일 만큼 강한 마력을 일으켜요. 그리고 그 근원을 밖으로 이끌어 내는 거예요. 그동안 내내 강한 마력을 유지해야 해요. 마법을 쓰는 것도 괜찮겠죠."

현재 나에게는 고통을 완화하는 마법이 걸려 있었다. 하지만 이 마법은 내가 마법을 쓰는 순간 풀어질 거라고 했다. 그렇다는 건 다시 독으로 인한 고통을 느껴야 한다는 얘기였다. 나는 고개를 들었다가 세레나의 소매를 가볍게 붙잡았다.

"일단 장소를 옮길까요?"

세레나를 이끌고 별장을 나섰다. 별장 앞에는 정원이라고 하기는 부족하지만 자그마한 공간이 있었다. 몇 걸음만 걸어가면 깎아지른 절벽 아래가 보일 터였다. 하지만 마법을 쓰는 데는 무리가 없었다.

나는 심호흡했다.

"시간이 없으니, 바로 시작할게요."

몇 걸음 떨어진 곳에서 세레나가 끄덕인다. 그 모습을 끝으로 눈을 감았다. 손을 쥐었다 폈을 뿐인데, 기다렸다는 듯 손등이 간지러웠다. 몸속에 남아 있던 마력이다. 마력이 졸졸 시냇물처럼 작게 움직인다. 물줄기는 차차 넓어진다. 조금씩. 더 넓게. 더 넓게.

그리고 그 순간,

"쿨럭!"

엄청난 고통이 허리를 강타했다. 허리뿐만이 아니라 복부, 겨드랑이, 팔, 다리, 온몸으로 퍼졌다.

"버텨요, 에이미."

버텨야 해. 세레나의 음성을 이정표 삼아 이를 꽉 깨물었다. 눈앞으로 커다란 눈덩이가 보였다. 그래, 마법을 쓰자. 거대한 마법을. 공격 마법은 쓸 수 없다. 결국 생각해 낸 수는 언젠가 언니와 대련할 때 쓴 바 있는 거대한 눈덩이였다.

쿵. 얼음과 눈이 합쳐진 덩어리가 마력의 크기에 따라 점점 덩치를 불려갔다. 마력을 유지하기 위해서 안간힘을 쓰는 사이, 다리는 멋대로 휘청거리며 움직였다. 마력의 반발력에 못 이겨 뒤로 밀려나는 것에 가까웠다.

'아직 모자라!'

더. 더욱더. 거대한 마력 속에서 눈덩이가 커짐과 동시에 몸속에서 무언가 움직이는 것 같았다. 독의 근원이었다. '이거다'라고 표현할 수 없었지만 그런 느낌이 들었다.

아늑한 고통이 온몸을 지배했지만 멈출 수는 없었다. 이제 이걸, 옮기면……. 옮기기만 하면…….

"흡, 쿨럭! 아흑……."

눈앞이 새하얘졌다. 다시 눈을 떴을 때, 바닥에 무릎을 꿇고 있었다. 눈앞에 있던 눈덩이를 조정하던 마력은 온데간데없이 사라졌다. 본능적으로 알았다. 몸이 버티지 못한 거다.

"하아, 스승님."

"……에이미의 체력이 견디지 못한 것 같아요."

얼굴 위로 긴 그림자가 졌다. 세레나는 어느새 내 앞에 서서 나를 물끄러미 내려다보고 있었다. 태양을 등진 탓에 그녀의 표정이 보이지 않았다.

"……다시, 흡. 다시 한번 하면, 될 거예요. 다시……. 쿨럭. 시도해봐요."

"……."

입술로 흐르는 피를 닦아냈다. 소매가 흥건히 젖었다.

"안 돼요. 이 상태로는 불가능해요."

세레나의 음성은 단호하기만 했다. 이 순간까지도.

"에이미는 죽을 수밖에 없겠네요."

온기 하나 없는 음성은 아이러니하게도 온화하고도 아름다웠다.

"대공이 올 때까지 버틸 수 없어요."

"……."

"결코."

나는 소매로 입술을 막은 채로 천천히 고개를 들었다.

참 이상한 사람이다. 이 순간에 안타까워할 법도, 위로할 법도, 하다못해 동정을 할 법도 한데. 옅게 미소한 그녀의 얼굴은 무기질적이었다. 마치 그런 방법을 전혀 배우지 못한 사람처럼, 시선과 표정이 따로 놀았다.

"……이 순간에도 직설적이시네요."

세레나의 얼굴이 잠시 굳었지만 이내 대답했다.

"이상한가요?"

"아니요."

그녀가 다시 물었다.

"그럼 싫어요?"

"아니요. 그것도 아니에요."

고개를 살래살래 저었다. 침과 피를 함께 삼키며 혀를 지그시 눌렀다. 말이 어눌하지 않도록.

"흡…… 하아, 스승님다운 것 같아요. 지금 그 모습이요."

조금씩, 조금씩 느껴지던 괴리. 손톱으로 손바닥을 지그시 눌러 잡았다.

"사실, 한 번쯤은 꼭 말하고 싶었는데…… . 나는 처음에 스승님을 오해한 것 같아요."

원작의 위대한 구도자, 리녹의 구원자. 나는 당신의 등장만을 기다렸다. 모든 것을 가능케 하고 '비인간적이리만치' 선하고 착한 사람. 그런 사람을 위해 물러나 주는 건 결코 잘못된 행동이 아니라고 생각했다. 사실은 저 스스로 가장 완벽한 주인공의 모습을 그리고 있는 줄도 모르고.

당신은 영웅이었다. 하지만 나는 단 한 번도. 영웅이 아닌 당신을 생각해 본 적 없다.

"이젠 알아요. 제가 멋대로 영웅의 모습을 만들고 그 위에 뒤집어 씌운 것일지도 몰라요."

"……."

나는 세레나가 원작과는 다르다는 것을 인정했다. 그것은 나쁘지 않은 기분이었다. 책 속에서처럼 선하기만 해서, 착하기만 해서 손해 보는 사람이 아니라고 생각하니 그녀에게는 더욱 잘된 일 같았다. 그래. 사람이 좀 영악하기도 하고 그래야지.

"지금 이 모습의 스승님도 좋아요."

여전히 나는 세레나의 시선 속에 담긴 것을 완벽히 파악할 수 없었지만 이 순간만은 알 수 있다.

"……왜요?"

그녀는 이상하다는 듯이 나를 보고 있었다.

"왜 당신은 죽어가는 지금도 나를 그렇게 말해요?"

"날 살리는 데 최선을 다했잖아요."

"……."

"반대로 제가 묻죠. 그럼 스승님을 탓해요? 왜요? 스승님이 날 찌른 건 아니잖아요."

모순적이지만, 비인간적으로 완벽하던 책 속 주인공보다 지금의 그녀가 훨씬 인간다웠다. 아니, 그렇다고 생각했다.

"나를 보았던 모든 사람은 살려달라고. 구해달라고. 내게 매달렸어요. 영웅이라서. 영웅이니까."

"그랬어요?"

"당신은 죽어 가는데, 마지막으로 할 말이 그것뿐인가요? ……이상하네요."

"그거 말인데요. 나 안 죽을 것 같아요."

나는 느릿하게 입술을 축였다.

"어떻게든 될 것 같은데."

"……왜요?"

나는 그녀의 소맷자락을 쥐고 퍽 장난스럽게 웃었다. 그리하면 이 상황의 심각함이 8할은 날아가기라도 할 것처럼.

"스승님이 살려주실 거잖아요."

근거는 있었다. 무닌의 첫 번째 시험에서 나와 불을 끌 때, 죽고 싶으냐는 내 질문에 죽고 싶지 않다고 단호하게 말했다. 늘 모든 것에 초연하던 그녀답지 않게 꽤 강한 어투로.

세레나의 전투를 본 사람이라면 그녀가 진정 최전방에는 서지 않음을 알 수 있었다. 물론 마법사이기에 장거리 전이 당연하겠지만, 그것과는 다른 이야기다. 그녀는 전투의 주체가 되려 하지 않았다. 오히려 모든 상황에서 관찰하는 듯 유리된 상태였다.

언제나 흰 옷을 입고 그 옷을 전혀 더럽히지 않는 대마법사. 이는 그녀가 모든 상황에서 동떨어진 관찰자로 느껴지게 했다. 그러니까 그녀는 어떤 일이든 적극적으로 나서는 사람이 아니었다.

주요한 전투를 함께해서일까. 길게 보지 않았으나 이것만큼은 확실하게 알 수 있던 시간이었다.

"스승님, 저 많이 좋아하잖아요?"

세레나의 눈이 자신의 소맷자락을 붙든 내 손을 향했다. 내 얼굴을 보는 듯했다.

"그건 논리적이지 않아요."

천천히 그녀의 얼굴에서 미소가 사라졌다. 보통은 불길한 징후로 보일 듯한 이런 행동은 오히려 세레나의 본질과 가까운 표정을 보게 해주었다. 무결점이리만치 정적이던 그녀의 눈 속에서, 고요가 깨진 것만으로 충분했다.

"에이미."

껍데기를 벗은 그녀가 눈을 깜빡였다.

"당신은 정말 이상해요."

외눈박이의 세상에서는 두 눈이 달린 사람을 향해 그리 말할 것이다. 이상하다고.

"아니요. 이상하지 않아요. 스승님도, 그리고 나도요."

"……"

"반대로 스승님이 쓰러졌다면 나도 그랬을 거예요. 스승님을 좋아하니까요."

"……"

그녀는 영웅이 아니다. 의무감에 잠식된 사람도 아니다.

"아닌가?"

사는 세상이 달랐던 세레나가 이리 말하는 이유를 알 수 있을 것 같았다. 그녀는 감정에 서툴렀다.

세레나의 눈이 천천히 아래를 향했다. 눈꺼풀이 느릿하게 감겼다가 다시 뜨인다. 그 찰나가 아주 천천히 흘러가는 듯했다.

이윽고 그녀에게서 말이 흘러나왔다.

"에이미. 최근에 '대가'에 대해 설명했던 것을 기억해요? 고대 마법을 쓰는 '대가'요."

"……타인의 치료 마법을 받을 수 없는 거요?"

쿵. 세레나의 지팡이가 바닥에 꽂혔다. 그녀처럼 늘씬한 막대기를 바라보다 순간 역광에 휩싸인 얼굴을 보았다. 무슨 생각을 하는지 모를 표정 없는 낯이었다.

툭. 발끝에서 뭔가 떨어지는 기분에 고개를 살짝 돌린다. 그대로 얼어붙었다. 언제 여기까지 밀린 거지? 놀랍게도 등 뒤는 깎아지른 것 같은 절벽 끝이었다. 소름이 쭉 돋았다. 조금 전 눈덩이를 만들며 이리저리 밀리다가 벼랑 끝까지 온 듯했다.

"네. 에이미는 한 번도 듣지 못했겠네요. 내 고대 마법에 대한 '대가'요. 아니, 이때까지 누구도 듣지 못한 것이기도 하죠."

세레나가 느릿하게 상체를 굽혔다. 은빛 머리칼이 태양에 부서지며 사르르 흘러내렸다. 몹시도 아름다운 낯이었지만 표정이 없어서인지 인형에 가까워 보였다.

"나는, 감정을 잃어요."

차가운 바람 속에서 나지막한 고백이 울려 퍼졌다.

"마법을 한 번 쓸 때마다 감정을 잃죠. 그리고 수없이 마법을 쓰고 이 자리에 있는 나는, 마지막으로 감정을 느껴본 적이 언제인지 모르겠어요.”

그것은 가벼이 흘러나오기에는 한없이 무거웠다. 더는 들으면 안될 것 같았다. 그렇기에 다급히 그녀의 말을 막으려 했다.

“……스승님, 잠깐, 잠시만요! 그건 대체 무슨…….”

그러나 터져 나온 세레나의 음성을 막기엔 역부족이었다.

“마탑 가장 깊은 곳에 갇혀 있을 적에 나는 마탑 벽돌에 새겨진 고대 주문을 얻었어요. 그리고 가장 먼저 한 일은 날 실험하던 마탑 하나를 그대로 날려 버리는 것이었죠.”

세레나의 눈이 긴 은빛 막대기를 쓸어내렸다.

“이후 나는, 가장 먼저 기쁨과 슬픔, 분노 같은 기본적이고 보편적인 감정부터 잃었어요.”

유리알 같은 아름답고도 무기질적인 시선이 천천히 나무를 타듯 올라온다. 그것이 나를 바라본 순간 나는 움찔했다.

“내게 유일하게 남아 있는 감정은 호기심이에요. 그토록 많은 것을 연구한 까닭은, 궁금해하지 않으면 마법을 쓸 수가 없거든요. 일종의 생존 본능과도 같죠.”

세레나는 줄곧 모든 것을 관찰하는 시선이었다. ……때로는 이상하리만치 많은 것에 호기심을 느끼고 관찰하고 싶어 했다.

“모든 걸 잃고, 이제는 호기심만이 나를 지탱하고 있어요, 에이미.”

잃었다……. 세레나의 말을 들으며 나는 조금 다른 생각을 했다.

그것은 꼭, 잃은 게 아니라. 빼앗긴 것에 가깝지 않나.

“이대로 두면 대공이 오기 전에 죽을 거란 건 진심이에요. 아니, 대공이 오더라도 달라지는 건 없겠죠.”

그녀는 꾸며진 달콤함과 다정함으로 짐짓 안온하게 속삭였다.

"그리고 나는 당신이 죽지 않기를 바라요."

"……스승님."

"당신에게 궁금한 것이 많거든요."

"스승님!"

"그 남자들은 왜, 당신을 만나고 다들 변했을까요?"

그 남자들? 묘한 기시감에 눈을 깜빡였다.

"나는 당신을 살릴 거예요. 정답이 궁금하니까. 그래. 쉽게 죽게 두지 않을 거야."

스르륵. 손에서 소맷자락이 빠져나갔다.

"그러니 난 언제나 그랬듯 가장 합리적이고 효율적인 방법을 택할 거예요."

세레나가 눈을 휘었다.

"죽는다면 어쩔 수 없겠지만."

지금 이 미소는 평소와 같은 웃음이라기보다 무언가를 감추기 위한 것 같았다.

"사실 이것이 아니더라도 나는 그 남자와의 약속을 지켜야 하겠지만."

"약속?"

"네. 당신을 데려오라는 약속."

너울너울. 은빛 머리카락이 눈앞에서 춤을 추듯 흔들렸다.

"스승으로서 하나만 알려주자면 에이미, 순간이동 게이트가 땅이 아닌 허공에 만들어지면 장거리 이동의 효율을 높여줘요."

"그게 무슨……!"

말을 더 잇지 못했다. 세레나의 얼굴이 멀어졌기 때문이었다. 익숙한 느낌이었다. 부유감. 마치 무닌과의 첫 번째 과업이 끝나고 세레나의 마법이 해제되며 한없이 높은 곳에서 추락하던 때처럼. 아득한 추락감이 나를 덮쳤다.

'리녹!'

절벽 끝에서 세레나의 얼굴이 보였다. 분명 그때처럼 떨어지고 있었으나 상황은 너무나도 달랐다. 등 뒤에서 눈부신 빛이 느껴진다. 이 또한 익숙한 감각. 이동 마법이었다. 다급한 마음과 함께 뒤를 돌아봤을 때, 마법 너머로 보이는 공간에서 익숙한 것이 보였다.

왜? 왜 당신이?

"네가 함께했던 세레나 히아신스는 사실."

무닌의 음성이 귀를 스친다.

"인간 기준으로 최악의 악당이 될 수도 있던 자였지."

무닌이 선언했다.

"여전히 그녀의 운명에는 이 미래가 존재한다."

그 남자. 그리고 나를 데려오라는 약속.

모든 건 한 가지를 가리켰다.

세레나, 왜 당신이…… 황실과 함께 움직이는 건데?

MY SISTER PICKED UP THE MALE LEAD

새장과 새 그리고 열쇠

XV

15

새장과 새, 그리고 열쇠

눈을 떴을 때는, 낯선 천장이 보였다.

'낯선 천장만 몇 번째야. 이젠 아주 욕이 나오는구만.'

나는 당황하지 않고 눈을 깜빡였다. 이어 부스스 몸을 일으켜 눈을 비볐다. 아니, 비비려고 했다.

'몸이 무거워.'

상태가 좋지 않았다. 절벽에서 떨어지기 전과 크게 다르지 않은 것 같다. 아찔한 부유감과 추락감을 떠올린다. 나는 크게 숨을 들이쉬며 천천히 얼굴을 쓸어내렸다. 당혹스러웠다.

'왜 세레나와 탄시즈가 손을 잡은 거지?'

이해할 수 없었다. 한쪽은 원작의 여자 주인공이었고 한쪽은 악역에 가깝던 남자 주인공이었다. 서브에 가까웠으며 끝내는 악역으로 끝을 맞이한 남자. 제아무리 원작이 틀어졌다고 한들 기본 틀만은 변하지 않았다. 탄시즈가 리녹에게 기이한 열등감을 품고 있으며 그를 증오하는 것이 증거였다.

그렇다면 세레나도 크게 다르지 않을 터였다. 거기다 리녹과 사이가 나빠 보이지 않았다. 서로를 동료라고 칭할 정도는 되지 않았나?

그랬다. 사이가 나쁠지언정 세레나와 리녹은 서로를 동료로 칭했다. 한데 이 상황은 흡사 세레나가 리녹을 배신한 것 같지 않은가. 이뿐 아니라 절벽에서 떨어지기 전에도 세레나는 언젠가 이리될 것처럼 이야기했다. 그녀가 배신할 이유가 있었나? 대체 어디에?

생각할수록 머리가 지끈거렸다. 관자놀이를 붙잡고 고개를 들었다.

'이유야 어찌 됐든.'

지금은 고민하고 있을 때가 아니었다. 나는 빠르게 방을 스캔하듯이 훑었다. 탄시즈의 진영으로 이동되었을 때와 달리, 방 어디에도 황실 문양은 보이지 않았다. 하지만 높은 확률로 이곳이 황실이거나 황실의 영향력이 미친 곳이라고 생각했다.

조금 기다리자, 몸에 힘이 돌아오는 것이 느껴진다. 손을 쥐었다가 펴보고는 상체를 일으켰다.

'아까부터 미묘한 느낌이 드는데.'

이상하게도 등줄기가 아릿하고 뒷목의 솜털이 삐죽 서는 듯한데. 흡사 누군가 나를 바라보는 것 같은 느낌이었다.

'일단 방을 둘러보자.'

그리 생각하고 발을 디뎠을 때였다.

"어디 가?"

"언니야!"

나도 모르게 엉덩방아를 찧었다. 놀란 눈이 쉴 새 없이 깜빡였다. 어디야, 어디에서 나온 거지? 분명 사람 목소리이건만 아무도 없다. 목소리가 나올 곳은 어디에도 없는데.

"여기야."

"여기, 여기!"

천천히 시선을 아래로 내렸다. 놀랍게도 그곳에는 아주 조그만 사람이 있었다. 사람? 아이? 아니, 아이라고 부를 수 있을까? 아이라기에는 너무나도 작았다.

귀여워 보이는 얼굴에는 이목구비가 빠짐없이 들어가 있었으며 머리는 몸통보다 조금 큰 가분수 형태였다. 손바닥보다 조금 더 큰 정도? 그런데 무리 없이 걷고 있다.

"뭐, 뭐야……."

"뭐래?"

"우리 보고 '뭐야'래."

아이 중 하나가 고개를 갸웃했다. 그러고는 이내 주먹을 흔들었다. 더욱 놀라운 건 그와 동시에 일어났다. 파르르. 등 뒤에서 잠자리 날개가 솟더니 파르르 날아올랐으니까.

"으악, 뭐야!"

잠자리? 사람 몸통에 잠자리? 자연스럽게 잠자리채를 떠올렸다. 아니, 이게 아니지.

"마, 마수?"

"마수? 아니야."

"우리는 님프잖아."

"그렇게 말하면 안 돼. 모른대. 인간과 마법 생물의 중간 형태야!"

"둘 다 아니지! 인간들은 요정이라고도 부른다며?"

"그렇지만 우린 님프야. 인간도 마법 생물도 아닌 요정이지."

얼기설기 앞뒤가 조금 맞지 않는 말이었다. 하지만 알아듣기에는 큰 무리가 없었다.

"요…… 요정이라니."

이 무슨 자다가 봉창 두드리는 말인가? 사실 펜릴의 존재도 얼떨 떨했던 나로서는 이해하기 어려운 이야기였다.

"제국에 이런 것이 있다고 들은 적이 없는데……."

따지자면 이베르크 영지의 마법 생물인 펜릴의 이야기조차 널리 퍼지지 않았다. 사람들은 마수가 아닌 또 다른 생물에 대해 제대로 알지 못했으니까.

아이 중 하나가 고개를 갸웃했다. 사람의 것 같지 않은 푸른 머리 칼이 톡톡 흘러내렸다. 정말 표현 그대로 머리카락이 움직이는 물 같았다.

"사람들은 몰라."

"맞아. 몰라. 제국에는 님프가 없으니까."

"왜 없지? 왜 없더라? 황제가 전부 잡아서."

"죽였지."

"실험에 사용했잖아."

"마력을 가진 모든 것이 사로잡혔지. 오랜 세월 동안?"

"죽었어."

오싹해진 탓에 등줄기로 소름이 돋았다.

"제국의 고대 마법은 사라져."

"품은 것들이 전부 죽었으니까. 황제의 마법 하나만 남을 때까지 앞으로도 죽을 거야."

"아주 많이."

잠자리 날개가 포르르 흔들리며 내 주변을 휘휘 날았다. 순수하리

만치 맑은 두 쌍의 눈은 나를 신기하게 쳐다봤다. 하지만 나는 그 시
선에 응할 수가 없었다. 추악한 단면을 엿본 기분이었다.

단편이었지만 알아듣는 것은 어렵지 않았다. 이 제국에는 사람들
모르게 이 요정들과 같은 존재와 더 많은 마법 생물이 있었고, 어느
날 사라졌다. 황실의 손에 사로잡혀서.

실험에 쓰였고, 끝내는 죽었다. 대체, 이 나라 황실은 무슨 미친 짓
을 벌인 거야? 손등이 떨린다. 현실의 무게가 무겁게 어깨를 짓누른
다. 그때였다. 문이 활짝 열렸다. 꽉 다문 조개의 입같이 열린 틈 사
이로 유려한 걸음으로 걸어 들어오는 사내. 탄시즈였다.

"아가씨, 깨어나셨습니까?"

그는 마지막으로 볼 때와 마찬가지로 꿀 같은 미소를 흘렸다. 석
양을 흘려놓은 듯 황홀하리만치 아름다운 낯. 그러나 그것은 곳곳에
덫을 친 식충 생물의 달큰함과 다르지 않았다. 나는 눈을 굴렸다. 나
에게로 웃음을 흘리는 탄시즈. 그리고 그의 옆에는 세레나가 서 있
었다.

"……세레나."

당신은 왜, 이런 사람들과 손을 잡은 거지? 혼란이 파도처럼 몰려
왔다. 세레나가 원작과 다르다는 건 알고 있었다. 아니, 알고 있다고
생각했다. 하지만 이젠 모르겠다.

저벅저벅. 세레나를 노려보는 사이, 탄시즈가 부드럽게 걸어왔다.

"아가씨."

그가 한쪽 무릎을 내 앞에 꿇고 나서야 시선을 옮겼다.

"하실 말이 많은 줄로 알지만, 일단 치료부터 하지요."

탁. 그가 단단한 힘으로 무언가를 바닥에 내리꽂았다. 소리를 내

며 꽂힌 것은 익숙한 단검이었다. 요르문간드의 독니였다.

"아가씨가 아픈 것은 싫습니다."

루비를 박아놓은 듯 요요한 빛을 띤 눈동자가 사르르 아려하게 휘어졌다. 그와 동시에 바람이 불었다. 거칠게 흘러내린 머리카락 사이로 바닥에 꽂힌 검을 중심으로 펼쳐진 거대한 마법진이 보인다.

갈색과 검은색으로 일렁이는 것이 몸을 파고들었다. 푹. 살벌하게 파고든 소리와 다르게 아픔은 없다. 생생한 효과음에 비명을 지를 새도 없었다. 몸속에서 뿌리 같은 것이 빠져나온다. 마치 검은 구슬의 반편 같았다.

"독의 근원입니다. 정확히는 '반쪽'이지요."

나는 숨을 크게 들이쉬었다.

"반은 치료해 드리고, 반은 이후에 꺼내 드리지요."

그가 설명을 덧붙이지 않았음에도 뒷말을 이해할 수 있었다.

'아, 딱 죽지 않게끔만 살려두겠다?'

눈을 돌렸다. 세레나는 아무런 말이 없었다. 거울을 보진 못했지만 내 눈은 좀 더 차게 식었으리라.

"약간의 시간 동안만 얌전히 여기 있어 주신다면 완벽히 치료해 드리겠습니다."

"거래하자는 건가요?"

사람들이 간과하는 것이 있다. 항상 생글생글 웃는 사람은 화를 낼 줄 몰라서 웃는 걸까? 아니. 그저 역치가 높은 것뿐이다. 모든 사람이 그렇지는 않지만 적어도 나는 그렇다.

"아니요. 그저 아가씨를 소중히 모실 생각뿐입니다. 다시 만날 것이라 하지 않았습니까?"

다시 말하자면 언니를 닮아서, 일단 눈이 확 뒤집히면 차분하고도 냉정하게 화를 낼 줄 안다는 거다. 나는 우리 언니처럼 화사하게 눈을 접었다.

"웃기고 있네. 소중히 모신다고?"

이 순간 입술 밖으로 나오는 어떠한 말도 마다하지 않으며.

"포장하지 말아요."

앞에 놓인 그의 손을 발로 쭉 밀었다. 힘없이 밀리는 손. 거기에 대고 나는 더욱 깊게 미소 지었다.

"당신, 그거 그저 더러운 집착이야."

탄시즈는 마치 정강이뼈를 한 대 세게 맞은 듯한 표정을 지었다.

"아니. 다시 말해야겠다."

나는 손을 쥐었다가 피면서 손등을 뒤로 날렵하게 옮겼다.

'내가 하나 깨달은 게 있는데.'

선지자의 능력인지 뭔지는 몰라도, 내가 때리면 그 날쌘 펜릴과 무닌도 깨갱 짖는단 말이지? 어쩌면, 마력을 가진 생물들은 선지자에게 이런 영향을 받는 건지도 몰랐다.

'내가 주는 고통이 상대에게 배가된다는 것.'

"까고 있네."

퍽. 정강이를 까인 탄시즈가 미미하게 인상을 찌푸렸다. 아니, 차차 더욱 인상을 찌푸린다. 그가 한쪽 다리를 붙잡고 끙, 숨을 내쉬는 동안 화사하게 입술을 끌어 올렸다.

"어디서 목숨 가지고 흥정이야?"

허공을 향해 손을 뻗었다. 손끝에서 싸한 냉기가 흘러나왔다. 새하얀 얼음, 겨울의 공기. 긴 지팡이가 손에 잡혔다. 한때는 초대 대

공의 것이었던 것. 이제는 나를 위한 내 지팡이. 하얀 자작나무 가지
처럼 흰 지팡이가 바닥에 내리꽂히며 바닥이 얼어붙었다. 탄시즈가
종아리를 붙든 채 고개를 들어 올렸다.

"아가씨."

"손대지 마."

탄시즈가 손을 멈췄다.

"미안하지만 건드리는 것조차 싫어."

나는 또박또박 말했다.

"임자 있는 몸이라서."

그는 웃고 있지만 눈은 낮고도 어둡게 일렁거렸다.

"이제 말도 높여주지 않는 겁니까?"

"아. 사람에게만 말을 높이려고."

나는 눈을 휘어 활짝 웃어 보였다. 우리 언니가 나 한번 참 잘 가
르친 게, 불의는 넘어가서는 안 될 불이라서 불의랬다.

"존중은 받을 가치가 있는 사람에게만 줘야 하지 않겠어?"

이 순간 나는 잘못된 선택을 한 걸지도 모른다. 분기를 내세우는
것이 아니라 고개를 숙이고 사근사근한 말을 뱉어야 했을지도 모른
다. 그리하여 탄시즈를 안심시키고 탈출을 도모하는 것이 현명한 선
택일지도 모른다.

내가 우리 언니의 동생이 아니었으면, 도망자이면서도 끝내 불의
를 지나치지 않고 정의를 지키던 디아나 라미아스의 동생이 아니었
다면. 그랬을지도 모르지.

그러나 아니었다. 현실적인 듯하나 누구보다 언니를 닮은 동생.
그게 나, 에이미 라미아스였다.

"아가씨."

탄시즈의 음성은 변함없이 낮고 부드러웠다. 그러나 똑바로 마주한 그의 눈을 보면 알 수 있다. 그는 미처 가면을 쓰지 못했다. 평온한 척하는 가면을.

"전하, 어쩌면 저희는 좋은 관계가 되었을지도 모르지요."

입술을 비틀었다.

"하지만 그걸 망친 장본인이 누굴까요?"

첫 단추부터 잘못 끼운 관계였다. 태생부터 어그러진 관계. 하나, 이뿐일까? 아니다. 그는 산 밑 마을에서 나와 처음 마주했던 날, 그때 또한 나를 신분으로 압박했었다.

"당신이에요."

"……."

두 번째로 만났던 순간에도 당신은 나를 겁먹게 했다. 의도를 품고서 내게 뜻을 강요했다.

"다시 말해줄까?"

"……."

"당신이야."

그러니 말해줄 거다. 당신이 외치는 '어쩌면 그때 그러지 않았더라면' 하는 '만약'이란 상황은, 영원히 일어나지 않는 상상이라고. 망상이라고.

당신은 솔직하게 말할 수 있었던 무수히 많은 기회를 버렸다. 뜻을 숨기고, 죄책감을 숨기고, 그러면서 내 애정을 갈구했다. 웃기지도 않지.

"……아가씨."

일순 그의 기도가 변했다. 그의 눈은 휘어졌으나 더는 봄바람같이 온화하지 않았다. 오히려 날것 그대로를 보이며 나를 뚫어지게 바라봤다.

"여기는."

탄시즈는 이제 목소리조차 꾸며내지 않았다.

"내가 제일 증오하며 동시에 제일 안전하게 여기는 장소이지요."

부드러운 껍데기를 벗어버린 그는 이처럼 찬란한 눈동자 색을 가졌음에도 어둡기 그지없었다. 지금 그의 곁에 일렁이는 검은색 마력처럼.

"여기는 내가 실험을 당했던 곳입니다. 다른 말로는 황실 최후의 요새이지요. 이것이 무슨 뜻인지, 알려 드리자면."

성큼 다가온 그가 상체를 느릿하게 숙여 보였다.

"아가씨에게는 구속 마법이 걸려 있습니다. 이곳을 빠져나갈 수 없다는 거죠. 아시겠습니까?"

"……지금 협박하는 건가요?"

"네. 협박입니다."

치졸하군요. 나는 지지 않고 그의 눈동자를 노려봤다.

"이 공간 전체가 거대한 구속 마법진이나 다름없습니다. 위대한 대마법사조차도 빠져나가기 힘들지요. 내 아버지가 심혈을 기울여 만든 곳이니까요."

그에게서 푸르게 일렁이는 불꽃이 느껴지는 듯했다.

"위대한 대마법사조차도."

탄시즈가 잠시 말을 멈추고 흘끗 세레나가 있는 곳을 곁눈질했다. 그것은 아주 잠시뿐 탄시즈는 이내 시선을 내게로 향하더니 몸을 뒤로 물렸다.

'어째서 쉽게 물러가는 거지.'

그러나 다음 순간, 탄시즈를 보고서 나는 몸을 굳혔다. 그에게서 나오는 심상치 않은 검은 마력 때문이었다.

"빠져나오지 못할 겁니다."

탄시즈는 나를 알고 있다. 이는 대마법사에 근접한 나를 두고 한 말이었다.

'마력이…….'

한순간이었으나 손가락 하나조차 까딱할 수 없었다.

"그럼 아가씨."

쩌저적. 얼어붙었던 바닥이 검은 벼락를 맞고서 금이 간다. 그의 얼굴에 남아 있던 여유로움이 모조리 사라졌다. 대신에 권태감으로 물든 지독한 나른함이 그 자리를 대신했다.

"조만간 다시 뵙지요. 꼭 당신을 원래의 몸, 정상으로 돌려 드리겠습니다."

"……."

"조금 더 있다가. 제가 모든 일을 처리한 후에."

황홀하도록 아찔한 음성이 귀를 간지럽히고 사라졌다. 고개를 들자 탄시즈가 방을 나서고 있었다. 곧 문이 끼익 닫혔다. 손가락이 파르르 떨렸다. 지금에서야 마력이 다시 움직이는 듯했다.

문을 바라보던 나는 천천히 고개를 돌렸다. 정면을 향한 곳에는 한 사람이 서 있었다.

'스승님.'

내 표정이 고요히 가라앉았다.

'아니, 세레나.'

가지 않고 남은 세레나가 나를 물끄러미 쳐다보고 있었다.

"에이미."

목 끝을 간지럽히듯 청아한 음성이 흘러나왔다.

"몸은 어떤가요?"

나는 대답하지 않았다. 아니, 못했다는 게 맞을 것이다. 사실은 아직도 혼란스러웠다. 일어나자마자 마주친 것이 탄시즈였기에 역정을 내고 분노를 토해냈을 뿐. 세레나를 향한 감정은 분노인지 슬픔인지 배신감인지 서러움인지 모를 것들이 널을 뛰고 있었다. 지금이 순간에도. 하지만 무섭도록 태연하게 묻는 그녀에게 무슨 대답을할까.

"혈색이 좋아졌군요. 비록 반이긴 해도 독의 근원이 빠져나간 효과일 거예요. 남은 것이 걸릴지 모르지만 괜찮을 거예요. 일상생활에는 무리가 없을 테고요."

더는 절벽에서처럼 놀랍지도 기가 막히지도 않았다. 그저 내 감정을 정확히 짚을 수 없었다. 그렇기에 나는 가만히 날 향하고 있는 시선과 마주했다.

"할 말은 그게 다인가요?"

"네?"

세레나가 입을 다물고 나를 응시했다.

"왜 그렇게 태연해요?"

"에이미?"

그녀가 자신의 뺨을 만졌다. 그러고는 이상한 게 없는데 왜 그러냐는 듯 나를 쳐다봤다.

"할 말이 그게 다냐고 물었어요."

그녀가 고개를 갸웃했다.

"무슨…… 할 말을 말하나요? 아, 아직 몸이 아파요? 치료 마법을 걸어줄까요?"

"……."

"용건이 있다면 이야기해요."

"그게…… 지금 당신이 나한테 할 얘기야?"

나는 울컥했다.

"음, 에이미, 아무래도 독으로 인해 쇠약해진 모양이에요. 열은 나지 않나요? 그럴 땐 말이 빨라지고 감정이 격……."

"세레나 히아신스!"

사실은 세레나의 얼굴을 본 순간부터 참고 참았던 것이었다. 왜 그랬냐고 묻고 싶은 마음과 인정하고 싶지 않은 마음. 생각 이상으로 세레나를 믿었으며 의지했던 마음까지도.

이건 나뿐이었을까? 언니도, 심지어 리녹 또한 마찬가지였을 것이다. 만약 그들이 옆에 있었다면 지금 이 태연자약한 세레나의 얼굴을 보며 무슨 생각을 했을까.

"왜, 스승님이라고 부르지 않나요?"

그 말에 가슴속에 응어리진 것이 펑 터지는 기분이었다.

"지금 그런 것이 중요해?"

"아. 중요하지 않나요?"

나는 헛웃음을 터트렸다.

"하…… 하하. 앞으로 당신을 그렇게 부를 일은 절대 없을 거야."

눈앞에 떠오른 것은 아무것도 모르고 나를 찾을지도 모를 리녹과 그의 기사단이었다.

"다시 한번 물을게요."

나는 얼른 세레나가 이 상황에 대해 설명을 해주길 바랐다. 해명해 주길 바랐다. 사실은 나를 낮게 하기 위해 어쩔 수 없는 수단을 택한 거라고. 나를 위한 것이지, 믿음을 저버린 건 아니라고. 변명이라도 해주길 바랐다.

"죽는다면 어쩔 수 없겠지만."

물론 기절하기 직전에 들은 말이 새록새록 떠올랐지만, 그럼에도 듣고 싶었다.

"당신 지금 이 상황에 대해서 내게 할 말이 없어? 없다고? 정말로……?"

미안하다고. 어쩔 수 없었다고. 그 한 마디만 하면 될 텐데.

"에이미, 왜 화를 내는 거예요?"

세레나의 미간이 조여졌다가 풀어진다. 그녀는 실로 당황한 기색이었다.

"당신을 살려야 한다고 했잖아요? 당신도 죽고 싶지 않았을 것이고."

세레나의 하얀 손이 제 입술을 만지작거렸다.

"그 남자와 내가 했던 계약 때문에 이러는 건가요? 하지만 그 계약과는 상관없이 당신이 살 방도는 하나였어요."

날 향한 푸른 눈은 어린아이의 것과 같았다.

"가장 합리적인 방법을 택했는데, 왜 화를 내는 건가요?"

그 눈은, 순진하고 무구하며…… 천진난만하고 푸르렀다.

"황실은, 내 적이에요. 그리고 리녹의 적이에요. 몰랐어요?"

"알아요."

"당신은 리녹과 동료가 아니었어요?"

"맞아요. 대공과는 주요한 계약을 맺었고. 황태자와도 같은 계약을 맺었어요."

세레나가 양 손바닥을 펼쳤다.

"오래전이었죠. 나는 두 사람에게 각각 주요한 부탁을 하나씩 들어주기로 하였고, 대공은 그 부탁으로 내게 고대 마법을 푸는 시도를 해 달라고 청했어요."

이어지는 설명 속에 온기는 어디에도 찾아볼 수 없었다.

"황태자는 내게 당신을 데리고 와달라고 청했죠. 마침 당신은 위험했고 죽을지도 몰랐고요."

저 무기질적인 눈동자를 더 이상 쳐다보고 싶지 않았다. 한때 누구보다 신뢰했고, 목숨마저 맡기며 과업을 함께했다. 내 손끝이 마구 흔들렸다.

"……내가. 싫어할 거라고는 생각 안 했어요?"

"싫어할 거라고 생각했어요."

한순간 내 얼굴이 잠시 누그러졌다. 어쩌면 세레나에게서 내가 원했던 대답이 나올지도 모른다는 생각에.

"그게 왜요?"

그러나 이는 아주 잠시뿐이었다.

"싫다는 감정은 일시적이에요. 그런 건 시간이 지나면 잊히잖아요?"

입술이 움직이지 않는다.

"시간이 지나면 모든 기억은 무뎌지고, 희미해져요. 아픈 일도, 힘든 일도 별거 아니에요. 에이미, 시간이 지나면 당신은 날 이해할 거고."

차가운 공기가 솜털 사이사이로 스며드는 기분이었다.

"그럼 다시 날 스승님이라고 불러 줄 거잖아요?"

그녀가 담담히 말했다. 나는 그 정도는 기다릴 수 있어요.

"아니, 아니."

그녀는 이해란 단어의 의미를 잘못 알고 있는 건가? 아니, 그보다는 저 인형 같은 얼굴이⋯⋯.

나는 주춤 손을 내리다 그대로 주먹을 쥐었다. 이 순간 섬광처럼 내리꽂히는 깨달음이 있었다.

'아⋯⋯. 이건.'

왜 이때까지 몰랐을까. 내게는 익숙한 모습이었다. 그러니까 현실에서가 아닌 책 속에서 읽었던 모습. 다만 세레나의 모습이 아니었을 뿐이다.

"그는 날 좋아하지 않아요."

"나는 그 부분을 잘 이해하고요."

세레나는 리녹을 두고 말할 때 언제나 '이해'라는 말을 쓰곤 했다. 믿음이나 신뢰 대신에.

"나랑 같은 사람이구나."

타인의 감정에 공감하지 못하는 자. 공감력이 결여된 자. 감정이 없나 싶을 만큼 냉혹하던 사람. 소시오패스라 불리기까지 하던 사람. 이건 책 속 남자 주인공⋯⋯. 리녹의 책 속 모습이었다. 날 만나기 전의 리녹의 모습. 세레나는 나를 만나기 전의 리녹을 두고 수없이 말했다. 자신과 같은 사람이라고.

"그런데 우습게도 이런 생각은 그가 기억을 잃고 사라졌다가 돌아왔을 때 달라졌어요."

기억 속 세레나가 웃음을 머금는다.

"아니, 당연한가? 다른 사람이 되어 돌아왔으니까."

아주 건조한 웃음을.

"그와 같은 사람도 변한다는 사실이 흥미로웠어요. 그게 참 힘든 일이거든요."

같은 사람. 비슷한 사람. 그제야 세레나가 말하는 같은 사람의 의미를 깨달았다.

"변해 버린 리녹 이베르크와 나는 앞으로 절대 교차할 일이 없을 거예요. 이전의 그라면 모를까. 지금의 그는 사고방식부터 달라졌으니까."

……이런 것이었구나. 나는 무구한 얼굴을 한 세레나를 보았다.

"에이미?"

그녀의 얼굴로 어째서인지 어린아이의 몸을 하고 있던 그녀의 모습이 겹쳐 보인다. 정서가 건조하다는 말로 그치지 않는, 타인을 이해하는 능력을 영원히 잃은 걸지도 모르는 사람.

그 위로 리녹의 낮의 모습, 아이 모습을 한 그가 겹쳐진다. 어쩌면 눈앞의 세레나는 리녹이 되었을지도 모르는 모습이었다.

"아니요. 세레나 님. 당신은……. 용서할 수 없는 일도 있다는 것을 알아야 했어요."

리녹의 폭주를 겪어본 나는 안다. 그가 어떤 때에 '폭주'하는지. 내가 이곳에 있다는 것을 알게 되면, 아니, 정체 모를 곳으로 끌려가 생사조차 알 수 없음을 알면.

나는 눈을 감았다.

'……폭주할 거야.'

당신이 이를 몰랐을까? 내가 용서할 수 없는 부분은 이 점이었다.

"정녕 나를 생각한다면 배려해야 했어요. 설명을 하거나."

"……."

"이런 식은 배신당한 것이나 다름없어요. 나도. 리녹도. 내 언니도."

원작의 마지막을 떠올린다. 주인공이 누구보다도 영웅다웠던 마지막. 그러나 현실의 종장(終章)은 최악의 결과로 나타났다. 내가 사랑하던 이야기 속 영웅님은 감정이 오래전에 마모되어 결여된 사람이었다. 그리고 그 영웅이 지금 무지로 얼어붙은 눈을 하고서 나를 바라본다.

"내 행위에 어떤 이름을 붙이든 상관없어요. 당신은 살았잖아요?"

"방법도 순서도 잘못됐다는 거예요!"

그녀가 나를 생각해 주었음을, 완전히 부정하지 않는다. 그러나 세레나가 해야 할 일은 나를 대뜸 황실의 소굴로 데려올 것이 아니라 다른 방법을 찾는 것이었다. 설령, 최후의 방법으로 택했더라도 내게 대응할 시간이라도 주어야 했다. 리녹에게도 알려야 했다. 당연하지 않은가.

"설명이 왜 필요해요?"

"……."

"모든 건 시간이 지나면 흐릿해지기 마련이고."

"……."

"나는 당신의 생명을 살렸으니까."

그녀가 눈을 깜빡였다.

"살아 있다면 상관없잖아요?"

참으로 아름다웠다. 깜빡임조차도 그림처럼 소화하는 사람이었다. 하나 이제는 그녀가 움직이는 인형처럼 보였다.

"그러니까……. 당신은 미안하지도, 미안할 이유도 없다는 거네요?"

세레나, 나는 당신의 이유를 들어 보려고 했다.

"마지막으로 하나만 물을게요."

나는 힘없이 미소했다.

"내가 아프지 않았더라도 당신은 언젠가 나를 황태자에게 데려갔을 건가요? '계약'했기 때문에?"

"네."

허탈함이 들었다. 내가 그동안 무엇을 보고 있었던 거지?

"그럼 리녹과 이베르크의 사람들과…… 내 언니에게…… 내 소식을 알려줄 생각은요?"

"없어요."

그녀가 고개를 기울였다.

"아직 모두 낫지 않았잖아요?"

"그럼, 나와 손을 잡고 황태자를 속이는 건요? 그럴 수는 있잖아요. 나를 살리려고 애를 썼잖아요."

"안 돼요. 가능성이 낮아요. 가장 효율적인 방법은 역시 황태자가 당신을 완전히 낫게 하는 것이고."

"……."

"황태자가 마음을 바꾸면 당신, 죽을 거예요."

건조하고도 담담한 대답에 나는 눈물을 머금었다. 지금도 모두가 날 찾고 있을 텐데. 이걸 누구 탓이라 해야 할까.

"세레나 님."

나는, 당신을 이해하려고 시도했어요. 아니. 했었다.

표정이 드러나지 않은 세레나의 얼굴을 보며 소름이 끼쳤다. 명화에 숨겨진 끔찍한 비화를 알게 된 기분이었다.

"감정을 잃어요."

천천히 입술이 떨어졌다.

"내 뜻은 전혀 묻지 않고 마음대로 하는 건, 폭력과 다름없어요."

나는 더는 절망에 사로잡혀 있지 않았다. 힘들지도, 아프지도 않았다.

"누구도 알려주지 않은 건가요?"

서늘함이 가신 자리로 바람이 부는 듯했다. 눈앞에 꼿꼿이 서 있는 위대한 대마법사. 마치 향기 없는 봄처럼 그녀는 줄곧 이렇게 살아왔던 걸까.

"나는 당신이 안타까워요."

그러나 명확히 해야 한다.

"하지만 더는 당신이 좋지는 않아요."

안타깝게도 무지가 모든 변명이 될 수는 없다. 가슴을 채운 것은 지독한 배신감이었다.

"당신은 영영 사라지지 않을 분노가 있음을 알았어야 해요."

잃은 것이 당신 탓이 아닐지라도.

"앞으로 우리 관계가, 처음으로 돌아가는 일은 없을 거예요. 영원히."

어쩌면 리녹에게 변고가 생긴다면, 정말 생각하기 싫지만 최악의 끝이 다가온다면.

"나는 당신을 용서하지 않을 테니까."

나는 모든 사람에게 대체로 호의적이며 좀처럼 날을 세우지 않았다. 도망자로서 사람들 사이에 빠르게 융화되기 위한 버릇이기도 했지만 동시에 사람의 선함을 믿었다.

'이 세계는, 이 이야기는 선함이 선함으로 만들어가는 이야기. 그러니 이 세계는 선할 거야.'

세레나가 고개를 떨어트렸다. 처음 보는 모습이었다. 윤기를 머금은 은빛 타래가 고개를 따라 아래로 흘러내린다.

선한 세계. 모두가 잘 먹고 잘살았습니다. 해피엔딩. 막연한 믿음이 흩어진다.

'그저 그렇게 믿고 싶었던 거겠지.'

발을 디딘 곳은 현실이었다.

성큼성큼. 나는 빠른 걸음으로 세레나와 거리를 좁혔다. 그때까지 고개를 숙이고 있던 세레나가 고개를 들었다. 놀랍게도 그녀는 손을 잘게 떨고 있었다.

"에이미…… 왜, 그렇게 말을 해요?"

그녀가 말을 천천히, 길게 늘어트렸다. 믿기지 않는다는 듯이. 처음으로 본 그녀의 표정, 그것은 커다란 충격에 빠진 얼굴이었다.

"당신을 위한 건데?"

"그럼…… 언니와 리녹에게 소식을 전해 줄 거예요?"

"……."

세레나의 눈에서 고집이 느껴졌다.

"안 돼요."

세레나는 진정 이것이 옳다고, 합리적이라고 생각하는 거다. 내가 그저 숨만 붙어 있는 것이. 시간이 지나면 원래대로 돌아갈 수 있다고 여기는 것이.

"그럼, 더는 우리가 함께할 이유가 없겠네요."

그러자 믿고 있던 커다란 진리가 와장창 부서진 사람처럼 그녀의 손이 내게 매달렸다. 나는 그걸 흘끗 보다가 그녀의 팔을 붙잡았다. 웃을 듯 말 듯 입술이 움직였다.

"그래그래. 알지. 두 사람 절친한 친구잖아?"

"아. 정확히는 스승과 제자였나요? 제 예쁜 동생 잘 부탁드려요. 두 사람. 나이대도 맞고 친해 보여서요. 우리 애가 사실 어릴 적부터 변변한 친구가 없었어서……."

오랜 시간 도망자로 살아온 내게 세상은 언니뿐이었다. 친구를 만들 시간도 ,친구가 생길 시간도 없었다. 언니의 친구였던 린네조차도 나와는 그런 사이가 될 수 없었다.

몰랐지만 애타게 바랐던 건지도 모른다. 그렇지만 이제 끝이야. 나는 이 세상에서 처음 사귄, 어쩌면 누구보다 가까운 친구였을지 모를 이에게 고했다.

"나가요."

세레나는 힘없이 밀려나며, 알 수 없는 절박함이 담긴 얼굴로 날 보았다. 당신을 참 모르겠다. 그러나 먼저 배신하고 외면한 것은 그녀다. 눈앞에서 쾅, 문이 닫힌다. 문손잡이를 놓은 나는 길게 숨을 내쉬었다.

"하아……."

손이 주먹을 꽉 그러모아 쥐었다. 고개를 들었을 때, 상심이 탈탈 털려 나갔다. 지금 내 상태는 급하게 도망을 결심하던 날과 같았다.

나의 오랜 방어 기제가 움직인다. 골치 아픈 것들을 치워두고 한 가지만 생각하게 만드는 것. 지금에 가장 적절한 버릇이었다. 나는 입술을 다부지게 앙다물었다. 그래. 지금 생각해야 할 건 이것이 아니야.

'탈출해야 해.'

벽을 이글이글 태울 것처럼 노려봤다.

지끈거리는 아픈 심장을 외면하면서.

△

이틀이 흘렀다.

그날 충격받은 얼굴로 쫓겨난 세레나는 나를 다시 찾아오지 않았다. 매일 찾아올 것 같은 기세였음에도.

감정이 무를 썰듯 뚝 잘리는 건 아닌지라, 마음에 걸리지 않는 건 아니지만 그것보다 중요하게 생각해야 할 것이 있었다.

"그나저나 여기……."

얼굴을 부여잡았다.

"어떻게 돼먹은 구조야?"

혼잣말치고는 꽤 큰 음성이지만, 들은 사람은 아무도 없었다. 이 복도에는 나 혼자였으니까.

"미로도 아니고."

의외로 탄시즈는 내 행동에 제약을 두지 않았다. 내가 움직이더라도 탈출을 쉽게 못 할 것이라는 자신감이 있는 거겠지. 리녹보다 치밀하고 신중한 탄시즈 성격에 나를 그냥 두는 건 그만한 이유가 있다는 소리나 마찬가지였다. 나는 문을 지그시 노려봤다. 이틀 동안 줄기차게 봐서 이제는 낯익은 문. 그 일례가 바로 여기 있다.

"또 돌아왔어."

눈앞에 보이는 문은, 내가 머무는 방문이었다. 조금만 복도를 걸어도 다시 이 자리였다는 거다. 다시 말해 아무리 열심히 걸어도 마치 미궁처럼 빙빙 돌다가 정신 차리면 다시 이 자리였다는 것이다. 얌전히 방으로 돌아가라는 듯. 자연스러운 일은 아니었다.

'아마도 마법을 걸어둔 거겠지.'

고로 이런 역할을 하는 마법을 걸어뒀다는 건데, 문제는 어디에 어떻게 걸어뒀는지 모르니 파훼할 방법이 없었다.

쾅.

"진짜!"

답답한 마음에 문을 걷어찼다. 욱신욱신한 발을 돌보는 대신 문을 원수라도 되는 양 잔뜩 노려봤다. 탄시즈의 눈동자처럼 반들반들한 금색이다.

'역시 화가 가라앉지 않아.'

다시 한번 걷어차려 할 때였다.

"어, 찬다."

"차는 거야?"

낯선 목소리에 고개를 돌렸다. 그곳에는 비슷하게 생긴 꼬맹이 둘이 있었다. 포르르. 등 뒤에 달린 잠자리 날개. 분명 이곳에서 처음 일어났을 때 보았던 아이들이었다. 그러니까 요정, 님프라 했던가?

"안 차?"

"안 차는 거야?"

"아프잖아."

"아!"

어째서인지 그때 보았던 것보다 더 조그만 크기였다. 주먹 두 개 합친 것보다 조금 크다고 할까. 한쪽은 물처럼 푸른 머리, 한쪽은 리녹의 눈동자처럼 보랏빛 머리. 날아다니는 자리마다 머리 색과 같은 빛 가루가 포슬포슬 떨어졌다.

"저기, 너희가 왜 여기 있는 거야?"

이틀 사이, 무수히 복도로 나왔지만 단 한 번도 사람을 볼 수 없었다. 사람은커녕 생물 그림자조차도. 식사는 꼬박꼬박 끼니때 나왔지만 매번 가져오는 사람이 달랐다. 그마저도 귀신같이 **빠르게** 사라졌지, 아마.

"우린 여길 구경해."

"널 구경하러 왔어. 오늘은!"

"들키지 않고 몰래."

"맞아, 몰래."

어쩐지 저 커다란 눈동자를 보고 있으려니 하양이나 어린 리녹이 생각날 듯하다. 실제로 보석같이 반짝이는 눈동자는 특히 하양이를 떠올리게 했다.

"몰래라니? 여기에 아무도 못 들어온다는 거야? 그리고 탄, 아니 황태자는? 들키면 어쩌려고."

"못 들어가. 금지했어. 황태자가."

"맞아. 황태자가."

"그리고 황태자는 이 자리에 없어."

"없어! 나갔지, 잠시!"

"맞아. 며칠 뒤에 올 거랬어."

"맞아!"

나는 미간을 좁혔다. ……탄시즈가 자리를 비웠다고?

"그럼 너희는 여기에 어떻게 들어온 거야? 여기, 마법이 걸린 거

맞지?"

"앗 맞아. 혼동 마법."

"그래, 그 마법! 빙글빙글 돌아."

신중한 내 목소리가 무색하게 아이의 목소리는 태연히 흘러나왔다.

"너흰 어떻게 들어온 건데?"

둘 중 보랏빛 머리를 한 아이가 고개를 갸웃했다.

"저기 '구멍'이 하나 있어."

"비밀이야."

"우리만 알지!"

"맞아!"

눈을 가늘게 좁혔다. 마치 캄캄한 공간에 한 줄기 빛이 스며든 기분이었다.

"너흰 구경하는 거랬지? 그럼 그 구경에 나도 끼워줄 수 있어?"

두 아이가 서로의 얼굴을 쳐다봤다. 대답은 곧바로 튀어나왔다.

"좋아?"

"좋아!"

선뜻 나온 대답에 오히려 내가 놀랐다.

'……아니, 당황하거나 한 번은 거절해야 하는 것 아니야?'

어째서인지는 몰라도 이 두 아이는 이곳을 자유롭게 누비는 듯했다. 어쩌면 몰래 다니는 걸지도. 그렇다면 몰래 다니는 길이나 몸을 감출 수단이 있다는 거고.

"저 그럼 너희 혹시 밖으로 나가는 출구도 알아?"

"몰라."

"그건 몰라."

"나가본 적이 없는걸?"

"맞아!"

여기 사는 것처럼 보이는 두 아이도 출구는 모른다……. 어쩌면 탄시즈나 그의 바로 아래쯤 되는 수뇌부들 정도만 아는 걸지도 모르지. 그러니 탄시즈는 내가 탈출하지 못할 것이라고 장담한 걸지도. 하지만 이건 기회가 아닌가? 이 공간, 건물인지 공간인지 모를 이곳을 제대로 살펴볼 기회.

같이 데려가 달라고 말하자, 요정들은 흔쾌히 고개를 끄덕였다. 무구한 얼굴들은 정말 인간 어린아이와 다를 바가 없었다.

"구멍은 저기야!"

"저기!"

어떤 위험이 도사리고 있을지 알 수 없으나 움직여야 한다. 시간을 다투는 일이니까. 하지만 구멍 바로 앞에 도달했을 때, 결심과는 다르게 나는 잠시 멈칫했다.

"저기……. 너희는 날 도와, 아니, 구경시켜 줘도 되는 거야? 들키면……."

위험한 거 아닌가? 아이의 모습이다 보니 괜히 마음이 약해졌다.

'괜히 닮아서 신경 쓰이네.'

저 요정들의 눈동자. 어린 리녹과 하양이를 떠올리게 하는 동그란 눈동자 때문인지도 모르지.

"괜찮아! 죽지 않아."

"맞아, 죽지 않아."

"황태자는 우리를 싫어해."

"좋아하지 않아."

……그럼 더 위험한 거 아니야? 그리 물으려던 때였다.

"하지만 우릴 동정해."

"죽이지 않아."

"우린 옆방이었어."

"옆방이었지."

"옆방? 무슨 말이야?"

"실험실 옆방!"

보석같이 반짝거리는 눈이 휙 접혔다.

"옆 창살! 그 속에 늘 있었어. 황태자!"

"맞아! 같이 실험 생물이었지. 우릴 싫어해."

"동정해!"

아이가 무구한 눈으로 방긋 웃었다.

"그러니까 죽지 않아."

△

시간이 흘렀다.

이곳에는 창문이 없었다. 지하실인 건지, 아니면 처음부터 창문을 만들지 않은 건지. 시간의 흐름을 알기 어려웠다. 하늘을 볼 수 없는 상황에서 기계마저 없었으니까. 밥을 가져다주는 사람은 말을 걸어도 무시하기 일쑤였고, 요정들은 시간 개념을 몰랐다.

"시간 재밌는 거야?"

"구경할래!"

하양이 2호, 3호 같은 몰골을 보고 그냥 고개를 가로저었었지.

'그래도 며칠 정도만 더 흐르지 않았을까?'

이삼일 정도. 그렇다면 리녹의 작전이 시행되기 전이고, 아직 괜찮을지도 모른다.

'아니, 지금은 그렇다고 믿어야 해.'

세레나는 물론이고 며칠 자리를 비웠다는 탄시즈조차 볼 수 없었다. 불행 중 다행인 거지.

오늘도 다른 날과 마찬가지로 이곳을 탐험했다. 이곳은 정말 미궁이라도 되는지 복잡했다. 넓기도 넓어서 나는 요정들의 설명을 듣고 대략 필요한 곳, 즉 탈출로가 있을 법한 곳만 싹싹 뒤졌다.

몇 번의 실패를 거치며 느낀 건데 여기엔 정말로 사람이 없었다. 죽은 듯이 고요했다. 요정들은 이를 두고 한곳에 사람이 몰려 있기 때문이라고 했다.

그렇게 얼추 리스트를 삭제해 가며, 남은 곳은 단 한 곳이었다.

"거기에 갈 거라고?"

"맨 밑에? 구경할 거야?"

"응."

두 요정이 서로를 쳐다봤다. 사람과는 다르게 동공이 없는 눈동자가 데굴데굴 움직였다.

"거긴 실험실이야."

"맞아, 실험실!"

나는 고개를 끄덕였다.

"알아, 여기가 어떤 곳인지는 들었어. 그리고 첫날에 너희가 설명해 줬잖아. 맨 밑층이 가장 위험한 곳이라고."

"맞아. 많이 아파."

"아파."

내가 가보지 않은 층은 그곳뿐이었다. 중요한 시설이라고 했으니, 연결된 문이 있을지도 모른다. 일단 다른 층에서는 전혀 보이지 않았으니까. 출구 비슷한 것조차도.

두 요정의 망설임은 길지 않았다. 오히려 해맑기까지 했다.

"들키지 않으면 되지!"

"되지!"

"가자!"

그렇게 요정들의 안내를 받아 나는 긴 계단을 내려갔다. 지금은 순간이동 마법이 생겨서 쓰지 않는 계단이라나. 요정들의 재잘거림을 듣는 동안 계단 끝에 다다랐다. 고장이 난 건지 경첩이 부서진 문이 활짝 열려 있었다. 나는 문 옆에 바짝 붙어 말소리가 들리지 않는지 귀를 기울였다.

"지금은 아무도 없어."

"맞아. 아무도 없어. 밥 먹어!"

식사 시간이라는 건가?

나는 요정들의 말을 믿고 조심스레 안쪽으로 발을 디뎠다. 그리고 입을 쩍 벌렸다. 아니, 얼어붙은 것처럼 꼼짝할 수 없었다. 눈앞에 보이는 거대한 뱀 표본 때문이었다.

뱀뿐만이 아니었다. 어느 괴짜 실험자의 실험실처럼 각종 생물 표본이 가득했다. 예전에 학교 실험실에서 보았던, 용액에 담긴 개구리 표본같이 생생하기 그지없는 모습이었다. 소름이 쫙 돋았다. 하필 내가 들어온 문이 원처럼 생긴 이 공간 중심과 가까워서 더욱 잘 볼 수 있었다.

'일단 통로, 통로를 찾아야……'

주의를 기울이는 순간이었다.

"아, 그거 아니라니까요?"

"소독액을 더 넣으라고."

말소리였다. 그것도 아주 지척에서 들리는. 거기다 발소리가 점점 가까워지고 있었다.

'아무도 없다며!'

소리를 지르고 싶은 심정이었다.

"사람! 사람이야!"

"사람!"

당황한 건 나뿐이 아닌지 요정들이 산만하게 날아다녔다. 어지러워 이것들아.

"저기! 저기로!"

요정 중 하나가 한 곳을 가리켰다. 나는 뭐 하는 곳인가 볼 새도 없이 달려갔다. 그러고는 막다른 벽을 보고 당황했다.

'어쩌라는 거야?'

흘끗 뒤를 보자, 벽면에 긴 그림자가 드리웠다. 그들이 멀지 않다는 소리였다.

'어떡하지?'

아무래도 그들의 목적지는 내가 있는 곳인 듯했다. 가까워지는 발소리에 입술을 깨무는 순간이었다.

[이쪽이야.]

거짓말처럼 낯선 목소리에 이끌려 들어갔다. 그대로 고요히 숨을 죽였다.

"봐요. 오늘도 조용하지 않습니까? 죽어가는 거라니까요. 며칠 안 남았습니다?"

"……어서 빠르게 사체를 본다."

"예이. 예이."

높고 낮은 사내 둘의 목소리가 다시 멀어진다. 그렇게 발소리가 완전히 사라지고 난 뒤에야 천천히 고개를 들었다. 아니, 내 몸을 덮었던 커다란 깃털을 먼저 들어 올렸음이 맞을 것이다.

고개를 들어도 아득한 높이, 그리고 거대한 크기. 살짝 어스름 진 밝기였지만 충분히 알아볼 수 있었다.

'……새?'

한쪽 날개가 흉측하게 꺾인 새였다. 날개에는 박제 핀처럼 거대하고 검은 쇠사슬이 박혀 있었다.

[다시 보네. 선지자?]

처음 듣는 목소리지만 어디선가 들어본 말투. 웃음기와 짓궂음. 나는 곧바로 해답에 도달했다.

"……후긴?"

[정답.]

여성의 음성이지만 여성치고는 상당히 낮고 허스키한 음성이다. 후긴은 소리 내어 웃었다. 머리를 잔잔하게 울리는 웃음이었다.

"잡혀간 곳이…… 여기였어?"

[맞아.]

후긴이 간단히 대꾸했다. 이어 눈을 감은 거대한 불새 앞에 빛이 뭉치더니 반투명한 사람이 나타났다. 붉은 머리카락을 늘어트린, 어느 나라의 황제로 보일 법한 우아한 여성이었다.

[신기하네. 이런 곳에서 만나다니.]

그녀의 눈은 검은색과 황금색. 오드아이였다. 무닌과 차이가 있다면 각각의 눈이 반대 위치였다.

[지독한 독에 걸렸구나.]

그러나 감상할 새도 없이 후긴에게서 나온 말에 흠칫했다. 어느새 그녀의 손에는 무닌이 가지고 있는 것과 비슷한 담뱃대가 들려 있었다. 그녀가 입에 담뱃대를 머금었다. 반투명한 형체임에도 긴 연기가 뿜어져 나온다.

[원래 뱀의 독에는 불이 최고지. 그 독은 내가 풀어줄 수 있겠구나, 나랑 계약한다면 말이지.]

"계약?"

깜짝 놀라 그녀를 바라봤다. 내가 이곳에 발을 묶인 이유 중 하나가 이 독 때문이기도 했다. 운신에 불편함은 덜었지만 여전히 독은 내 발목을 붙들고 있었다. 하지만 후긴이 이를 풀어줄 수 있다면?

[근데 계약 못 해.]

내 희망을 보았던 건지 후긴은 조금 미안한 얼굴로 고개를 저었다.

[난 곧 죽을 몸이거든.]

그녀의 말에 나는 어깨를 떨었다.

"죽는다고?"

후긴은 대답 없이 웃었다.

[죽기 전에 만나서 다행이야.]

그녀가 고갯짓했다. 거대한 그녀의 본체를 바라보면, 정말이지 성한 곳이 하나도 없었다. 솔직한 말로, 내 눈에도 가망성이 없는 것처럼 보일 정도였다.

[나는 더는 힘이 없어.]

나는 잠시 아주 거대한 쇠창살, 흡사 '새장' 같은 우리를 보다가 입술을 꾹 깨물었다. 손을 뻗자, 신기하게도 반투명한 형상인데도 그녀가 손에 잡혔다. 후긴도 놀란 듯했다.

"아니, 그러지 마."

그녀는 곧 제 페이스를 되찾고 재밌다는 듯이 웃었다. 깊고 그윽한 눈에 짓궂음이 어렸다.

[내 운명인걸?]

"바꿔줄게."

[……뭐?]

그녀가 당황한 틈을 타 나는 또박또박 말했다.

"내게 힘을 빌려줘."

그녀가 고요한 얼굴로 나를 응시했다. 나는 그 눈을 피하지 않고 마주했다.

"새는, 묶어두는 것이 아니야."

새와 새장. 그녀의 상황이 과연 나와 다를까? 아니, 같다고 여겼다. 그리고 후긴은 여기서 만난 나의 '열쇠'였다.

"내가 선지자라며."

[…….]

"운명 따위 바꿔줄게."

가슴을 짚으며 진지한 얼굴로 말했다. 뜻이 간절히 닿길 바라며.

"함께 이 빌어먹을 곳에서 나가자."

하늘을 자유로이 나는 새의 날개를 꺾어 가둬두는 이 곳에서.

"나는 여기서 탈출할 거야."

거대한 새장. 후긴이 갇혀 있는 곳은 내가 가둬졌던 방과 다를 바 없었다.

"너도 같이 가자. 내 탈출을 도와줘."

내 말에 후긴은 잠시 가만히 나를 쳐다봤다. 세월을 담은 듯 깊고도 그윽한 눈. 비록 그녀는 반투명한 형태지만 눈동자만은 선명히 보였다.

[선지자.]

우아한 입술이 열리며 움직였다.

[여기가 뭘 하는 곳인지 알아?]

"……알아."

분위기를 느낀 것인지 내 주변에서 포르르 요정들이 날아다녔다. 두 요정은 아무런 말도 하지 않았지만 무구한 얼굴에 걱정이 스며 있었다.

[오른쪽을 봐.]

후긴의 말에 따라 고개를 돌렸다. 그러고는 흠칫 놀랐다.

크르르…….

눈이 마주친 곳에는 거대한 우리가 있었다. 후긴이 갇힌 곳이 새장이었다면 저것은 만만치 않게 크고 강한 철창으로 둘러싸인 우리다. 그리고, 흉측하게 생긴 생물이 송곳 같은 이빨을 드러냈다. 허겁지겁 이곳으로 와서 몰랐는데……. 저 생물뿐만이 아니었다.

캬아오!

주변을 살펴보면 전부 제각각으로 생긴 생물이 가득했다. 공통점이 있다면 하나같이 사납고, 법칙을 벗어났으며, 제멋대로 생긴 생김새였다. 그리고 나는 저런 식으로 생긴 생물을 알았다.

"······마수?"

마수였다. 모를 수가 없지. 언니와 함께 숲에 살면서, 또 산 밑에 살면서 아주 많이 보아왔으니까.

생물들에게서는 마수 특유의 사나움과 악취가 흘러나왔다.

[마수는 아니야.]

뭐? 나는 깜짝 놀란 얼굴로 후긴을 쳐다봤다. 동시에 저 생물을 번갈아 보았다. 말도 안 돼. 마수가 아니라니, 착각할 리가 없는데?

"마수가 아니라고?"

[정확히는, 마수와 비슷한 형질과 형태를 지닌 생물이지.]

이해할 수 없는 설명에 콧잔등을 살짝 찌푸렸다. 생각이 복잡할 때의 나의 버릇이었다.

"무슨 말이야. 제대로 된 설명이 필요해."

시간이 촉박한 상황이었지만 후긴의 음성은 발목을 잡아끄는 힘이 있었다.

[네가 본 저것들 전부 한때는 마법 생물이었던 것들이다.]

"······뭐?"

[쉽게 말하자면 지금 여기 있는 나와 저기 날아다니는 요정들과 같은 마법 생물이었다는 얘기지.]

"그게 무슨······."

말을 잇지 못했다. 후긴은 그런 나를 이해한다는 듯 깊은 눈빛으로 나를 담았다.

[말이 안 되는 것 같아 보여도 사실이다. 본질은 나와 같았던 것. 아니, 이제는 달라졌다고 할까. 이 제국 황실 세력에 속한 자들에 의하여.]

"……."

[여기 온 마법 생물은 마력을 빼앗긴다. 모든 마력을 추출 당한 마법 생물 중에서는 이지를 잃고 형태를 잃어 저리되는 것들이 있지. 억지로 빼앗겼기에 원한만이 남아 저대로 인간 세상에 돌아다니는 거다.]

"잠깐, 인간 세상에 돌아다니다니?"

[그동안 황실에서 저걸 제국에 풀어놓았다고 하던데?]

후긴은 꽤 오랫동안 이곳에 갇혀 많은 것을 엿들었다고 첨언했다. 나는 다급하게 손을 저어 그녀의 말을 막았다. 저것들이 밖을 돌아다닌다니?

[타국에 비해 마수 발생률이 높은 것은 사실 황실이 주도했기 때문이며, 이로 인해 각 영주들이 두려움을 느끼고 황실의 강력한 마법의 필요성을 느끼게 하는 것이 목적이다.]

"……."

[물론 가장 큰 이유는, 강력한 마력이 없으면 지탱할 수 없는 황실의 고대 마법을 위해 애꿎은 마법 생물을 잡아다 마력을 뽑아 쓰기 위해서지만.]

"황실은 본인들의 힘으로는 고대 마법을 유지할 수 없었다는 거야? 그래서 마법 생물을 잡아 온 거고?"

[맞아. 제대로 이해했어.]

무닌과 마찬가지로 오랜 생물답지 않게 가벼운 어투를 사용하는 후긴이지만 그녀가 꺼낸 말의 의미는 결코 가볍지 않았다.

[특히나 저기 남은 것들은…… 비록 한때는 나만큼은 아니어도 고결한 마법 생물이었을 거다. 하지만 저 모습은 마수와 다를 바가 없

어. 구분 또한 어렵지. 형질 또한 비슷하기에…… 풀어놓으면 마수의 왕이 도래할 가능성이 커지지.]

마수의 왕. 그것은 마수의 개체가 일정량 이상을 초과했을 때 나타나는 강력한 마수이자, 마수들의 왕이었다. 책 속에서도 리녹이 이를 잡기 위해 죽을 만큼 위험한 고생했다.

'설마…….'

섬뜩한 상상이 들었다.

[재밌는 것은 마수의 왕을 억지로 탄생시켜, 네 반려에게 토벌하라고 명했다는 점이야.]

섬뜩하게도 상상은 상상으로만 그치지 않았다. ……후긴이 내가 상상했던 것을 그대로 말했으니까.

[거추장스러운 저 생물들을 죽여주면 쓰레기 처리로 좋은 것이고, 만약 토벌 중 네 반려가 죽더라도 좋은 것이라더군.]

이를 꽉 물었다. 악다문 턱이 파들파들 떨렸다.

"잠시만……. 그럼……."

눈을 꾹 감았다. 황실. 그들은 대체 어디까지 악랄해질 작정인지.

"리녹이 죽어도 좋다는 건, 무슨 뜻인데……?"

[이베르크 일족은 인간 중에선 유일하게 시체에서도 마력을 추출하는 것이 가능하지.]

"……."

주르륵. 손가락을 타고 무언가 뚝뚝 떨어졌다. 손을 폈더니 손바닥에 반달 모양의 상처가 생겨 있었다. 피가 고인 손바닥에서 시선을 떼고 후긴을 바라봤다.

[저거, 보여?]

그녀의 가느다란 손가락을 따라가니 멀지 않은 곳에 자그만 구슬이 놓여 있었다. 반 틈만 보이긴 해도 이 공간 중앙에 위치했다는 것은 알 수 있었다.

[저건 마력 제어장치. 만약 저걸 부수면 나는 물론 이곳에 있는 모든 동물이 구속에서 풀려나지.]

후긴이 말하는 바를 알아들었다. 이곳을 아비규환으로 만들어 탈출을 모색하자는 소리이리라. 대신, 저걸 부수면 나조차도 위험해지겠지만……. 나는 사나운 마수의 모습들을 훑었다.

"좋아. 무슨 말인지 알겠어."

세상에 리스크 없는 일은 없다. 그대로 부수겠다고 말을 하려는 때였다.

"큰일!"

"큰일이야!"

"큰일! 큰일!"

후긴이 시야에서 사라지고 무언가 얼굴에 찰싹 달라붙었다. 나는 요정의 옷을 잡아뗐다.

"왜 그래?"

"돌아왔어!"

"마법이 사라졌어!"

"무슨 마……."

말하려다 말고 멈칫했다. 요정들이 이리 말하는 마법은 하나밖에 없었으니까.

"황태자가 돌아왔어!"

"올 거야!"

"가야 해!!"

며칠 함께 보낸 것도 연이라고 요정들의 얼굴엔 나를 걱정하는 기색이 가득했다. 나는 후긴을 잠시 보다가 몇 마디 중얼거린 뒤, 빠르게 그녀의 새장에서 빠져나왔다.

거대한 새장은 창살 사이가 사람 하나 빠져나갈 정도로 넓었다. 나는 그대로 달려가 내 방에 도착했다. 이는 이 공간에 이상할 정도로 사람이 없기 때문에 가능했다. 다행스럽게도 내 방엔 아무도 없었다. 그대로 의자에 앉아 숨을 전부 골랐을 때쯤 문이 열렸다. 며칠 만에 보는 탄시즈였다.

"잘 지내셨습니까."

그가 긴 망토 자락을 흩날리며 고아하게 걸음을 떼었다.

"아가씨."

잘 지낼 리가. 나는 대꾸 없이 그를 노려보았다. 그는 예상했다는 듯 옅은 미소를 머금었다. 그의 미소는 더는 부드럽지만은 않았다.

"일주일이 흘렀군요."

그 말을 듣는 순간 딱딱하게 굳었다.

'일주일이라니? 기껏해야 4일쯤 흐른 줄 알았는데?'

시간이 생각보다 더 흘렀다는 사실에 충격을 받은 것도 잠시, 더욱 충격적인 사실이 떠올랐다. 그렇다면, 오늘. 리녹이 작전을 시행하는 날이다.

"곧 회담이지요, 이베르크 대공가와."

"......"

뚜벅뚜벅. 내게로 다가오는 그를 따라 천천히 고개를 들었다.

"내가 간 사이, 이곳은 세레나가 맡을 겁니다. 그녀는 당신의 건강에 관심이 참 많은 사람이지요."

세레나가 나를 감시할 거란 얘기였다. 그리고 이 몸 상태로는 세레나와 붙어서 좋은 결과가 나지 않으리란 것도.

"마지막 이야기를 전하러 왔습니다."

그에게 시선조차 주지 않겠노라는 결심은 잊은 지 오래였다.

"……마지막이라니요?"

불길한 예감이 들었다. 등줄기를 타고 솜털이 오소소 돋는 기분.

"예전에 제 아버지가 보던 소설에서 말입니다. 소설 속 악당이 모든 음모를 주인공에게 얘기하더군요."

"……."

"자랑하듯이."

탄시즈의 눈이 보기 좋게 휘어졌다. 그의 근처로 새카만 안개처럼 보이는 검은 마력이 일렁이고 있었다.

"어떤 심리인지, 이제는 알 것 같군요. 하지만 실수는 하지 않으려 합니다."

장갑 낀 손이 내 뺨을 스치는 순간 나는 그 손을 거칠게 쳐냈다. 살벌한 소리에도 탄시즈는 태연했다. 아니, 태연함을 가장한 것처럼 보였다.

"조금 옛날이야기를 해볼까요. 나는, 당신을 한 번 더 만날 수 있기를 간절히 바라왔습니다. 이루어지지 않을 것을 알면서도."

"……."

"다시 만난 당신은 내 생각했던 것 이상으로 강하고 현명하며 아름다웠습니다."

그런 칭찬은 받아도 달갑지 않다. 듣기 싫다고 쏘아붙이지도 않았다. 그러자 그는 검은 불처럼 이글거리는 시선을 하고서 천천히 말을 건넸다.

"아직도 나는 변함없습니다, 아가씨."

그러나 그럼에도 내게서 돌아오는 말은 없었다.

"침묵이라, 이것이 당신의 대답입니까?"

"……."

그에게서 잠시지만 내 음성을 듣지 못해 초조한 기색이 스치는 것처럼 보였다. 그의 시선이 더욱 깊고 어두워졌다. 다시 눈을 떴을 때, 그는 가는 눈웃음을 짓고 있었다.

"그래요. 이것만은 얘기해 두겠습니다. 이젠, 정말로 끝입니다."

"……끝?"

탄시즈가 고개를 기울여 귓가에 나지막하게 속삭였다.

"당신이 내게 오려면 한 가지 방법밖에 없음을. 아주 잘, 알았거든."

핏기가 싹 가시는 기분이었다.

"그것은……."

'리녹의 죽음.'

정신 차려 보니 나는 어느새 탄시즈의 소매를 붙잡고 있었다.

"이미 모든 준비가 끝난 지 오래. 아마도 지금쯤 괴로워하고 있을지도 모르겠군요, 그는."

그런 나를 보는 게 기분 좋은 듯, 그는 더욱 천천히 내 손을 떼어 냈다.

"당신 없이 '폭주'가 진행된다면 끝은 뻔한 일이지요."

내 손등을 붙잡고 손등에 입을 맞출 듯 얼굴을 가까이했다. 마치 처음 만난 날처럼.

"마지막이 끝나면, 다시 찾아오겠습니다."

손바닥에 땀이 흥건하게 고였다. 무슨 방법인지는 모르나, 탄시즈가 리녹을 살해할 새로운 방법을 알아냈다. 그리고 고개를 들었을 땐, 문이 닫히고 있었다.

"그때는 다른 대답을 들려주시길."

끼익. 탁. 문이 닫힌 순간 나는 고개를 떨어트렸다. 머릿속에서 종이 댕댕 울린다. 그렇게 얼마나 시간이 흘렀을까. 나는 비틀비틀 자리에서 일어났다. 도무지 다리에 힘이 들어가질 않았다. 그러나 이내 이를 악물고 버텨냈다.

문을 열었다. 복도에는 아무도 없었다. 나는 천천히 걸음을 옮겼다. 아니, 걸음은 차차 빨라졌다. 계단에 다다랐을 쯤 낯익은 모습이 눈앞에 나타났다.

"어디 가?"

"어디 가?"

두 요정이었다. 나는 잠시 안타까운 눈으로 두 요정을 바라보다가 입을 열었다.

"잘 들어, 나는 지금부터 죽으러 갈 거야."

"죽어?"

"왜? 인간? 왜? 어디 아파?"

"아파? 약초 가져다줄까?"

나는 고개를 저었다.

"아니, 죽을지도 모를 각오를 했다는 거야. 난 여기를 탈출할 거야."

요정들이 입을 꾹 다물었다. 보석 같은 눈동자가 파르르 떨렸다.

"너희도 같이 갈래? 하지만 너희까지 보호해 줄 수 있을지는 모르겠어. 위험할 거야."

하양이 같은 아이들을 위험에 끌어들일 수는 없었다. 나는 그렇게 말하고는 대답을 듣지 않고 계단을 내려갔다. 내 뒤를 쫓는 빛 가루를 느끼면서, 애써 시선을 주지 않으려 했다.

문 앞에 도착했을 때, 내 손에는 어느새 지팡이가 들려 있었다. 전과 다르게 몇몇 사람이 움직이고 있었다. 꽤 많아 보였다. 후, 길게 심호흡했다.

'지금부터 시작이야.'

나는 지팡이를 양손으로 겹쳐 잡고 눈을 질끈 감았다. 손의 떨림이 고스란히 느껴졌다.

'언니, 그리고 리녹. 힘을 줘!'

사랑하는 이들의 얼굴을 떠올리며, 지팡이를 힘껏 내리찍었다.

쾅!

쩌저적.

거대한 원형 공간의 바닥이 그대로 얼어붙었다.

"이, 이게 뭐야? 얼음?"

"미끄러워! 피해!"

"얼음 화살이다!"

나는 정면으로 달려갔다. 요리조리 몸을 숨기며 달려가기엔 내 몸 상태가 좋지 않았을뿐더러 시간이 없었다. 덕분에 고스란히 드러난 내 모습을 모두 봤을 터였다.

"침입자다! 전부 지팡이 들어!"

"잠깐, 저 사람……."

실험실에 배치된 사람들이니 아마도 대부분이 마법사일 거란 예상은 맞아떨어진 모양이었다. 거기다 생각 외로 인원이 적었다. 아마, 탄시즈를 따라갔기 때문일 것이다.

'기사는 거의 없어.'

간간이 보이는 날카로운 검을 보다가 지팡이를 흔들었다. 검사의 발목이 얼음으로 꽁꽁 묶였다.

"죽이지 마라!"

"황태자 전하의 손님이다!"

지금부터, 치킨 게임일 터였다. 언제 내 몸에서 독이 재발할지, 아니면 내가 그보다 더 빠르게 저 구슬을 파괴할지. 두 위험이 팽팽하게 맞선 채 극으로 치닫는 상황. 하지만 아무것도 하지 않을 순 없다.

쾅! 내 머리를 노리고 날아온 불덩이가 얼음 화살에 맞아 사라진다. 이를 마지막으로 마침내 나는 구슬 앞에 도달했다. 허점을 노렸기 때문에 가능한 일이었다.

"소장님!"

"막아! 반드시 막아! 빌어먹을. 저게 부서지면……!"

그러나 사내들의 말은 끝까지 이어지지 못했다. 내 지팡이에 맞은 구슬에 금이 갔기 때문이었다. 이거, 형편없이 약하잖아? 나는 얼른 금이 간 균열에 얼음 화살을 떨어트렸다.

쨍그랑! 아주 청명한 소리와 함께 구슬이 반 토막 났다. 일순 소름 끼치는 정적이 찾아왔다. 주변으로 겁먹은 사람들이 서로 눈치를 보다가 한순간에 어디론가를 향해 달려갔다.

'저기가 출구인가?'

그러나 그들은 금방 멈춰야 했다. 바로 그들이 오랫동안 실험했던, 끝내는 희생양이 되었던 동물들이 그 앞에 있었기 때문에.

크르르르…… 캬앙!

"으악! 살려…… 커헉."

예상했던 바와 같이 아비규환이었다. 마법사들은 반격을 시도했으나 마수가 된 존재들은 상상 그 이상으로 강했다.

'문제는 저들뿐만이 아니라…….'

나는 지팡이를 고쳐 잡았다.

'나도 타깃이 되었다는 거지.'

어느새 내 주변에도 다양한 형태의 사나운 생물들이 가득했다. 정말 이 세상에 존재하는 것이 맞는지, 제각각으로 흉측하게 생긴 생물들이었다.

캬아아악!

이들은 대체 불쌍한 마법 생물들을 얼마나 잡아 처넣은 건지. 이가 부득부득 갈렸다.

"인간, 괜찮아?"

"괜찮아?"

"얼굴이 하얘!"

"하얘!"

주변으로 요정들이 쉴 새 없이 날아다니며 어쩔 줄 몰라 했다. 동시에 고양이와 거북이를 반쯤 합쳐놓은 것 같은 생물이 달려들고 있었고, 나는 눈덩이로 쳐냈다. 후려쳐진 생물은 볼품없이 벽 뒤에 처박혔다. 땀방울이 턱 끝에 뚝뚝 맺혔다.

'상태가 좋지 않아.'

아무래도 슬슬 독이 재발하는 모양이었다. 무리해서 움직이지 않으면 일상생활이 가능했겠지만……. 아무래도 이런 많은 움직임이 좋은 영향을 주진 않겠지.

'여기서 지체해서는 안 돼.'

시간을 끌어서는 안 된다. 바로 이곳에 달려온 이유가 있었으니까.

'세레나와 부딪쳐서는 안 돼.'

울컥, 올라오는 핏물을 삼키며 다시 달려드는 짐승을 상대하는 순간 눈앞이 아찔했다.

'이 몸으로 싸우면 승산이 없다.'

그때였다.

퍽! 짐승의 거대한 이빨이 얼음벽에 부딪혔다. 그러나 황급히 벽을 만든 나머지 몸이 뒤로 거칠게 밀려났다. 막 쓰러지는 찰나, 흔들리는 몸을 푹신한 무언가가 잡아챘다. 얇고 긴 손가락이 내 손목을 붙잡았다.

[대단한데. 진짜로 실행했잖아?]

화아아악!

거대한 불길이 일며, 눈앞의 짐승이 일그러진다.

키야악!

짐승의 마지막 비명조차 붉은 불에 삼켜졌다.

[안녕.]

후긴이 실체를 가진 사람의 모습으로 웃어 보였다.

[난 역시 네가 마음에 들어. 선지자.]

그러나 그리 말하는 후긴의 상태는 영 좋아 보이지 않았다.

"콜록, 몰골이 왜 그래요?"

[구속에서 풀려난다고 상처가 낫는 것은 아니라서.]

하기야 본체가 그리 너덜너덜한 상태였으니⋯⋯. 사람 모습으로도 그대로 반영되는 모양이었다.

[보아하니 다급해 보이는데, 빨리 빠져나가려는 이유가 있는 거지?]

역시 오래 산 까마귀답게 그녀는 영리하고 눈치가 빨랐다.

[그럼 해독은 나중에 하고, 일단 탈출 방법을 알려주겠어?]

"저쪽, 쿨럭, 저쪽이에요!"

괜히 마법 생물이 아닌지, 연약해 보이는 몸으로도 나를 거뜬히 부축했다. 거기다 속도도 꽤 빨랐다.

"저기, 저 통로로 가요!"

중간중간 달려드는 마수들은 내 얼음에 맞거나 불에 타서 족족 사라졌다. 마법사들은 전멸한 것인지 보이지 않았다. 대신 마법사들이 가려 했던 통로에 다다랐다.

'저기로 쭉 나가면, 출구인가?'

이곳에 처음 온 날, 탄시즈는 이 공간 전체에 구속 마법이 걸려 있으며, 이 때문에 빠져나가지 못할 것이라고 했다. 하지만 일단 그건 출구에 다다라서 생각해도 되겠지.

그렇게 후긴이 방향을 바꿔 다시 뛰었으나, 나와 후긴은 빠르게 멈춰야 했다. 희미한 빛이 일렁거리는 문. 분명 출구였다.

'아 이럴 수가.'

천천히 눈동자가 돌아간다.

'하필 여기서……!'

출구를 막고 선 고고한 인영. 이 세상의 것 같지 않은 아름다운 외양을 한 사람. 은실같이 길게 늘어진 은발이 바람에 흔들렸다. 세레나가 그곳에 서 있었다.

"에이미."

나는 그녀의 푸른 눈동자를 보지 않았다. 그저 망했다는 생각뿐이었다.

'이길 수 있을까?'

잔뜩 상처 입은 내 손이 보인다. 흘끗 후긴을 바라봤다.

"……싸울 수 있겠어요?"

[글쎄다……. 어떻게든 해봐야겠지. 저 뒤의 문이 출구가 아니니?]

"맞아요."

후긴의 상태는 한눈에 봐도 나빠 보였다. 조금 전보다 더 좋지 않아, 나보다 더 힘겨워 보일 정도. 나 또한 상태가 좋지 않았으니 둘이 합쳐 일인 분이나 할 수 있을지 모르겠다.

'하지만.'

나는 지팡이를 바로 세웠다. 푸르디푸른 서리 같은 마력이 지팡이 끝에 맺혔다. 언제라도 싸울 준비가 된 것처럼.

'포기할 수는 없으니까.'

여기까지 내 힘으로, 누구의 도움도 받지 않고 홀로 헤쳐 왔다. 그러니까 조금만 더 가면 돼. 외로운 길이더라도 조금만 더……. 지원군이…… 단 한 명이라도 더 있었다면.

"콜록……."

그리 생각하며 흐려지는 시야를 꽉 붙잡을 때였다.

쿵! 바닥에서 진동이 느껴졌다. 나만 느낀 것은 아닌 듯 세레나의 고개도 돌아갔다. 바닥인가? 아니. 벽이다. 진동이 상당히 가까워졌다고 느낄 때쯤이었다.

쾅! 굉음과 함께 자욱한 먼지 바람이 일었다. 거칠게 기침하며 눈을 가늘게 떴다. 강력하게 불어 일어난 먼지바람 사이에서 희미한 실루엣이 보이는 것 같았다.

'사람?'

흔들거리는 짧은 단발, 커다란 검. 눈물이 나도록 낯익은 모습.

"우리 이쁜이."

언니가 생긋 웃었다, 눈은 전혀 웃지 않은 채로.

"언니 왔다."

MY SISTER PICKED UP THE MALE LEAD

화해보다 어려운 진심

XVI

16

화해보다 어려운 진심

'언니? ……정말 언니야?'

숨을 꾹 참았다. 밀려오는 감정을 애써 누르며 언니의 모습을 눈에 담았다. 등 뒤로 흩날리는 망토 자락. 어디서 난 건지 언니의 새빨간 망토 위로 포효하듯 입을 벌린 거대한 새가 그려져 있었다. 라미아스의 문양이었다. 언니는 고고하고도 강인하게 서 있었다. 다른 사람은 보이지 않았다.

"어, 언니……."

언니는 엉망인 몰골을 한 나를 보고서도 미소를 풀지 않았다. 아니, 못한 것인지도 모른다. 언니는 화를 낼수록 표정이 하나로 굳어졌으니까. 단지 이 순간 내게 표출하지 못하고 미소로 참아 누른 것인지도 몰랐다.

옆모습만 보이던 언니가 천천히 등을 돌렸다.

"언니가 너무……."

꾹 다물렸던 언니의 입술이 드디어 떨어졌다.

"적절하게 찾아왔나?"

흉흉한 언니의 시선이 내 정면을 노려봤다. 마치 매처럼 매서운 언니의 시선을 훔쳐보며, 사정을 빠르게 설명하려고 했다.

"일단 언니……!"

그러나 언니가 돌아섰을 때, 언니의 검 끝에 그려진 늑대 문양 장식을 본 순간, 기어이 눈물이 맺혔다. 저것은…… 대공가 기사단 단장에게 주어지는 것이었다.

만약 함께 왔을 것이라면 가장 먼저 내게 달려왔을 사람이었다. 하지만 이 자리에 없다는 것은……. 언니가 이 자리에 홀로 서 있는 것만으로도 알 수 있었다. 사정이 있을지도 몰랐다. 그 사정 또한 짐작이 가는 바였다.

'탄시즈와 결전을 벌이고 있을지도 몰라.'

그는 그만의 전쟁을 치르고 있을 것이다, 군단장을 잡았던 때처럼. 나는 눈물을 참으며 흔들리는 술을 바라보았다. 리녹이…… 멀리 있지만, 리녹이 함께 있다는 증거. 이곳에 없지만 그는 함께했다. 무엇보다도 가장 든든한 지원군이 도착하지 않았는가.

"혼자 온 거야?"

"응. 든든하지?"

언니가 그제야 날카로움을 잠시 숨기고 나를 향해 진심으로 웃어 보였다. 아주 잠시였지만.

"소수 정예로 습격하기로 했던 것 기억나지? 잠입은 혼자 할 수밖에 없었어. 널 찾을 수 있는 사람이 나고, 마법사님도 견고한 마법을 뚫고 들여보낼 수 있는 인원이 한 명밖엔 안 된다고 하더라."

언니는 상황을 파악하자마자 달려온 것이라고, 나머지는 모두 회담 쪽으로 빠졌다고 빠르게 전했다.

"아무튼 이쪽 상황은 이렇고……."

언니는 후긴에게서 내려온 나를 붙잡아 천천히 부축해 일으켰다. 그렇게 나를 세워놓고는 후긴과 시선을 교환했다. 언니는 천천히 검을 들어 올렸다. 그러고는 돌아서서 검을 겨눴다.

"네가 내 동생 피눈물 낸 사람이니?"

살벌한 음성과 함께.

"……."

언니는 더는 웃고 있지 않을 것이다.

"난 또. 정말 친한 친구인 줄로만 알았지."

"……."

"변명할 여지는 없겠네."

"……."

언니에게서는 더는 세레나를 '마법사님'이라고 부르거나 존중하지 않았다. 당연했다. 언니는 나보다도 더 사람을 좋아했으며 정의로웠다. 불의를 저지른 이들에겐 완고했고 단호한 사람이었다.

긴말은 필요 없었다. 언니가 발을 박차는 순간 눈앞에서 신형이 사라졌다. 엄청난 속도로 뛰쳐나간 언니가 세레나의 등 뒤에서 나타났다.

쾅!

언니가 발을 딛는 순간에 맞춰 불길이 치솟았다. 움직임을 가로막는 마법이었다. 천장으로 치솟은 불 벽의 형태는 성질만 다를 뿐, 언젠가 내가 만든 얼음벽과 비슷한 마력 형태였다. 애초에 세레나에게 배웠던 것이었으니까 그럴 테지.

"……."

세레나는 입술을 꾹 다문 채 공격을 막아냈다.

콰아앙!

검과 불이 부딪치는 것이라고는 믿기지 않을 정도로 요란한 소리가 긴 복도를 울린다. 언니는 내가 이곳에 오는 걸 동의하지 않았음을 누구보다 잘 알 터였다. 아울러 세레나와 대치한 모습만 보아도 상황을 알 터였고.

그러나 묘한 기분이 들었다. 마치 외출한 직후 무언가를 잊은 듯한 착각처럼.

[선지자야.]

등 뒤로 나긋한 온기가 느껴지는가 싶더니 후긴이 내 어깨를 부드럽게 잡았다.

"왜 그래?"

깊은 그녀의 눈동자가 나와 시선을 맞췄다.

[저건, 적이냐. 아군이냐.]

"……네?"

무슨 그런 질문을……. 나는 당황한 얼굴을 숨기지 않았다. 후긴이 가리킨 것은 세레나였으니까.

"적……."

[적?]

그녀는 나를 배신했다. 아니, 배신이라기엔 그녀의 삶의 방식이 달랐던 것이겠지만……. 세레나로 인해 나와 나를 사랑하는 이들이 고통받았다. 끝내 타협하자는 손을 거절하고 외면했다. 그리고 출구를 지키고 서 있었던 것부터가 그녀의 입장을 보여주는 것이 아니겠는가.

"······맞아. 적. 적이야."

여전히 쓴맛이 입 안에서 맴돌았다. 그러나 후긴은 내 말을 듣고서 고개를 갸웃했다.

[이상하네.]

"응? 뭐가?"

[전투 의지가 느껴지지 않는데.]

오래 산 짐승이자 이 상황에서 제삼자인 그녀의 눈은 가장 객관적일 터였다.

"······의지?"

[공격 마법도 없이 오로지 막기만 해. 정녕 적이라기엔 이상하지 않아? 인간 마법사 쪽이 반격을 전혀 하지 않잖아.]

그 말을 듣는 순간 나는 앓던 이가 빠진 것처럼 해소된 기분이 들었다. 찜찜함의 정체였다. 그와 동시에 언니의 움직임이 멈췄다.

"무슨 꿍꿍이지?"

언니가 검을 겨눈 채 날 선 목소리로 위협하듯 읊조렸다.

"공격하지 않는 이유가 뭐야. 바깥의 지원을 기다리는 거라면 소용없어. 이미 황태자를 따라 모두 사라졌으니."

"······."

세레나는 대단한 대마법사였다. 이 순간 언니가 말한 지원쯤이야 없어도 충분할 거였다. 게다가, 우리의 목적은 탈출하여 리녹과 합류하는 것이지 혈투가 아니었다.

세레나는 언니의 외침에도 불구하고 시선을 주지 않았다. 오히려 그 시선은 돌아서 내게로 향했다. 그녀는 나를 빤히 쳐다보았다. 그러고는 청초하리만치 맑은 눈으로 출구를 바라본다. 다시 내게로 돌아온 눈을 보며 깨달았다. 세레나는 말없이 묻는 것 같았다. 탈출할 것이냐고. ……우습게도 나는 그녀의 표정을 알아차릴 수 있었다.

"네. 탈출할 거예요. 이번에도 나를 막을 건가요?"

나는 후긴의 어깨를 짚으며 허리를 바로 세웠다.

"아니……. 이미 막았으니 이런 질문은 소용없겠네요."

세레나의 눈이 잠시 커졌다가 이내 다시 평온한 상태일 때의 크기로 돌아왔다. 잠시지만 흔들린 것을 본 것도 같았다.

"어쩌죠? 당신이 원한 건, 내가 황태자와 최소한의 관계를 유지하는 것이겠지만. 나는 이미, 그의 실험실을 엉망으로 만들어 놓았거든. 그가 돌아와서 나를 가만히 두지 않을 정도로 철저히."

세레나가 나를 가만히 보다가 말했다.

"상관없어요. 황태자는 당신이 무사히 살아 있기만 한다면 모든 독을 치료해 주기로 약속했으니까."

이 상황과는 관련 없다는 얘기였다. 그러니까 나를 이곳에 붙잡아만 둬도 된다는 얘기. 저 벽창호 같은 얼굴을 보고 있자니 속이 부글부글 끓어올랐다.

"그래서요? 나를 다시 한번 잡아 가두겠다?"

언니가 다시 한번 검을 든다. 나는 시선으로 언니를 제지하며 이를 부득 갈았다.

"만약 내게 독을 해독할 방법이 있다면?"

"네?"

"모든 독을 해독할 수 있다고 한다면 나를 그냥 보내줄 건가요?"

세레나는 동요했다. 하지만 그것은 잠깐일 뿐, 그녀의 얼굴이 다시 고요하게 돌아왔다.

"그런 방법은 없어요."

"아뇨, 여기 있는 건 후긴이에요. 후긴은 나와 계약해서 내 몸에서 독을 해독해 줄 거예요. 당신도 불새의 능력은 알겠죠?"

그러자 세레나의 푸른 눈이 움직였다. 그녀는 이제야 내 옆에 있던 후긴을 본 기색이었다.

"설사 불새의 불이 해독에 능하다고 해도 저 상태로는 당신을 해독할 가능성이 낮아요. 내 눈에 저 새는 죽음을 간신히 피한 것 같은 걸요."

"……."

"이 공간은 들어오기는 비교적 쉽지만 나가는 것은 불가능에 가까워요. 여기를 벗어난들 당신은 마법에 막혀 어디에도 가지 못할 거예요."

그녀는 선고하듯이 전했다.

"역시 가장 합리적인 방법은 당신이 이곳에서 기다리는 것이에요."

인형 같은 눈동자를 보며 나는 입술을 비틀었다.

"그래서요? 나를 막을 건가요? 좋아. 막아 봐."

눈에 힘을 주고 고개를 들었다.

"난 지금부터 목숨을 걸고 이곳을 빠져나갈 테니까."

손을 뻗자 지팡이가 잡혔다. 지팡이에 달린 보석이 서로 부딪쳐 맑은 소리를 내었다. 언니 또한 나와 맞추려는 듯 검을 들어 올렸다. 후긴 또한 움직이는 것이 느껴졌다.

그러나 다음 순간 세레나는 상상하지 못한 반응을 보였다.

"이상해요."

그녀의 지팡이가 움직였다. 그대로 마법을 날릴 것 같던 세레나는 완전히 지팡이를 떨어트렸다.

"······당신을 보내지 않는 것이 맞는데."

그녀의 얼굴을 볼 수 없었다. 떨어진 지팡이를 따라 얼굴 또한 같이 숙여 버렸기 때문이었다.

"나는 지금도 당신이 왜 화를 냈는지 모르겠어요."

"······."

"처음도, 지금도."

그녀가 고개를 살짝 들어 올렸다. 역광이 진 그녀의 표정은 여전히 무표정했다. 그러나 시선은 마치 길 잃은 아이의 것처럼 혼란과 혼돈으로 범벅되어 있었다. 모순되게도, 이 순간 그녀는 겁먹은 아이처럼 보이기도 했다.

"화를 낼 거라 생각했어요. 하지만 그건 최선의 방법이었어요. 지금도 마찬가지인데······. 왜."

화를 내느냐고. 꺼내지 못한 질문이 들려오는 듯했다. 나는 대꾸하는 대신 가만히 응시했다. 이미 한차례 그녀는 이해시키는 것과 설득하는 것이 불가능함을 경험했으니까.

"당신이 살아 있었으면 해요. 고통받지 않았으면 했어요. 온전하게 살아 있으면 언젠가 뭐든지 할 수 있어요."

"살아 있기만 하면 되나요? 내가 살아 있는 사이에 리녹이, 모두가 죽어 버리면요? 그럼 새 사람을 찾아서 똑같이 살라고 말할 건가요?"

"······."

세레나, 당신은 모르겠지만 그건 마음을 죽이는 짓이다.

"잔인하네요."

잠시 나의 말에 답이 없던 세레나가 천천히 입술을 열었다.

"이대로 당신을 보내면, 다신 나를 보지 않을 건가요?"

"네."

나는 잠시 대답을 망설였지만 뱉은 대답은 물리지 않았다. 잠시나마 망설인 것은 남은 감정 때문이었다. 단 일주일 전까지만 해도 나는 누구보다 세레나를 믿고 따랐으니까. 의지했었으니까. 언니는 나와 세레나를 번갈아 보며 가늠하는 표정을 지었다.

"이 상황에서 이런 말을 하기 조금 그런데……. 너희는 무슨 우정 싸움을 이런 식으로 하니?"

"언니!"

"나 화 풀린 거 아니야."

언니가 단호히 일갈했다.

쉬잉. 그 말을 증명하듯 커다란 검이 허공을 갈랐다.

"정확한 사정과 이유는 모르지만, 잘못은 저쪽이 했지. 어떤 이유에서건 에이미의 의사를 무시하면 안 되지. 전 동료이자 마법사님."

"……."

"세상엔 타이밍이란 게 있는 법이야. 사과할 타이밍. 저 애는 당신에게 그 기회를 주었겠지? 성격상 당신이 목숨을 위협했어도 기회를 줬을 애야. 무시한 건 그쪽이었겠지. 나와 내 동생은 이제 무슨 수를 써서라도 여기에서 벗어날 거야."

언니가 명쾌히 상황을 정리하며 각오를 다졌다. 그 목소리가 이전과는 비교도 안 될 정도로 비장했음은 물론이다. 나 또한 언니의 말에 끄덕이며 지팡이를 고쳐 잡을 때였다.

"그럼…… 지금이라도 되돌릴 수 있나요?"

……뭐?

"……돌이킬 수 있느냐 물었어요."

세레나의 손이 자신의 가슴 앞으로 향했다. 그녀는 양손으로 지팡이를 꾹 부여잡았다. 그녀의 입술이 떨린 것처럼 보였다.

"이대로 저 문을 나선다고 해도 거대한 마법이 기다리고 있어요. 그걸 풀지 않는 한 절대 나갈 수 없어요. 그리고…… 마법을 해지할 줄 알며, 탈출로를 아는 건 나밖에 없고요."

"탈출을 돕겠다는 건가요? 거기다…… 마법을 해지해 주겠다고?"

"거짓은 없어요."

"웃기는 소리 하네. 내 동생을 이 상태로, 사태를 이따위로 만든 사람이 누구인데!"

나는 언니의 앞을 가로막았다. 비틀대긴 했지만 몸을 바로 하며 입술을 꾹 물었다.

"왜요? 왜 이제 와서요?"

순순히 용납할 수 있을 리가 없었다. 특히나 제발 언니나 리녹에게 소식만이라도 전해달라던 간절한 부탁을 외면당했던 나로서는 더욱더.

"……나는 여전히, 당신이 화를 내는 이유를 몰라요. 일주일 내내 생각하고 생각했지만, 그런데도 모르겠어요."

생각이라……. 그래서 일주일 동안 보이지 않았던 것일까?

세레나의 흰 손가락이 지팡이를 잡았다가 놓았다.

"화를 낼 거라고는 생각했지만 나를 영원히 보지 않을 것이라고는 생각하지 않았어요."

"……."

"지금도 역시. 아무리 생각해도 당신을 보내지 않는 것이 제일 합리적이에요."

시선을 감추고 싶었던 것일까. 나의 눈을 바라보지 못하는 그녀는 분명 그녀답지 않았다. 그녀는 습관적으로 웃음을 지을지언정 시선을 피하지 않았으니까.

"그런데."

머리카락이 흔들리며 세레나의 시선이 올라왔다.

"싫어하는 당신을 붙잡아두면…… 무언가 이상할 것 같아요. 무언가……."

감정을 잃은 느낌은 과연 어떤 기분일까. 처음부터 없었다는 듯이 있었던 자리가 사라질까? 자리는 남고 기억으로만 남아 있을까? 경험해 보지 않은 것을 알 수는 없다. 하지만 제 마음조차 설명하지 못하는 그녀를 보며 추측할 수는 있었다.

"언니, 기다려."

나는 검을 쥔 언니의 손을 붙잡으며 세레나를 보았다.

아마도 그녀는 감정에 대한 기억조차도 잃은 것이 아닐까. 아니, 애초에 세레나의 생을 반추했을 때 제대로 된 감정을 배울 기회는 있었을까? 씁쓸하게 웃었다.

"도저히 당신을 이해할 수가 없네요. 정말로 날 도울 거예요?"

"……날 영원히 보지 않는다는 말을 없던 것으로 한다면요."

"그럼 숨기지 않고, 속이지 않고, 진실되게 날 도울 건가요?"

"맹세해요."

일정 마력 이상을 지닌 마법사들은 호칭과 마력, 이름을 건 맹세를 어길 수 없다.

"이름과 마력을 걸고."

세레나의 몸을 은은히 감싼 저 푸른 마력이 증거였다. 나는 세레나와 치렀던 무닌의 과업을 떠올렸다. 그때, 그녀는 내게 믿음을 증명하려고 하지 않았다. 믿어도 그만, 믿지 않아도 그만이라는 듯한 건조하고도 초연한 태도로. 목숨마저도 방관시한 관찰자였다. 과업조차도 어떤 거대한 실험으로 보는 듯한 눈이었다.

나는 그녀의 눈 속에서 얼핏 조각난 파편을 보았다. 오래전에 그녀가 잃었던 감정일지도 몰랐다.

"무엇보다 나는 황태자의 모든 계획을 알아요. 계획대로라면 대공이 위험할 거예요. 막을 방법을 알아요."

"……리녹을."

항상 관찰자를 고집하던 그녀가 지금은 주가 되어서 움직이고 있다. 나는 잠시지만 쓰라린 상처를 덮어두기로 했다. 저 말은 사실일 것이다. 하지만, 여전히 마음 한구석에서는 상처받은 마음이 속삭였다. 믿어도 되는지.

눈을 꾹 감았다가 떴다.

"그래요."

언니에게 눈빛을 건넸다. 오래 함께 살아온 가족답게 언니는 내 뜻을 곧장 알아차리고, 말도 안 된다는 표정을 지었다. 그러나 언니는 이내 천천히 검을 아래로 내렸다. 어쩔 수 없이 져준다는 듯한 낯이었다.

'고마워, 언니.'

언니에게 작게 속삭였다.

언니도 알고 있을 거였다. 여기서 세레나가 진정 우릴 돕는다면 더할 나위 없이 좋은 일이었다. 다만 진위가 의심되었겠지. 하지만 이 또한 어느 정도 상쇄되었을 것이다.

"상황이 급해서 긴말할 시간은 없지만, 나는 세레나 님이 이건 꼭 알았으면 좋겠어요."

나 또한 지팡이를 늘어트렸지만 단호하게 말을 건넸다. 이것만은 짚고 넘어가야 한다.

"한번 깨진 것은 다시 돌리기 어려워요."

당신 인생에 두 번째 기회란 없었을 것이다. 누구도 당신을 용서하지 않았고 당신은 그런 세상에서 살았겠지. 내게 한 일을 덮으려는 것은 아니다. 다만 당신의 인생을 일부나마 이해할 뿐.

"그러니 난, 당신을 용서한 게 아니에요."

하지만 상황은 내 탈출과 리녹의 폭주를 가라앉히는 게 먼저다. 모두가 무기를 내리자 복도에는 고요한 정적이 내려앉았다. 상황을 이끈 것은 세레나였다.

"이쪽이에요. 일단 저 출구로 빠져나가서 마법진을 파훼하기로 해요."

그녀는 언제 동요하고, 간절했다는 듯 얼른 돌아서서 안내하기 시작했다. 언니는 여전히 복잡한 표정으로 나를 보다가 한숨을 쉬며 뒤따랐다. 후긴이 나를 안아 드는 것을 보아서인지 검을 들며 경계를 설 요량인 듯했다.

[복잡한 사이군.]

"글쎄, 사실 원래는 그렇지도 않았는데."

나는 후긴의 짤막한 감상에 그냥 웃고 말았다.

문을 나서자, 정말 출구였는지 거대한 공터가 나타났다. 그러나 공터 밖으론 아무것도 보이지 않았다.

"결계가 시야를 가리는 거예요."

안개가 잔뜩 낀 것마저도 바깥에서 이곳을 눈치채지 못하게 하는 결계라고 세레나가 설명했다. 바닥에서는 거대한 마력이 느껴졌다. 이렇게 부상 입은 몸으로도 느껴지는 엄청난 마력이었다.

[거대하군.]

오래 산 후긴조차도 바닥을 보며 쯧 혀를 찼다.

"그럴 수밖에요. 황실에는 대대로 전해지는 고대 주문이 있는데, 오직 후계자로만 전송되는 강력한 고대 주문을 이용해 만든 결계니까요. 거기다 고대 유물을 이용한 것이라 더욱더 강력할 테고요."

세레나의 설명을 듣던 나는 뭔가 이상함을 알아차리고 손을 들어 올렸다. 잠깐, 좀 이상한 행동이긴 한데…….

"황태자가 내게 이르길 여기 걸린 마법은 대마법사, 즉 당신이어도 못 푼다고 하던데요."

"맞아요."

"그런데요?"

"목숨을 걸면 되긴 해요."

이 순간에도 산뜻하기 짝이 없는 그녀의 음성에 나도 모르게 헛웃음이 튀어나왔다.

"……그놈의 목숨은 진열대에 진열된 상품이 아닐 텐데요."

"하지만 에이미도 심심하면 걸곤 했잖아요?"

"아니, 내가 언제요?"

"뭐?"

"언니. 아니니까 노려보지 마! 죽을 각오를 말한 거겠죠!"

"같은 얘기 아닌가요?"

"아니에요!"

내가 얼마나 죽기 싫은 사람인데. 오래오래 리녹이랑 꿩 먹고 알 먹고…… 혼인도 하고 싶은 사람이라고.

"결혼도 못 한 사람 저승에 보내지 말아요."

세레나는 고개를 갸웃하더니, 보일 듯 말 듯 웃었다. 웃어? 그녀가 웃는 것은 아주 많이 보았으나 처음 보는 웃음이었다. 하지만 상황이 급했기에 그녀는 재빠르게 설명을 하기 시작했다.

"현재 필요한 것은 이 마력 결계를 부서트릴 마법과 마력, 그리고 대공이 있는 곳으로 이동할 순간이동 마법이에요. 당연하겠지만, 모두 빠짐없이 중요해요."

그녀의 말에 나는 내가 갖고 있는 순간이동 구슬을 떠올렸다. 이를 말하자 세레나는 고개를 저었다. 언니가 준 것은 불특정한 공간으로 멀리 이동하는 것이었고, 리녹이 준 것은 빠르게 이베르크 영지로 이동하는 것이었다. 지금 상황에서 도움이 되지 않았다.

"그렇다면 한 사람은 순간이동 마법을 써야 한다는 거군요."

여기 있는 대마법사는 두 사람. 나와 세레나 중 한 사람은 순간이동 마법을 준비해야 한다는 얘기였다.

"네, 좌표는 내가 알아요."

다행히도 리녹이 있는 곳의 좌표는 세레나가 알고 있었다.

"그리고 정상적으로 이걸 파훼하려면 아주 긴 주문과 준비 시간이 필요해요. 하지만 시간이 없으니, 이걸 대신할 만한 물리력이 필요해요."

"그거, 검이면 될까, 마법사님?"

언니가 끼어들며, 묻자 세레나가 빠르게 끄덕였다. 상황이 상황인지라 빠르게 역할이 정해졌다. 다만, 마력을 쓰는 것도 결국은 체력이 필요한 일이라······ 온전치 못한 내 상태가 마음에 걸렸다.

[선지자, 네 동료가 파훼법을 준비하는 동안에 할 얘기가 있는데.]

"응? 뭔데?"

나는 조금 멀리 떨어진 곳에서 몸을 푸는 언니와 주문을 땅에 새기는 세레나에게서 눈을 떼어내며 말했다.

[이 틈에 나와 '계약'을 맺으면 어때? 약식으로 하면 얼마 걸리지 않을 거다.]

"······좋은 생각이긴 한데, 둘 다 너덜너덜한 상태인데 가능한 거야?"

[그것 말인데.]

나보다 훨씬 키가 큰 후긴이 허리를 숙였다. 찰랑거리며 붉은 머리카락이 흘러내렸다.

[치유 마법을 할 줄 알아?]

"알아."

[계약 의식을 시작하면 넌 내게 치유 마법을 걸어줘. 선지자의 마법이라 훨씬 효과가 좋을 거야. 적은 마력으로 큰 효과를 본다는 거다. 네 주먹이 우리 같은 마법 생물에게 효과적인 이유와 비슷한 원리다.]

"그건 어떻게 알았어?"

[내 오라비의 시야를 잠시 공유했었지. 찰지게도 때리더구나.]

"하하. 아무튼 그건 좋은데······. 지금 순간이동 마법을 써야 하는데, 널 치료해도 될까?"

[그러면 더욱이 계약이 필요하지. 내가 쓰는 정화의 불꽃은 독을

태우는 동시에 네 상처와 기력을 치료할 수 있다. 끝으로 계약한 뒤에 너는 내 마력을 쓸 수 있지. 좋은 것 아닌가?]

후긴의 말에 나는 눈을 동그랗게 떴다가 다시 고민했다.

"사실 내가 고대 마법을 쓰는 대가로 스스로 치료를 못 할뿐더러, 같은 고대 마법 정도가 아니라면 어려워……."

[괜찮을 거야. 우리가 쓰는 마력은 고대 마법과 비슷한 것이니.]

"그래? 그렇다면야."

내가 승낙하자마자, 주변으로 불길이 치솟았다. 세레나가 쓰는 불마법 같으면서도 색이 조금은 다른, 아주 새빨간 불이었다.

[아 참, 그리고 계약할 때, 한 가지 부탁해도 되겠어? 이건 미리 말하지 못해 미안하긴 한데.]

"뭔데?"

[네 안의 독을 완전히 해독하는 데는 나도 시간이 걸린다.]

후긴이 천천히 손을 뻗었다.

[대신에 독을 빼내서 넣어두려 하는데……. 그 창고 역할을 이 아이에게 맡겨주었으면 해서.]

나는 눈을 크게 떴다. 후긴의 긴 소맷자락 사이로 빼꼼 고개를 내민 것이 보였으니까.

'……뱀?'

뱀이었다. 그것도 아주 조그맣고, 은빛에 검은 비늘이 군데군데 붙어 있는 아주 작은 아기 뱀. 척 봐도 다 자라지 못한 것이 느껴졌다.

[요르문간드의 새끼다. 세상에 단 하나 남은 개체이기도 하지.]

"아니, 언제부터 데리고 있었던 거야?"

[네가 수정을 부수면서였지? 이 아이의 우리도 박살이 나서 내가

몰래 보호하고 있었지.]

"아니, 그걸 왜 이제 말하는."

[탈출하던 중에 말할 틈이 없어서 이제야 말하게 됐군. 본래는 이 아이의 어미가 가졌던 독이니 도움이 될 거야.]

색색. 아기 뱀이 반갑다는 것인지 몸을 흔들흔들 흔들었다.

[반갑다는데.]

"으응, 나도 반가워……?"

얼떨떨하게 인사하는데, 아기 뱀이 자기 비늘 하나를 꾹 물더니 떼어냈다. 그러고는 내 손등 위로 올라와서는 내밀었다.

아니, 뱀이 점프를 한 건 둘째 치고……. 비늘?

[네게 주는 선물이라는군. 아, 잠시 잠들 장소를 빌려줘서 고맙다는 인사이기도 하다네?]

"뭐? 그게 무슨……."

[손등이 잠시 간지러울 거다, 그 정도로만 알면 돼.]

날 향해 짓궂게 휘어지는 후긴의 눈은 언젠가 보았던 무닌의 것과 다를 바가 없었다. 무어라 항의하고 싶었지만 거세게 들이닥친 불로 인해 아무 말도 할 수 없었다. 후긴은 불과 함께 다가와 내 뺨에 가볍게 입술을 맞췄다. 이것이 의식의 시작이라며.

[염려 마라. 이 아이도 너를 돕고 싶어 하니. 해가 될 것은 하나 없다. 약속하지.]

그래, 이제 와서 후긴이 내게 해를 끼칠 일은 하지 않을 터였다. 대신 눈을 감고 마법에 집중했다. 후긴의 상처를 치료할 수 있게.

막대한 마력이 빠져나갔다. 그 반동으로 휘청 몸이 흔들렸다. 호스를 꽂고 쭉쭉 피를 빨리는 기분. 이것이 얼마나 이어졌을까. 따뜻한 것이 가슴 저 깊은 곳에서부터 차올랐다. 처음에는 아주 작은 물줄기였던 것이 점차 시내가 되고 강줄기가 되어 차차 영역을 넓혔다. 활활 타오르는 불, 후긴의 마력이었다. 확실히 살아온 세월이 달라서인지 하양이와 비교했을 때 더 커다란 마력이 느껴졌다.

천천히 고개를 들자 어느새 손에 쥔 지팡이가 보였다. 여전히 전체적으로 푸른빛이 도는 지팡이였지만 단 한 군데만은 달랐다. 중앙의 보석이 붉게 변해 있었다.

'전과는 다른 게 느껴져.'

손을 쥐었다 펴는 동안 후긴이 불꽃과 함께 다시 나타났다. 상처 입은 곳은 온데간데없이 사라진 모습이었다.

[만나자마자 했다면 좋았을 것을 보다시피 시간이 필요한 일이라.]

나는 끄덕였다. 확실히 시간이 제법 걸리는 일이었다.

[강인한 마법사가 된 걸 축하하지. 선지자. 아니, 이젠 계약자인가?]

"……기왕이면 이름을 불러줘."

[그러지. 에이미. 앞으로 긴 세월 동안 부를 이름이니.]

여인의 형상을 한 무닌이 살포시 웃고는 다시 한번 뺨에 입을 맞췄다. 마치 모친이 아이에게 하듯 보드라운 입맞춤이었다. 점점 후긴의 형상이 작아지고 있었다. 눈앞에는 작은 새가 파닥파닥 날고 있었다.

[아 참. 네 손등에 요르문간드의 새끼가 잠들어 있을 거다. 독을 소화하는 데 시간이 걸릴 테니.]

"……그래?"

과연 손등을 보니, 고대 마법이 새겨진 손등이 아닌 반대편 손등에 처음 보는 문양이 새겨져 있었다. 뱀의 엄니 같은 것을 보다 눈을 떼었다.

[저쪽도 끝난 모양이네.]

고개를 돌린 순간 거대한 진동이 느껴졌다. 아니, 흔들림이 이제야 느껴진 것이었다. 이미 땅이 거세게 흔들리고 있었으니까.

챙그랑! 마치 아주 커다란 접시가 부서지는 듯한 거대한 소리. 결계가 부서지는 소리였다. 내가 계약을 진행하는 동안 언니와 세레나가 결계를 해제하는 데 성공한 모양이었다.

어찌 보면 쉬웠다고 느꼈으나, 그들의 모습을 본 순간 그 생각은 싹 달아났다.

"……치료부터 해야겠네."

나는 얼른 성한 곳이 없는 두 사람을 치료하며, 세레나와 눈을 마주했다. 마법을 걸어주는 데는 얼마 걸리지 않았다. 곧 출발을 해야 했다.

"언니…… 나 지금 너무 불안해."

언니의 상처가 아무는 것을 바라보며, 나는 애꿎은 손가락을 꾹 물었다.

'리녹이…….'

이곳까지 쉴 틈 없이 분주하게 달려왔지만 사실 마음은 온통 한 곳을 향하고 있었다. 염려와 불안과 고통, 그리고 걱정으로 뒤범벅되어서.

"리녹이…… 폭주했으면 어떡하지?"

검집을 가져오던 언니의 손이 멈췄다. 깊고 다정한 눈이 나를 바라보는 것 같았다.

"괜찮아."

언니가 내 손을 겹쳐 잡았다. 언니의 음성은 흔들림 없이 꼿꼿하고 단정했다. 마치 리녹의 것처럼.

"정말로 괜찮아."

"……."

"대공님은 폭주하지 않았어."

언니는 내 목소리에 숨겨진 아주 작은 울음기도 알아차리던 사람이었다. 그럴 때마다 지금처럼 붙잡고 말했다.

"도망갈 수 있어. 아무 일 없을 거야. 에이미."

그럴 때면 언니의 말은 한 번도 틀린 적이 없었다.

"……언니가 어떻게 알아?"

언니는 내 손을 잡은 채로 말했다.

"버티는 것을 보았으니까."

"……."

"어떤 상황이어도 최악을 생각하지 않기로. 마침내 자기에겐 불행만이 가득했던 세상에서, 반드시 너와 행복해지겠대."

"……."

"그러니 참을 것이다."

언니의 검 끝에서 리녹의 장식 술이 살랑 흔들거렸다. 그리고 순간, 가슴속에서 응어리진 것이 왈칵 치솟았다.

"그게 너와의 약속이라고."

목 안쪽에서 뜨거운 것이 끓는 것 같았다. 손끝까지 열기로 채워지는 기분에 눈을 꾹 감았다.

'리녹.'

속으로 그의 이름을 불렀다. 당신은 이 상황에서도 나를 위해 노력하고 있었구나. 내가 슬퍼하지 않도록. 우리의 약속을 위해서……. 새삼 나의 작은 한마디조차 잊지 않고 기억하는 그를 다시 마음에 새겼다. 심장이 쿵쿵 거세게 뛰었다. 고동 소리는 더욱 요동쳤다.

'괜찮아. 괜찮을 거야.'

리녹은 이 자리에 언니를 보낼 만큼 이성을 유지하고 있다. 나를 위해 버텨주고 있다. 눈을 뜨며 표정을 갈무리했다.

'그래, 리녹이 노력하고 있다면 나도.'

이 순간에도 애를 쓰고 있을 그를 떠올리며 천천히 등을 바로 세웠다. 언니는 내 생각을 알아채기라도 한 것인지 다정히 웃어 주었다. 어쩌면 저 단단한 눈동자를 닮으려고 애쓴 덕분에 지금의 내가 있는 걸지도 모른다.

"언니, 고마워."

사람인 이상 흔들리고 불안해지는 것은 어쩔 수 없다. 하지만 흔들림이 길어선 안 된다. 나는 빠르게 고개를 돌렸다. 세레나도, 언니도 상처가 거의 수습된 상태였다.

"후긴, 혹시 새로 변해서 우릴 허공으로 띄워줄 수 있어?"

[어렵지 않지.]

후긴은 새로 변해 우리의 몸을 각각 붙잡고 하늘로 날아올랐다. 거대한 까마귀의 발에는 불꽃이 일고 아주 날카로운 발톱이 달려 있었지만, 신기하게도 아프지 않았다. 점점 땅과 멀어지고, 나는 나와 함께 발에 붙잡힌 세레나를 흘끗 바라보았다.

나는 손등을 내밀어 허공에 집중했다. 문양에서 빠져나간 빛이 이윽고 거대한 원과 마법진을 그리기 시작했다. 이를 가만히 지켜보면 세레나가 말했다.

"기억하고 있군요."

"네. '허공에서 발동하는 순간이동일수록 더욱 효과가 좋다'."

세레나의 가르침은 늘 경험과 함께였다. 이것도 나를 절벽에서 떨어트리며 말했었지?

"당신의 가르침은 빠짐없이 기억하죠. 아니, 기억했죠."

"……."

조금 불쾌한 가르침이긴 하지만, 아직 기억하고 있다.

"지금이에요."

"네!"

세레나의 지시에 따라 거대한 순간이동 마법진이 발동되었다.

"후긴, 우릴 떨어트려! 지금!"

동시에 내 지시를 받은 후긴이 우리를 떨어트렸다. 그러더니 본인도 같이 하강했다. 순간이동 게이트는 땅이 아닌 허공에 만들어졌을 때 장거리 이동의 효율이 높아진다.

아득한 추락감이 몸을 덮쳤으나 두려움은 없었다. 대신 단단히 결심한 것이 가슴을 가득 메웠다.

'기다려.'

나는 아래로 떨어지며 눈을 빛냈다.

'반격의 시작이니까.'

그녀의 불쾌한 가르침이 빛을 발했다. 눈부신 빛이 우릴 덮치더니. 다시 눈을 떴을 때는…….

전쟁 한복판이었다.

MY SISTER PICKED UP THE MALE LEAD

최후의 시련과 늑대가 진정으로 원하는 것은

XVII

17

최후의 시련과 늑대가 진정으로 원하는 것은

"으윽, 에이미…… 떨어트리려면 말이라도 좀 해주고……."

"미안!"

확실히 이동의 효율이 높았던 것인지, 생각보다 적은 마력을 쓰고도 도착할 수 있었다. 다만 허공에서 날아간 것이라 착지에 미처 신경을 쓰지 못했다. 뛰어난 기사인 언니는 언니답게 제대로 착지했고, 등부터 떨어지던 나는 의외로 세레나가 마법으로 붙잡아 주었다.

쾅! 가까운 곳에서 땅의 울림이 느껴졌다.

'뭐야?!'

나는 벌떡 일어나 얼른 얼음벽을 만들었다. 그 순간 벽에 부딪힌 검이 튕겨 나가며 검을 쥐고 있던 이가 뒤로 몇 걸음 물러났다.

"웬 침입자냐! 기습이야?"

나는 익숙한 음성에 얼른 고개를 들었다. 첼시였다.

"첼시!"

"……아가씨?"

첼시가 놀랍다는 듯 눈을 크게 뜨고는 경악했다. 그러나 그 얼굴은 오래가지 않았다.

"아, 아가씨! 대체 그동안 어디에, 아니, 어떻게 여기……."

그녀는 검조차 떨어트리고는 얼굴을 거칠게 쓸어내렸다.

"저희가 얼마나 걱정을…… 한 줄…… 아세요?"

미소가 아닌 얼굴을 좀처럼 보이지 않는 그녀였지만 울컥한 낯이었다. 가만 보니 말을 건네는 얼굴이 엉망이었다.

"아가씨! 무사하셨군요!"

"흐엉, 이놈이 보고 싶어 했습니다!"

"뭐? 크흡, 너도 마찬가지잖아!"

그녀의 옆에는 얼굴이 낯익은 기사들이 잔뜩 있었는데, 첼시뿐만 아니라 다들 하나씩 자잘한 부상을 입은 것이 보였다.

"나, 나도 반가워요."

상황이 꽤 급박하게 돌아가는 분위기여서 일단 주변의 이들부터 불러모았다.

"일단 날 본 사람은 모두 내 주변으로 모여요!"

나는 말할 것도 없이 일단 치유 마법부터 시전했다. 조금 뒤 거대한 마법을 쓸지도 모르지만 이 정도 여유는 있었다.

와아아-. 마법 시동이 채 끝나기도 전에 거대한 함성이 들렸다.

돌아보니 얼기설기 쌓아둔 임시 요새가 보였다. 저것이 전투를 가르는 성인 듯 이를 두고 치열한 전투가 한창이었다.

'대체 이게 무슨 상황인 거지?'

정확한 사태를 파악하기엔 정보가 부족했다. 멀지 않은 동쪽에서 그레이가 문을 막고서 분투하는 것이 보였다. 나는 고개를 돌려 빠르게 첼시를 응시했다. 첼시 또한 시선을 느꼈는지 굳은 얼굴로 입을 열었다.

"아가씨, 이리 갑자기 오신 것에 여쭤볼 것이 많지만…… 일단 대장님을 도와주세요!"

이리 말하는 그녀의 뺨에 난 상처가 막 아물고 있었다.

"도와 달라니요? 리녹에게 무슨 일이 있는데요?"

첼시와 이야기를 하는 사이 언니와 세레나도 등을 돌려 내 쪽으로 다가왔다. 기사들이 세레나를 보며 흠칫했지만 내가 얼른 가로막았다.

"리녹이 왜요, 어서 말해 봐요!"

첼시는 세레나를 보면서 분노를 숨기지 못하면서도 이어 말했다.

"일단 차분하게 앉아서 말씀드리지 못하는 것을 용서하세요."

나는 어깨에 큰 부상을 입은 기사에게 한 번 더 치유 마법을 걸어 주며 얼른 끄덕였다.

"저희는 예정대로 기습할 계획이었습니다. 기습은 순조로웠고 시작했을 때만 해도 저희 쪽이 우세한가 싶었는데…… 어디선가 황태자와 수많은 기사단이 뛰쳐나오더니, 대대적인 전투가 벌어졌습니다. 더는 기습이 아니었어요. 그리고."

첼시가 이를 악물었다.

"전투가 시작되자마자…… 황태자가 대장님을 소환했습니다."

"소환? 어디로요?!"

첼시가 가리킨 곳을 본 나는 그대로 멈칫했다. 손가락이 향한 곳은 눈으로 겨우 알아볼 수 있을 법한 거리. 거기엔 웬 군대가 새카맣게 몰려 있었다. 한 덩어리처럼.

"……지금 리녹이 저기에 있다구요? 홀로?"

입술이 떨렸다. 떨림은 차차 퍼져 나가며 지팡이를 쥔 손마저 흔들렸다. 그도 그럴 것이 첼시가 가리킨 곳에는 오직 붉은 옷을 입은, 황실 군밖에 없었으니까.

"……네. 아가씨. 저희도 어떻게든 가보려고 했지만 수적 열세를 이기지 못하고……."

첼시가 입술을 깨무는 것이 보였다. 하지만 정신이 없어 선명하게 들어오지 않았다.

현재 이들이 자리한 곳은 깊은 골짜기 입구였다. 회담 장소 근처에 암석 골짜기가 있다고는 들었는데 이곳인 듯했다. 그리고 입구가 좁은 이 계곡은 수적으로 열세인 대공 세력이 많은 수를 상대하기에 아주 적절했다. 기습 또한 이것을 고려하고 이 장소를 고른 것으로 알고 있는데…….

입구에 알파벳 U 형태로 만들어진 임시 요새는 효과적인 전략이었다. 하지만, 리녹이 있는 곳은 저 멀리 군대가 새까맣게 몰린 한복판이었다. 그것도 아군이 전혀 없는. 거기다가 현재 리녹은…….

'정상적인 상태가 아닐 텐데!'

내겐 충격에 빠질 새도, 지체할 시간도 없었다. 나는 지팡이를 움켜잡으며 등을 돌렸다.

"후긴!"

불꽃이 일더니 작은 새의 형태를 하고 있던 후긴이 어깨에 내려앉았다.

"날 저기 데려가 줘."

"아가씨……!"

나는 다가오려는 첼시를 제지했다.

"내가 리녹에게로 갈게요. 첼시는 그레이랑 같이 이곳을 지켜줘요."

아직 부상자들이 곳곳에 있었다. 여기가 무너지면 기사단들은 전멸할지도 몰랐다. 물론 강인한 이들이니 거기까지 가지 않을지도 모르나 치명적인 부상은 예기된 일이었다.

"아가씨! 그렇지만 혼자서는 위험합니다!"

"쉽진 않겠지만 방법이 있을 거예요."

"내가 같이 갈게."

언니가 검을 검집에 집어넣으며 말했다. 나는 언니의 얼굴과 길게 내려진 붉은 망토 자락을 보다 고개를 끄덕였다. 저곳에 가는 거라면 빠른 이동을 위해 소수 정예로 움직이는 편이 나았다.

"걱정하지 말아요, 첼시. 저곳엔."

주먹을 쥐었다가 폈다.

"대마법사가 둘이나 갈 테니까."

첼시의 눈이 커지는 것과 동시에 나는 시선을 돌렸다.

"당신도 갈 거죠?"

시선이 향한 곳은 멍하니 상황을 바라보고 있던 세레나였다. 그녀는 눈을 한번 크게 깜빡이더니 고개를 움직였다.

"그렇죠."

그 순간 내 손등에 덧그려진 흰 문양이 새하얀 빛을 뿜어냈다.

"시간이 없으니 바로 출발할게요. 첼시, 말했지만 부디 이곳을 잘 부탁할게요."

마음을 다진다.

"리녹과 함께 빨리 돌아올 테니까."

후긴이 조금 전처럼 거대한 까마귀 형태로 변형했다. 그렇게 후긴

의 발에 올라서려는 찰나 어디선가 작게 캥! 하는 소리가 들렸다. 그
와 함께 나는 뒤로 비틀거렸다.

"에이미!"

"윽, 괜, 괜찮아!"

익숙한 내음, 보드라운 털. 천천히 품속을 들여다보자 조그만 늑
대가 내게 안겨 끙끙 울고 있었다. 하양이였다. 늑대는 자그만 아이
로 변하더니 고개를 마구 파묻었다.

"예이미! 예이미! 예이미⋯⋯."

떨리는 손을 폭신한 머리 위에 올려놓았다. 말이 이어지지 않았지
만 하양이의 감정이 마력을 통해 마구 스며들어 오고 있었다.

"미안해, 걱정시켰지?"

걱정, 염려, 불안, 외로움, 슬픔.

"가디, 가지 마. 흐읍, 예이미, 가지 마. 나도, 나도 가치 갈래. 갈래!"

투명한 눈물로 범벅이 된 모습이 마치 어린 리녹이 우는 모습 같
아서 말을 잇지 못했다. 나는 느리게 고개를 끄덕였다. 하양이를 끌
어안고 그대로 머리를 들어 올렸다.

"가볼게요."

어느새 준비를 끝낸 언니와 세레나가 후긴의 발에 자리를 잡았다.
덥석. 마지막으로 올라타려는 내 손목을 누군가 잡았다. 첼시였다.

"아가씨, 가시는 건 말리지 않겠습니다. 아가씨의 강함은 제가 잘
알고 있으니까요."

그녀에게서 조금 전까지의 흔들리던 모습이 차차 지워졌다. 굳게
굳혀진 눈에는 자그마한 것이 반짝거리듯 콕 박혀 있었다.

"하지만 저 사람은 믿어도 됩니까?"

신뢰였다. 대공가 기사단 부단장, 가장 강한 기사 중 하나인 그녀의 눈은 나를 향한 신뢰로 가득했다. 세레나를 가리키면서 한 말조차도 내가 그렇다고 말하면 믿을 거라는 듯이.

나는 무겁게 머리를 움직였다. 아래위로 한번.

"이번만은요."

세레나의 도움은 리녹을 돕는 것까지였다. 정확히는 구출. 거기까지 약속했다. 세레나의 시선이 느껴졌지만 나는 모르는 척하고 후긴의 발에 앉았다. 거대한 날개가 펄럭이더니 하늘 위로 떠올랐다.

부웅-. 순식간에 사람들이 새카만 점이 되었다.

'정말 크네. 이것보다 줄일 수 있나.'

[줄이는 것뿐 아니라 더 크게도 될걸?]

아, 깜짝이야. 눈을 크게 끔뻑이려니 작은 웃음소리가 머릿속에 울려 퍼졌다.

'내 생각을 읽는 거야?'

[그것보다는 무의식중에 네 감정이나 마음이 흘러들어 온 거라고 생각하면 될 거다. 나 또한 전달이 가능하고.]

'하양이는 안 그랬는데.'

[네 아기 늑대도 될걸?]

그 말이 끝나기가 무섭게 또 다른 음성이 들렸다.

[예이미!]

[학습 능력이 빠른 아이로구나. 펜릴의 아이지?]

[응!]

'……내 머릿속에서 대화하지 마. 둘 다.'

짧게 대화하는 사이, 목표지에 도착했다. 발아래를 바라보니 여전히 까맣게 몰려 있는 군대가 보였다. 나는 이들을 관찰하다 말고 미간을 찌푸렸다.

'……마법진?'

하늘에서 본 바닥에는 거대한 마법진이 그려져 있었다. 이베르크저 지하실에 있던 것보다 훨씬 큰 크기였다. 도무지 어떻게 만든 것인지 모를 압도적으로 거대한 마법진. 저곳에서 형언할 수 없이 거대한 마력이 느껴졌다.

"저 마법진……. 실험실에 걸려 있는 것과 같아요."

"네?"

"구속 마법진이에요, 상대를 영원히 가두는. 거기다 저 중심에 있는 건……."

"뛰어내릴게요!"

나는 세레나의 말을 채 듣기도 전에 후긴을 움직이게 했다. 재빠르게 언니에게 하강 마법을 걸어주고는 땅 밑에 착지했다. 우리가 자리 잡은 곳은 사람이 아득하게 몰린 한가운데였다. 나는 숨을 몰아쉬며 앞을 응시했다. 아니, 노려보는 것에 가까웠다.

"……아가씨?"

눈앞에는 놀란 얼굴을 한 탄시즈가 있었다. 탄시즈의 뒤로 거대한 결계와 마법진, 한데 뭉친 마력 덩어리가 요동치고 있었다. 사태를 파악한 것인지 탄시즈의 얼굴에서 차차 감정이 사라지며, 그 위로 웃음이 자리했다.

"아, 어떻게 된 것인지 대충 알겠군요. 나를 배신한 겁니까? 세레나 히아신스."

"……."

"당신의 결과 지상주의는 참 이기적이고 지긋지긋하군요."

가만히 듣고 있는 세레나를 보려니 불쑥 화가 치밀었다. 아니, 이미 분노로 가득한 채였지만.

"뭘 듣고만 있어요? 쏘아붙이지 않고서!"

"네? 그렇지만, 사실인걸요?"

"사실이든 뭐든! 스승, 아니, 당신이 저 사람에게 당신을 욕할 권리를 줬어요? 저럴 땐 '넌 뭐가 다르냐, 이 솥뚜껑으로 머리를 후려쳐 버릴 개새끼.'라고 해주는 거예요. 알았어요?"

"……개…… 새끼요?"

세레나도 나한테 잘한 거 하나 없지만 저놈이 더 질이 나쁘다. 아니, 제일 나쁜 놈이다.

"아니다. 개도 아깝네요, 저 사람한테는. 개한테 사과해야겠네."

"알았어요. 그럼 마수 새끼는 어때요?"

"좋네요."

태평하게 말을 하는 것처럼 보였지만 세레나도 나도 지팡이를 쥐고 앞으로 내민 지 오래였다. 긴장감이 뼛속까지 스며들었다.

"에이미, 저 결계 속에……."

"알아요."

결계 속에 누가 있을지. 리녹이 그 안에서 어떤 상태로 있을지. 나는 이를 꽉 물었다. 그런 우리를 보던 탄시즈의 눈웃음이 짙어졌다.

"어찌 이곳에 나타난 것인지 신기할 따름이지만, 아가씨."

이제는 황홀하리만치 요사스럽다고, 그리 표현할 수밖에 없는 치떨리는 웃음이었다.

"이미 늦었습니다."

탄시즈가 한쪽 팔을 길게 뻗으며, 나른하게 고개를 기울였다.

"이 결계는 그를 억지로 폭주시켜 마력만을 뽑아낸다고 하더군요. 이미, 리녹 이베르크가 저 결계에 갇힌 지 한 시간이 흘렀습니다."

여유가 흘러넘치는 모습에 이가 악물렸다.

"달려가기 이전에 저 결계를 파훼할 수조차 없겠지만. 내 못난 아비가 평생을 연구한 결계라, 당신을 가둔 실험실의 것보다 더욱 힘들 겁니다."

탄시즈는 그가 비웃던 소설 속 악당처럼 자신의 계획을 토로했다. 아니. 이미 실행된 것이기에 말해도 소용없다고 생각하는 거겠지. 막을 도리가 없다고 굳게 생각하고 있기에.

"저 안으로 들어간다면 당신의 목숨은 보장할 수 없을 겁니다. 아마, 폭주한 대공에게 살해당할지도 모르지요."

"……."

"반드시 죽을 겁니다."

"그래요?"

나는 지팡이를 흔들며 가볍게 웃었다.

"난 저기 들어갈 건데."

탄시즈의 표정이 굳었다. 그러나 완전히 여유를 잃진 않았다.

"내가 그걸 그대로 두리라고 생각하는 겁니까, 당신이 죽도록?"

"하, 내가 죽을까 봐 걱정한다? 내가 죽든 말든 당신이 무슨 상관인가요?"

"……."

"이미 모든 걸 이기적이게 제멋대로 행동해 놓고서."

탄시즈는 더는 대답하지 않았다. 대신 행동으로 대변하려는 듯 손을 휘저었다. 그의 지팡이에서 검은 연기가 흘러나왔다. 깃발이 흔들렸다. 탄시즈의 손짓에 멀어져 있던 기사단과 수많은 병사가 달려오는 것이 보였다.

"후긴! 더 커질 수 있다고 했지?"

내 뜻을 알아차린 것인지 길게 포효한 불새가 거대한 날개를 펼쳤다. 어찌나 거대한지 길목을 막아서자 내게 도달할 수 있는 기사는 단 하나도 없었다.

"이 정도면 얼마간의 시간은 벌겠네요."

탄시즈는 이제 말없이 자신의 지팡이를 빼 들었다. 나는 이미 탄시즈 또한 엄청난 마법사임을 경험한 바 있었다. 하지만 그의 상대는 내가 아니었다.

"가."

"언니."

검을 빼어 든 언니가 내 앞을 막아섰다. 거대한 검을 가벼이 휘휘 흔들며 언니는 웃을 듯 말 듯 입술을 움직였다.

"내 위치는 여기겠네, 내 동생."

언니의 한 손이 내 어깨를 탁탁 두드렸다.

"언니는 본격적인 반역자가 될 테니, 부디 하고자 한 것을 행하렴. 그것이 우리 라미아스의 길이니."

나는 언니를 한번 쳐다보고는 느리게 고개를 끄덕였다. 자매의 인사는 길지 않았다. 그러곤 탄시즈를 한번 쳐다보았다. 마치 무언가를 잃은 사람인 양 이쪽을 쳐다보는 것이 마음에 들지 않았다.

'왜? 빼앗아간 것은 당신이잖아.'

분노가 치밀어 올랐다.

"나는 죽으러 들어갈 거예요."

탄시즈의 찬연한 금빛 눈동자가 나를 향했다.

"죽으면, 당신 때문에 죽는 거야."

거리를 두고 시선이 교차했다.

"지금 이게 당신의 부친이 행한 실험의 결과라고? 내겐 황제나 당신이나 다를 것이 하나 없어요."

탄시즈의 표정이 일그러졌다.

"당신은 모릅니다. 나의 삶은 결코 선함과는 가까워질 수 없는 삶이었습니다!"

그러나 나는 그 말에 아랑곳하지 않고 코웃음 쳤다.

"이제 와서 말해주는 건데. 아, 미리 말해주는 거예요. 이건 희망 고문이라고."

경고하듯 서문을 날리고서, 이어 말했다.

"당신은 끔찍한 실험에 집어넣은 부친 때문에, 부친처럼 살았던 걸까요?"

"지금 무슨……."

"당신은 몇 번이고 변할 기회가 있었을 거야."

자신을 학대한 이가 있다고 해서, 불운한 어린 시절이 있다고 해서, 모두가 최악의 악당이 되던가? 아니. 그렇지 않다. 그것은 그럼에도 올바름을 유지하려 했던, 그렇게 살아온 사람들을 모독하는 짓이다.

"선함은 타고나는 것이 아니라 치열한 사투 끝에 지켜내고 간직하는 것이에요."

탄시즈는 오랜 세월 나를 찾고, 그려왔다. 그러나 첫 단추를 잘못

끼운 것은 누구인가? 싫다는 뜻을 무시하고 강압한 것은? 나는 이것이 사랑이라고 여기지 않는다. 하지만 그가 사랑이라 말한다면, 나를 사랑한다던 그에게 줄 수 있는 최고의 복수는…….

"정말 죽어야 한다면, 당신 앞에서 죽어줄게요."

"……."

"이대로 정말 리녹을 구하지 못하고 죽는다면, 당신이 만든 함정 속에서 리녹과 같이 죽을 거야."

나는 웃으며 등을 돌렸다.

"내 삶에도, 내 죽음에도, 당신의 자리는 없어."

이것은 그에게 주는 최고의 복수가 될 터였다. 물론 실제로는 전혀 그럴 생각이 없었으나, 나는 말없이 걸음을 옮겼다.

챙! 뒤로 거대한 굉음이 울렸다. 살짝 고개를 돌리자 바람이 불어왔다. 먼지 사이에서 탄시즈의 공격을 언니가 막아내고 있었다.

"……아가씨."

대치하고 있는 것은 언니이건만 그의 눈은 오로지 나를 향해 있었다. 아주 간절하게. 커다래졌던 금색 눈동자가 이내 느리게 깜빡이다 싶더니, 긴 눈물 줄기가 흘러내렸다.

"내, 내가 아가씨에게 큰 잘못을 저질렀다는 것은 압니다……. 그렇지만 당신의, 당신의 인생에서 지워지는 것은 싫습니다. 제발……."

"……."

"내가 잘못했습니다."

탄시즈는 소리 없이 눈물을 흘려냈다.

"당신이 죽는 것만은 안 됩니다. 저것은……. 내 아버지가 만든 최악의 산물입니다. 나조차도 어쩔 수 없이 조건을 충족하면 열리는,

내게 새겨져 있던 마법입니다."

"어쩔 수 없었다고요? 당신은 이 순간에도 변명뿐이군요."

싸늘하게 이어지는 내 답변에도 탄시즈는 말을 멈추지 않았다.

"변명은 하지 않겠습니다. 나는 저자가 싫습니다. 지금도 리녹 이베르크가 싫습니다."

탄시즈는 대치한 채로 숨을 몰아쉬었다.

"그렇지만 저 마법은 정말로 나와 저자의 최후 싸움에 억지로 열린 마법이었습니다. 그렇게 예정되어 있던 것이었으며…… 나 또한 원한 일이기도 합니다. 그가 죽길 바랐으니까."

감미롭던 그의 목소리가 축축하게 젖어 들어갔다.

"저것이 사라지길 바랍니까?"

눈물을 머금은 두 눈동자가 지독하게 나를 담았다.

"내 아비가 죽으면 저 마법이 멈춥니다."

"……."

그의 눈물이 턱 끝에 뚝뚝 맺혔다.

"당신이, 당신이 저 안에서 죽어서 사라질 바에야 차라리 내가…… 내 아비를 죽이겠습니다."

나는 그대로 멈칫하고 말았다. 이제 와서 탄시즈의 호소에 마음이 움직인 것은 아니었다. 그저 저 맹목적인 시선이 익숙하게 느껴졌다. 하지만 참 이상했다. 탄시즈는 마치 주인에게 버려진 개인 양 나를 바라보고 있었다. 그 모습에서 눈물을 뚝뚝 떨어트리는 리녹이 생각났지만, 황급히 고개를 저었다. 아니다, 본질부터 다른 두 사람이었다.

"황궁에 있을 황제를, 당신의 부친을 어떻게 죽이겠다는 건가요?"

"……방법이 있다면 나를 용서하겠습니까?"

나는 소리 없이 웃었다. 웃을 기분이 아니었음에도 헛웃음이 터졌다.

"이제 와서?"

내가 아는 탄시즈는 끝내 열등감으로 용서 따위는 입에 담지 않던 사람이었는데. 왜일까. 책 속 주연들은 참으로 볼수록 내가 알던 이야기 속 모습과는 일치하지 않는다.

"그 말은 너무 늦은 것 같네요."

"……."

나는 그대로 뒤로 물러났다. 언니와 시선이 교차하고, 언니가 고개를 끄덕였다.

"자자, 여기까지."

쿵. 탄시즈의 마법이 반으로 갈라지며 언니가 탄시즈가 있던 자리에 검을 꽂아 넣었다.

쾅!

언니의 고운 입술에 깊은 미소가 새겨졌다.

"오랜만이네요, 황태자 전하."

언니의 검을 피한 탄시즈가 눈물로 젖은 눈동자를 움직였다.

"……디아나 라미아스."

"예. 구면이지요?"

그의 눈이 가늘게 뜨였다. 휘리릭! 땅이 갈라지더니 검고 거대한 뿌리가 언니를 덮친다. 가볍게 자리를 피한 언니가 팔을 휘두르자 썩둑, 살벌한 소리가 들려왔다. 투두둑. 잘린 줄기가 바닥을 뒹굴었다.

"우리 가족을 살려주려 했던 전하의 얘기는 알고 있어요. 그건 내 동생을 납치한 거랑 퉁치죠."

탄시즈의 손에 검은 마력이 똘똘 뭉쳐졌다. 이에 언니 또한 검을 고쳐 잡았다.

"네 동생이 죽으러 가겠다는데, 막지도 않는 건가? 부모의 죽음을 각오하고 지킨 가족이면서?"

탄시즈가 참지 못하고 소리를 질렀다. 물 흐르듯 우아하던 모습은 온데간데없었다. 언니는 웃었다.

"저 애의 언니인 나라도, 저 애의 신념을 꺾을 권리는 없어요. 그건 나 아닌 다른 이들에게도 마찬가지."

"비키라고!"

"그런 기본적인 것조차 배우지 못하셨다니 실망이네요. 배울 새도 없었으려나요? 아. 이젠 상관없겠지."

언니의 시선이 일순 변했다.

"남은 건 퀴퀴하게 묵은 원한뿐이네. 15년을 기다린 반역자의 검을 받아주셨으면 하네요."

언니의 미소가 진해졌다.

"아니, 정당한 복수인가?"

그것을 마지막으로 나는 자리를 떠났다. 결계와 더욱 가까운 곳으로.

△

언니와 탄시즈를 그대로 남겨두고, 세레나와 나는 결계 바로 앞까지 도달했다. 목표했던 장소였다. 멀지 않은 곳에서는 후긴이 거대한 불을 토해내고 있었다. 간간이 얼음덩어리들이 떨어지고 부서지는 것을 보아서는 하양이도 함께 하는 듯했다.

"세레나, 입구는요?"

"역시…… 없어요."

세레나가 고개를 절레절레 저었다.

"완전히 밀실로 만들어진 결계예요. 일부러 입구와 출구를 파괴했어요. 들어간 사람이 절대 나올 수 없게."

세레나가 결계를 꼼꼼히 살펴보고는 설명을 이었다.

"이곳에 들어가기 위해서는 억지로 구멍을 내야 해요. 지금으로선 그 구멍을 통해 들어가는 수밖에 없어요. 하지만."

나는 세레나를 재촉했다.

"하지만요? 왜요? 왜 그래요?"

"……안쪽에서 거대한 마력이 요동치고 있어요. 아마도 폭주한 대공의 마력이겠죠."

"……."

"너무 오랜 시간이 흘렀어요."

세레나가 작게 숨을 내쉬었다. 답지 않게 말을 망설이던 그녀가 천천히 입을 열었다.

"이미 한 시간이나 지난 이상, 대공의 상태는 최악이리라 예상해요. 폭주의 완성 직전. 아직 인간의 형태를 하고 있을지도 모르겠네요. ……에이미, 나조차도 장담할 수 없어요."

내 주먹을 꽉 쥐였다.

"무엇보다 구멍을 내게 되면 안쪽에서 요동치는 대공의 마력이 밖으로 흘러나올 거예요. 그렇게 될 경우 걷잡을 수 없는 재앙이 밖에서 일어나겠지요."

"……네. 자연 상태가 아닌 거대한 마력은 거대한 폭발을 일으킬 테니까."

안다. 원작 속 리녹의 폭주가 위험한 이유도 이 때문이었지. 자칫하면 제국이 멸망할지도 모를 거대한 마력이라며 책 속에서 리녹은 늘 이리 매도되곤 했다. 황실에 의해. 그리고 이 순간 현실이 될지도 몰랐다.

세레나의 눈은 묻고 있었다. '그럼에도 들어갈 것이죠?'라고. 의문이 아닌 확신이 찬 물음. 나는 그녀의 눈동자를 향해 천천히 고개를 끄덕였다. 내게 다른 방법이 있을 리 없었다. 아니, 리녹을 저대로 둘 수 없었다.

"에이미."

표정 없는 낯이 나를 불렀다.

"당신이 들어간다면, 저 마력은 내가 막겠어요."

분명 평소와 다를 것이 없는 얼굴임에도 왜인지 굳은 결심이 엿보이는 것 같았다.

"……가능한 일인가요?"

이미 이베르크 지하실에서 겪어본바 리녹의 상태에 대해 잘 알았다. 폭주하는 마력은 상상 그 이상으로 폭력적이었다.

"네, 가능해요. 당신을 위한 구멍을 만드는 것도."

더구나 지금, 저 안에서 꿈틀거리는 것은 지하실에서와 비교도 안 될 만큼 강한 마력일 것이다. 거기다 그녀는 저 결계를 찢기까지 해 주겠다고 말하고 있었다.

"에이미, 대마법사의 생명력은 그 자체로도 거대한 마력이 될 수 있죠."

"지금…… 목숨을 걸겠다고요?"

"이번엔 농담이 아니에요. 각오도 아니고."

세레나가 뜻을 알 수 없는 말을 덧붙였다. 나는 곧 그 말이 죽을 각오랑 목숨 거는 건 다르다고 했던 나의 말을 가리키는 것임을 깨달았다.

쾅! 거대한 소리가 울렸다. 언니와 탄시즈가 있는 곳이었다. 새까맣게 변한 대지가 불쑥 솟아나 있었다. ……시간이 없었다.

"……도와주세요."

강인한 그녀라면, 천재적인 그녀라면 분명 방법이 있을 터였다. 나는 그녀의 어깨를 간절히 붙잡았다.

"에이미."

세레나는 자신의 어깨 위에 놓인 내 손을 잠시 바라보더니 고개를 들어 올렸다.

"타인을 위해 이토록 간절히 생명을 걸어본 건 처음이에요. 필요하다고 느껴본 적 없으니까."

"……."

세레나는 내 의사를 묻지 않고 지팡이를 들어 올렸다. 은빛 지팡이에서 은은한 붉은 마력이 흘러나왔다.

"하지만 당신을 위해서예요."

세레나의 목 위로 우아한 문양이 덧그려졌다. 그녀는 나를 보더니, 잠시 머뭇거렸다.

"이렇게 하면…… 나를 믿어줄 건가요?"

나는 그대로 멈칫했다. 아무것도 모르는 듯 아이같이 무구하고도 순진한 눈망울. 난생처음 눈치를 보듯이 조심스러움이 맑은 홍채. 그녀의 삶을 고스란히 담은 눈동자. 나는 헛웃음을 지었다. 이 순간 웃어야 할지 서글퍼 해야 할지 알 수 없었다.

"세레나."

"네."

내 손등의 문양에서도 빛이 흘러나오기 시작했다. 차차 커지는 흰 빛이 나와 내 지팡이를 삼켰다. 세레나를 보는 짧은 순간 동안 많은 것이 교차하고 풀어지기를 반복했다. 어쩌면, 사람에게 가장 어려운 것은 타인의 삶을 이해하는 일지도 모른다.

"……모든 일이 끝나면 우리 처음부터 시작해 봐요. 그때는 합리적이니 효율이니 전부 집어치우고."

내 입술에 지어진 흐릿한 미소가 차차 선명해졌다. 그녀의 손을 꾹 잡았다.

"친구로요."

이글이글 타오르는 듯한 거대한 붉은 마력이 세레나의 지팡이에 매달려 있었다. 금방이라도 터질 듯이.

"친구요?"

"네."

세레나는 잠시 말이 없었다.

"그래요."

그녀의 작은 대답과 동시에 결계가 거세게 흔들렸다.

우우웅! 쾅!

세레나가 던진 거대한 마력이 작은 구멍을 낸 것이었다. 이 틈을 놓치지 않고 강렬하고도 음습한 마력이 마구 흘러나왔다. 세레나의 붉은 마력이 힘겹게 그것들을 전부 옭아매며 구멍을 넓혔다. 구멍이 사람만큼 커졌을 때쯤이었다.

"얼른 들어가요!"

나는 그녀에게 눈인사를 마지막으로 심연 같은 구멍을 들어갔다. 부디, 시간 안에 모두가 무사하기를 간절히 바라며.

△

……깜깜해.

결계 속으로 들어간 감상은 하나였다. 깜깜하고 숨이 턱턱 막힌다는 것. 앞이 하나도 보이지 않아 마법으로 빛을 만들었지만 겨우 발치를 비출 뿐이었다.

결계 속은 엉망이었다. 발끝에 치이는 것은 모두 시체였다. 검상을 보아서는 리녹이 한 일일지도 모르겠다고 생각했다. 애써 발밑을 보지 않으려고 하며 얼마나 걸었을까. 나는 본능적으로 지팡이를 들어 올렸다.

챙! 숨 쉬는 것보다 빠르게 만들어진 얼음벽이 산산조각 났다. 일격에 베어진 벽을 보며 경악할 틈도 없었다. 거대하고도 폭압적인 마력. 전과는 전혀 다른, 상상조차 할 수 없는, 압도적이며 흉부를 거세게 압박하는 마력의 느낌.

리녹이었다.

"……리녹?"

하지만 나는 확신할 수 없었다. 눈앞의 형상은 저것이 과연 인간일까 싶을 정도로 일그러진 모습이었기 때문이었다.

머리에 길게 솟아난 뿔, 길게 자라 흩날리는 검은 머리칼. 검게 물든 피부. 깜깜하고도 어두운 곳에서 저것은 사람이라기보다는 검은

빛을 이리저리 뭉쳐 놓은 모양새였다.

'정말 리녹인가?'

훑어보던 나는 찢어진 옷자락으로 겨우 그임을 알아볼 수 있었다. 가까이 가는 것만으로도 소름이 돋고 목숨의 위협이 느껴지는 살기가 전신을 옭아맸다.

"리녹, 왜……."

당연하게도 답은 들려오지 않았다. 눈물이 차올랐으나 이것을 흘리며 청승맞게 굴 때가 아니었다. 마력을 일으키려 했다. 그러나 그보다 리녹이, 아니, 리녹으로 추정되는 빛무리가 더 빨랐다.

쾅! 거세게 부딪친 머리가 고통을 토해냈다.

"……으윽!"

시야를 잃어선 안 된다는 이성의 경고가 간신히 정신을 유지하게 했다. 그러나 이미 때는 늦어 손으로 추정되는 것이 내 목을 강하게 붙잡은 뒤였다.

"큽, 흡, 리……. 흐흡, 녹!"

숨이 막혔다. 기도가 막힌 상태에서 사람은 오래 버틸 수 없다. 아무리 대마법사가 된 나라고 한들 신체는 그리 강하지 못했다. 여기서, 정신을 놓으면 안 되는데……. 지금 눈을 감으면 이대로 기절이 아니라 요단강을 건너는 것일텐데. 경고음이 마구 울렸지만 할 수 있는 것은 없었다.

주르륵. 눈물이 새어 나왔다.

'……늦어서 미안해요.'

우습게도 이 순간 화가 나지 않았다. 그가 이렇게 목을 붙잡고 목숨을 위협하는데, 나를 죽이려 하는데. 그저 슬펐다. 자의가 아닌 힘에 마구 휘둘리다 못해 사랑하는 이마저 알아보지 못하고, 이렇게 된 당신이. 너무 안타까워서.

이게 내 한계였을까. 막 눈이 감기는 그 순간이었다.

[이런.]

익숙한 목소리와 함께 조여들었던 힘이 사라졌다. 콜록콜록! 강한 기침을 토해내며 얼른 머리를 들어 올렸다.

'뭐지?'

희끄무레한 사람, 아니, 마치 유령과 같은 반투명한 형체가 눈앞에 있었다.

"……율, 콜록! 율리아 님?"

어째서 그녀가 갑작스럽게 등장한 것인지 알 수는 없지만 리녹을 바라보니 율리아가 한 듯 그의 몸에 주홍빛 쇠사슬이 묶여 있었다.

철컹철컹!

알아들을 수 없는 짐승의 소리를 내며 리녹이 거칠게 움직였다. 그 모습을 보던 율리아의 시선이 내게로 옮겨왔다.

[아이야, 나는 이베르크가 또 한 번…… 반려의 죽음을 목도하게 둘 순 없구나.]

'또 한 번?'

뜻을 알 수 없는 그녀의 말에 질문하고 싶었지만 목소리가 채 나오지 않았다. 그녀는 감았던 눈을 뜨며 내게 물었다.

[그러니 기회를 노려보겠느냐? 가능성은 0에 수렴할지도 모른다.]

나는 상체를 번쩍 일으켰다. 머리가 아릴 듯이 아팠지만 고통에 신경 쓸 겨를 따위는 없었다.

"기회? 리…… 리녹을 돌릴 기회가 있나요?"

[그래, 본디 이것은 금기(禁忌)지만 가만히 있을 수는 없구나. 내 남은 힘을 모두 모아 도와줄 테니.]

그녀는 뜻을 알 수 없는 눈으로 나를 바라보았다.

[이대로는 이베르크를 돌릴 수 없어. 이미 많은 시간이 지났으니까. 그러니 네가 안쪽에서 그를 데려오렴.]

쾅!

그 순간 리녹이 거세게 몸부림쳤다. 그를 묶고 있던 쇠사슬 중 하나가 끊어졌다.

[단 한 번, 이베르크의 무의식을 확장해 주마.]

"······콜록, 무의식이라니요?"

챙강. 같은 소리가 한 번 더 들려왔다. 이제 리녹을 구속하는 쇠사슬은 단 세 개밖에 남지 않았다.

"······설마 무닌의 과업처럼. 그렇게 말이에요?"

[그래, 가서 진짜 그를 데려오렴. 의식 저 아래에 잠들었을 거란다.]

리녹을 찾아 무닌의 과업에서와 같은 일을 반복하라. 내게 선택의 여지는 없었다.

챙! 동시에 두 개 남은 쇠사슬이 쪼개졌다.

"갈게요! 할 테니까, 데려가 주세요. 부탁이에요!"

수락한 순간, 새하얀 빛이 눈을 덮쳤다. 공간을 부욱 찢은 것처럼 작은 구멍이 보이는가 싶더니, 그곳에서 흘러나온 수많은 빛줄기가 나를 잡아당겼다.

[만나서 반가웠구나.]

구멍으로 빨려 들어가는 동안 율리아의 목소리가 멀어졌다. 간신히 눈을 떠 뒤를 돌아보았다.

[아이야, 우리가 다시 만날 수 있을지 모르나.]

"율리아 님?"

율리아의 몸이 아래에서부터 부서지고 있었다. 나는 본능적으로 무언가를 감지했으나 말이 채 나오지 않았다. 그녀의 등 뒤로 마지막 쇠사슬을 끊어내던 리녹이 보였다. 그러나 다시 움직이려던 그의 몸이 일시에 멈췄다.

[과거 나는 후회를 남긴 선택으로 긴 회한을 남겼지만.]

율리아는 그런 나를 보며 인자하게 웃었다.

[부디 너희는 행복하길 바란단다.]

나는 그대로 눈을 꽉 감았다.

다시 눈을 떴을 때, 여전히 새카만 공간이었다.

'뭐지? 이동한 게 아닌가?'

자세히 보니 조금 전에 있던 곳과 다른 공간이었다. 이동 탓에 잠시 적응을 하지 못했던 것인지 시야가 차차 제대로 돌아왔다. 위아래 할 것 없이 까맣던 조금 전과는 다르게 이곳의 천장은 새파랬다.

째깍째깍. 그 순간 시계 소리가 들렸다.

'어디서 나는 소리지?'

고개를 돌리던 나는 아래에서 거대한 물건을 발견하고는 발을 뒤로 물렸다. 깜짝이야.

'시곗바늘?'

내가 딛고 있는 바닥은 거대한 시계 형태를 하고 있었다.

째깍째깍. 이상하게도 분침만 있을 뿐 초침과 시침은 보이지 않았다. 거기다 숫자가 고대어로 되어 있잖아? 기묘하게 생긴 시계를 바라보다 보니 한중간에 있는 거대한 문양에 다다랐다. 거대한 늑대가 포효하는 문양이었다.

'이건, 이베르크의 문양인데.'

그의 무의식이기 때문일까. 나는 문양에서 시선을 떼어내고 천천히 방을 둘러보았다. 이윽고 나는 멈춰 섰다.

"⋯⋯사람?"

그곳에는 새카만 망토를 얼굴까지 뒤집어쓴 남자가 있었다. 덩치를 봐서는 검사인가 싶을 정도로 키가 크고, 커다란 체격이었다.

"리녹? 리녹이에요?"

모호함을 느끼는 사이, 남자가 이쪽을 향해 고개를 돌렸다. 얼굴을 자세히 보고 싶었으나 망토 그림자로 인해 얼굴이 거의 보이지 않았다. 그는 가까이 다가와 천천히 망토를 벗었다. 모자가 내려가며 드러난 얼굴에 나는 눈을 크게 떴다.

리녹이었다. 하지만 모습이 조금 이상했다. 새카만 머리칼, 달빛을 담은 듯 새하얀 피부, 섬세한 이목구비까지. 기억하는 리녹과 같았으나 그윽한 시선은 더욱 깊었고, 전보다 더 성숙한 분위기를 자아내고 있었다. 마치 내가 알고 있던 그가 조금 더 나이를 먹는다면 이런 모습일까 싶을 정도로.

이윽고, 피처럼 붉은 입술이 느릿하게 열렸다.

"에이미."

그의 손이 뺨에 닿는 순간 어깨가 파르르 떨렸다. 리녹의 손끝이 몹시도 차가웠다.

"⋯⋯에이미."

낮고도 묵직한 남자의 음성이 내 이름을 간절하게 담았다. 시선을 올리자, 황홀하리만치 아름다운 낯이 가까워졌다. 그는 그대로 내 눈꺼풀에 입을 맞췄다.

"내 반려."

분명 익숙한 목소리인데, 이상하게도 낯설었다. 귀를 녹일 듯이 달콤했으며 평소와는 다른 야릇함이 묻어났다. 내 뺨을 쥔 손에는 힘이라곤 전혀 들어가지 않은 상태였다. 그러나 나는 이 손을 뿌리치지 못할 것 같단 생각이 들었다. 마치 그가 이 공간을 지배하는 절대자 혹은 마왕이라도 되는 듯이.

"보고 싶었어."

흘러내린 그의 손가락이 목선을 타고 쭉 내려갔다. 마치 피아노를 연주하듯 부드러운 손길이었다. 그의 입술 또한 눈꺼풀에서 내려와 콧등, 코끝, 인중에 입을 맞추더니…….

잠시만요, 키스요? 여기서요?

아니, 기쁘긴 한데 제대로 된 재회 인사조차 없이 하려니 낯이 화 륵 달아오르는 기분이었다. 그럴 상황이 아닌데도 몸은 성실하게 움 직였다.

"리녹, 리녹……. 웃, 잠시만요. 리녹!"

그의 손을 밀어내려던 나는 깜짝 놀랐다. 스르륵 망토가 흘러내렸 는데……. 상체에 아무것도 입지 않고 있었으니까.

리녹은 평소라면 지을 리 없는 관능적인 미소를 보일 듯 말 듯 흘 렸다. 그의 손가락이 내 웃옷 단추를 하나 열고는 조심스럽게 들어 왔다. 차갑지만 익숙한 손길이 내 허리를 매만졌다. 등줄기에 절로 힘이 들어갔다. 고개를 들자, 그가 몹시도 간절하고 갈증 어린 눈으 로 나를 바라보고 있었다.

"사랑해. 널 갖고 싶어. 내 하나뿐인 반려."

그 모습에 손에서 스르륵 힘이 빠졌다. 분명 율리아는 무의식이라고 했었는데……. 생각했던 것과 너무나 달랐다. 무닌의 과업과 같은 것을 생각했던지라 이 상황이 당황스러웠다.

"……진짜 리녹 맞죠?"

"물론이다."

이마를 덮은 머리카락이 흘러내리며, 머리카락 사이로 언뜻 깊은 시선이 보였다가 사라지기를 반복했다. 무척이나 집요하고 자극적인 시선이었다.

"나는, 리녹 이베르크지. 정확히는 리녹의 욕망."

그가 손목 안쪽에 길게 입을 맞추며 입술을 움직였다. 절로 신음이 흘러나왔다.

"너를 갖고 싶다는 욕심. 탐욕."

"읏……."

"독점욕, 집착일지도 모르겠군."

그가 팔의 아주 여린 살을 아프지 않게 깨물었다. 야릇한 감각에 솜털이 삐죽 서는 기분이었다.

"나를 찾아온 것이 아닌가?"

"……훗, 그건 맞는데……."

번지수를 잘못 찾은 것 같기도 하고. 지금 리녹은 내가 알던 리녹이라기엔 조금 낯선 기분이 들었다. 저 깊은 시선이 이질적으로 느껴졌으니까.

"보고 싶었어, 에이미."

"……저도요."

그가 유혹하듯 시선을 흘리며 입술을 깊게 끌어올렸다. 그의 머리칼이 기울어진 고개를 따라 흘러내린다.

"사랑해, 나의 반려."

분명 사랑을 고하는 입술은 예전과 다를 것이 없는데…… 마냥 달콤하게 들리지 않았다. ……더욱 맹목적이라 할지. 좀 더 사람이 검게 물든 느낌이랄지. 마치 우리에서 벗어난 사나운 짐승처럼 위험하게 느껴졌다. 날것에 가까운 시선이 나를 다시 향하는 순간이었다.

끼긱. 어디선가 소름 끼치는 쇳소리가 들렸다. 그리고 차르르륵 무언가 리녹에게 쇄도하듯 뻗쳤다.

"리녹!"

검은 쇠사슬이 리녹의 손발을 묶고 그대로 잡아당겼다. 검은 안대가 씌워진 채 그대로 멀어지던 리녹이 연기처럼 사라졌다. 정신없이 쫓아가던 나는 그대로 털썩 자리에 주저앉았다.

"리녹! 리녹! 어디 간 거예요? 리녹!"

째깍째깍. 잠시 들리지 않던 거대한 시계 소리가 다시금 들려왔다. 그리고 보니 리녹이 있을 때는 멈춰 있던 시계가 다시 움직이고 있었다.

저벅저벅. 어디선가 들려오는 발소리에 얼른 고개를 돌렸다. 리녹인가? 아니야. 리녹과는 체격이 다른 남자가 멀지 않은 곳에 서 있었다.

"이곳까지 올 줄이야. 인사를 나눌 일이 있을 줄은 몰랐군."

"……당신 누구야?"

"네가 원하는 것을 가진 사람이라, 해두지. 리녹 이베르크를 데리러 온 것이 아닌가?"

리녹과 비슷하지만 조금 더 날렵한 체구였다. 리녹보다는 탄시즈에 가까운 체구. 내 목적을 정확히 맞춘 남자는 한걸음 다가왔다.

"이미 일어난 일은 돌이킬 수 없는 법. 너는 무엇 때문에 이곳에 왔지?"

"여긴 리녹의 무의식이 아닌가요?"

남자는 대답하는 대신 가만히 나를 응시했다. 그 모습이 꼭 관찰하는 것처럼 느껴졌다.

"폭주는 돌이킬 수 없다. 정해진 운명을 거스를 셈인가?"

그 질문으로 나는 확신했다.

'저 사람은 리녹이 아니다.'

그렇다면 왜 리녹의 무의식에 리녹이 아닌 사람이 있는 걸까? 마치 모든 걸 다 안다는 음성을 하고서.

"나는 리녹을 데리러…… 이곳에 왔어요. 이를 위해 운명을 거스르고 바꿀 거냐고 묻는다면, 네. 바꿀 거예요."

"그건 네가 선지자라서?"

나는 정체를 알 수 없는 사람을 가만히 노려보다 고개를 저었다.

"아니요. 그를 너무 사랑해서요."

잃고 싶지 않다. 상실은 싫다. 비록 지금 이 순간이 괴롭더라도 나는 그와 함께 행복한 미래를 그리고 싶다. 약속했으니까.

"운명을 거슬러 데려가고 싶다고……. 이 세상에 대가 없는 것은 없다. 잃은 것을 얻기 위해서는, 너도 소중한 것을 걸어야 한다. 그럼에도 데려갈 건가?"

이상하게도 리녹과 체격도 다르며 모자 틈으로 보이는 눈의 색마저도 다른데, 익숙한 기분이 들었다.

"네가 선지자라 해서 대가를 치르지 않는 것은 어디까지나 바깥에서의 일. 이곳에서는 이곳의 규칙을 따라야 하는 법. 그래도 데려가겠나?"

나는 다른 곳으로 빠지던 생각을 얼른 지워냈다. 그러고는 단호하게 끄덕였다. 당연하다. 그러려고 여기까지 온 것이 아니던가?

"데려갈 거예요. 무슨 짓을 해서라도. 반드시."

굳은 의지를 다지며 단호하게 말하자, 남자의 고개가 기울어졌다. 마치 흥미롭다는 듯이.

"그럼 너는, 이 세상과 네 반려. 둘 중 무엇을 택할 거지?"

"뭐라고요?"

잘못 들은 것이라고 생각했다. 그러나 나를 바라보는 남자의 시선에는 흔들림이 전혀 없었다. 손끝이 파르르 떨렸다.

"폭주는 이미 완성되었다. 더는 돌이킬 방법이 없다는 소리다. 네가 이 무의식을 벗어나는 순간 이 땅은 멸망할 것이다."

"아니, 이야기가 어째서 왜…… 그렇게 되는데?"

황당한 나머지 말이 짧게 나왔다. 율리아가 한 얘기와 다르잖아. 여기서 리녹을 데려가면 되는 거 아니었어? 갑자기 급격하게 흘러가는 이 흐름이 도통 이해되지 않았다.

"내가 그리 만들었으니까."

그는 단호하게 선언했다.

"언젠가 이베르크 중의 누군가 폭주를 완성하는 날, 이 땅이 멸망하도록 만들었지. 마법은 유효하기에 이 땅은 곧 멸망하겠지."

남자가 여유롭게 내뱉은 음성은 결코 가볍지 않은 이야기를 품고 있었다. 그리고 나는 차츰 남자의 목소리를 어디서 들었는지, 이 익숙함의 정체를 알아차렸다.

"멸망을 막고 싶나? 이를 위해서는 희생이 필요하다. 지금 저 밖에서 어느 마법사가 폭주하는 마력을 가두고 있지만, 이것도 한계겠지. 풀려난 마력은 반드시, 세상에 해를 끼친다."

내 손등의 고대 마법에서 오래전 고대 마법의 첫 주인이라던 율리아의 환영이 나타났었다. 그렇다면 리녹이 품은 고대 마법에서도 무언가가 나타날까? 만약, 그 존재가 저 남자인 거라면?

째깍째깍. 시계 소리가 남자와 나 사이를 가득 메웠다.

"본디 폭주한 이상 반드시 멸망했겠으나 선택지를 갖게 된 것은 네가 선지자이기 때문이지."

남자가 한 걸음 더 다가왔다. 그가 다가올수록 느꼈다. 아니, 낯익은 기분에 확신을 심어 주었다.

"그렇기에 너는, 둘 중 하나를 택해야 이곳에서 벗어날 수 있다."

"……."

"선택해라."

남자가 단호하게 말했다.

"수많은 사람을 위해 영웅이 되어 세상을 구하겠나? 아니면, 사람들을 외면하고 네 반려를 살리겠나."

시계 소리가 차츰 커져 갔다. 나는 주먹을 쥐었다가 폈다. 어처구니가 없어서 헛웃음이 터져 나왔다. 고개를 숙였던 나는 천천히 머리를 들어 올렸다.

"하……. 이게 무슨 개소리야. 어처구니가 없어서."

"……."

"세상과 리녹 중에서 하나를 택하라고?"

남자가 멈춰 있는 곳으로, 이번엔 내가 발걸음을 옮겼다. 웃음이 입술을 비집고 흘러나왔다.

"둘 다 선택 안 해."

"……"

이처럼 모순된 말이 어딨는가.

"아니, 둘 다 얻는 선택지가 아니라면 선택 안 해."

남자의 말처럼 이 땅이 멸망하면, 리녹이 살아나더라도 어디서 살란 말인가? 버리란 말인가? 다른 사랑하는 사람들을?

"난 둘 다 가질 거야."

남자는 노려보는 시선을 가만히 받아냈다.

"그런 선택지는 없다."

하지만 이건 무닌의 과업에서처럼 억지를 써서 바꿀 수 있는 거래는 아닌 모양이었다. 나는 음영이 진 남자의 얼굴을 빤히 보다가 걸음을 옮겼다.

"……그래, 꼭 선택해야 한다고?"

마침내 한 걸음 더 다가간 순간 내 손에 의해 남자의 망토가 벗겨졌다. 그곳에는 내가 기억하는 것보다 선명한 상태의 남자가 있었다. 늘 환상에서만 보던 얼굴.

설마하니 여기서 원흉을 만나게 될 줄이야. 신기하리만치 리녹과 비슷한 생김새였으나 그의 가족은 아니다. 아름다운 자색이던 눈동자는 시리도록 푸른빛을 품고 있었으니까. 리녹에게 밤낮이 바뀌는 후유증을 안겨준 원인. 아주 먼 선조.

"이렇게 볼 줄은 몰랐는데, 초대 대공님?"

리녹과 비슷한 얼굴, 하지만 좀 더 여유롭고 날렵한 느낌의 얼굴. 그리고 푸른 눈동자. 언젠가 환상 속에서 본 초대 대공의 얼굴이었다.

"난 둘 중에 선택하라면 반려를 선택하겠어."

……언니, 미안해. 내가 어떤 선택을 하더라도 활짝 웃으며 반겨 줄 하나뿐인 가족을 생각하며 눈을 감았다. 선택은 이미 하나였다.

"설사 세상이 멸망하더라도."

나는 활짝 웃었다.

"리녹이 없는 세상 따위 의미가 없잖아?"

나는 웃으며 한마디를 덧붙였다.

"이런 건 처음부터 의미가 없는 질문이었어요."

"……."

"한 사람이 사라지고, 한 사람이 희생해야 유지되는 세계라니, 아무 쓸모도 없잖아요."

정말 말도 안 되는 선택지였다.

"그딴 세상 따위 망해 버리라지."

산뜻한 나의 말에 남자가 처음으로 당황한 얼굴을 했다.

"이건, 당신이 원하는 답이 아니죠?"

나는 떨리는 손을 뒤로 감추며 깊이 웃어 보였다. 여유를 가장하기 위해.

"분명 있을 거잖아? 내게 둘 다 선택할 수 있는 선택지를 내놔요. 없다면 모두 다 같이 멸망하는 거고."

여유를 갖춘 척 말을 하고 있지만 이건 섶을 지고 불 속에 뛰어드는 것과 다를 바가 없었다.

"너는…… 그녀와는 닮지 않았군."

초대 대공이 말한 그녀가 누굴 말하는지 빠르게 눈치챘다.

"율리아 님요? 그분은 우리 언니랑 닮았죠. 나보다 훨씬 예쁘고 현명하고. 아마 우리 언니라면 세상을 택했을지도 모르겠네요."

그래. 아마도 우리 언니라면 여기서 세상을 택했을지도 모른다. 아니, 자기가 희생할 테니 반려까지 살려달라고 했을 것이다. 아픔은 모두 자신이 안고서.

"그런데 난 바보인 데다, 욕심도 많아서 모두 가져야겠어요."

나는 그렇게는 못 하겠다. 리녹도 살고, 세상도 멸망하지 않고, 나도 살았으면 해. 평화로워진 세상에서 행복하게 살고 싶으니까. 늘 불행했던 사람에게 마침내 행복을 안겨주고 싶으니까.

"진정 무엇이든지 할 수 있나?"

초대 대공의 음성이 조금 변했다. 무엇이 변했는지 정확히 꼬집어 말할 수는 없었지만……. 나는 단호하게 그러겠다고, 대답했다.

"고백하자면, 네게 듣고자 하던 답이 있었다. 하지만 이렇게 황당한 답이 돌아올 줄은 몰랐군. 바라는 것을 들어주겠다."

"……뭐야. 이미 내가 원하는 대로 해 주려고 했다는 거예요?"

"아니, 기회를 주는 것이겠지."

째깍째깍. 시계 소리가 점차 커졌다. 그제야 심상치 않은 소리에 귀를 기울였다.

"네 반려를 데려가기 위한 시련을 주지."

나는 입술을 꾹 깨물었다.

'그놈의 시련!'

좋은 기회임이 분명했지만, 마음 한구석에서는 울컥 무언가 차오르는 기분이었다.

"네가 기억하는 무닌의 과업과 비슷한 형태일 것이다."

그의 말은 길지 않았다. 말과 동시에 발밑에서 푸른빛이 솟구쳤으니까.

째깍. 째깍. 째깍. 째깍째깍. 째깍. 째깍째깍.

시계 분침이 거꾸로 휙휙 돌아갔다.

"이미, 익숙할 테지?"

뒤늦게 근본적인 의문이 떠올랐다. 그런데 왜 바닥에는 시계가 그려져 있는 것인가?

"한 가지 경고하자면, 이건 무닌의 과업과는 다르다. 시간의 왜곡이라 볼 수 있으니. 또한, 많은 것을 바꿀 수는 없다."

"바꾸다니 무슨 말이야?"

"글쎄. 곧 알게 되겠지. 한 가지만 말해두자면, 넌 커다란 것이 바뀔지도 모를 길을 택한 것이다."

댕!

시계 분침이 12에 다다른 순간, 거대한 푸른빛이 나를 삼켰다.

"어디 궁금하군, 이 땅이 멸망하지 않을지."

마지막으로 본 초대 대공의 눈은 어디 한번 해보라는 듯이 여유롭게 웃고 있었다.

푸른빛에 삼켜지는 기분은 순간이동을 할 때의 느낌과 다르지 않았다. 심해 속에 잠겼다가 떠오른 사람처럼 크게 숨을 뱉었다. 눈을 뜨자 사방이 어두웠다. 하지만 꽉 막힌 공간은 아니었다.

'나무?'

곳곳에 커다란 나무들이 보였다. 자그만 공터 같은데, 아직 어딘지 알 수 없었다. 무닌의 과업과 비슷할 거란 힌트를 봐서는…… 곧 리녹을 만날 수 있지 않을까? 설마, 또 어린 사춘기 리녹인 걸까?

'그나저나 여긴 정말 어디지?'

하늘에는 달과 별이 한껏 수놓아져 있었다. 깜깜한 밤인 탓에 이

곳이 어디인지 더욱 알아볼 수 없었다. 지난번처럼 대공저 정원에 떨어진 거라면 한 번에 알아볼 텐데…….

그때였다.

히히힝ー. 나직한 울음소리에 얼른 등 뒤를 돌아봤다. 말? 커다란 마구간이 보였다. 그제야 코를 살짝 찌르는 옅은 악취의 정체를 알아차렸다.

'마구간이라니. 설마 대공저 마구간인가?'

사실 마구간에는 가 본 적이 없었다. 말을 탈 일이 없었으니까. 사실상 내가 오간 곳이 침실과 집무실, 연무장 정도였던 탓도 있다.

가까이 다가가자 말이 보였다. 순한 짐승의 눈이 나를 응시하는 듯했다. 갈색 말을 보고 있으려니 옆에서 푸르릉, 불만 섞인 숨소리가 들렸다. 고개를 돌리자 그곳에는 또 다른 말이 있었다.

"안녕?"

와, 이렇게 멋진 흑마라니. 리녹의 말인 걸까?

"내가 네 이름도 모르는구나."

돌아가면 리녹에게 물어볼까. 조금은 서글프고 안타까운 생각을 하며 손을 뻗을 때였다.

서걱. 서늘한 소리가 귀를 울렸다. 잘린 머리카락 몇 가닥이 나풀나풀 허공을 부유했다.

"누구냐!"

언제 다가온 것인지 모를 검의 서늘함이 목에서 느껴진다. 그러나 나는 이 차갑고도 무심한 목소리에 환희를 느꼈다.

"천천히 고개를 돌……."

조금 어린 느낌이긴 해도 낯익은 이 음성을 어찌 모를까? 얼른 고개를 돌려 리녹을 응시했다.

'이번에도 열여섯 살의 리녹인가?'

고개를 들어 올린 나는 그대로 멈칫했다. 차가운 눈동자를 한 그가 생각보다 더 컸기 때문이었다. 나이를 가늠하자면 스무 살 정도일까. 그는 놀란 얼굴이었다.

"너……. 왜 네가 여기 있지?"

"네?"

"넌 오래전의, 아니, 4년 전의 그 가정 교사 아닌가? 평민?"

"아……."

뭐야, 나를 기억하고 있다고? 설마 기억하는 설정으로 넣기라도 했다는 거야? 조금 이상했지만 나는 천천히 고개를 끄덕였다. 일단 검이 목에 닿은 상황이었으니까.

"안녕하세요, 대공님. 오랜만이죠?"

태평하게 인사하는 나를 보던 시선이 설핏 찡그려졌다. 하지만 이제 이렇게 검을 들이밀어도 안 무서운 걸 어떡해.

"저 안 보고 싶으셨어요?"

"무슨 헛소릴……."

리녹이 주춤 물러나더니 검을 아래로 내렸다. 나는 그의 얼굴을 더 보고 싶은 마음에 가까이 더 다가갔다. 리녹이 물러나면 난 폴짝 뛰는 토끼처럼 리녹이 물러난 만큼 다시 다가갔다.

"……왜 다가오지?"

"왜 물러나세요?"

그가 한 걸음 더 물러나려는 순간, 눈앞이 새하얗게 물들었다. 이내 무닌의 과업에서와 같이 네모난 칸이 떠올랐다. 마치 반투명한 종이 같은 느낌, 그곳에 작은 글씨가 새겨졌다. 잠시 이를 보던 내 표정은 살짝 일그러졌다. 뭐야, 이 시련은…….

「눈앞의 이베르크에게 반드시 듣기.」

'반드시'란 말이 지워지며, 그 위로 다른 글씨가 새겨졌다.

「'사랑한다'라는 말을 듣기.」

'이건……. 너무 쉽잖아? 무슨 이런 시험 같지도 않은 걸…….'

순식간에 칸이 사라지고 나는 어느새 눈앞에 있는 리녹을 바라보고 있었다.

"뭘 혼자 중얼거리는 것이지? 정신이 나간 건가?"

"으음, 틀린 말은 아니네요."

"……뭐?"

댁한테 미쳐서 여기까지 홀랑 쫓아온 거긴 하니까? 나는 입술을 끌어당겼다.

"여전히 잘생기셨네요."

"……정말 미친 건가?"

나를 가늠하듯이 위에서 아래로 내려다보는 얼굴을 응시하다 말고 덥석 리녹의 손을 붙잡았다. 눈은 시야 한쪽을 차지한 조그만 형체를 훑었다. 작은 시계였는데, 초침이 째깍째깍 움직이고 있었다. 시계의 일부가 붉게 물들어 있었는데, 모든 칸이 붉게 물들면 끝인 모양이었다.

좋아, 이번엔.

"대공님, 제가 이곳에 나타난 이유가 궁금하시죠?"

"…….."

나는 그의 손을 붙잡고 활짝 웃었다. 왜인지 리녹이 움찔하는 듯했다. 좋았어. 속전속결이다.

"첫눈에 반했습니다."

달빛 아래, 살짝 보인 그의 귓불은 붉게 물들어 있었다. 나는 심장 부근을 꾹 쥐었다. 리녹의 귓불을 물들인 붉음이 가슴에도 물든 것 같았다. 뛰는 심장과 반대로 기분은 조금 조급했다. 리녹을 다시 만나게 된 것은 좋았지만 상황이 녹록하지 않았으니까. 그렇지만 희망은 보였다.

'좋아, 쉽게 해결될 것 같아.'

사랑한다는 말을 리녹에게서 듣기라니. 아직 구체적인 방안은 생각나지 않았지만 느낌이 좋았다. 왠지 잘될 것 같은 기분이 든다.

그래, 이렇게 금방 해결되면 다시 리녹을 볼 수 있지 않을까?

"……날 찾아온 거라고?"

유달리 푸른 달빛에 물든 얼굴은 다른 때보다 더욱더 선명하게 보였다.

"네, 맞아요. 대공님을 한 번이라도 더 보려고."

낮게 가라앉은 음성은 늘 듣던 목소리와 달랐다. 나는 고개를 내렸다가 천천히 들어 올렸다. 새하얀 목이 보였다. 단정하게 다듬어진 검은 머리칼이 밤바람에 흩날렸다. 어려 보였던 열여섯 살의 모습과 다르게 현재 그의 모습은 앳된 듯 소년과 청년 사이의 오묘한 느낌을 자아냈다. 나는 그의 귓불에서 시선을 떼어내며, 크게 고개를 끄덕였다.

"정말이에요. 대공님의 얼굴을 보고 싶어서……!"

"나를 보러왔다, 내 저택에."

그의 음성이 누그러진 것 같았다.

"네, 네!"

좋아, 이대로 빠르게, 속도를 붙여서 밀어붙이면!

그 순간이었다.

"하, 재미난 소리를 하는군."

"……네?"

"나를 찾아왔다? 대공가 기사단의 경계를 뚫고 내 저택에?"

나는 그대로 멈칫했다.

"네? 아뇨, 잠시만……. 잠시만요!"

무언가 이상하게 돌아가는 기분에 손을 뻗었다. 다급한 마음 때문이었을까, 나는 그대로 발을 헛디뎠다. 뻐끗한 몸이 균형을 잃고 기울어졌다. 단단한 것이 나를 붙들었다. 가까스로 딱딱한 것을 잡고 고개를 들었다. 리녹의 팔이었다.

"내 저택에 들어왔다. 이는 담을 넘었거나 내 기사단의 눈을 속일 정도로 은신에 능하다는 것인데."

"……."

"신체 능력이 뛰어나지도 않아 보이는데, 보이는 것과 다른 모양이지?"

리녹의 표정은 온데간데없이 차가웠다. 마치 조금 전에 본 것이 착각이라는 듯이.

응? 아니, 이게 아닌데? 이게 아닌데!

"올해 들은 소리 중 가장 흥미로웠다."

푸른 달빛이 자색 눈동자를 은빛으로 물들였다. 관찰하는 듯 훑던 리녹의 눈이 가늘어졌다. 의심이 잔뜩 깃든 시선. 유려한 눈매를 보며, 등에 소름이 오소소 돋았다. 일이 이상하게 돌아간다는 예감이 역력했으니까.

"나포해."

리녹의 선고가 뚝 떨어졌다. 항의할 시간은 없었다.

스르륵. 어디선가 활동복을 입은 기사들이 나타났다. 그들 중 하나가 나를 붙잡았다.

'첼시?'

문제는 그 기사 얼굴이 익숙했다는 거다. 첼시잖아?

"그러게 혼자 다니지 마시라니까요, 대장. 언제 나올지 모른다고요. 첩자든, 암살자든."

"첼시의 말대로입니다, 대장님. 어제에 이어 또 올 줄은 몰랐네요."

옆으로 그레이의 얼굴도 보였다.

"어쨌든 제압합니다."

내 팔을 잡던 첼시가 멈칫했다.

"어라……."

"첼시, 왜 그래?"

"아…… 손목이 너무 가늘어서. 이거, 균형 잡힌 체격이긴 한데……. 검을 잡는 손은 아닌데?"

나는 다급한 얼굴로 주변을 돌아봤다. 첼시와 그레이만이 아니었다.

"저 아니, 아니에요!"

"네네. 다들 그렇게 이야기하더라고요. 일단 지하에 가서 이야기합니다."

주변으로 보이는 기사들 모두가 익숙한 얼굴들이었다. 그리고 그들은 하나같이 날카로운 검을 들거나 나를 향해 빼 들고 있었다. 급 서러움이 몰려들었다.

'여러분, 나한테 이러기 있나요?'

물론 이렇게 물을 수는 없었다.

"대장, 그럼 늘 데려가던 곳으로 데려갑니다?"

리녹이 어째서인지 망설였다. 그와 눈을 마주치자 그의 시선이 얼핏 흔들렸다. 하지만 망설임은 길지 않았다. 그렇게 멀어지는 리녹을 보며 속된 말로 망했다고 느꼈다.

'이게 아닌데!'

잠시 후, 나는 벌떡 일어났다.

"이봐요, 아가씨."

멀지 않은 곳에 첼시가 서서 나를 내려다보고 있었다, 마치 취조하듯이.

"자자, 그대로 앉아요. 대체 저택에는 어떻게 숨어들어 온 건지 몰라도 조용히 있어요. 알았죠?"

눈앞에는 커다란 철창이 있었다. 타닥타닥 불붙은 횃불이 보였고, 시커먼 책상도 보였으며, 주변 공간은 싸늘하기 짝이 없었다. 그랬다. 아무리 봐도 이건 감방이었다.

"일단 묶지는 않을게요. 대신 그대로 있어 주기에요. 알았죠?"

"뭐야, 부단장님 오늘 왜 이렇게 친절해? 부단장 이렇게 구는 사람 아니시잖아?"

"그러게, 사람 봐가며 봐주는 사람 아닌데. 보통 때 같았으면 벌써 첩자라고 입부터……."

"응. 사랑스러운 단원님들, 그 입 닥치게 해줄까?"

……대공저에 감방이 있다는 건 처음 알았는데. 그저 황당했다.

"일단 조용히 있어요? 응? 우리 대장 화나면 아주 무서운 사람이니까.”

“……역시 부단장 오늘 좀 이상하다니까.”

“시끄러워. 그건 너희도 마찬가지잖아. 평소엔 다그쳐야 한다, 캐내야 한다며 득달같이 외쳤던 것들이. 뒤 마려운 똥강아지처럼 서 있어? 어?”

첼시의 말에 서 있던 기사들이 딴 곳을 보거나 뺨을 긁적였다.

“그거야……. 그…… 첩자 같은 눈은 아니지 않습니까.”

“얼씨구, 첩자들 눈깔은 따로 있냐?”

“에이, 몇 년을 잡고 처넣었는데. 아시잖습니까.”

“맞아요. 저 사람……. 지금도 너무 어설프잖습니까.”

어째 나를 보는 눈들이 조금 이상했다. 비 오는 날 처마 밑에서 낑낑 우는 강아지를 보는 듯한 눈? 이런 시선들에 오히려 당황스러울 정도였다.

“니들 약 먹었냐?”

“그러는 부단장님은요? 왜 그러십니까? 누구보다 철저하신 분이!”

“옳소! 언제부터 조곤조곤 설명했다고!”

“그레이 부대장이 어린 첩자 불쌍하다고 한마디 했다고 개 잡듯이 잡았으면서! 그런 사람 아니잖습니까?”

철창 너머로 첼시의 얼굴이 보였다. 그녀의 눈이 데구루루 굴러갔다. 그녀는 나를 빤히 보더니 눈썹을 살짝 긁었다.

“귀엽잖아.”

뒤로 서 있던 두 기사가 할 말을 잃었다. 첼시는 뻔뻔하게 응수했다.

“취향이야. 존중해.”

“……귀여운 것에 사족을 못 쓰는 건 아는데, 그런 것치고는 지난

번 첩자에게는 이렇게 하지 않으셨잖습니까.”

기사 하나가 눈치를 보며 말했다.

“그러게. 걔도 어린아이 모습을 하고 있었는데.”

“맞아. 마법이긴 해도 무진장 귀여운 모습이었지.”

“동생 삼고 싶더라.”

“예. 그런데도 가차 없지 않으셨잖습니까. 무슨 차이입니까?”

“글쎄, 내 기분?”

그녀의 표정은 태연하기 짝이 없었다.

“……대답이 전혀 안 되는뎁쇼.”

하지만 그녀를 잘 아는 사람이라면 얼핏 스쳐 지나간 시선 속에서 곤란함이 묻어났음을 알 수 있을 터였다.

“몰라. 적개심이 안 드는 걸 어떡해? 나도 이상한 기분이니까 말 걸지 마.”

첼시와 기사단원들을 보게 되어 반가운 마음도 있었지만 점점 초조해졌다. 당장 얼른 리녹을 만나 시련을 해결해야 하는데…….

‘첼시가 돌아가고 나면, 마법으로라도 탈출해야 하나?’

그럼 더 문제가 될 것 같은데. 입술을 꾹 깨물었다.

“조사 중이야?”

그때, 누군가 벽 끝에서 머리를 내밀었다. 빼꼼, 기웃거리는 사람 은 그레이였다.

“뭐야, 넌 또 여기 왜 왔어?”

“아니……. 그냥 신경이 좀 쓰여서?”

“그저 어리거나 여성이면 사족을 못 쓰지. 가만, 혹시 반했니?”

“무슨! 아니야. 아니거든?”

그레이가 거세게 고개를 저었다.

"내 이상형은 그, 강한, 강인한 사람이라고!"

그레이가 억울한 표정으로 외친 말에 첼시가 코웃음 쳤다.

"뭘 발끈하고 그래? 사람 취향은 바뀌는 거지."

"잠깐만. 아니야. 저, 저 사람, 아니, 저분은 절대 아니야. 절대절대! 취향 아니라고."

그레이가 극구 부인했다. 이런 모습을 한두 번 보았던 것은 아니지만 나는 익숙하게 툭 입을 열었다.

"그렇게 말하면 실례 아닌가."

그러자 말소리가 딱 그쳤다. 나와 눈이 마주친 그레이가 움찔 어깨를 떨었다. 나는 뚱한 표정으로 그를 보았다.

"정의를 수호하는 기사님이 그렇게 말씀하셔도 돼요?"

기사도를 콕 집어 운운하자 그레이의 동공이 살짝 흔들렸다. 첼시는 흥미로운 눈으로 나를 바라보고 있었다.

"아, 저…… 죄송합니다. 그런 뜻이 아니라."

"안 괜찮아요. 이미 상처받았거든요. 너무하시네. 아무리 제가 이렇게 잡힌 사람이라지만 인격 모독을 주시고."

나도 모르게 평소 그레이를 상대하던 말투 그대로 튀어나왔다.

"제가 범죄자가 아니면 어쩌실 거예요?"

이미 무단 주거 침입부터가 경범죄를 저지른 것이나 다름없었지만 나는 뻔뻔하게 모른 척했다. 더 나아가 철창에 이마를 기댔다.

"엎질러진 물은 닦을 수나 있지, 뱉은 말은 닦지도 못하잖아요? 설사 제가 범죄자라도 취향이 아니니, 못생겼다느니 하는 말을 들으면 상처받는 게 당연한데."

물론 못생겼다고는 안 했지만, 괜한 심술이 들어 덧붙였다. 이리 된 거 그레이라도 흔들어놓고 방법을 찾아보자고.

"평소 제가 존경하던 대공가 기사단은 이렇게 사람을 괴롭히나 보군요?"

눈을 들자, 그레이가 당황한 것이 보였다. 그가 첼시를 보았지만, 첼시는 슬쩍 외면했다.

"아, 저……. 그러니까 이건."

"농담이에요."

그가 곤란해하기에 나는 웃었다.

"제가 범죄자라면 그런 말 들어도 어쩔 수 없죠. 상처받을게요."

언제 그랬냐는 듯이 어깨를 으쓱하자, 첼시가 크게 웃음을 터트렸다.

"와, 와. 나 저 아가씨 너무 마음에 든다. 진짜 첩자야? 대장님은 뭐라고 하셨어?"

"아야. 때리지 마! 아직 모르겠는데. 조사 전이라. 대장도 별말 없었……. 잠깐만."

말을 멈춘 그레이가 고개를 획 돌렸다.

"첼시, 대장이 저 사람 아는 것처럼 말하지 않았어?"

"아. 그러고 보니?"

그레이는 그런 나를 한참 보더니, 이내 눈을 크게 떴다.

"첼시! 첼시, 나 기억났어! 이분, 4년 전에 그분 아니야? 가정 교사셨던……."

"누구 말이야? 아, 잠깐."

첼시의 눈이 나를 향했다. 그러더니 그레이와 마찬가지로 놀란 얼굴을 했다.

"어머나 그렇네? 왜 못 알아봤지?"

"시간이 지났잖아."

나는 두 사람을 번갈아 보며 미간을 살짝 찌푸렸다.

'리녹이 열여섯 살이던 때, 그레이랑 첼시도 잠깐 마주치기는 했지. 근데, 이건 초대 대공이 내준 시험인데, 왜 무닌의 과업과 기억이 이어지는 걸까. 양쪽 다 리녹의 무의식을 통한 거라 그런가?'

신중하게 상황을 살폈다. 분위기가 나쁘지 않게 돌아가는 듯했다.

"그날 갑자기 사라지고 나서 대공자님, 아 아니다. 대장님이 한참 찾았잖아."

"맞아. 고생 좀 했었지. 영지 곳곳을 뒤지느라……. 이제 보니 기억난다. 몽타주가 딱 저런 모습이었어."

첼시가 몸을 돌렸다.

"저기 음……."

그녀는 철창을 사이에 두고 쪼그려 앉았다.

"그, 선생님? 그때 선생님 맞죠?"

나는 얼른 끄덕였다. 어쨌거나 지금은 뭐든 이용해서 다시 리녹을 보는 것이 관건이다. 마주해야 꼬시든, 유혹을 하든, 뽕을 딸 거 아닌가.

"맞아요. 저 그때 대공자님 가르쳤던 사람이에요."

"음, 네네. 그런 것 같네요. 왜 이제 알아봤지? 아무튼 어떻게 이곳에 들어오셨는지 모르지만 일단 신분이 확실하니까 간단한 조사만 거치고 나오실 수 있을 거예요."

대공저에서 잠깐이긴 해도 가정 교사를 했으니, 그것만으로도 신분 보장이 될 거라고 첼시가 이야기했다. 나는 반신반의했지만,

일단은 끄덕였다. 아니, 이 시간대의 사람이 아닌데 신분이 확실할
리가 있겠냐고…….

"그레이, 기록이 남아 있겠지?"

"아. 아마? 로테 씨가 갖고 있지 않을까. 철저한 성격이잖아."

"그건 그래."

일단 날 이곳으로 보낸 초대 대공의 안배가 있을지도 모르니 얌전
히 지켜보기로 했다.

"선생님, 자세한 조사는 자료가 나오면 하기로 하고. 여기서 나오
면 갈 곳은 있으시죠?"

"으음……."

첼시의 질문에 잠시 망설였다. 갈 곳이 있을 리 없으니까.

"없는데요……."

"네? 없다고요? 가족은요?"

"없는데……."

확실히 이곳엔 없지. 거짓은 아니었다. 우리 언니는 현실에 있을
테니까.

"그럼 이곳엔 왜 오신 거예요?"

"대공님 보러요."

"왜요?"

"첫눈에 반해서요."

"……."

……이렇게 말하니까 내가 참 답이 없는 팬 같다. 첼시의 시선도
흡사 비슷했다.

"……진짜 궁금한데 대체 마구간엔 어떻게 들어오신 거예요?"

"제 언니가 기사예요."

나는 거짓은 아니나 중요한 사실은 쏙 빼놓고 말했다. 짧게 말했을 뿐인데 첼시는 어떻게 받아들인 건지 나름 이해한 얼굴을 했다.

"부단장!"

그때, 모퉁이에서 누군가 나타났다. 낯익은 대공가 기사였는데, 그는 첼시에게 얼른 경례했다. 이에 첼시가 일어나자 그는 첼시에게로 다가가 귓가로 무어라 속삭였다.

"첼시, 무슨 일이야?"

"아, 그게, 좀 웃긴데."

첼시의 눈동자가 데구루루 굴러 나를 향했다.

"마구간 쪽에 외벽이 있잖아. 거기 작은 개구멍이 있었다는데?"

그 말에 남아 있던 사람들의 시선이 한데 몰렸다. 시선이 향한 곳은 당연하겠지만 나였다.

"하, 하하하……."

졸지에 사람들의 시선을 받게 된 나는 최대한 당황을 숨겼다. ……지금 나 개구멍으로 침입한 사람 된 거지?

"음, 선생님. 좋은 통로를 이용하셨네요. 네……."

"……."

……합리적으로 의심을 피한 건 좋은데, 기분이 영 찝찝한 건 왜일까. 어쨌거나 의심을 거의 거둔 첼시와 그레이는 그대로 돌아갔다.

나는 지하 감옥에서 하루쯤 뒤에 밖으로 나올 수 있었다. 아니, 밤만 지났으니 반나절일 터였다. 아무튼 나온 것은 좋았는데…….

'이제 어떡한다…….'

현재 나는 초조함이 극에 다다른 상태였다. 잘 풀릴 것 같았던 예상과 다르게 첫 단추부터 잘못 꿰인 셈이니까. 하지만 감방에서 나왔으니 리녹을 볼 수 있을 것이라 생각했다. 물론 대공을 보는 것이 쉬운 일은 아니겠지만 그래도 어쨌거나 이렇게 소동을 일으킨 주범이니 한 번은 나타나지 않을까 싶었다. 그런데…….

'일이 왜 이렇게 된 걸까.'

나는 천천히 아래를 바라봤다. 단정하고 깨끗한 검은 천이 반질반질했다.

"세상에, 이렇게 다시 뵙게 될 줄은 몰랐네요. 너무 반가워요, 선생님."

천천히 고개를 들자, 방긋 웃는 헤렌의 얼굴이 보였다.

"각하께는 이야기 들었습니다. 첫눈에 반하셔서 담도 넘으셨다지요? 이렇게 열렬한 구애는 처음 보네요."

푸흡. 나는 먹던 물을 뱉었다.

"역시 사랑은 위대하지요."

그녀는 기억보다 앳된 모습으로 생글생글 웃었다.

"저 기억하시죠? 헤렌입니다. 그때랑 다르게 하녀장이 되었지요."

당연히 기억하지요. 그녀는 리녹이 대공위 찬탈에 성공하고서 승진한 듯했다.

"첼시 부단장에게 들었어요. 갈 곳이 없으시다고요?"

"네? 아, 네. 그건 그런데…….'

"사실 대공저에서 사람을 뽑는 건 아주 엄격한 심사를 거치곤 하지만 선생님께서는 신분이 확실한 분이시니까요."

……사람을 뽑는다고? 어째 흐름을 따라갈 수 없다는 기분이 들었으나 일단 얌전히 끄덕였다.

"이런 말은 참 죄송하지만 하루 동안 선생님에 대한 간단한 조사를 거쳤어요. 이 부분은 이해해 주실 수 있을까요? 갑자기 나타나셔서 저희도 놀랐거든요."

"네……."

"그런데, 확실히 전과 다르게 선생님의 가족들의 생사 여부는 알수 없었네요. 사실 선생님의 지난 행적도 알 수 없었지만. 보통 이런경우는 둘 중 하나로 좁혀지죠. 쫄딱 망했거나. 슬럼가로 빠졌거나."

"……."

"선생님께는 저희가 모르는 사정이 있으셨겠죠? 이 부분이 분명하지 않으면 보통은 이곳에서 일할 수 없지만……. 저희 대공 각하께서는 그리 야박하신 분은 아니랍니다."

헤렌이 내 손을 꼬옥 부여잡았다.

"신발 끈만 스쳐도 연이라고, 잠깐이지만 함께한 것도 연이라 할수 있지 않겠어요? 각하께서는 정이 많으신 분이랍니다."

……어째 묘하게 박력이 넘치는 얼굴인데요, 헤렌 씨.

"네, 그런 것 같아요. 하하."

리녹이 정이 많다는 건 금시초문인데. 슬쩍 흐린 눈으로 흘겼다.

"그뿐일까요, 잘생기셨죠, 아직 나이도 어리시죠. 게다가 능력은출중하시죠."

"네에."

모두 맞는 말이긴 한데……. 왜 갑자기 리녹의 칭찬 타임이지?

"이 넓은 영지가 모두 대공님의 것이니 평생 먹고사는 데에는 지장 없으시지 않겠어요."

내 감이 맞자면 지금 내게 리녹을 어필하는 것 같은데. 마치 학부모가 '우리 아이 대단해요.' 하는 느낌으로다가.

"거기다 인기도 많으시죠."

"······인기도 많다구요?"

그건 간과할 수 없는 소린데. 살짝 뾰족해진 내 목소리를 들은 헤렌이 왜인지 얼른 말을 돌렸다.

"그만큼 매력적이시다는 거죠. 호호호."

어째 그녀가 내 눈치를 보는 것 같은데······. 착각이 아니었다. 하지만 왜? 현실이라면 모를까 지금은 그럴 이유가 없었다. 설사 그가 주인이라 좋게 얘기한다 쳐도 이건······.

'이성으로 어필하는 거잖아.'

근데 그런 거여도 이해가 안 가는 게 지금 헤렌은 내게 이곳에서 일하기를 권유하고 있었다. 상황이 앞뒤가 맞지 않았다. 하지만 결과적으로 나는 대공저의 하녀가 되었다. 하녀. 잘못 들은 것도 아니고, 잘못 본 것도 아니었다.

'일이 왜 이렇게 돌아가는 건데?'

갈 곳이 없다는 한마디에 침입자를 하녀로 채용해 주다니. 보통 사람 같으면 눈물을 흘리고 감사한 상황이긴 한데, 의구심이 들었다.

'말도 안 되는 상황 아니야?'

귓불까지 붉어진 리녹의 얼굴이 스쳐 갔다. 만약 가정 교사일 때 나를 좋게 보았다고 치자. 더욱 나가서 이성으로 보았다고 쳐. 근데, 이걸 근거로 생각하기에도 애매한 게······. 하녀 자리를 준다고? 가정 교사로 복직은 아니어도 그냥 머물게 할 수도 있는데? 아니, 솔직히 대공저에 남게 되어서 다행이긴 한데, 왜 하녀냐고. 이건 살아본 내가 잘 안다. 대공저에 남는 게 방이다. 객식구 하나는 충분히 먹여 살린다. 그러니…….

'이걸 대체 어떻게 받아들여야 하는 거야.'

무엇보다 초조한 마음이 컸다. 당장 리녹을 한 번이라도 더 보고 꼬셔도 모자랄 판에 일을 하라니요?

'어느 세월에 꼬시라는 건데!'

그렇게 나는 이도 저도 아닌 채로, 일명 하녀부터 시작하는 밑바닥 라이프를 시작하게 되었다. ……괜찮은 건가.

'이거, 누가 쉽다고 했냐.'

나는 그렇게 말한 내 입을 꼬집어주고 싶어졌다.

째깍째깍.

시계 소리를 따라, 마음은 더욱더 초조하게 애가 타들어 갔다.

△

며칠이 흘렀다.

놀랍게도 하녀 복을 입고 대공저에 살게 된 나는 아주 빠른 속도로 이 생활에 적응했다.

"……아니, 선생님 무슨, 빨래를 이렇게 잘하세요?"

그거야 당연했다. 평소 바깥일을 하던 언니 대신 집안일을 십수 년 했으니. 못하는 게 더 이상한 거랄까.

"에이미!"

"안녕하세요."

"오늘은 빨래?"

"네. 세탁실에 가려구요."

함께 방을 쓰는 하녀가 활짝 웃었다.

"정말 부지런하네. 대단하다, 너."

사실 내게는 이쪽이 편안한 삶보다 더 익숙했다. 그리고 자랑은 아니지만 이곳에 온 지 단 며칠 만에 하녀들의 아이돌로 등극했다.

"에이미는 귀여운데 일도 잘해!"

여기서 알게 된 하녀 언니가 말했다. 하도 일손이 모자라서 일 잘하는 사람이 최고라나. 왜인지 이곳은 그만두는 사람이 많은 모양이었다.

"기분 나쁘진 않아요? 다들 까다로운 수습 기간을 거쳤고, 전 갑자기 정식으로 들어왔는데……."

"어머, 넌 몇 명의 몫을 해내고 있는걸? 일만 잘하면 그만이지."

음…… 이래도 되는 거야? 거기다 가끔 얼굴을 비추는 첼시와 그레이 덕에 나는 더욱 시선을 끌었다. 예상치 못한 주목이었다.

"첼시 경이랑 그레이 경이 또 왔어! 다른 기사님들도 늘 기웃거리셔. 신기하다니까."

"그러게."

한차례 말한 적 있지만 대공가 기사단은 어째 커다란 갯과만 모아둔 느낌이 강한지라.

"안녕, 선생님. 오늘은 잘 지내요?"

"잘 지냅니까, 선생님?"

"감방에서 보셨지요? 부단장이랑 같이 있었습니다!"

"저도요! 저도 왔습죠!"

"아, 네……."

좋다고 졸졸 찾아오는 이들을 보며 어째 피리 부는, 아니, 강아지를 이끄는 사나이가 된 기분이었다. 물론 이들은 현실에서도 이랬었으나. 아니, 근데……. 그때는 리녹이 데려왔다는 타이틀이라도 있었지. 지금은 대체 뭐 때문에 이러는 거야? ……리녹이 잘해주라고 으름장이라도 놓았나. 그런데 그랬다면 나를 굳이 하녀로 두진 않을 텐데…….

의구심이 미궁 속으로 빠질 무렵, 놀러 온 그레이가 눈치 없이 말을 꺼냈다.

"저희 곧 대공비님을 볼 수 있을까요?"

……저거 낯익은 호칭인데.

"……대공비요?"

"대장이 감옥에 가두라고 명한 사람 중에 무사히 빠져나간 건 선생님뿐입니다!"

"그렇지만 하녀가 됐잖아요."

솔직히 이건 나도 참 궁금했다. 대체 왜 하녀로 둔 거지? 쫓아내면 쫓아내는 거고, 마음에 들면 그냥 방 하나 주면 되지.

"……음, 으음 그건 그러니까……!"

그건 그레이도 알 수 없었는지, 그는 턱을 짚었다. 그대로 회색 강아지처럼 끙끙대며 쪼그려 앉았다. 그러다 반짝 고개를 들어 올리고는 울타리에 앉아 있던 나와 시선을 마주하며 해맑게 입을 열었다.

"아, 알겠습니다!"

그레이가 박수를 쳤다.

"혹시 이건 대공저 내실을 미리 살펴보라는 깊은 뜻이 아닐까요?"

"예?"

"혼약하시기 전에 밑바닥부터 체험하라는 뜻인 거죠! 저희도 종

자부터 시작하지 않습니까."

나는 활짝 웃었다.

"음, 좋은 헛소리네요. 안 바쁘세요?"

대놓고 주어진 타박에 그레이가 울상을 지었다. 여기서도 헛소릴
하는 걸 보니……. 그레이는 여전히 그레이 했다.

사실 헛소리긴 했지만 듣기 나쁜 소리는 아니었다. 차라리 그렇다
면 얼마나 좋을까. 나는 돌아가는 그레이의 뒷모습을 보다 손을 들
어 올렸다. 아무도 없는 공터에서 그제야 참았던 표정을 드러냈다.

'……오늘도 보지 못했어.'

가슴을 꾹 눌러 잡았다. 쿵쿵. 가슴이 뛰었다. 이곳에 온 지 일주일
이 지났다. 나는 리녹을 단 한 번도 보지 못했다. 쉬울 것만 같았던
시련은 점차 나를 불안의 구덩이로 빠트렸다. 줄타기하듯 위태로운
초조함이 나를 잠식했다. 한숨을 크게 쉬었다.

'일단 상황을 좀 정리해 보자.'

리녹은 현재 잠시 출타 중이라 했고, 곧 돌아온다고 한다. 그 사이
기사단들만 줄기차게 왔다 갔고. 아무래도 내게 호의를 보이는 건
내가 지난번 과업을 이루고 사라진 뒤에 리녹이 날 찾았었기 때문인
듯했다.

'그보다 지금은 하녀가 되었는데 호칭은 왜 여전히 선생님인 건지.'

시끌벅적한 소문과 시선 속에서 내게 호의적인 이들만 있는 것은
아니었다. 요란한 관심은 누군가의 질시와 불만도 낳는 법. 그중에
서도 후자인 불만을 가진 자를 꼽자면 이곳에 부집사라는 나이든 장
년이었다.

"어딜 다녀왔나? 지금 이렇게 일감이 쌓여 있는데."

새하얗게 센 머리와 날카로운 눈초리. 나를 보며 불만이 가득한 얼굴.

"설마 시간도 되지 않았는데, 쉬다 온 것은 아니겠지?"

처음 보는 얼굴인 걸로 보아 현재의 대공저에는 없고 이때만 있던 사람인 모양이었다. 현재는 저 역할을 로테가 하고 있으니 말이다.

"무얼 하고 있지? 빨리 이걸 들고 가지 않고서."

"음, 네."

보통 집사가 하녀에게 지시도 내리나? 잘 모르겠네.

"쯧, 굴러들어온 돌이면 빨리빨리 행동할 줄 알아야지."

"네?"

"뭣해? 빨리 가지 않고서."

어쨌거나 이 사람은 나를 별로 좋아하지 않는 티를 팍팍 내며, 일거리를 배 이상으로 주곤 했다. 사실 나는 일의 내용은 크게 상관없던지라 주는 족족 들고 가곤 했다. 내게 중요한 것은 리녹 하나밖에 없으니까.

부집사는 코웃음과 함께 사라지고, 나는 초조함이 가시지 않은 얼굴로 바구니를 들어 올렸다.

"에이미, 어디 가?"

"마구간요. 여물통 좀 채우라고 해서요. 아, 일단 이 빨래 바구니부터 비우고요."

이곳에서 친해진 하녀 언니는 그런 나를 보며 분통을 터트리곤 했다.

"내가 못 살아! 부집사님이지? 그 사람은 너한테 왜 그런다니. 아휴, 하녀장님이 총집사님이랑 같이 잠깐 자리를 비우신 것만 아니었다면……!"

"에이, 여기서 하녀장님이 왜 나오나요. 그럴 수도 있죠."

"그럴 수도 있긴! 하녀장님이 너 잘 봐주라고 얼마나 신신당부……!"

"네?"

합. 입술을 가로막은 하녀 언니는 얼른 고개를 저으며 아무것도 아니라고 얼버무렸다. 그러면서 그건 대충 처리하라고 거듭 당부를 잊지 않았다. 난 대충 끄덕여 주고는 하녀 언니와 헤어졌다.

'확실히 내가 이러고 있을 때가 아니긴 한데 말이지.'

사실 마음이 조급해야 정상인데, 이렇게 잠시나마 차분히 상황을 지켜볼 수 있는 건……. 나는 흘끗 한곳을 곁눈질했다. 시야 끝에 밟힌 것은 자그마한 시계였다. 반투명한 데다 초침이 째깍째깍 움직이는 시계.

남은 시간을 가리키는 시계는 리녹과 떨어지자마자 그대로 멈췄다. 아니, 정확하게는 아주 느릿한 움직임이라 10초 정도는 보고 있어야 살짝 움직였다.

추측하자면 이곳은 무닌의 시험처럼 시간의 흐름이 다른 게 아닐까 싶다. 즉, 저 시계가 돌아가는 동안 현실 쪽에서도 시간이 흐르고 있다는 거지. 명확한 근거는 없으나 그런 감이 들었다. 무엇보다 내 감은 늘 정확히 맞는 편이었다. 특히나 대마법사가 되고 나서는 더욱 그러했다. 하지만 시간이 생겼다고 해서 초조함이 덜어지는 것은 아니었다.

'리녹을 일주일이나 만나지 못하는 건 너무 심한데.'

입술을 깨무는 사이 발은 착실히 빨래터에 도착했다. 빨래 바구니를 내려놓고 펌프 쪽으로 다가가 손잡이를 쥐는데, 그 순간 발밑에 긴 그림자가 졌다. 천천히 고개를 들자 낯익은 얼굴이 보였다.

"······네가 빨래터로 갔다던데. 여기 있었군."

리녹이었다. 꼭 일주일 만에 보는 얼굴이었다. 반가움도 잠시, 서운한 마음이 드는 건 어쩔 수 없었다. 아닌 척 억누르고 있으나, 조급한 마음이 얼른 이곳을 나가라고 부추기고 있었으니까.

하지만 이를 꾹 참고 고개를 꾸벅 숙였다.

"안녕하세요, 대공님."

그러고는 펌프를 꾹 눌렀다.

'이거 왜 이렇게 뻑뻑해?'

"여기서 뵙게 되어서 놀랐네요."

리녹은 무심히 고개를 돌리는 내게 조금 놀란 듯했다.

"그렇게 인사하는 사람은 네가 처음인데."

"저 그런 말 많이 들어요."

흘끗 시야 한 곳을 보자 시계가 째깍째깍 돌아간다. 꽤 빠른 속도다. 펌프를 다시 한번 꾹 눌렀다.

"그런 말?"

"처음이란 말이요."

지금 그를 굳이 보지 않는 건 서운한 마음도 있지만 그것보다는 갑자기 머릿속을 파고든 계획 때문이었다.

"제가 보기보다 낯간지럽고 예쁜 말들을 많이 들었거든요."

이름하여 잠시 무심함을 주는 일명 '밀당' 작전이었다.

"처음으로 내 눈에 예뻐 보인 사람이다, 처음으로 이름을 불러 준 사람이다, 같은 거요."

째깍째깍. 시계가 더욱더 빠르게 움직인다.

"아, 내가 곧 그 사람의 세상이 되었다는 말도 있었고······."

이 시계, 예상대로 리녹을 만나면 움직이는 모양인데……. 볼수록 속도가 빨랐다.

"……거기서 제일 좋았던 건?"

"음. 제일 좋았던 건 세상……. 네?"

말을 하다 말고 고개를 들어 올렸다. 언니야. 맙소사. 언제 이렇게 다가왔어? 싱그러운 오후의 햇살 아래, 그의 얼굴은 평소와 같이 유려했지만 날이 잔뜩 서 있었다.

"누구지?"

"……네?"

"누가 그런 말을 했냐고 물었다. 네게."

모양 좋은 입술이 파르르 떨렸다.

"분명 넌 내가 좋다고 했다. 그래, 나랑 혼약하자며."

"……네? 제가 언제요?"

"고백했지 않나."

"그건 그런데……."

"같은 말이다."

"네?"

그가 고집스러운 얼굴을 한 채로 말했다.

"같은 말이라고 했다."

……언제부터요?

그 순간 바람이 불며, 리녹의 얼굴이 고스란히 드러났다. 버려지기라도 할 것처럼 끙끙거리는 모습으로.

"잊어라, 그 사람."

수줍은 듯 불안한 시선으로.

"······다른 사람은 안 돼."

그 사람이 너인데요······?

살랑살랑. 옅은 바람에 까만 머리카락이 살랑거리며 흔들렸다. 머리카락 사이로 나를 뚫어버릴 것 같은 집요한 시선이 자리했다. 얼른 대답해야 한다는 것을 알면서도 나는 그를 빤히 눈에 담았다.

나뭇잎의 그림자가 드리워진 그의 얼굴 위로 햇살이 간질간질하게 비추며 청아한 느낌을 자아냈다. 내가 아는 성숙한 모습과 겹치면서도 아직 덜 영근 풋과일을 생각나게 하는 이 모습. 그의 앳된 모습이 신기하게 느껴졌다.

"왜······ 대답이 없지?"

리녹은 손을 뻗어 펌프 손잡이를 눌렀다.

쏴아아. 그 순간 아무리 눌러도 나오지 않던 물이 콸콸 쏟아졌다.

"왜 밝히기 어렵나? 그때처럼 연인이라도 있나? 누구지?"

······님이요.

내 님이 본인이 한 말을 모르시고 초조해하고 있었다.

"······아니. 연인 없어요. 그때도 없었다고 한 것 같은데요."

연인은 없지. 다만 현실에 예비 남편이 있을 뿐. 솔직히 대답했건만 리녹은 뚱한 얼굴을 숨기지 않았다.

"그럼 왜. 내가 왔는데, 쳐다보지도 않나?"

"네?"

"한눈에 반했다며."

펌프로 향했던 시선을 얼른 들어 올렸다.

"하루 만에 마음이 바뀌기라도 한 건가?"

"······네에?"

무관심이 먹힐까 싶어서 써본 건데⋯⋯ 예상외로 작전이 너무 잘 먹힌 것 같다. 당황스러웠다.

"그러는 대공님께서는요?"

나는 꼴깍, 침을 삼키다가 이내 직구로 툭 쏘아보았다.

"기사단 분들께 들었어요. 제가 사라지고 열심히 찾으셨다면서요."

리녹은 잠시 말이 없었다. 그러다가 입을 열었다.

"기사단이 호들갑을 떨었군."

"아, 네⋯⋯. 맨날 찾아오시던데요. 왜 저를 그렇게 좋게 보시는지 모르겠어요."

그러자 그의 시선이 내 시선을 붙잡아 눈 속에 가두었다.

"그거야, 너를 찾아다녔으니까."

"⋯⋯."

"그놈들 말은 사실이다."

분명 둔한 얼굴이라 생각했는데⋯⋯. 나는 착각했음을 알았다. 그는 교묘하게 고개를 돌렸지만 빛 아래 선명히 보인다. 머리카락 사이로 드러난 귀가 잔뜩 붉어 있었다.

"4년 전에 너를 계속 찾았다. 끝내 나타나지 않더군."

"아⋯⋯."

"오래 찾은 것은 아니다. 그렇지만⋯⋯."

그가 말을 망설였다.

"묻고 싶었다. 왜 그렇게 갑자기 사라진 건지. 무슨 일은 생긴 건 아닌지. ⋯⋯내 아버지가 널 해친 건 아닌지."

"⋯⋯."

"내 주변 이들은 그렇게 사라졌다. 그렇게 사라지던 시기였다."

그는 지나치게 솔직했다. 어쩌면 성인 리녹일 때보다 더욱더.

"생각이 나는 것. 나는 이것이 뭔지 모르겠다. 하지만 네가 생각이 났었다."

얼굴이 빨개지면서도 시선을 돌리지 않으려고 애쓰는 모습이 낯 간지러웠다. 이상하게도 같이 뺨이 달아오를 것 같았다.

"그럼 왜 절 감옥에 데려가라고 한 건데요?"

"그건……."

리녹이 손등으로 입을 가렸다.

"……당황해서……."

……당황하면 사람을 감방에 넣는다고? 이 대공님 안 될 사람이네.

"……그, 실수였다. 그렇게 명령하는 게 버릇이 돼서."

"실수였는데 바로 수습하지 않은 건요?"

"며, 면이 안 서지 않나."

그리 말하는 리녹의 목소리는 조금 작았다. 나는 그에게서 치기 어린 모습이 보이는 것이 신기했다. 항상 나이보다 성숙해 보이던 그였으니까.

"보기보다 귀여우시네요."

열여섯 살의 리녹도 그러했지만, 스무 살 리녹은 햇살에 익어가는 과실 같았다. 언젠가 겨울바람에 얼음처럼 단단해지고 날카로워질 사람. 그러나 아직은 대공이라는 짐을 완전히 짊어지지 못한 사람.

냉혹하고 이성적인 모습 사이에 이런 치기 어린 모습이나 나이답 게 성급하고도 실수하는 모습이 싫지는 않았다. 이것이 생경하면서 도 한편으로는 반갑기도 했다. 나는 당신이 너무 빨리 성숙해져, 이 것을 잃었다고 생각했었으니까.

"그럼 감옥에서 나온 뒤에는요? 왜 저 바로 안 찾아오셨는지 물어도 되나요? 기다렸는데."

"그건……."

"나왔더니 대뜸 하녀를 하라고 그러고."

내가 또박또박 말하자 리녹이 잠시 말을 잇지 못했다.

"……그건 네가 갈 곳이 없다고."

나는 그대로 눈을 들어 올렸다.

"저는 취직시켜 달라고 하진 않았는데요."

사실 대공인 그에게 이렇게 말하는 건 상상도 못 할 일이다. 상식에 걸맞은 행동은 아니란 걸 안다. 아마도 리녹도 알고 있을 것이다. 그런데도 왜인지 리녹은 이를 묵인하고 있었다.

"……화났나?"

"제가 감히 대공님께요?"

그가 끄덕였다.

"화났군."

조심스레 입술을 떼는 그의 모습에 왜 못내 서운함이 툭 터지는 건지. 조금이라도 빨리 시련을 극복하려면 오히려 활짝 웃으면서 그를 콕콕 건드려 보는 쪽이 좋다는 걸 아는데.

"저 할 말 있는데. 솔직하게 말하면 저 쫓아내실 거예요?"

"안 쫓아낸다면?"

"그럼 조금 건방지게 말을 막 해버릴지도 몰라요. 신분 좀 잊고 할 말 해도……."

"해 봐."

"저 쫓아내시기 없기예요."

리녹이 고개를 끄덕였다. 끄덕임도 유려하기 짝이 없었다. 잘생긴
건 똑같은데 왜 마음은 다른 걸까. 살짝은 심술이 난 것도 사실이다.

"대공님은 나쁘세요."

날 찾았다면서, 날 보고 귀도 빨개졌으면서, 날 차가운 감방에 하
루씩이나 가두고. 물론 나를 알아본 기사단이 푹신한 이불이며 식사
며 주었지만…… 감방에 갔던 사실은 변하지 않잖아.

"전 대공님이 보고 싶어서 목숨 걸고 찾아갔는데."

그랬다. 목숨을 걸고 결계 안에 들어왔다. 실낱같은 가능성을 믿
고 무의식으로 뛰어들었다. 나는 고개를 아래위로 움직였다. 그는
이것을 저택에 들어온 걸로 듣고 있겠지.

"물론 몰래 들어간 건 제가 잘못했죠. 그래도 서운해요."

나는 뻔뻔히 응수했다.

"짝사랑하는 마음이 원래 그래요. 대공님의 작은 한마디에도 여
린 뱁새처럼 상처를 입거든요."

짝사랑이라고 말을 하면서 서럽다. 엉엉 울면서 당신이 나빴다고
토로하고 싶기도 했다. 사실 현재의 리녹이 감옥에 갇힌 날 보았다
면 그냥 두지 않았을 거다. 물론 이 시간의 그로선 충분히 그럴 이유
가 있었음을 알지만 섭섭한 건 어쩔 수 없다.

"나왔더니, 얼굴은 안 비치시고, 생각도 안 한 하녀가 되라며 눌러
앉히고."

아주 잠깐만 심술 좀 부릴래. 시계를 흘끔 보고는 고개를 돌렸다.
딱 1분만큼만 안 볼 거야 하고.

하지만 이리 말하면서도 그럴 수 없음을 안다. 너무나도 초조했으
니까. 불안하고 조마조마했다. 저 시계가 다 가기 전에 당신에게 사

랑한다는 말을 못 들을까 봐. 이대로 당신을 영원히 보지 못할까 봐.

"일단 명확히 하고 싶은데, 네가 갈 곳이 없다는 얘길 들었다. 그래서 일단은…… 일자리를 준 거고."

"대공님, 저 잘 알아요. 대공저에 남는 게 빈방이잖아요. 실제로도 그렇잖아요. 근데 왜 하녀직을 제안하신 거예요?"

리녹은 잠시 대답이 없었다. 그사이 나는 생각에 잠겼다. 사실, 모든 문제란 문제 속에 답이 있다고들 한다. 즉, 내가 받은 문제에도 힌트가 있을 것이다. 초대 대공은 어째서 이런 시련을 내린 걸까?

이미 리녹은 나를 사랑했고, 나는 리녹을 사랑했다. 과한 자신감일지도 모르지만, 시간만 충분하다면 이 시련이 어려우리라고는 생각하지 않았다. 그저 시간에 쫓겨 초조했을 뿐이지.

그럼에도 왜, '사랑한다'는 말이었을까? 왜 초대 대공의 시련은 그 말이어야 했을까? 그것도 이 스무 살의 리녹에게? 나는 초조함 속에서 차분히 머리를 굴렸다.

'여기에 정답이 있을 것 같아.'

쏴아아. 물소리에 고개를 들었다.

'어라.'

어느새 리녹이 열심히 펌프질을 하고 있었다. 그는 가득 채워진 양동이를 옮기기까지 했다. 뭐하는 거지? 어리둥절하면서도 그를 그대로 두었다.

결국 커다란 대야에 물이 가득 찼다. 나는 바구니 속 빨래를 대야에 담갔다. 옆에서 리녹이 함께 빨래를 꺼내서 담갔는데, 나보다 손이 크니 속도가 훨씬 빨랐다.

'……뭐 하는 거지, 대체?'

그가 허리를 폈다. 물이 튀었는지 새하얀 셔츠가 젖은 채 몸에 달라붙었다. 흰 살결이 묘하게 선정적이라 슬쩍 시선을 피했다.

"빈방이 많아도 너를 그냥 재워줄 수는 없다."

이건 무슨 말일까. 일하지 않는 자, 먹지도 자지도 말라는 건가.

"연고도 없는 여성을, 그것도 갑작스럽게 나타난 사람을 대공저에 머무르게 하면, 네게 좋지 않았다."

"좋지 않다니요?"

"말이 돌 게 뻔하니까."

리녹이 무어라 말을 하려다 말고 망설였다. 좀처럼 망설이는 법이 없는 그였다. 결국 그는 이 화제에 대해 다시 꺼내기를 피했다.

"그런데, 대공저에 남는 방이 많다는 건 어떻게 알았지? ……일주일 일한 정도로는 알 수 없는 일일 텐데."

나는 그를 바라보다 고개를 돌렸다.

"뭘 하는 거지?"

"저도 한번은 피하려구요. 대공님도 대답 안 하셨으니까."

리녹은 그게 못마땅했는지 내 고개가 향한 곳으로 걸음을 옮겼다. 그가 다시 시야에 잡히고, 나는 반대편으로 고개를 돌렸다. 마치 관심을 가져달라는 듯 거대한 짐승이 눈앞에 기웃거리는 기분이었다.

"왜 시선을 피하지?"

"대공님께 조금 서운해서요."

"서운?"

"대공님께 첫눈에 반해서 4년을 참다가 용기를 내서 찾아왔는데, 그 결과가 감옥행이면 어떤 기분일 것 같으세요? 지금 참담해요. 슬프고요."

나는 기왕 이렇게 토라진 척했으니 계속 이런 스토리로 밀고 가기로 했다. 물론 잠시 토라졌던 건 진짜였지만. 이 마음을 한번 담아보자는 생각으로 질렀다.

"저 차인 거잖아요."

뜬금없는 고백이었으니, 차이고 말고 할 것도 없었지만 원래 누굴 꼬실 때는 밀기만 해서는 답이 없다. 여지를 둬야 하는 법이지. 연애는 전혀 안 해봤어도 인기 많은 언니를 둔 탓에 이론은 빠삭하며, 무엇보다 나는 리녹을 누구보다도 잘 알고 있었다. 아주 오래 보아 온 그이기에, 나는 그의 생각과 감정을 표정만 보고도 알 수 있었다.

나는 리녹을 못 본 체하며 등을 돌렸다. 그렇게 걸음을 옮기는데, 뒤에서 살벌하리만치 빠른 걸음 소리가 들렸다. 구두 소리는 날 따라잡더니 이내 그가 내 앞을 가로막았다.

"누가 차였지?"

"……네?"

그가 아주 차가운 낯으로 나를 내려다보고 있었다. 짐짓 일렁거리는 것을 참는 듯한 시선으로.

"나는 거절한다고는 하지 않았는데."

"……."

그가 고개를 휙 돌렸다. 새하얀 셔츠와 붉어진 목이 선명하게 대비되었다.

"계속 좋아해라."

나는 웃음을 꾹 누르며 고개를 돌렸다. 내가 이 시련을 이겨낸다면, 그건 당신을 너무나도 잘 알기 때문이다. 여기선 인정하는 것보다 한 번 더 부정하는 게 낫겠지.

"전 이미 거절당했는데요."

"그러니까 그건 거절이 아니라!"

"아, 맞아. 신분도 문제네요. 저는 하녀고, 대공님은 대공님이시고."

'넌 학생이고, 난 선생이야.'라는 불멸의 대사를 변형해 보았다.

"신분은 상관없다. 신경 쓰지 않아."

"……그 말은 의미심장하게 들리는데요. 뜻 그대로 받아들여도 되나요?"

"……."

그의 귓불이 더욱 붉어졌다.

"이러실 거면서, 왜 절 하녀로 두신 거예요?"

리녹이 잠시 망설이는 기색을 보였다.

"그렇게 해 두지 않았으면, 네가 무연고인 채로 저택에 머물면, 황실이 네게 주목했을 테니까."

리녹이 얼굴을 쓸어내렸다. 본디 내가 아는 리녹의 버릇이었는데 스무 살의 그의 버릇이기도 했나 보다.

"악소문이 날 수도 있다. 내 입으로 말하고 싶진 않지만…… 그렇게 내게 붙어 있었다면, 호칭이 그리 좋진 않았을 거다."

그가 침묵한 호칭에 대한 갈피가 잡혔다. 혹시 정부를 말하는 건가? 리녹이 대공위를 찬탈하고 난 직후 몇 년간 황실의 견제가 매우 심했다는 건 들은 적 있었다. 매일 악의적인 소문을 퍼트렸다고. 확실히 내가 아는 황실이라면 충분히 그럴 만했다.

"이제 이해되었나?"

리녹이 그리 묻고는 잠시 머뭇거렸다.

"……그러면 날 다시 좋아해라. 아니."

그의 뺨이 새빨갛게 물들었다.

"앞으로도 날 좋아해라."

그가 앞으로 다가오자 그의 그림자와 내 그림자가 한 덩이가 되었다.

"계속. 오랫동안. 쭉. 좋아해."

"왜 그런 말을 하시는 거예요? 사실 저희는 아주 잠깐 보았던 거 잖아요."

진득한 시선이 뺨을 쫓아왔다. 그러나 내가 시선을 돌리면 언제 그랬냐는 듯이 슬그머니 시선을 피했다.

"……너는 잠시 본 것으로 첫눈에 반했다고 하지 않았나?"

"……."

"그, 그 일이 너 말고 다른 이에게도 일어날 수 있는 것 아닌가."

스무 살 리녹과 성인인 그는 이것이 달랐다. 덜 여문 풋풋함과 수줍음.

"……그러니까, 계속 날 좋아해."

그는 내 시선을 똑바로 마주하지 못하면서도 내 걸음을 쫓아 앞을 막아섰다.

"대공님, 그건…… 명령이셔요?"

내 말에 리녹이 움찔했다. 그러더니 그는 그 큰 덩치로 잠시 고민하다가 머뭇머뭇 입술을 열었다.

"……조, 좋아해 주면 안 되나?"

화르륵. 이제는 흰 곳을 찾아볼 수 없이 붉어진 얼굴을 보며, 나는 참지 못하고 웃음을 터트렸다. 하녀와 대공이란 말도 안 되는 사이가 되어서도 그는 그다웠고, 내가 아는 그의 모습이 엿보였으며, 그것이 못내 반가웠다.

"그럼요."

어느 시간이고 리녹을 사랑하지 않을 수 있을까?

그러니까…….

"좋아해요, 대공님."

당신이 얼른 돌려주면 좋겠다.

째깍째깍. 시계의 분침이 빠르게 돌아간다. 거대한 시곗바늘 위에서 우리는 쫓기고 있었다. 초조함은 여전했으나 그럼에도 우리가 다시 만날 날이 머지않았다고 생각했다. 나는 활짝 웃으며 리녹의 손끝을 잡았다. 그는 움찔하며 어깨를 움직였으나 내 손을 놓지는 않았다.

"대공님은요?"

그와 눈을 마주했다.

'자, 얼른 대답해 줘.'

"저, 어떠세요?"

"……."

"좋아해요?"

잠시간 침묵이 흘렀다. 휘이잉. 귓가로 잔잔한 바람 소리가 스치는 듯했다. 조금은 쌀쌀한 바람에 팔뚝이 살짝 시렸지만 팔을 감싸 안는 대신 리녹을 바라봤다.

스무 살이지만 키만큼은 훌쩍 커버린 남자. 신기하게도 눈조차 마주치지 못하는 리녹이라니. 신기한 기분이 들었다.

리녹은 나를 바라보고 있지만 시선이 조금 어긋난 느낌이었다. 똑바로 바라보지 못했단 얘기다. 나는 이 상태에서 조용히 그의 대답을 기다렸다.

그 순간 바람이 다시 불며 그의 머리칼을 흩트려 놓았다. 꽃잎인지 때 이른 초여름 잎새인지 모를 것이 까만 머리칼에 내려앉는 순간, 그의 입술이 떼어질 듯 말 듯 작게 움직였다.

"……나."

꼴깍 침이 넘어갔다.

"네? 저, 뭐라고 하셨어요?"

그의 얼굴에 너무 집중한 나머지 음성이 잠시 묵음 처리를 한 듯 들리지 않았다. 낭패감이 가슴을 사로잡았다. 지금 뭘 한 거야.

화끈. 손등으로 뺨을 가렸다. 이런 중요한 때에 얼굴에 홀리다니 이렇게 우스운 일이 또 있을까.

"한 번 더 이야기해 주세요."

나는 뻔뻔하게 나가기로 했다. 순간이지만 네 얼굴에 홀려서 못 들었다고 할 수는 없잖아. 물론, 리녹은 살짝 당황했다.

"한 번 더라니 무슨……. 지금 또 하란 말인가?"

"네."

리녹이 붉어진 얼굴로 고개를 얼른 내저었다.

"싫다."

"왜요, 좋은 얘기는 한 번 더 듣고 싶은걸요. 한 번 더요."

한 걸음 다가가자, 리녹이 한 걸음 뒤로 물러났다. 오호라, 이것 봐요? 나는 그가 물러난 만큼 걸음을 좁혔다. 뒤로 물러나는 리녹이라니 매우 신선하다고 생각하면서.

"네?"

그의 옷자락을 살짝 부여잡았다. 그러자 리녹은 제자리에 못 박힌 듯 그대로 딱딱하게 굳었다.

"한 번만 더요, 응?"

그대로 고개를 들어 올리며, 리녹의 얼굴을 보는 순간 리녹이 고개를 홱 돌렸다.

"안 돼요?"

"너⋯⋯. 너는!"

"네, 나는요?"

"무슨 눈을 그렇게⋯⋯."

"눈이요? 눈?"

"아니, 그렇게 웃으면!"

그가 목까지 빨개진 채 손등으로 입술을 가렸다.

"대체 누가 그, 그렇게 웃는 법을 가르쳤나!"

"⋯⋯네?"

나는 잠시 고민하다 대답했다.

"⋯⋯저희 언니요?"

"⋯⋯대답을 들으려던 질문은 아니었다."

리녹이 얼굴을 가린 채로 중얼거렸다. 커다란 손에 얼굴 대부분이 푹 가려졌으나, 미처 가리지 못한 부분은 동백처럼 붉기만 했다.

꼭 건드리면 톡 터질 것같이.

"신기하네요."

"뭐가 말인가."

아니, 처음 당신을 만났을 때 말을 더듬는 쪽은 늘 나였는데. 무섭기도 했지만 직선을 긋듯 성큼 다가오는 당신에게 당황하고 놀라서 더듬곤 했었지.

손이 닿자마자 움찔하는 리녹에게서 예전의 내 모습이 겹쳐 보였다. 어쩌면 그때의 리녹에게도 내가 이렇게…… 귀여워 보였을까?
괜한 웃음이 흘러나왔다.

"얼굴, 빨개지셨어요."

"……."

"아주 많이."

나는 그를 보며 활짝 웃었다.

"그런데 대답은 안 해주실 거예요?"

리녹이 주춤 뒤로 발을 물렸다. 옆으로 보인 귀가 귓바퀴까지 붉
었다. 그 순간 바람이 불었다. 먼지가 살짝 섞인 바람에 들고 있던
바구니 속 천이 흔들렸고, 나는 막 떨어지려는 천을 잡았다.

"아, 잡았……. 대공님?"

그를 불렀을 땐, 이미 그의 등이 한참 멀어져 있었다.

펄럭펄럭. 그의 등에 달린 망토 자락이 길게 흩날렸다. 그러더니
더욱더 멀어진다. 나는 빠르게 달려가는 그를 보며 황망하게 쳐다봤
다. 뭐야. 지금…….

"도망친 거야?"

△

"내 참, 어처구니가 없어서!"

리녹이 돌아간 후, 나는 홀로 공터를 빠져나왔다.

전쟁에 실패해 나라를 잃은 패잔병같이 터덜터덜 걸어왔음은 물
론이었다.

'시간 없는데, 정말.'

돌아온 내가 향한 곳은 집사실이었다. 다름 아닌 부집사가 나를 불렀기 때문이었다. 문을 잡고 들어가기 직전, 나는 잠시 시선을 들어 올렸다. 시선이 향한 곳에는 어느새 붉은 부분이 늘어난 시계가 있었다. 시계는 멈춰 있었다. 리녹이 함께 있지 않은 동안엔 이렇게 멈춰 있었지.

지나간 칸수를 세어보니 어느새 4분의 1지점까지 붉은색이 되어 있었다. 앞으로 남은 지점이 전부 붉어지면 이 시간, 즉 시련이 끝난다는 거겠지. 그 안에 듣지 못하면 타임오버란 얘기. 잠시지만 붕 떴던 마음이 가라앉는 기분이었다.

조금 전에 미처 듣지 못한 이야기가 사랑한다는 말은 아닐 터였다. 아마도 맥락상 좋아한다, 혹은 그와 비슷한 말이 아니었을까? 그러니 들었어도 달라지는 건 없었을 거다. 생각해 보자. 현재 상황이 나쁘진 않다. 채 사라지지 않은 몽실몽실한 마음을 음미하듯 가슴에 손을 얹었다. 조금만 더 꼬셔 보면 되지 않을까.

'가능성이 보였어.'

결코 나쁘지 않다고 생각하며, 문을 열었다. 문이 열리자 집사실에 있던 나이 지긋한 부집사가 등을 돌렸다.

"들어와."

집사실은 현재의 모습과 크게 다르지 않았다. 이전에 로테를 따라 한번 들어간 적 있었지. 비슷한 물건들을 보며 반가움을 느꼈다.

"뭘 보고 있지?"

"아, 죄송해요."

시선을 돌리자, 중년 부집사의 얼굴이 들어왔다. 그의 얼굴엔 못마땅한 표정이 가득했다. 아니, 저건 불만인가?

"담당 시종이 이르길 마구간에 오지 않았다고 하던데."

아, 맞다. 여물을 채우라는 지시를 받았었지. 중간에 리녹을 만나서 깜빡 잊어버리고 말았다.

"상급자의 지시가 우스운 건가?"

"아, 아니요. 사정이 생겨서 가지 못했어요. 죄송합니다."

빠른 사과에 부집사의 표정이 잠시 누그러졌지만, 얼굴에 가득 담긴 불만은 여전했다. 처음 볼 때부터 나를 별로 마음에 안 들어 했었지. 낙하산이라 그런가?

"이래서 그 젊은 여자가 뽑은 하녀란……."

그보단 저 사람이 헤렌을 별로 안 좋아하는 것 같았지.

"하녀장이 눈여겨본다고 해서 우쭐거리진 않는 게 좋을걸세."

부집사의 태도를 보아서는 리녹이 나에 대해 별다른 말을 하지 않은 것 같았다. 특혜를 받자고 하는 말이 아니라 이는 리녹이 부집사를 그다지 신뢰하지 않는다는 말이 되기도 했다.

리녹은 충성스러운 사람에게는 진솔한 사람이었으니까. 그리고 현재 총집사인 로테와 하녀장인 헤렌은 잠시 며칠간 자리를 비운 상태였다.

"지시를 불이행했으니, 앞으로 일주일 동안 마구간을 담당하도록."

"네? 그럼 원래 하던 일은요?"

"함께하도록."

……그건 좀 치사하지 않나. 나는 보이지 않게 얼굴을 찌푸렸으나 이내 곧 힘을 풀었다. 모난 돌이 정 맞는다고, 굴러들어온 쪽은 내 쪽이니 그러려니 했다. 일단 이곳에서 일하게 되었으니 표면상으로는 일하는 척이라도 해야 했다. 물론 성격상 대충이 안 돼서 꽤나 열

심히 했었지만.

그러나 가장 중요한 것은 '시련'이었다. 아니, 이곳에서는 이것 말고는 아무것도 중요하지 않았다.

"듣고 있나? 대답이 늦군. 똑바로 처신하게. 언제든 내 선에서 잘릴 수 있으니."

"네. 알겠습니다."

하는 시늉만 해야겠다. 뭐 이러다 잘리기야 하겠어.

"명심할게요."

리녹이 반응을 보인 이상 집중해야 할 쪽이 무엇인지는 명확했다.

'좋았어.'

앞으론 대공님 뒤꽁무니만 졸졸 쫓아다니는 하녀 1이다.

△

……라고 생각했는데. 나는 아득한 공터를 빤히 노려봤다. 그대로 쪼그려 앉아 꾹꾹 땅을 찔렀다. 내 손에는 끝이 뾰족한 나뭇가지가 쥐여 있었다.

'일이 왜 이렇게 된 거지.'

쿡쿡. 퍽퍽.

'왜, 왜…… 왜!'

어느새 나는 분풀이를 하듯 땅을 파고 있었다. 당연했다. 성이 나도 제대로 났으니까.

'볼 수가 없냐고!'

내 불만은 바로 이것이었다. 도무지 리녹을 볼 수가 없다는 것. 언제부터냐, 바로 리녹이 도망간 그 직후부터였다. 그날 이후로 리녹을 전혀 보지 못했다. 의아할 정도였다.

첫날엔 그러려니 했지만 다음날이 되니 조금 이상하다 여겼고, 그리고 오늘, 사흘째가 되자 슬슬 깨닫게 되었다. 리녹이 나를 피하는 거다. 물론 내 쪽에서도 찾으려 노력했다. 일개 하녀가 어떻게 대공의 위치를 알 수 있겠냐만은, 내게는 아주 좋은 조력자 일명 '치트키'가 있었다.

"대장님요? 연무장에 계시던데! 그치?"

"아, 맞아요! 오늘 2팀 훈련 봐주시는 날이라……. 어라 선생님?! 어디 가세요!"

매번 찾아오는 기사단들이 아주 쉽게 말을 해주었던 것이다. 그리고 어제오늘 찾아갔더니.

"어, 대장님 어디 가세요?"

"대장님!"

바람처럼 사라진 모습만 볼 수 있었다. 즉, 볼 수 없었다는 얘기다. 어찌나 빠른지 뒷모습조차 볼 수 없었으니까.

'이렇게 나온다 이거지.'

이윽고 오늘, 판단을 굳혔다. 리녹이 나를 피해 도망간 것이라고.

'아니, 내가 뭘 했다고?'

손을 잡기라도 했나, 입을 맞추기라도 했나. 하다못해 사랑한다고 말하기라도 했냐고. 무척이나 억울해졌다. 가만. 생각해 보니까 내가 하루아침에 도망갔을 때 리녹이 이런 심정이었을까.

'어째 반성하게 되는데…….'

한편으로는 반성하게 되는 마음이었으나, 그건 그거고. 나는 심각

244

한 얼굴로 땅을 노려봤다.

'어쨌거나 이대로 두고 볼 수 없어.'

△

째깍째깍. 시야 한곳에서 초침과 분침이 멈춘 시계가 멈춘 채 소리를 내고 있었다.

째깍째깍. 움직이지는 않으나 귀 기울이면 들려오는 소리가 묵직한 존재감을 주고 있었다.

"에이미, 에이미! 부집사님이 널 찾아! 얼른 가봐."

"아, 네 알았어요!"

함께 빨래하던 하녀 언니가 잠시 나를 안타까운 듯이 바라봤지만 나는 괜찮다는 듯 손을 흔들어 주었다. 마구간 일로 부르는 거겠지. 삼 일간 가는 둥 마는 둥 했으니. 사흘 내내 리녹의 뒤만 졸졸 쫓아다녔으니 제대로 다녀왔을 리 없었다.

빨래와 같은 것은 그래도 어느 정도 짬밥이 있어 할 수 있다 쳐도 마구간은 일은 둘째치고 저택에서 멀리 있었다. 한번 다녀오면 한참 걸릴 정도였으니.

달칵. 잠시 후, 나는 문을 닫고 한숨을 푹 쉬었다. 아니나 다를까, 부집사가 부른 이유는 다름 아닌 마구간 일이었다. 제대로 가질 않았으니 자길 무시한다고 여긴 거겠지. 그를 무시한 게 아니라 더 중요한 일이 있었을 뿐이지만. 그걸 말할 수 있을 리가 없었다. 이러다 정말 잘리는 건 아닌가 싶었으나…… 헤렌이 내일 돌아온다고 했지. 헤렌이 돌아오면 좀 나아지리라 생각했다. 정작 중요한 건 이게 아니다.

'너무 지지부진한데.'

시간을 너무 잡아먹히고 있다는 생각이 들었다. 초조했다. 쉬울 거라고 생각했던 시련이 왜 이리 잡힐 듯 잡히지 않는 건지.

'그냥 한마디 들으면 풀릴 일인데. 왜……'

무엇보다도 풀리면 풀릴수록 내가 무언가를 잘못 잡고 있다는 감이 들었다. 그런데 이게 어디서부터 잘못된 건지 모르겠다는 거다.

"선생님!"

복도를 정처 없이 걷는데, 밝은 목소리가 들렸다. 고개를 돌린 곳에 손을 붕붕 흔드는 그레이가 보였다. 옆에는 첼시도 함께였다. 나는 난간에 기대 함께 손을 흔들었다.

"안녕하세요, 기사님들. 오늘도 좋은 오전이에요."

"흐음, 날이 좋긴 한데…… 선생님 표정은 전혀 좋은 오전이 아닌 걸요?"

첼시가 예리하게 핵심을 찔렀다. 나는 난간에 기댄 채로 하하하, 웃었다. 내가 있는 복도가 1층인 탓에 기사들이 서 있는 곳과 높이 차이가 거의 나지 않았다.

"무슨 일이에요? 일이 힘들어요? 아니면 누가 괴롭혀요? 때려 줄까요?"

"야야, 첼시. 그래도 사람을 때린다고 하면 안 되지!"

"그럼?"

"으음……. 혼, 혼내 드릴까요?"

"……넌 그냥 입을 다물어라."

그레이의 멍청한 물음에 첼시가 그를 타박했다. 막 훈련을 마치고 돌아가는 길이었는지 그레이와 첼시 말고도 기사단이 우르르 지나 갔다. 그중에서 나를 알아본 이들이 내게 다가왔다.

"어라, 선생님! 안녕하세요."

"오늘은 대장님 보셨습니까? 방금 가셨는데!"

"안녕하세요, 아니요. 오늘도 못 봤어요."

나는 힘없이 손을 흔들고는 난간에 손을 얹어 턱을 댔다. 어느새 난간 주변에 덩치 큰 남녀가 와글와글했다. ……다들 왜 돌아가지 않고 이쪽으로 온 거지? 이상하긴 했으나 그러려니 했다.

이 기사단은 현재와 썩 다르지 않아 리녹이 관심을 가진 여성(나) 에게 아주 큰 관심과 호기심을 보였다. 나야 좋지. 이들의 호의가 반가운 입장이었으니까.

"흐음, 오늘도 못 보셨다고요? 이상하네. 대장님은 오늘 내내 입구를 보기 바쁘시던데."

"야, 그건 말하면 안 되지!"

"안 돼? 선생님이 가여우시잖냐."

"……그런가?"

"에잉, 야야. 나와. 이 연애도 못 해본 인간들아. 원래 사랑싸움에는 끼어드는 거 아니라고!"

모두가 내게 이것저것 묻기 바빴는데, 대부분이 리녹과 관련한 이야기였다. 그중 첼시는 홀로 침묵을 지키고 있다가 문득 입을 열었다.

"선생님, 혹시 부집사가 선생님을 괴롭히나요?"

그녀의 눈은 내 뒤쪽의 문과 나를 번갈아 보고 있었다. 나는 얼른 손사래를 쳤다.

"네? 아니요. 아니에요. 그런 거."

"그래요? 유독 선생님이 집사실 근처에서 자주 보이는 느낌이라."

"아, 로테 씨가 보통 하녀들은 갈 일 없다고 했지 않나?"

그레이가 고개를 갸웃했다. 첼시가 끄덕여 보인다.

"그렇지. 거기다 헤렌 씨랑 로테 씨는 출타 중이잖아."

"하하, 아니에요. 지시받은 것이 있어서 다녀온 거예요."

나는 한 번 더 손을 휘젓고는 다시 턱을 괴었다. 그대로 곰곰이 생각에 잠긴 나는 이윽고 침묵을 깨고 입을 열었다. 그래, 이렇게 된 거 도움을 받아보면 어떨까.

"저기……. 기사님들."

왁자지껄하던 소리가 딱 그쳤다. 거짓말처럼 고요해진 이들을 보며 꿀꺽 숨을 삼켰다. 흡사 공 던지기를 기다리는 강아지처럼 시선이 반짝거렸다. 여러 쌍의 시선을 보다가 슬쩍 눈을 피했다.

아니, 왜 일사불란하게 합죽이가 되고 그러세요. 사람 부담스럽게.

"저…… 그러니까, 도움이랄지. 조언을 구하고 싶은데……."

나는 후, 숨을 내쉬었다.

"사랑한다는 말을 들으려면 어떡해야 하나요?"

내가 던진 말의 파급력은 상상 이상이었다. 헉, 숨을 삼키는 소리가 들리더니, 포탄이 떨어진 듯 난간 주변이 더욱 고요해졌다. 말소리뿐 아니라 숨소리마저 사라졌다.

"……그렇군요."

그중 대표로 고개를 끄덕인 것은 놀랍게도 그레이였다.

"그러니까…… 청혼을 하고 싶으시다는 거지요?"

……네? 그건 아닌데요.

"아니지, 멍청아! 받고 싶으시다는 거잖아!"

"그래요, 부대장. 듣고 싶다고 하셨잖아요!"

"저 여러분, 청혼이 아니라……."

덩치 큰 기사가 주먹을 불끈 쥐어 보였다.

"걱정하지 마세요, 선생님! 꼭 대공비 전하로 만들어 드리겠습니다!"

"아니……."

"대장님께서도 선생님을 좋아하신다니까요? 제 연애 인생을 걸고 맹세합니다!"

"야 인마, 넌 모태 솔로잖아!"

"시끄러워!"

청혼하고 싶은 것도 받고 싶은 것도 아닌데, 말이 이상하게 와전된 것 같다. 아니, 애초에 저는 청혼의 '청' 자도 꺼내지 않았는데요.

하지만 이들은 그건 아니라는 내 말을 듣지 않았고, 각자 고민에 잠기거나 턱을 감싸 쥐기 시작했다. 이윽고 고민에 휩싸인 이들 사이에서 누군가 손을 번쩍 들어 올렸다.

"저…… 제게 좋은 방법이 떠올랐는데요……!"

그레이였다. 모두의 시선이 그레이에게로 몰렸다. 그런데 왜일까, 영 믿음이 가지 않는달지. 나는 반쯤 미심쩍은 얼굴로 고개를 끄덕였다.

"어떤 방법인가요?"

그레이가 큼큼, 목을 가다듬었다.

"음…… 제 이상형은 강인한 사람인데."

"야, 여기서 네 이상형 궁금해하는 사람 아무도 없다? 본론만 얘기해, 본론만."

"아! 할 거야. 큼, 그러니까 일단 대장님께 청혼하려 하는 거니까,

대공님이 그 자리에서 받을 수밖에 없는 걸 하면 되지 않겠습니까?"

"오……?"

꽤나 그럴싸한 소리였다. 기사들이 더욱더 귀를 기울였다. 나 또한 마찬가지였다.

"그래서 방법은?"

"이를테면 꽃을 선물한다거나?"

"꽃? 장난해?"

"아, 왜! 이베르크에서는 귀한 거 맞잖아!"

"야, 선생님께서 비싼 꽃을 살 수가 있겠냐!"

"……아!"

"그래서 그거 말고는?"

그레이가 머뭇거렸다. 그는 첼시의 기세에 주눅이 든 것 같았다.

"거기까지는 잘……. 아! 맞아! 결투를 신청하면 어때? 그건 기사로서 절대 거절하지 못, 악!"

"한순간 솔깃한 내가 등신이지."

"아! 아파!"

"선생님이 기사냐?!"

결투라, 확실히 거절 못 한다는 점에서는 맞는 말이긴 한데. 근데 내가 리녹에게 결투를 신청해서 어쩌란 말인가. 역시 오늘도 그레이다운 그레이를 보다가 이마를 짚고 고개를 저었다. 그때 막 다른 기사들과 함께 그레이를 두들겨 팬(?) 첼시가 고개를 들었다.

"선생님, 이런 말 좀 그렇지만……."

잠시 망설이던 그녀가 이내 굳건하게 눈을 빛냈다.

"그냥 덮치세요."

"……네?"

"덮쳐 버리, 읍!"

"야! 첼시, 네가 다를 게 뭔데!"

그레이가 황급히 첼시의 입을 막았다.

"죄송합니다, 선생님. 첼시가 좀 막가는 성격이어서요."

읍읍, 그레이의 손을 풀리던 첼시가 그대로 뒤로 밀려났다. 내가 무어라 할 새도 없었다. 솔직히 솔깃한 제안이긴 한데……. 이 상황에선 불가능하지 않을까? 지금도 나만 보면 도망가는 사람을 어떻게 붙잡을 것이며, 그 후도 문제였다. 이번엔 정말 코빼기도 보이지 않을 정도로 도망가 버리면 곤란했다. 그땐 어떻게 잡아. 그렇게 모두가 다시 고민에 잠긴 순간, 누군가 조용히 손을 반쯤 들어 올렸다.

"저, 지금 선생님께서는 일단 대장님을 붙잡거나, 마주 보고 싶으신 것 아닙니까?"

응? 셰드 경도 여기 있었어? 본래 진중한 사람이라 이런 일에 끼어들 사람이 아닌데……. 나만 그리 생각한 건 아닌지 주변 기사들도 그를 신기하게 보고 있었다.

"네? 네. 맞아요."

"예. 대화가 하고 싶으신 것 같습니다. 대장님께서는 피하고 계시고."

"네…… 그것도 맞죠."

"한데, 대장님께서도 이상하게 선생님이 없거나 오시지 않은 날에는 연무장 입구를 열심히 보십니다."

셰드 경이 그리 말하고는 잠시 말을 멈췄다.

"그거 아십니까? 저희 기사단은 겨울에 하얀 산맥으로 마수 사냥을 가기도 합니다. 본디 사냥이란 쫓는 것이라고 생각하기 쉽지만…… 본질은 덫에 있지요."

"덫?"

"네. 덫을 놓고 기다리는, 기다림의 미학이라 일컫습니다."

나는 그가 하고자 하는 말을 깨달았다. 그러니까 쫓을 게 아니라…… 그가 직접 오게 하라?

손을 풀어내며 난간 위로 휙 올라섰다. 어차피 있으나 마나 한 높이였기에 손쉽게 넘어갈 수 있었다. 나는 그대로 성큼 걸어가 셰드경의 손을 붙잡았다.

"고마워요! 셰드 경."

"아……. 아닙니다. 그런데 제 이름을 알고 계셨습니까?"

"물론이죠."

나는 순간 아차 싶었지만 뻔뻔하게 대꾸했다. 머릿속에서는 머리가 팽팽 돌아갔다. 셰드 경의 말을 듣는 순간 좋은 생각이 떠올랐으니까.

"저 여러분, 부탁이 있는데, 들어주실 수 있을까요?"

나는 얼른 생각한 방법을 이야기했다. 처음엔 황당해하던 이들의 얼굴은 잠시 분노가 서렸다가 마지막에는 초롱초롱한 빛이 어렸다.

"괜찮은데요? 하겠습니다!"

"하게 해주십쇼!"

"우리 대장님께 한 방 먹일 수 있다는 거 아닙니까?"

"야, 인마 조용히 해!"

그들은 나의 작전에 적극적으로 협조할 것을 약속했다. 그렇게 나는 이들에게 작전을 알려주고 헤어졌다. 과거나 현재나 참으로 좋은 사람들이었다. 흩어지는 기사단을 보다가 문득 서글퍼졌다. 마지막 전쟁에서 부상을 입은 모습을 떠올렸기 때문이었다.

잊지 말자, 여기는 시련을 위한 세계이다. 나와 리녹이 살아 돌아오기를 바라는 무수한 사람들이 내 세계에 남아 있다. 째깍째깍. 귀기울이면 들려오는 시계 소리. 어쩌면 이것은 본래 세계를 잊지 말라는 초대 대공의 안배이면서 경고일지도 몰랐다.

△

그로부터 이틀 뒤.

나는 늘 있던 빨래터가 아닌 마구간 앞에 서 있었다. 일하는 것이 아니라 멍하니 말들을 구경하는 것에 가까웠지만.

흘끗 손등을 바라봤다. 의식한 순간 양 손등에 서로 다른 문양이 떠올랐다. 그중 흰 문양이 떠오른 손등을 움직이자, 허공에 바람이 불기 시작하더니 저절로 여물통이 채워졌다.

흠, 마법을 쓸 수는 있긴 한데……. 보통 때보다 위력이 현저히 약했다. 아니, 폭이 좁은 치마를 입고 낑낑대며 걷는 느낌이라고 할까. 마법을 쓰려고 하면 제약이 걸리는 느낌이었다. 거기다 열 번을 시도하면 제대로 나오는 건 두 번쯤?

'이래서야 제대로 써먹을 수도 없겠다.'

물론 시련과 관련해서 쓸 일은 딱히 없을 것 같지만.

히이이잉!

말들이 반갑게 울어댔다. 여물통이 아니라 날 보며 머리를 들이미는 것이 반갑다고 하는 것 같은데. 한 번 본 것도 연이라고 반가이 반겨 주는 것이 신기했다.

"이야, 나 반겨주는 거야?"

푸르릉!

"정말?"

나는 말에게 다가가며 웃음을 터트렸다.

"네가 주인보다 낫네."

누구는 도망가기 바쁘시던데 말이지. 그렇게 울타리 앞에 서서 이마에 흰 별을 달고 우아하게 생긴 흑마의 머리를 쓰다듬을 때였다. 커다란 발소리가 들렸다. 다급하게 달려오는 발소리, 그 뒤로 숨소리가 이어졌다.

"너……."

등을 돌리자 거칠게 숨을 내쉬는 리녹이 있었다. 나는 그의 갑작스러운 등장에도 놀라지 않고 웃어 보였다. 생각보다 빨리 왔네. 아니다. 이틀 걸렸으니 늦은 건가.

"안녕하세요, 대공님. 정말 오랜만에 뵙네요."

하늘을 바라보니 뉘엿뉘엿 해가 지고 있었다. 조금 있으면 저녁이 될 듯했다.

"넌 멍청한가?"

"와, 폭언이다."

나는 그렇게 받아치며 완전히 몸을 돌렸다.

"전부, 전해 들었다."

눈앞의 리녹은 대체 얼마나 빠르게 뛰어온 건지, 턱 끝에 채 떨어지지 않은 땀이 맺혀 있었다. 좀처럼 땀을 흘리지 않는 그일 텐데도.

"부당하다 여기면 나가지 말았어야지, 대공저에서는 하녀에게 마구간 일을 시키지 않는다!"

"그런가요?"

"그래, 넌……. 이상하면 이상하다고 말을 하지 않고서!"

"저, 음……. 제가 하녀인데 그런 말을 하면 이상하지 않을까요?"

리녹이 말을 멈췄다.

"……그래서 그만두겠다고 한 건가?"

"……네? 아. 네."

잠시만, 그만두겠다고까지는 하지 않았는데.

"괴롭힘이 싫고 일이 힘들어서, 그만두겠다고……."

말을 전달하기로 한 기사님들이 신나게 부풀린 모양이었다.

"네."

우리가 꾸민 작전이란 이러했다. 나는 이곳에 미련이 없는 사람처럼 마구간에만 머물고, 그동안에 기사단이 알아서 이야기를 부풀려 리녹에게 흘리기로 하는 것. 간단하지만 확실한 덫이었다. 이렇게 그가 찾아왔으니까.

"그래서 떠난다고?"

리녹의 눈에 석양빛이 일렁거렸다. 그는 뒤통수를 맞은 사람처럼 충격이 어린 표정이었다.

"또 한 번 내 눈앞에서 사라지겠다고?"

"사라지는 건 아니에요. 그냥 하녀 일을 그만두는 거지."

"넌 마법사가 아닌가?"

나는 멈칫했다.

'지금 저 질문…….'

어떻게 안 거지? 여물통에 먹이를 채우는 걸 봤나? 하지만 그때 리녹은 없었는데…….

"네가 마법사여서, 순식간에 눈앞에서 사라진 거라고 여겼다. 동시에 나는 네가 아버지가 심은 끄나풀이 아닌가 했다. 이어서는 황실이 남긴 첩자가 아닌가도 생각했다."

"어……."

"그렇지 않고서야 나를 이토록 흔들어 놓을 수 있을 리 없으니까. 넌 마치 나를 위해 준비된 약점처럼 나를 흔들어 놓았으니까."

나는 그제야 리녹의 도망이 단순히 부끄럽거나 수줍어서가 아님을 깨달았다. 그는 나름의 치열한 고민을 하고 있었던 것이다.

"……저는 선대공 각하의 끄나풀도 아니고, 황실의 첩자도 아니에요."

나는 현재에서 당신을 구하러 온 사람이자, 당신을 너무나도 사랑하는 연인이지. 이런 내가 어찌 당신을 해할 생각을 할까. 나는 들고 있던 짚단을 내려놓았다.

"그런 자였다면 굳이 대공님 앞에서 사라질 필요가 없지 않았을까요? 대공님을 괴롭히려고 한 게 아니고서야."

"괴로웠다."

"……네?"

리녹이 성큼 다가왔다.

"네가 사라질 바에야, 차라리 네가 황실의 첩자이길 바랐다."

한 걸음.

"그럼 날 떠나지 않을 테니까. 계속 날 감시할 테니까."

다시 한 걸음.

"더는 쓸데없는 고민은 하지 않기로 했다."

그는 손을 망설임 없이 뻗어 날 붙잡았다.

"따라와 주겠나?"

그의 눈에는 이제 어떠한 망설임도 보이지 않았다. 그 눈이 현재의 그와 겹쳐 보였다. 그래서일까 나도 모르게 고개를 끄덕였다.

리녹이 향한 곳은 낯익은 방이었다. 그는 문을 열고 들어가더니, 이내 바로 닫고서 말했다.

"네 방은 이제 이곳이다."

"그만두겠다고 한 건⋯⋯."

"받아들이지 않겠다. 아니, 절대로 받아들이지 않을 거다."

그는 나와 눈높이를 맞추듯 상체를 기울이나 싶더니, 그대로 바닥에 한쪽 무릎을 접고 앉았다.

"대공님?"

"내 눈이 미치는 곳에 있어."

한방을 쓰자는 말은 예나 지금이나 기가 막히게 하는 그였다.

"⋯⋯떠나지 마라. 원하는 게 있나?"

허공을 맴돌던 손이 내 손끝을 약하게 부여잡았다.

"뭐든 다 주겠다."

이 앳된 얼굴에 깃든 절박함을 두고 마음 약해지지 않을 사람이 있을까. 어린 그를 마주하면 할수록 기분이 이상했다. 마치 시간이 뒤섞이는 듯한 묘한 기분이 들었다. 더는 '와, 이제 일이 더 쉽게 풀리려나?' 하는 속 편하고 장난스러운 생각은 할 수 없었다.

나도 혼란스러웠으니까. 이것이 정말 단순한 시련인가? 왜, 이토록 모든 것이 생생한지. 무닌의 시련은 리녹의 무의식을 엿본 무닌이 만든 가상의 세계나 마찬가지였다. 그렇다면 여기는?

"저는 대공님을 좋아해요. 이 마음이 받아들여지지 못하면 그대로 떠나려 했어요. 그런데, 이 마음은 이 말에 다 담기지 않는 것 같아요."

숨을 참으며 이어 말했다.

"대공님을 사랑해요."

당신을 사랑해서 목숨을 걸고 이곳에 뛰어들었다. 세상보다 사랑한 대가로 받은 시련이었다.

"대공님은요?"

리녹은 무언가를 알 듯 말 듯 실마리를 찾아가는 표정이었다. 나는 손을 뻗어 굳어 있던 그의 눈썹을 한번 쓸어보았다. 리녹은 움찔했지만 내 손을 쳐내지는 않았다.

"꼭…… 해야 하는 말인가?"

그의 입술이 잘게 떨리고 있었다. 이 시련은 어린 당신이 나를 사랑한다고 말해야 끝난다. 하지만 과연 초대 대공이 손바닥 뒤집듯 쉽게 성공할 시련을 주었을까?

"굳이 그런 말 따위 하지 않아도 네가 내 곁에 있어 주었으면 좋겠다. 곁에 있기를 바라는 마음은, 진심이다."

잘게 흔들리던 그의 눈이 차차 자리를 잡았다. 저녁 달빛을 받아 더욱 요요한 빛을 품은 눈은 어둡게 가라앉았다. 나는 저 입술에서 떨어질 말이 절대 반갑지 않은 말임을 예감했다.

"나는, 사랑 따위 믿지 않는다."

그림자가 진 그의 어깨 위로 거대한 탑이 보였다. 창문에 비친 것은 거대한 서쪽 탑이었다. 나는 쓰린 숨을 뱉었다.

"그건, 세상에서 가장 추악한 일 아닌가?"

선대공비님이 갇혀 계신 곳, 그리고 한때는 어린 그가 학대당했던 곳. 그제야 나는 이 시련의 본질을 깨달았다.

"그럼 왜 내게 좋아한다고 말한 거예요?"

애써 웃으려 했다. 부모의 결말을 본 리녹은 사랑을 믿지 않는다. 설렘과 이끌림을 인정하지만, 이것이 사랑이라고는 인정하지 않는다. 모순적이었다. 하지만 그는 이러한 모순된 생각을 할 수밖에 없을 것이다. 학대가 낳은 피해자였으니까.

"……말한 적 없는데."

"내 고백에 침묵했잖아요."

"침묵이 무슨."

"침묵은 긍정이라는 말 몰라요?"

"……."

분위기를 가볍게 하려는 내 노력은 반쯤 성공했다. 나는 그의 뺨을 붙잡고 웃음을 터트렸다.

"지금도 봐요."

어느새 나를 바라보던 그의 귀 끝이 발긋하게 물들었다.

"……넌 그냥 내 곁에 있어 주면 안 되나?"

그거야 어렵지 않지. 하지만 내가 보고 싶은 건 당신과 함께하는 머나먼 미래였다. 당신의 두려움을 이해한다.

"그럼 지금부터 저 한 번만 따라 해 봐요."

"따라 해?"

"네. 한 번만 따라 하시면, 다신 여길 떠나지 않을게요."

"……."

리녹이 나에게 붙잡힌 채 천천히 끄덕였다.

"사."

"······사."

당신은, 이 말을 직접 읊는 내 마음을 알까?

"랑."

"랑."

"해."

"······."

"어서요."

리녹의 입술이 머뭇거렸다. 그의 눈은 치열하게 고민하고 있었다. 그러나 그것도 잠시, 입술 사이로 나직한 음성이 새어 나왔다.

"······사랑해."

그리고 시간이 흘렀다. 아무것도 변하지 않았다.

'역시.'

나는 크게 헛웃음을 터트렸다. 중간부터 예상했던 거지만······. 이 시련은 리녹에게서 진심으로 사랑한다는 말을 듣지 않으면 나갈 수 없는 모양이었다.

"고마워요, 대공님."

"······떠나지 않는 거지?"

"······네."

째깍째깍. 시계가 빠르게 돌아가고 있었다. 아주 빠르게.

△

역시 시간이 더 필요해.

째깍째깍. 돌아가는 시간을 보며 내린 결론이었다. 어떻게든 말을 듣기만 하면 성공이라 여겼었는데, 감정까지 담겨야 한다면 이야기가 달라진다. 감정이란 시간에 따라 숙성되는 것이다. 시작부터 열렬하게 타오르는 사람도 있겠지만, 내가 아는 리녹은 그런 성격이 되지 못했다. 물론 이는 그의 자라온 환경 탓이 컸다.

'이걸 어디서부터 손을 대야 하나.'

리녹의 방에서 지낸 지도 3일이 지났다. 나는 하녀 일을 그만두고 다시 가정 교사인지, 비서인지 모를 일을 하게 되었다. 말이 가정 교사였지 실상은 리녹 옆에 그냥 앉아 있는 것이나 다름없었다.

"……대공님, 안 바쁘세요?"

"바쁘다."

"그럼 일하셔야죠."

"그래서 일을 하고 있지 않나."

"……절 쳐다보고 계신 게 아니라요?"

문제는 리녹이 일을 하는 것인지 일을 빙자해 나를 쳐다보는 것인지 알 수가 없다는 거다.

"제 얼굴에 구멍 뚫리겠어요."

"사람의 얼굴은 쉽게 뚫리지 않는다. 검으로 베어 보면……."

"아뇨아뇨. 그런 설명은 생략해 주세요."

이렇게 뜨거운 시선으로 볼 거면 찐하게 사랑한다고 한마디만 해 주지. 대체 뭐가 부족하다고 현실로 보내 주지 않는 거냐고.

"사랑해요, 대공님."

덕분에 나는 요상한 버릇이 들었다. 콜센터 직원처럼 툭하면 버릇처럼 인사같이 사랑한다고 내뱉게 된 것이다. 이러다 보면 한 번은 돌아오지 않을까 해서.

"……너는 원래 그렇게 말을 하나? 아무에게나?"

"아니요? 대공님에게만요."

리녹의 얼굴이 살포시 붉어졌다.

"물론 돌아오지 않는 대답에 가끔은 슬프기도 하네요."

"……."

"괜찮아요. 감정엔 시간이 걸리는 법이잖아요. 지금은 제가 더 좋아하더라도……. 대공님도 언젠가 쫓아와 주시겠죠?"

막 리녹을 좋아하던 마음을 인정하던 무렵, 리녹이 주는 마음이 너무나도 커서 내가 쫓지 못할 거라고 생각했다. 그런데 이제는 내 마음이 더 커져서 그가 쫓아와 주기를 바라게 되었다니. 조금 아이러니했다.

"미안하다. 하지만 난 역시 네가 말하는 사랑은 모르겠다."

펜을 놓은 리녹이 잠시 머뭇거리더니 이어 말했다.

"증오해."

그로서는 솔직하게 말하는 내게 어떻게든 진솔히 답변해 주고 싶었던 것이리라. 하지만 나는 그 대답에 쓴웃음을 지을 수밖에 없었다.

'저 인식을 바꾸려면 시간이 좀 걸릴 것 같은데.'

현실의 리녹 또한 차차 변했을 것이다. 숲속에서 함께 보낸 시간과 3년간의 세월, 그리고 이후 나와 함께 보낸 시간까지 합쳐서. 하지만, 대체 그 수많은 시간을 어찌 짧게 대신하라는 건지.

'역시 방법은 하나뿐인가?'

나는 리녹의 뒤로 보이는 창문을 응시했다. 정확히는 창문 너머로 보이는 거대한 탑, 서쪽 탑을. 저곳에는 아마도 선대공비님이 갇혀 계실 터였다. 만약 현실처럼 두 모자의 관계를 조금이나마 회복시킨다면, 리녹이 느끼는 것에도 변화가 있을지 모른다. 무엇보다 그의 상처가 좀 더 빨리 치유될 수 있다는 점에서도 긍정적이었다.

물론 이리하면 현실이 바뀔지도 모르지만 사실 이곳은 가상 세계, 시련을 위해 만들어진 세계가 아니던가?

'그래, 오늘 저 탑으로 가서 선대공비님을……'

거기까지 생각한 순간이었다. 순간 오싹한 기운에 고개를 홱 들어올렸다. 소름이 오소소 돋게 만드는 한기에 재빨리 시계를 보았다.

'뭐야, 시계가……'

째깍.

째깍째깍.

째깍. 째깍. 째깍. 째깍.

시계 초침이 그 어느 때보다 빠르게 돌아가고 있었다. 뭐야, 뭐냐고! 빠르게 붉은 부분이 늘어나고 있었다. 동시에 초대 대공의 경고가 스쳐 지나갔다.

[한 가지 경고하자면, 무닌의 과업과는 다르다. 많은 것을 바꿀 수는 없다.]

그때는 이해하지 못하고 그저 스쳐 지나갔던 것.

[글쎄. 곧 알게 되겠지.]

그리고 빠르게 시간은 흘러가고 있었다. 나는 선대공비의 생각을 지워냈다. 바꾸지 않겠다고, 가지 않겠다고 생각하는 순간 시계가 멈췄다.

"이, 이게 뭐야……"

그러나 이미 시계의 바늘은 순식간에 흘러 단 네 시간만 남아 있었다. 순간 욕지기가 치밀어 올랐다. 눈앞에서 나를 이상한 듯 바라보는 스무 살 리녹이 아니었다면 세상의 온갖 욕설을 퍼부었을 터.

손끝이 부들부들 떨렸다. 이해할 수도, 납득할 수도 없었다. 갑자기 시간이 줄어들다니, 이러는 법이 어디 있단 말인가? 그러나 황망하게 바라보는 순간에도 시계는 째깍째깍 흐르고 있었다.

그 소리가 바늘이 되어 심장을 쿡쿡 찌르는 것 같았다. 마치 너는 이 레이스에서 질 거라는 듯이.

"에이미!"

강인한 손이 내 손을 잡아챘다. 그는 그것으로 모자라 내 손가락을 억지로 벌렸다.

"피가 나지 않나!"

나 또한 상념에서 깨어나 손바닥을 바라봤다. 언제 이렇게 세게 쥐었던 걸까. 잠깐 사이 손바닥에 빨간 반달 자국이 패여 있었다. 리녹은 퍽 당황스러운 눈으로 나와 손바닥을 번갈아 바라보고 있었다. 그의 반대편 손에 손수건을 들고 있었는데, 차마 아플까 손도 대지 못하는 기색이 역력했다.

"뭘 손도 대지 못하고 그러세요. 대공님 정도면 이것보다 더 많은 부상도 보지 않으신가요? 훨씬 심한 부상요."

"……"

나는 그의 커다란 손을 겹쳐 잡고 피가 나는 손바닥에 가져다 댔다. 겹쳐 쥔 그의 손이 살짝 떨었지만 모른 척 했다.

"너무 작아."

"네?"

리녹은 그사이에도 어쩔 줄 모르는 표정으로 미간을 찡그렸다.

"……네 손은 너무 작고, 팔목은 가늘고……"

리녹이 손을 뻗었다. 손끝이 팔목 안쪽에 닿았다가 이내 손목 전체를 그러모아 쥐었다.

"꼭 부서질 것 같다."

조심스레 손목을 감싸며 건네는 말에 나는 피식 미소를 지었다. 어쩜 그 말은 현재와 다르지 않은지.

"좀 더 꽉 잡아도 부서지지 않아요."

나는 그의 손을 가져와 뺨에 가져다 댔다. 그러고는 커다란 손에 기대 눈을 감았다.

"봐요, 아무렇지 않죠?"

"……"

"이래 봬도 저는 보이는 것 이상으로 강해요. 강한 사람이에요."

그래, 나는 이 정도에 무릎 꿇고 굴복하지 않는다. 아니, 그렇게 하지 않을 테다. 나는 천천히 눈을 떴다.

'아직 방법이 있을지도 몰라.'

아직 포기하기는 일러. 많이 이르다. 시간이 남아 있다면, 나는 최후의 1분까지도 방법을 찾을 것이다. 당신과 함께 돌아가고 싶으니까. 행복해지고 싶으니까.

나는 시선을 돌려 진득한 한 쌍의 눈동자를 마주했다.

"염려 마세요, 대공님. 잠시 과거의 일이 생각나서 이런 것이니까요."

"과거?"

"네. 제 가족의 일이요."

이곳을 나가면 진짜 가족이 될 사람이기도 하고. 채 건네지 못한 말을 삼키며 웃어 보였다.

"그보다 대공님. 부탁이 하나 있어요. 어떤 사람을 만나게 해주실

래요?"

"어떤 사람?"

나는 고개를 끄덕이며 간단히 상황을 설명했다. 그에게는 내가 마법사라는 것을 밝히며 고민이 생겼다고 전했다. 물론 내가 다른 곳에서 왔다는 중요한 설명은 쏙 빼고서.

사실 모든 상황을 털어놓고 리녹의 협조를 구하는 방법도 생각해 봤다. 하나 진심으로 사랑한다는 말을 듣기 위한 이 시련은, 털어놓는 쪽이 독이 될 듯했다.

'더 어려워질 거야.'

생각이 깊어지고 고민이 섞일수록 순수한 감정에서는 멀어질 테니까. 리녹은 그저 마법적인 조언을 얻고 싶다는 내 말에 수긍했다. 고집을 부리는 내게 수긍한 것처럼 보이기도 했다.

"너를 돕겠다. 대신에⋯⋯."

리녹이 조심스럽게 내 손에 깍지를 꼈다. 그 사이에 낀 손수건이 푹신한 쿠션 역할을 했다.

"내게도 네 사정을 얘기해 주지 않겠나. 나는 궁금하다. 네가 어떻게 살아왔는지. 어떤 삶을 살아온 건지."

"⋯⋯대공님."

"너에 대한 것이라면 뭐든 알고 싶어."

어리고 맑은 눈동자가 나를 진지하게 품었다. 현재의 리녹이 내가 가진 비밀마저 보호하고 존중하려 했다면, 앳된 그는 이보다 저돌적으로 파고들려 했다.

"⋯⋯다 알고 싶다. 그래서, 이런 순간에도 당황하지 않게."

그가 손끝에 아프지 않게 힘을 주었다.

"너에 대한 건 모르는 게 없었으면 좋겠어."

귀 끝을 살짝 붉히면서도 고개를 기울여 다가오는 모습엔 진심이 담겨 있었다. 온 힘을 다해 부딪치는 이 모습에 끄덕이지 않고는 못 견디도록.

그렇게 나는 리녹에게 나중에 내 가족이나 내 이야기를 하기로 하고, 그의 협조를 받아 원하던 이를 만날 수 있었다.

"호오라, 아가씨가 요즘 그 유명한 '선생님'인가? 기사단의 호들갑도 보통 호들갑이 아니더만."

본디 마법사란 법칙을 속이고 정해진 규칙을 위배한 채 마침내 세상을 뒤바꾸는 존재였다. 내게 이 말을 건넨 사람은 내게 처음으로 마법을 가르쳤던 이였다. 나의 첫 스승. 눈앞에는 젊은 얼굴을 한 베이커 씨가 신기한 눈을 하고서 서 있었다.

"그래, 주인께는 대충 전해 들었네. 아가씨가 마법사라고?"

"맞아요."

베이커 씨는 흥미로운 눈을 숨기지 못했다.

"이거 놀랍구먼. 독학으로 익히기가 여간 쉽지 않을 텐데. 그래, 내게 궁금한 것이 있다지."

"네. 맞아요."

세레나가 이곳에 없는 것은 아쉬운 일이나, 이론 면에서는 베이커가 나을지도 몰랐다.

그는 간간이 세레나마저 놀랄 만한 지식을 보여주었으니까.

"환상 마법에 대해 궁금하다고? 정확히는 꿈인가, 현실인가 싶을 정도로 자세하고 실감 나는 환상?"

"네."

"허어, 이런 흥미로운 질문은 오랜만이군그래."

내게 소파를 권한 베이커 씨는 맞은편에 앉아 턱을 쓰다듬었다.

"일단 물어본 것에 대해 먼저 대답하자면, 완벽한 꿈과 환상이란 건 있을 수가 없네. 예를 들어 자네에게 환상 마법을 걸었다고 치자, 그럼 그 환상은 자네가 아는 정보에 그치거나, 혹은 시전자가 아는 정보에 그치곤 하지. 그래. 이 저택을 예로 들까?"

베이커가 팔을 활짝 펼치더니, 한 손으로 소파 팔꿈치를 톡톡 쳤다.

"내가 자네에게 환상 마법을 걸어 어느 공간에 가두려 했다면, 아마 이 방으로 한정 지었을 걸세. 내가 제일 잘 아는 공간이니 말이지. 하지만 방을 빠져나간다면? 이 방을 빠져나간 순간 자네는 이상함을 느끼겠지."

"이상함을 느껴요?"

그 말을 하는 동시에 나는 실로 이상한 기분을 느꼈다.

"그래. 인간이 꾸며낸 환상은 완벽할 수 없어. 예를 들면, 하녀실 혹은 세탁실 같은 것은 뭉뚱그려 표현되었을 거고, 자네는 거기서 이상함을 느꼈을 거란 걸세. 보통 이런 환상 마법들은 마법 속의 이상한 것을 발견한 순간 빠져나갈 수 있네."

베이커가 눈짓하자 주전자가 저절로 들려 차를 쪼로록 따랐다.

"이는 꿈과 관련한 저주도 마찬가지지. 꿈속에 가두려면 제한된 시간과 공간을 먼저 설정해야 하네."

"잠시만! 그럼. 그럼요, 마법사님."

나는 침을 꼴깍 삼켰다.

"예를 들어서 꿈이나 환상을 통해 과거로 왔다고 쳐요. 저는 과거의 시간과 공간을 헤매는데, 그 공간이 아주 넓은 거예요. 예를 들면

이 대공저 전체 넓이 정도?"

"허어?"

"그리고 공간 구석구석 이상한 지점도 없어요. 경계가 흐리다거나 뭉뚱그려 표현된 곳도 없고."

"잠시만, 잠시만. 그건 있을 수 없는 일이네. 말도 안 되는 소리야."

"그래요?"

"그래. 그건 시전자가 이 대공저 전체를 잘 아는 사람이거나, 혹은 갇힌 이가 잘 안다고 해도 마찬가지야."

베이커가 단호하게 고개를 내저었다.

"설사 이곳의 주인인 대공 각하라 해도 구석구석, 복도 구석 대리석 조각 같은 것을 기억할 것 같은가? 그리고 이런 간단한 것 하나에도 풀릴 수 있기 때문에 좁게 한정하는 것이고."

"혹시나 대마법사가 만든 곳이라면요? 아니면 오래전에 사라진 강력한 고대 마법이라거나……."

"허어, 그런 것까지 아나? 대단하군."

그가 잠시 입을 다물었다. 고민하는 기색이 역력했다.

"흐음……. 마찬가지일세. 아무리 강력한 마력이 받쳐준다고 해도……."

베이커가 고개를 갸웃하는가 싶더니 단호하게 입을 열었다.

"그래. 안될 걸세. 이건 '인식'의 문제이니까."

"그러니까, 과거와 같은 공간에서 더구나 과거에 산 수많은 사람을 생생하게 마주하는 것도. 어려운 일이겠죠? 한 사람도 아니고, 여러 사람을요."

"이상한 소릴 하는구면. 당연한 거 아닌가?"

그 순간 나는 중요한 길목, 핵심에 마주 선 것 같은 느낌을 받았다. 줄곧 붕 떠 있는 듯한 해답이 손에 잡힐 듯 말 듯했다.

"무엇보다 과거의 사람을 모조리 재현할 수 있겠나? 사람은 평생 단 한 사람조차 이해하지 못하고 죽는 일이 허다한데. 아가씨의 말대로, 그런 공간을 구현했다면……."

베이커가 잠시 말을 멈추고 턱을 툭툭 두드렸다.

"차라리 과거의 시간으로 돌아갔다고 보는 게 맞겠군."

"……네?"

그는 멍하니 입을 벌린 나를 보지 못하고 재잘재잘 말을 이었다.

"전설에 따르면 한 천 년 전쯤, 그러니까 초대 대공이 살아 있던 시절쯤에 누군가는 시간이라는 이 세상 최상위 법칙에 도전했다고 하니."

"초대 대공이요? 그 사람이 그랬다고요?"

"아니, 아가씨, 뭘 그리 진지하게 받아들이나? 농일세."

그런 게 가능할 리가 있겠냐며 베이커가 껄껄 웃었다. 그러나 나는 웃을 수 없었다. 그대로 벌떡 자리에서 일어나 시야 한 곳을 바라봤다.

째깍째깍.

시계. 이것은 시계 모형이다. 그리고 초대 대공과 있던 공간, 바닥에 놓여 있던 거대한 시계. 환상과 꿈으로는 설명되지 않는 이 세계. 모든 것이 우연일까? 나는 베이커가 바라보고 있음에도 시야 한구석으로 손을 뻗었다.

째깍째깍.

움직이는 시계는 손으로 잡히지 않았다. 지금까지 나는 이 시계가 단순히 시간을 알려주는 것에 그치는 물건이라 생각했다.

'하지만 이게 마법이라면?'

한데 이것이 마법이고, 혹은 마력에 영향을 받는 물건이라면…….

'내 마력으로 어떻게든 고칠 수 있지 않을까?'

이 공간 자체를 빠져나올 방법은 모르겠다. 실마리가 잡히지 않는 데다 거기까지 생각할 여유는 없었다. 그렇다면 이 시계를 건드려 조금만 시간을 늘려보면 어떨까. 그 정도만 하더라도…… 큰 이득이다. 마침 내가 가진 고대 마법은 소망. 간절히 바라는 것에서부터 시작하는 마법이었다.

손을 쥐었다 펴는 순간, 손등에 하얀 문양이 일어나며 흰빛이 일어났다. 손이 흰빛에 잠겨 있는 것과 동시에 덥석. 시계가 손에 잡혔다.

'좋아, 생각대로야.'

역시 이건 마법의 산물이었다. 이제 이 분침이 뒤로 간다는 소원을…….

'잠깐.'

손에 잡혀 있던 시계가 타오를 듯 뜨거워졌다. 마치 용광로에 손을 담근 듯 참을 수 없는 고통이 강타했다.

"으윽……!"

비명을 지를 새도 없이 일어난 일이었다.

퍽!

"아, 아가씨!"

등에서 쓰린 고통이 느껴진다. 그대로 튕겨 나간 나는 바닥에 떨어진 시계를 바라봤다. 빙글빙글. 소용돌이치듯 마구 돌아가는 시침과 분침, 돌아가던 시계가 이윽고 천천히 멈췄다.

'하…… 제장.'

애석하게도 시침은 여전히 한 곳을 가리키고 있었다.

세 시간.

'안 돼…….'

눈을 질끈 감았다가 떴다. 풍경은 변함없었다. 바닥에 놓인 시계의 모습이 점차 연기가 되듯 사라지며 자취를 감췄다.

'……이제, 어떡하지.'

손을 바라보자 피가 흐른다. 손등이 알아볼 수도 없을 만큼 상처로 뒤덮여 있었다. 베이커가 기겁하며 치료 마법을 걸어 주었지만 들을 리가 없었다. 베이커에게 붕대를 부탁하는 사이, 천천히 눈이 감겨들었다. 아스라한 시야 한구석에는 시계가 다시 돌아와 있었다.

째깍째깍.

그 소리에 맞춰 눈물이 차올랐다.

'리녹……. 이 순간 당신이 너무, 보고 싶어요.'

그 말은 밖으로 전해지지 않은 채, 나는 그대로 눈을 감았다.

△

아주 차가운 것이 뺨을 적셨다.

오래전 열 감기를 앓은 적이 있는데, 그날 언니가 이마에 올려주던 찬 수건의 느낌과 비슷했다. 아니다, 아플 때 이마에 닿은 리녹의 손이 이런 느낌인 것 같기도 했지.

천천히 눈을 뜨자, 리녹이 보였다.

'리녹, 당신이야?'

또렷하지 못한 시야가 천천히 제자리를 되찾는 순간, 나는 작은 헛웃음을 뱉었다. 그래, 여긴 내가 아는 세계가 아니었지.

"일어났나?"

앳된 얼굴의 그가 울음을 머금은 듯한 낯으로 나를 바라보고 있었다.

"베이커에게 모두 전해 들었다. 이유는 모르지만 네가 무모한 짓을 했다고."

이 순간에 어찌할 바를 모르는 어린아이처럼, 그저 내 손 주변의 이불을 꾹 쥐고서.

"……지금 저 혼내시는 거예요?"

"아니……."

리녹이 붕대를 감은 내 손을 차마 건들지 못하고 손을 그러모아 쥐었다.

"그저 네가 아프지 않았으면 좋겠다. 치료 마법이 듣지 않았어……."

"그럴 거예요. 제가 좀 특이 체질이거든요."

"지금 그런 말이 나오, 아니, 아니다……."

리녹이 고개를 숙여 붕대 감은 손끝에 제 이마를 비볐다.

"아픈 곳은 없나? 몸은?"

"으음, 괜찮아요. 움직일 만하네요."

나는 손을 들어 올렸다. 손가락도 움직이고, 손목도 움직였다. 사실 손등이 꽤 욱신욱신 아프긴 한데 크게 신경 쓰이지 않았다.

'고통이 신경 쓰일 때는 아니니까, 이젠.'

나는 누운 채로 리녹을 빤히 바라보다가 문득 손을 뻗었다.

"저 좀 일으켜 주세요."

내 말에 리녹이 잠시 머뭇거리더니 내 팔뚝을 붙잡고 일으켜 주었다. 나는 팔을 그의 목 뒤로 둘렀다. 그렇게 그에게 그대로 파고들었다.

"……리녹."

처음으로 이 세계에서 그의 이름을 제대로 불렀다. 그가 움찔하며 딱딱하게 굳는 것이 고스란히 느껴졌다.

"기사단원들은 다 어디 갔어요?"

"……바깥에 있다."

"한시도 떼어놓지 않았었잖아요. 지금도 같이 있어야 하는 것 아니에요?"

"……괜찮아. 둘만 있고 싶었으니까."

창피한 듯 점점 작게 웅얼거리는 리녹의 낮은 음성에 나는 웃음을 터트렸다. 이럴 줄 알았으면 더 잘해줄걸. 처음부터 최선을 다해 부딪쳐 볼걸.

째깍째깍. 나도 모르게 리녹의 어깨에 얼굴을 묻은 채 울고 말았다. 리녹의 어깨가 푹 젖어 들어갔다.

"왜…… 우는 거지?"

"흡, 미안해서요."

당신을 구하고 싶었다. 어떻게든 당신과 함께 살아 돌아가고 싶었다.

"무엇이?"

"좀 더 잘해주지 못한 거요."

처음부터 한없이 쏟아지던 당신의 사랑을 좀 더 적극적으로 받아들일걸. 두려워하지 않고 다가갈걸. 그랬다면 우리는 조금 더 행복한 나날을 보냈을까.

째깍째깍.

"나는 정말로, 당신을……."

시계는 어느새 단 한 시간, 아니, 30분도 채 되지 않는 시간을 가리키고 있었다.

"사랑해요."

리녹의 몸이 살짝 흔들렸다. 그는 과연 어떤 표정을 하고 있을까. 눈물 젖은 눈을 천천히 들어 올렸을 때였다.

퍽!

나는 황급히 그를 밀어버렸다. 온 힘을 다해 민 탓에 리녹의 몸이 그대로 바닥으로 밀려났다.

챙그랑!

허공에 생성된 얼음벽과 날카로운 날붙이가 부딪친다. 떨어진 것은 날카로운 비수였다. 곧이어 어둠 속에서 흑의를 입은 자들이 속속들이 나타났다. 리녹이 얼른 발을 굴러 상체를 일으켜 내 몸을 막아섰다.

그러고 보니 이 세계에서 리녹은 단 한 순간도 기사단원들과 떨어져 있지 않았다. 어디든 둘 셋 이상은 함께 다녔다. 리녹이 대공위 찬탈을 성공한 지 몇 년 되지 않은 지금은 황실의 견제와 위협이 가장 크던 시기였다.

'문 쪽에서 마력이 느껴져.'

이곳으로 들어오지 못하게 하는 잠금 마법이 걸려 있는 듯했다. 아마 문밖에 있다는 대공가 기사단이 이곳으로 들어오지 못하는 이유일 것이다. 그리고 이는 이 공간에 마법사가 있다는 것이고…….

고개를 들자 어느새 우리를 포위한 사람들이 보였다. 침실이 그리 좁지 않은 편인데, 좁게 보일 정도로 많은 인원이 들어서 있었다. 어느새 내 손에는 긴 지팡이가 달려 있었다.

"리녹, 엄호해 줘요."

"……뭐?"

어쩌면 이게 그에게 줄 수 있는 내 마지막 선물이라도 되는 걸까. 괜한 웃음이 나왔다.

오래전에 들은 적 있다. 리녹의 허벅지에는 길쭉한 흉터가 나 있었는데, 이는 나를 만나기 직전 아주 오래전의 습격으로 입었던 상처라고 했다.

"……스무 살 적 갑작스러운 습격이었다. 마법사도 함께 있는 통에 기사들도 많이 다쳤었지."

당시 리녹은 갈고리 같은 것에 찢어진 듯 거미줄같이 남겨진 흉터를 보며 담담한 눈이었다. 그렇지만 나는 그 흉터를 보며 마음이 아팠던 기억이 있었더랬지.

'그날이 오늘일까?'

어쩌면 그가 말한 그날이 오늘이 아닐지도 모르지만, 왜인지 감이 그런 듯한 느낌이 들었다.

쾅! 지팡이를 들어 올려 바닥을 찍었다. 쩌저적. 얼어붙은 바닥이 암살자들의 발을 붙들어 놓았다.

이들이 오늘을 골라 습격한 것은 아주 멍청한 짓이었다. 사실 이런 좁은 공간에서 마법사를 상대하는 것이야말로……. 어리석은 짓이니까.

사아악.

후두두두둑!

끝이 송곳처럼 뾰족한 얼음이었다. 날카롭게 만들어진 얼음비가 천장에서 쏟아져 내렸다. 소나기 같은 비가 그쳤을 때, 이 바닥에 제대로 서 있는 자는 없었다. 죽지는 않았을 테지만 치명적인 부상을 입었을 터였다. 나는 천천히 등을 돌렸다.

"봤죠? 말했잖아요."

달빛에 물든 앳된 얼굴을 보며 하얗게 웃어 보였다.

"나는 강하다고요."

그리고 당신을 지킬 만큼, 당신을 행복으로 이끌 만큼 강해지고 싶었다. 그런데 이건 무리였을까?

"오늘 일로 당신이 흉터 입지 않은 거면 좋겠네요. 뭐, 그렇게 될지 아닐지 잘 모르겠지만."

베이커의 대답을 들으며 확신한 것이 하나 있다. 이 시간이 단순히 환상이거나 꿈은 아니라는 것.

"리녹, 나는…… 진심으로 당신이 행복하길 바랐어요."

시간이 다른 공간이라 그런가? 물론 당신이 여기서 크게 다치지는 않겠지만, 목숨을 잃진 않겠지만……. 그래도 당신이 아픈 게 싫은 걸 어떡해.

"아……."

그 순간, 손등을 강타한 고통에 쓰린 숨을 뱉었다.

"에이미!"

리녹이 쓰러지는 나를 부축했다. 조금 전의 멍한 표정은 온데간데없이 그는 절박한 표정이었다.

"왜 그러지? 아픈 건가? 마법, 마법사를 부르겠다! 아니, 의사를……!"

"……괜찮아요. 그냥 조금…… 아픈 거니까."

나는 그의 품에 안겨 옅게 웃었다. 그가 빠른 움직임으로 나를 침대에 눕혔다. 하얀 이불은 곧 피에 물들었다. 손등에서 나오는 피였다. 리녹이 다급한 표정으로 나와 내 손등을 번갈아 보았다.

"피가……."

……걱정하는 얼굴도 똑같잖아. 그러면서 나를 사랑한다고는 안 해주고. 그래. 인정해. 사실 이곳의 당신은 현실처럼 나를 지극히 사랑하는 사람이 아니야. 부모의 일을 겪은 당신은 오히려 사랑을 거부하고, 사랑을 모른다고 하는데…….

째깍째깍. 조용한 시계 소리가 귀를 울린다.

"리녹, 있잖아요."

맞아. 당신은 나를 사랑하지 않을지도 몰라요. 아직은.

"나는 정말로 당신을 좋아해요. 목숨을 걸 만큼."

그래서 나만 초조한가 봐요. 아주 많이.

그래도 리녹, 당신을 사랑해요.

"내가 당신을 사랑해."

내 손이 그의 뺨을 스친 순간, 그는 울컥한 표정을 지었다.

"그까짓 사랑이 뭔가!"

울듯이, 억울함을 토로하듯이. 끝내는 서럽다는 듯이.

"그게 뭔데. 네가 다쳐야 하는 거라면 안 하면 안 되나? 그냥 옆에 있으면 되잖아!"

"……."

"너, 넌, 또 사라지나? 가지 마. 내 곁에 있어 다오."

뚝뚝. 뺨으로 눈물이 떨어졌다. 턱 끝에 맺힌 것은, 푸른빛으로 물든 눈물이었다.

"……리녹."

나는 눈물을 흘리는 스무 살, 앳된 그의 얼굴을 조심스레 잡았다.

"세상은 그걸…… 사랑이라 불러요."

달빛이 비치는 침대, 그곳에서 리녹은 차마 울지 못하는 얼굴로 중얼거렸다.

"사랑한다."

"……."

"이 말을 하면 네가 떠날 것 같았다."

째깍째깍.

째깍.

탁.

시계 소리가 멈췄다.

"……이렇게 아픈 것도 사랑이라면, 나는."

울음이 맺힌 목소리가 아프도록 귀를 파고들었다.

"에이미, 너를 지독하게 사랑하는 거겠지."

그는 울먹이면서도 후련해 보였다. 그가 눈물을 머금은 채로 환히 웃어 보였다.

"너를 사랑해."

마지막, 어쩌면 최후일지도 모를 시련이 끝을 맺는 순간이었다.

"떠나지 마라."

본능적으로 끝이 왔다는 것을 안 걸까. 그는 내 손을 잡고 놓아주지 않으려 했다. 나는 리녹을 보며 아릿한 얼굴로 웃었다.

"떠나지 않아요."

우리가 헤어지는 것은 진정 헤어지는 것이 아니다.

"잠시 눈을 감았다가 뜨면, 우린 다시 만날 거예요."

"……정말인가?"

하지만 나는 서글피 울고 말았다. 이 순간 걱정되는 건 당신이 다시 이곳에 홀로 남는다는 사실이었다. 이제는 모두 알 것 같았다. 이 세계가 어떤 곳인지. 눈앞의 리녹은 그저 환상이나 꿈이 아니라 진짜였다. 막연한 생각들이 모두 정리되며 확신하는 순간이었다. 그리고 동시에 못내 가슴이 아팠다. 당신이 아프지 않기를 바랐다.

"잊어요. 나를 다시 볼 때까지만."

"……싫다."

"당신은 분명 나를 다시 사랑할 거예요. 우린 다시 만나서."

"……."

"행복해질 테고."

은은한 듯 새하얀 빛이 시야 한곳에서 흘러나오고 있었다.

"그때까지만 기다려 줘요."

피가 흐르는 손등 위로 흰빛이 피어올랐다. 나의 소망은 곧 마법이 될 테고, 리녹은 잠시의 망각으로 상실의 고통을 느끼지 않을 것이다. 아주 잠시만 잊어줘요. 우린 다시 보게 될 테니까.

'나의 대공님.'

나는 그 빛을 바라보다가 조심스럽게 그의 눈을 가렸다. 눈을 가린 손 아래로 눈물 한줄기가 그의 뺨을 갈랐다. 나는 그의 입술에 살짝 입을 맞췄다.

"아쉽다. ……누나라고 한번 불려 보고 싶었는데."

"넌 끝까지 엉뚱하군."

리녹이 설핏 웃음과 함께 다가와 입을 맞췄다. 그 어느 때보다도 서툰 키스였으나, 가슴을 크게 울리는 입맞춤이었다.

'잠시만 안녕.'

입술이 떨어진 순간, 새하얀 빛이 나를 휘감았다. 그렇게 나는 천천히 이 공간에서 떨어져 나왔다.

눈을 감았다.

△

지금껏 그러했듯이 눈을 뜨면 다시 새로운 공간일 줄 알았다. 그러니까 초대 대공이 있는 공간으로 다시 소환될 줄 알았는데…….

'여긴 어디지?'

책이 가득한 공간이었다. 책장은 하나같이 고급스러웠지만 왜인지 관리가 되지 않은 것처럼 보였다. 책 사이에는 먼지가 촘촘히 쌓여 있었고, 곳곳에 흰 거미줄이 보이기도 했다.

거기다 전체적으로 어쩐지 익숙한 서재였다.

'익숙한 곳인데…….'

두리번거리고 있자, 곧이어 발소리가 들렸다. 사람? 얼른 소리가 나는 쪽으로 고개를 돌린 순간, 눈을 크게 떴다.

옷이 찢어진 채로 두 눈에는 커다란 눈물을 매달고 있는 아이. 리녹이었다. 아이는 나를 지나쳐 책장 앞에 쪼그려 앉았다. 그리고는 정신없이 책을 꺼냈다.

파라라락. 책장이 넘어가는 소리를 듣는 순간 깨달았다. 분명 무닌의 과업에서 보았던 장면이었다. 양손을 바라보자, 아니나 다를까, 그때처럼 손이 반투명했다. 이번에도 리녹의 눈에는 내가 보이지 않는 건가? 입술을 꾹 깨물었다. 마음이 아파서 보고 싶은 장면은 아니었으니까.

"……없어."

이윽고 책장을 마구 파헤치던 아이에게서 말이 흘러나왔다. 아무것도 해줄 수 없어서 그저 눈물만 펑펑 흘렸던 그때와 같은 말이었다. 채 떨어지지 않은 눈물을 매단 아이가 책을 구겨 잡으며 다시 중얼거렸다.

"왜…… 나만 없지?"

사방에 펼쳐진 책들, 그 페이지들 중심엔 '이름'이 있었다. 모든 동식물과 사물 그림들. 그리고 '이름'이 나온 페이지들. 대체 왜 나는 이 순간으로 들어왔는가? 왜?

"……악마의 씨앗이라서?"

나는 참지 못하고 고개를 들어 올렸다. 그 순간 잔뜩 상처 입은 손등에서 피가 멈추고 하얀 빛이 흘러나왔다.

한 걸음, 다시 한 걸음. 걸음과 함께 반투명하던 내게 검은 그림자가 생겨났다. 이윽고 리녹의 앞에 도착했을 때.

"나는 이름이 없었어……."

"아니야."

내 목소리가 아이에게 닿았다. 길게 드리워진 그림자를 본 아이가 눈을 동그랗게 떴다. 손을 뻗자, 우리는 닿았다. 채 흐르지 못한 눈물이 뺨으로 흘러내렸다.

"기억해."

왜인지 모르지만 누가 머릿속에 새긴 것처럼 알 수 있었다. 이 순간이 지나가면 어린 리녹은 지금 나를 만난 것을 기억하지 못할 것이다. 하지만…….

"네게도 이름이 있어."

그래도 이 순간의 느낌만은 간직해 달라고.

"있잖아, 시간이 없어서 많은 말은 할 수 없지만……. 나는 고대어를 잘 알거든? 그래서 알아."

녹스. 한때 내가 지어 준 이름은 '밤'을 뜻하는 이름이었다. 그리고 어느 날 알게 되었다. 리녹, 당신의 이름의 뜻 또한 '밤'이었다는 것을. 하지만 두 이름의 뜻은 같으면서도 달랐다.

"네 이름의 뜻은 밤이란 뜻인데, 여기서 밤은……."

"……."

"'언제고 아침이 다시 돌아오는 밤'이래."

그래서 나는 내가 지어준 녹스란 이름보다 그의 본래 이름이 좋다고 생각했다.

"리녹, 네 이름이야."

나는 아이를 꽉 안아주었다. 모든 것을 잊어도, 이 느낌만은 잊을 수 없게.

"그리고…… 태어나 줘서 고마워."

"넌 누구야……?"

"나는 네 이름을 정말로 좋아해, 리녹."

차츰, 발끝에서부터 내 몸이 빛으로 산화했다. 아마도 떠날 순간이 온 거겠지.

"나한테 이름이 있어?"

"응."

"……정말?"

"정말로."

조그만 손이 나를 꼭 붙들었다. 판도라의 상자 속 모든 절망이 **빠**져나간 후 아스라이 남은 빛. 그것이 희망이라도 되는 듯이.

"좋아해, 리녹."

아이는 마지막까지 의문을 품으면서도 내 옷자락을 놓지 않았다. 더는 눈물을 흘리지 않는구나. 다행이다. 내내 마음에 걸렸던 어린 그에게 이 말을 해 줄 수 있어서 다행이라고 여겼다.

"다시 보자."

작게 중얼거리며 눈을 다시 감았다.

△

열 살이 되는 해.

소년은 그제야 자신에게 이름이 없다는 것을 알았다. 그러나 대공에게 이름을 짓자고 제안한 늙은 집사는 끔찍한 폭력을 이기지 못하고 죽었다. 불쌍한 노인의 시체를 바라보던 아이는 아버지의 서재로 달려가서 책을 펼쳤다. 꽃도, 나무도, 하인도, 하녀도 모두 이름이 있구나. 왜 나만 없지?

"개새끼에게 지어줄 이름은 없다."

누군가 이름은 아버지가 주는 것이라고 했지만 아무것도 주지 않은 아버지가 이제 와서 줄 것 같지 않았다. 그래서 그는 스스로 이름을 지었다. 이름을 짓는 것은 참 쉬운 일이었다. 문득 떠오른 것을 가졌을 뿐이었으니까.

"……리녹."

리녹. 리녹. 리녹.

신나서 이름을 불러보던 어린 그는 갈수록 울상을 지었다. 그가 스스로 지은 이름에서는 쓴맛이 났다. 분명, 스스로 지었건만…….

꼭 누군가 앞에 있어 줘야 할 것 같았다.

△

눈을 다시 떴을 때, 모두 어디에도 없었다. 앳된 리녹도, 어린 리녹도. 대신 깜깜한 어둠 속이었다. 여기는 어디일까. 돌아보니 익숙한 공간이었다. 초대 대공을 만난 곳. 바닥에서 거대한 시계가 희미한 빛을 드러냈다.

째깍째깍. 거대한 시계 위, 초침 소리 속에서 낯설지 않은 인영이 멀지 않은 곳에 서 있었다. 초대 대공이었다.

"왔는가."

그는 고개를 기울이며 여유롭게 웃어 보였다. 그러고는 로브 모자를 천천히 벗었다.

"그래, 어땠지?"

리녹과 같은 색의 머리칼이 길게 흩날렸다.

"과거를 경험한 기분은."

역시나.

"……역시. 내가 경험한 것은 단순히 환상 따위가 아닌 진짜 과거였군요."

나는 천천히 자리에서 일어났다.

'왜 그랬어? 대체 왜?'

의문이 목 끝까지 차올랐다. 하지만 터져 나오지 않았다. 너무 꽉 응축되어 있어서 도리어 빠져나오지 못하고 있었다. 목에서는 가쁜 숨만 픽픽 새어 나왔다.

어느새 내 손에는 분신과도 같은 지팡이가 들려 있었다. 초대 대공은 내 지팡이를 보며 잠시 웃음을 머금은 것도 같았다. 이건 본디 그의 물건이었으니까.

"어땠냐고, 감상을 묻는 거라면……. 좋진 않았죠. 오히려 눈앞에 있었다면 당장에 후려치고 싶었어, 당신을."

"솔직하군."

솔직하게 말해서 시간이 네 시간밖에 남지 않았을 때, 그리고 스무 살의 리녹을 떠나올 때만 해도 저 얼굴을 후려치고 싶었다. 만난다면 필시 진심으로 싸울 각오도 되어 있었다. 그리고 여전히 분노가 남아 있었지만……. 나는 눈을 꾹 감고 심호흡을 했다.

"리녹을 돌려줘요."

초대 대공을 다시 본 지금은 뜻밖에도 차분하고 침착했다.

"이미 네 곁에 있지 않은가."

"……뭐?"

나는 황급히 고개를 돌렸다. 그리고 뒤편에서 쓰러져 기절한 리녹을 발견했다.

"저건……."

시선이 향한 곳엔 거대한 시계판이 달려 있었는데, 리녹은 그곳에 묶여 기절한 상태였다.

"리녹!"

나는 황급히 달려가 구속을 풀어냈다. 쓰러지는 리녹의 몸을 마법으로 받아 내 다리에 뉘었다.

"리녹, 리녹! 정신 차려 봐요, 리녹……!"

어째서인지 그는 흔들어도 깨어나지 못했다. 덜컥, 두려움이 덮치는 찰나, 시린 음성이 설명했다.

"그는 잠든 것뿐이다. 네가 시련을 극복했으니 폭주도 곧 멎겠지."

리녹을 깨우던 손이 그대로 멈췄다. 고개를 들자 초대 대공은 다섯 걸음쯤 멈춘 곳에서 가만히 우리를 지켜보고 있었다. 알 수 없는 눈으로.

나는 리녹이 자연스럽게 일어나길 기다리며, 그의 몸을 끌어안았다. 초대 대공에게서 보호하듯이.

"왜 나를 과거로 데려간 거지?"

"말했듯, 그것은 시련 아니었나."

"나는 선문답을 좋아하지 않아요."

나는 이를 갈았다.

"그렇다면 과거의 리녹이 왜, 4년 전의 일을 기억하고 있던 거죠?"

진짜 과거로 갔던 거라면, 리녹이 4년 전을 기억하는 게 말이 되지 않았다. 그건 무닌의 과업에서 이뤄졌던 일이었으니까. 무닌은 분명 자신의 과업이 무의식을 통해 만든 환상이라고 했다.

"그건 무닌의 과업에도 내가 관여했으니까. 무닌이 무의식을 훑을 때쯤에 마법을 심어두었지."

초대 대공은 그리 말하고는 한 걸음 다가왔다.

"그러니 네가 무닌의 과업에서 본 것도, 지금도 모두 '진짜' 과거이지."

동시에 땅이 흔들리는 듯한 느낌이 들었다. 흠칫 놀라 바닥을 바라보자 아무것도 없었다.

"그러는 너는 과거의 이베르크가 널 만난 것을 잊도록 소원했더군. 이유가 뭐지?"

그는 내가 마지막에 행했던 마법을 콕 짚어 물었다. 나는 서늘한 시선을 피해 눈을 감으며 입술을 꾹 깨물었다.

"내가 없는 동안 괴로워할 테니까요."

"고통을 지워주기 위함이었다라. 하지만 표면은 지워도 심층 속 각인은 결코 지울 수 없지. 라미아스 후손, 너는 알고 있을까? 이미 너를 만나고 이베르크는 앞으로……."

초대 대공이 손을 펼쳤다.

"네 목소리에 반응하고."

"……."

"네가 준 이름에 환희를 느끼며."

어느새 그는 세 걸음 안쪽에 서 있었다. 인간의 것 같지 않은 움직임이었다. 그 상태로 시린 듯 푸른 눈에 나를 담았다.

"나아가, 너를 세상으로 여기겠지."

아이러니하게도 그 말은 이 상황과 꼭 맞아떨어졌다. 내가 아는 원작과 달라진 이 상황, 그리고 이 세계.

"어디서부터 시작인지 모를 일이네요."

"타임 패러독스란 말을 알고 있나? 그것과 같은 일이지."

닭이 먼저인가, 알이 먼저인가. 영원히 이어질 논쟁이었다. 결국 무엇이 먼저인지 모른다는 일이었다. 이 순간에 내가 그의 과거를 접하고 그가 운명을 바꿀 실마리를 남겨 놓은 것이 먼저인지. 아니면 과거의 내가 그를 만나 이름을 지어 준 것이 먼저인지.

"너는 언제고 그의 운명을 바꿨겠지."

"언제고? 그게 무슨 말이죠?"

"결국 어느 쪽이든 너는 이베르크의 인생에 영향을 끼쳤을 거란 얘기다."

"……어째서요?"

"그건 너 스스로도 알고 있지 않은가, 선지자."

"……선지자? 그것과 관계된 일이라고요?"

"그래. 태어난 순간부터 운명을 바꿀 수 있게 점지된 자. 아니, 정확히는 다른 세계에서 온 영혼이라 함이 옳은가?"

여유가 넘치는 얼굴에 덧그려진 미소를 본 순간 나는 그대로 굳었다. 아니, 할 말을 찾을 수 없었음이 맞을 것이다. 왜, 그 말이 여기서 나오는 거지? 생각지 못한 연결점이었다.

"영원히 사랑을 몰랐을 이베르크는 너의 등장으로 뒤바뀐 운명을 살겠지."

잠시 원작 속 이야기가 스쳐 지나갔다. 내가 몰랐던 이야기의 이면들. 만약 원작에서도 세레나가 감정을 잃었다면, 잃은 채로 정의로움을 연기했다면.

과연 리녹과 세레나는 사랑했을까?

"이제는 알지 않은가. 무엇이 진짜인지."

아니, 두 사람이 사랑이란 걸 알 기회가 왔을까.

초대 대공은 내 생각이 옳다는 듯이 입술을 끌어올렸다. 리녹과 아주 닮은 얼굴로.

"네게 각인된 이베르크는 영원토록 네게 맹목적일 것이다. 그렇게 만들어진 이들이니."

초대 대공의 입에서 차차 미소가 사그라졌다. 미소가 사라진 얼굴은 서리처럼 차갑기 그지없었다.

"나는 오래전 그런 이에게 버림받았다. 아니. 정확히는 내가 아닌, 세상을 택했다고 해야겠군."

그의 말이 누구를 가리키는지 바로 깨달았다. 그의 시선이 송곳처럼 나를 노려보고 있었으니까. 초대 대공은 내가 아닌 다른 누군가를 투영하는 것처럼 보였다.

"그녀는 나를 두고 떠나 버렸다."

언니를 닮았던 율리아. 그리고 나의 선조.

하양이와 연결된 마력을 쓸 때, 혹은 지팡이를 쓸 때면 무수히 보았던 환상 속 대공과 율리아의 모습. 그들은 언제나 무언가로 언쟁하고 있었다.

"그리고 세상을 구하고 사망했지."

그의 목소리가 순간이지만 섬뜩하게 들렸다.

"그녀는 돌아온다고 했지만…… 영원히 돌아오지 않았다. 황급히 쫓아갔을 때는 이미 죽은 뒤더군."

"……."

"그래서 나는 시간을 돌리려 했다."

댕그랑. 그 순간 바닥의 시계가 빠르게 움직였다. 아니, 움직이는 수준이 아니었다. 땅이 강하게 흔들리고 있었다.

"죽은 사람을 살리려 했다고요? 시간을 돌려서?"

"그래. 나도 그녀도 마법의 정점에 다다른 초월자였다. 그때는 가능하리라 생각했었지."

쿠르릉. 바닥이 한 번 더 흔들렸다. 애써 자리를 지키고 있는 기둥이 마음을 놓을 수 없을 만큼 위험해 보였다. 마치 이 공간 전체가 위태롭게 지탱되는 것 같았다.

"하지만 사실 시간은 절대 반대로 돌릴 수 없는 것. 위대한 자연법칙을 거스르는 것 자체가 아주 위험한 일이었지. 난 실패했다."

그리 말하고는 잠시 침묵한 초대 대공이 다시 입을 열었다.

"그런데 놀랍게도 실패한 줄 알았던 마법이 엉뚱한 곳으로 튀었더군."

"……튀었다고?"

초대 대공의 시선이 천천히 아래로 내려갔다.

"내 후손의 후유증. 잘 생각해 보면 그건 시간의 뒤틀림이 아니던가? 낮은 아이를, 밤은 어른을."

"……."

"이베르크가 가진 후유증은……. 언젠가 라미아스를 다시 만나길 바라며 시간을 돌렸던 대가로 만들어진 것이다."

"그러니까 이게 전부 당신 탓이라고?"

손이 부들부들 떨렸다. 리녹이 가진 후유증이 초대 대공 때문이란 건 이미 알고 있었다. 하지만 본인에게 직접 듣는 것은 막연히 상상만 하는 것과는 전혀 달랐다.

분노가 치밀어 오르며 그가 원망스러웠다. 줄곧 리녹을 괴롭게 한 사람이 바로 저 사람이다. 그래, 저 사람!

"지금 그걸 말이라고 해? 장난하냐고!"

손에 쥔 지팡이를 그대로 거칠게 내미는 순간이었다.

탁. 누군가 내 손을 잡았다.

"……에이미, 그만."

"리녹?"

리녹이었다. 나는 눈을 크게 떴다. 다시 봐도 리녹이었다. 얼른 지팡이를 내리고 몸을 돌렸다.

"정신이 들어요? 아픈 곳은? 다친 곳은 없어요?"

"……잠드는 순간까지 너만 떠올렸다."

뺨으로 그의 손이 올라오는가 싶더니 이내 시야가 획 흔들렸다. 눈을 떴을 땐 그의 품속에 숨 막히도록 안겨 있었다.

"……보고 싶었다."

그의 팔이 억세게 조여들었다.

"……흡……."

살갗이 닿아 쿵쿵 심장 박동이 느껴졌다. 정녕 그가 살아 있다는 것에 환희를 느꼈다.

"아주 오래. 네 생각만 했다."

상황도 잊고 눈물이 왈칵 차올랐다. 잔뜩 울음에 젖은 음성이 목을 겨우 빠져나왔다.

"나도, 나도……. 너무 보고 싶었어요."

드디어 진짜 리녹이었다. 현재의 시간 속, 내가 가장 사랑하는 남자. 그가 눈을 뜬 것이다.

쿠르릉. 다시 한번 땅이 흔들리지 않았더라면 나는 오래도록 리녹의 품에서 빠져나오지 않았을 터였다. 리녹이 숨을 짧게 끊어 들이마셨다.

"에이미, 저자를 공격해서는 안 된다. 네가 이곳을 빠져나가기 전에 이 공간이 무너진다면……. 그대로 갇힐 거다."

"여기요? 여긴 당신의 무의식 속이 아니었어요?"

그가 끄덕였다.

"맞다. 하지만 조금은 달라. 여긴 저자가 마법으로 만든 곳이기도 하니까."

우리를 번갈아 보던 초대 대공이 피식 웃었다.

"이것 참, 악역이 된 기분을 지울 수가 없군."

"아니라고 할 수 있나요? 모든 원흉이 당신 때문인데!"

이제 섣불리 공격할 수 없다는 것은 알았지만 초대 대공을 향한 분노는 쉬이 가라앉지 않았다.

"그럴지도 모르지. 선지자, 아니, 네가 이 세계에 온 것도 어찌 보면 나 때문이었으니."

"뭐?"

나와 리녹의 분노에도 불구하고 초대 대공은 설명하려는 노력을 멈추지 않았다. 마치 이것만은 꼭 전해야겠다는 듯이.

"내가 시간을 되돌린 순간, 이 세계의 시간축이 흔들렸다. 그리고 세계는 멸망할 뻔했지. 아니, 정확히는 마력의 반발과 충돌이 일었다."

"……."

"어쩌면 멸망할지도 모를 만큼 강한 충돌에 이 세계는 보호를 위해 시간을 본래대로 되돌렸고, 흐트러진 공백을 메울 것이 필요했지. 그건 아주 작은 공백이었다. 한 사람의 영혼 정도만 한 공백. 그리고 이때 운명의 공백. 즉 시간을 돌리면서 세계선에 끼어든 영혼이 너다."

이 때문에 내가 환생했다는 이야기였다.

"세계는 자생을 위해 너를 불러들였다. 너는 네 주변의 세계를 움직이겠지만, 동시에 운명의 영향을 받지 않지."

"……나 하나가 무엇을 할 수 있다고."

"때로 보잘것없는 나비의 날갯짓이 재앙을 일으키기도 한다는 말. 들어보았나? 마찬가지다. 세계는 아주 작은 균열로도 멸망할 수 있지만, 보잘것없는 영혼으로 원래대로 돌아갈 수도 있지."

한 번도 생각해 보지 않았던 이야기에 눈을 크게 깜빡였다. 사고가 그대로 멈추는 기분이었다.

"다른 세계에서 온 선지자들은 운명을 바꾸지 않으려는 강한 기시감에 사로잡히지. 너 또한 느끼지 않았나?"

그의 말에 입을 꾹 다물었지만, 지난 시간이 스쳐 지나갔다. 이상하게도 나답지 않게 리녹이 세레나와 만나기를 바랐었지. 내게도 그의 마법을 풀어낼 가능성이 있었음에도 나도 모르게 자꾸만 외면했었다.

"그건 운명을 엉망으로 만들지 않으려는 세계의 보호 본능이었다."

모든 실마리가 풀어졌지만, 결코 시원하기만은 하지 않았다. 그저 이 상황이 혼란스러웠다. 초대 대공의 말은 가장 처음 이 공간에서 나를 보며 했던 말과 달랐으니까.

"무슨 말을 하고 싶은지 알겠어요. 하지만 결국 당신이 원한 건 무엇이었죠?"

그가 바란 것은 리녹의 폭주였다. 아니, 언젠가 이베르크의 누군가가 진정으로 폭주할 때 세상이 멸망할 것이고, 그렇게 안배했다고 했다. 지금의 말과는 다르지 않은가.

콰르릉! 무엇보다 이 공간이 마구 흔들리는 것이 심상찮았다. 마치 거대한 붕괴를 앞둔 것처럼.

"내가 바랐던 것은 하나뿐이었지. 죽은 연인을 다시 만나는 것."

쩌저적! 바닥에 놓인 시계에 거대한 금이 갔다. 균열이 일어난 시계 유리가 쩌적쩌적 쉴 틈 없이 갈라졌다. 대공은 흔들리는 시계를 아스라하게 응시했다.

"분명 나는 내가 라미아스를 다시 만나게 해달라고 했건만 이는 어떤 방법으로도 할 수 없다는 것을……. 알았지."

아득한 곳을 바라보던 초대 대공의 얼굴이 나에게로 돌아왔다.

"인간의 힘으로는 시간을 어찌할 수 없더군. 결국 율리아를 다시 보고 싶다는 나의 소원을 다른 식으로 들어줬으니."

초대 대공의 시선이 나와 리녹을 번갈아 향했다. 여유가 사라진 얼굴에 서글프고도 한이 가득 서린 슬픈 미소가 떠올랐다.

"라미아스와 이베르크가 천 년 만에 다시 만났군."

그는 온전히 축복하지 못한 채 눈을 꾹 감았다. 내 눈에는 그리 보였다.

"율리아의 후손, 너는 부당하다고 여길지 모르나 나의 시련은 네 반려와의 인연에 있어 모순점이 생긴 너와 네 이베르크의 운명을 강하게 엮는 데 필요한 일이었다."

"……나를 도우려 했던 거라고요?"

"그래. 모든 것은 네가 세상보다 눈앞의 연인을 택했기 때문이었지."

그는 잠시 흐릿하게 웃었다.

"천 년 전, 내가 라미아스에게 간절히 바랐던 대답이었으니까."

쾅! 떨어진 작은 돌덩이가 바닥을 내리찍었다. 무너지는 속도가 심상찮았다. 초대 대공은 천장을 한번 올려다보았다.

"이 공간은 곧 무너질 거다. 하지만 네게, 그리고 내 후손에게 마지막으로 선물 하나 정도는 줄 수 있겠지."

그가 손을 휘젓자, 그의 뺨에 푸른 문양이 새겨지며 거센 빛이 피어올랐다.

우우웅-! 무너지고 있던 시계가 거대한 진동음을 내었다.

'마력?'

동시에 내가 느껴본 그 어떤 마력보다 거대하고 강력한 흐름이 느껴졌다.

"지금 이 공간에서라면 이베르크의 마법을 풀 수 있지."

나는 멈칫했다.

"이 마력을 네게 선물하지. 필요한 곳이 있지 않나? 네 반려에게."

밤낮의 모습이 바뀌는 고대 마법의 후유증, 초대 대공은 지금 이를 말하고 있었다.

"이 마법을 풀기 위해서는 강대한 마력과 세 가지 재료가 필요해요."

세레나의 말이 스쳐 지나갔다. 재료도 구하기 어렵지만, 마력을 공급하는 것도 쉽지 않을 것이라 했다.

'하지만 세레나가 말한 재료가……'

그리 생각한 순간 손등에서 빛이 터져 나왔다. 그리고 눈앞으로 깃털이 둥둥 떠올랐다. 붉은 깃털, 바로 불새의 깃털이었다.

'깃털은 그렇다 치고, 저 두 가지는 뭐지?'

깃털뿐만이 아니었다. 솜뭉치와 같은 털과 조그만 검은 비늘……. 털은 하양이의 것처럼 은빛을 품고 있었고, 비늘은 요르문간드의 새끼가 주었던 비늘이었다.

"마침 세 가지 전부 갖추고 있군?"

놀랍게도 이곳에는 세레나가 말한 재료가 모두 모여 있었다. 나도 모르게 리녹을 쳐다보았다. 그는 내게 뜻을 맡기겠다는 듯이 고개를 끄덕였다. 초대 대공이 새로 만들어준, 거대하게 펼쳐진 복잡한 마법진은 분명 리녹의 마법을 풀기 위한 주문일 것이다. 거기다 거대한 마력이 있으며 필수적으로 있어야 할 재료들이 눈앞에 있다.

'하지만 왜…… 손이 움직이지 않지? 왜?'

누가 잡거나 막거나 강제로 손을 떼어놓은 것도 아니었다. 그런데도 왜인지 나는 지팡이를 들 수 없었다.

"에이미, 힘들면 하지 않아도 된다."

"네? 무슨 말이에요."

그는 나를 물끄러미 보더니, 결정을 나에게 맡기겠다고 말했다. 거기에 울컥 치밀어 오르는 기분이었다. 그토록 힘들어했으면서도 내게 맡기겠다니…….

"리녹, 하지만 오늘이 아니면 기회가 없을지도 몰라요."

"……괜찮다, 나는."

그는 내 뺨을 감싸 쥐었다.

"네 마음이 다치는 것을 바라지 않아."

그 순간 나는 내가 어째서 망설이고 있는지 깨달았다. 나는 아직 어린 리녹과 헤어질 준비가 되어 있지 않았던 것이었다. 우습게도 어린 그와 나의 마지막은 아주 평화로운 시간이었다. '다시 만나.' 아이는 그리 말하며 사라졌다. 나는 적어도 우리가 다시 한번 보게 될 줄 알았다. 이 공간이 아니라 현실에서. 시간이 있을 줄 알았다.

그래. 작별인사도 나누지 못했으니까. 이번 작별은 단순히 3년쯤 보지 못하는 것이 아니다. 영원한 이별이었다.

리녹은 이를 한눈에 알아본 것이었다. 나는 입술을 꾹 깨물었다. 지팡이를 쥔 손이 파들파들 떨렸다. 시간이, 시간이 없는데. 오늘이 지나면 기회가 영원히 오지 않을지도 모르는데. 눈앞이 하얗게 흐려졌다. 이성은 얼른 움직이라 외치지만. 손끝은 끝내⋯⋯.

'나는 아직⋯⋯. 아직⋯⋯.'

그리 생각한 때였다. 눈을 감았다가 뜨자, 눈앞에는 왜인지, 낮의 리녹이 있었다. 놀라 옆을 바라보자 원래 모습의 리녹이 따로 서 있었다.

'환상인가?'

아니, 아니었다. 실로 오랜만에 보는 작은 아이가 나를 보며 반갑다는 듯이 다가왔다.

"에이미."

오랜만에 본 아이가 활짝 웃었다.

"난 괜찮아."

그 말을 듣는 순간 눈물이 주르륵 흘렀다. 양손으로 얼굴을 가렸다. 쉴 새 없이 눈물이 흘렀다.

"⋯⋯미안해."

"⋯⋯."

"네게 해준 게 너무 없는 것 같아서. 미안해."

사박사박. 나는 아이의 걸음 소리를 좋아했다. 나를 바라보면 휘어지는 이 눈을 좋아했다. 언제고 맹목적으로 나를 향해 분홍빛으로 발그레해지는 이 뺨을, 나는 사랑했다.

아이는 고개를 저었다. 그러고는 고개를 들어 내 옆에 있는 커다란 리녹을 바라보았다.

"에이미, 나는 리녹이야."

그의 목소리가 그 어느 때보다 밝고, 맑았다. 울음이 터져 나왔다.

"에이미가 아는 리녹이 곧 나이고. 나는 후회하지 않아."

아이가 천천히 머리를 들어 올렸다.

"내 지난 시간을 품어줘서 고마워."

마침내 아이는 눈을 감을 듯 휘며, 환하게 웃었다.

"덕분에 행복했어."

'싫어. 싫어.'

입술을 비집고 울음이 새어 나온다.

'너와 헤어지기 싫어. 우리 이제 정말로 헤어지는 거잖아. 다시 만나지 못하는 거잖아.'

하지만 리녹이 선택한 일이었다. 오래전, 아이에게 물었다. 만약 마법을 풀 수 있다면 어떻게 할 것이냐고. 그때 아이는 대답했다. '풀고 싶다'고.

아이가 바라는 일이었다.

"에이미, 나는 영원히 사라지는 게 아니야."

낮의 리녹이 내 손을 가져와 뺨에 가져다 댔다.

"나는 앞으로도 리녹 안에 남아 있을 테니까. 잊지 않을 거야."

눈물이 그렁그렁한 눈을 마주한 순간, 아이를 꼭 끌어안았다.

"……미안해."

"응."

"……미안해."

나는 정말로 너를.

"좋아했어. 정말로."

"응. 에이미. 나도."

아이는 언젠가 내게 주었던 달맞이꽃처럼 아주 예쁘게 웃었다. 그것의 꽃말은 '기다림', '나를 떠나지 마세요'였다. 그러나 아이는 나를 놓아주고 있었다. 눈물이 뺨을 잔뜩 적셨다. 아무리 싫은 일이라도 해야 하는 순간이 온다, 바로 지금처럼.

아이의 귓가에, 그리고 허공에 나지막하게 중얼거렸다. 외우고 싶지 않았던, 최후의 주문을……

"아주아주 많이 좋아해, 에이미."

어린 리녹이 눈물이 잔뜩 흐르는 내 뺨에 키스했다. 나는 울음을 참지 못하고 아이를 꽉 안았지만……. 아이의 형상은 품속에서 바스러져 빛의 부스러기가 되었고, 그대로 사라졌다.

마법을 풀 시간이었다.

"에이미."

아스라하게 사라진 빛 가루를 멍하니 바라보고 있노라니, 커다란 리녹이 다가와 내 뺨을 감싸 쥐었다.

"리녹? 당신은 왜…….."

그의 몸이 희미해지고 있었다. 반투명해지다 못해 맞은편이 비쳐 보이는 것을 보고 놀라 그의 손을 잡았다.

"왜, 왜 사라지는 거예요?"

"놀라지 마라. 괜찮아. 고대 마법이 풀리는 과정이니. 제자리로 돌아가는 것이다."

"제자리……?"

그가 안심하라는 듯이 나를 토닥였다.

"그래, 에이미. 현실에서 다시 보는 거다. 여기는 내 무의식을 통해 만들어진 곳이니."

그가 웃음을 짓더니, 그대로 상체를 기울여 눈물을 머금은 눈꺼풀에 입을 맞췄다.

"내 반려."

현실에서 다시 보자는 말과 함께 리녹이 나를 꽉 끌어안았다.

"눈을 뜨면 우린 다시 만날 거다."

정말로 끝이 다가왔다는 생각이 들었다. 이윽고 리녹의 형상이 사라지고, 무너지는 공동에는 나와 초대 대공만이 남아 있었다. 초대 대공은 손을 들어 올렸다.

"네가 갈 길은 저쪽이다."

그의 손끝에는 긴 통로가 보였다. 깜깜해서 아무것도 보이지 않는 길이었다.

"이곳은 곧 무너질 거다. 그리고 다시는 생겨날 일이 없겠지. 이제 폭주도, 나도 없을 테니."

"당신은……."

"사라질 거다. 모든 역할을 다 마쳤으니. 아니, 처음부터 저 고대 마법의 망령이었지."

고대 마법의 잔재. 자신을 그리 말하는 얼굴은 후련하고도 씁쓸하게 보였다.

쿠르릉. 무너지는 속도가 더욱 빨라졌다. 이제는 마지막으로 지탱하던 기둥에 균열이 가고 있었다.

"어서 나가라. 그렇지 않으면 여기 갇혀 너도 함께 사라질 테니. 네 반려가 우는 꼴은 보고 싶지 않겠지?"

"……말하지 않아도 갈 거예요."

천천히 무릎을 세웠다. 아직도 멍하고 서글프고 기쁘면서도 가슴이 아릿했지만.

"한 가지 충고하지. 저 통로를 벗어날 때까지 뒤를 돌아보지 마라.

앞으로 이곳은 본디 무의식의 세계. 이곳이 무너지며 강한 마력의
잔재와 상념이 너를 유혹할 테니."

그는 통로를 가리켜 짧은 일직선의 길이니 빠져나가기는 어렵지
않을 거라 설명했다.

"절대, 절대 뒤를 보지 마라."

"알았어요."

나는 굳은 얼굴로 끄덕이고는 검은 통로를 보았다. 그러다 이내
살짝 뒤를 돌아보았다. 덩그러니 서 있는 한 남자. 리녹을 닮았으면
서도 다른 얼굴.

"한 가지만 물어도 되나요? 율리아 님은, 정말 세상을 택했나요."

"……그래."

"당신을 정녕 버렸어요?"

내가 보았던 율리아의 모습은 언니처럼 올곧은 신념을 가졌을지
언정 하나를 완전히 포기할 사람처럼은 보이지 않았다.

"……돌아오겠다고 했다. 세상을 구하고 돌아오겠다고. 하지만
끝내 세상을 위해 희생을 택했더군."

"그거, 어쩌면 돌아오고 싶었지만 못한 것이 아닐까요."

"……"

나는 그때의 상황도, 두 사람도 완전히 알지 못하지만.

"나를 이곳에 보내준 사람은 율리아 님이었어요. 율리아 님은 이
베르크 저택을 그리워했고……."

눈을 감았다.

"……다시는 반려를 잃은 이베르크의 모습을 보고 싶지 않았다고
도 했어요."

"……."

초대 대공은 말없이 제 손을 얼굴에 가져다 댔다. 하, 거친 숨소리가 튀어나온 것도 같았다.

"그래……. 그녀도 나처럼 잔재로서……. 남아 있었나."

한줄기 눈물이 손가락 사이를 가르고 흘러내렸다. 초대 대공은 울면서도 웃음을 지어 보였다.

'……리녹과 닮은 얼굴로 저러지 말지. 괜히 마음 아프게.'

나는 손등을 쥐었다가 폈다. 이내 꽉 쥐었을 때 흰 문양이 드러나며 미약한 빛이 손등에서 쏘아졌다. 물고기처럼 유유히 유영한 빛은 사라져 가는 초대 대공을 휘감았다.

"그럼 안녕히."

저 빛이 율리아일지, 그저 헛된 희망에 불과한 것인지 나는 모른다. 그저 사라지기 전에, 두 사람이 만나길 소망했을 뿐.

뒤에서 천 년 만의 재회는 이루어졌을까?

쿠르르르릉!

마침내 기둥마저 무너지는 공간에서 완전히 빠져나왔다. 그 뒤의 이야기는 상상 속에 남겨둔 채.

△

"……하. 진짜 어둡네."

나는 어둠 속을 빠르게 뛰고 있었다. 마법으로 만든 빛은 간신히 앞을 비출 뿐이라 벽이 어떤 생김새인지 얼마나 높은지는 알 수 없었다. 짧다고 했으니 금방 밖으로 도착할 터였다. 달리는 데는 무리가 없어 얼른 발을 재게 놀렸다. 어서 리녹을 보고 싶어 그렇게 발을 박찰 때였다.

"에이미!"

"……언니?"

밝고 명랑한 목소리에 순간 흠칫했다. 언니의 목소리였으니까.

"뭐야, 네가 여긴 왜 있는 거야? 깜짝 놀랐잖니. 아휴, 난 눈을 떠 보니까 여기지 뭐야. 여긴 어디지?"

정말이지 생생한 목소리였다. 나는 막 뒤로 돌리려던 목에 강하게 힘을 주었다. ……초대 대공이 말한 '유혹'이 이런 거구나.

계속 이어지는 언니의 말에 대꾸하지 않자 몇 번 더 이어지나 싶더니 그대로 사라졌다. 그리고 이번엔…….

"아가씨! 아가씨 어디 계십니까! 야, 그레이, 여기 계신 거 맞아?"

"베이커 씨가 맞다고, 우릴 여기 보내주신 거잖아."

첼시와 그레이라니. 헛웃음이 튀어나왔다.

'마지막까지 쉽지 않네. 진짜.'

그 후로도 많은 목소리가 지나갔다. 산 밑 마을에서 함께 지냈던 사람들, 린네, 로테, 헤렌……. 대공가 기사단까지. 심지어 처음 듣는 중년 부부의 목소리도 있었고, 세레나의 음성도 있었다.

나는 모든 목소리에 귀를 닫은 채 앞으로만 달려갔다. 여기를 빠져나가면 내 사람들이 있다. 무엇보다 저 끝에서 만날 리녹만을 고대하고 있었다.

'아, 저긴가?'

막 빛이 보이려는 찰나였다.

"에이미……."

나는 멈칫했다. 나를 멈추게 한 목소리.

"정말 갈 거야?"

구슬픈 아이의 음성은 내 힘으로도 어찌할 수 없는 소리였다. 나는 입술을 꾹 깨물었다. 몇 걸음만 가면 밖이다. 나는 억지로 발을 옮겼다. 아이는 분명 내게 행복하다고 말했다. 그러니 나를 붙잡는 저 목소리는 한낱 유혹에 불과했다.

"에이미⋯⋯. 에이미."

가슴이 아릿했다. 그럼에도 한 걸음 딛자, 목소리의 음색이 변했다.

"내 반려, 끝내 나의 일부를 놓고 갈 셈인가?"

"⋯⋯리녹?"

리녹의 목소리였다. 막 옮기려던 걸음을 멈췄다. 불가항력이었다. 분명 저 빛으로 가면 진짜 리녹이 있을 텐데⋯⋯.

"당신의 일부라니요?"

"여긴 내 무의식을 바탕으로 만들어진 곳이 아니던가. 이런 공간이 사라지는 것은 나의 일부를 포기하는 것이나 마찬가지지."

이건 유혹이다. 그래 유혹에 불과하다. 동시에 나는 신화 속 인물을 떠올렸다. 저승에 아내를 데려간 음악가.

"내가 잃을 일부가 어떤 것일지 두렵지 않나? 어쩌면 내 반려, 너와의 기억일지도, 추억일지도."

"⋯⋯."

"이리 와서 나를 보면, 단 한 번만 본다면 돌려주겠다. 나를 데려가라, 에이미."

손이 움찔 떨렸다. 저 말은 거짓일 거다. 그래, 정녕 그런 리스크가 있었다면 초대 대공이 알려주었을 것이다. 하지만 나는 꼼짝 못 하

고 있었다. 나에게 당신은 어쩔 수 없이 붙잡히고 마는 약점이었으
니까.

'저 말이 정말이라면? 진실이라서, 나를 잊는다면?'

그 순간 단단한 팔이 허리를 휘감았다. 익숙한 감각, 리녹의 팔이
었다. 어깨가 파르르 떨렸다.

"내 반려, 잠시만 돌아보면 돼."

은밀하게 속삭이는 목소리가 숨소리와 함께 귀를 적셨다. 앞이 몽
롱해지는 듯했다.

'그래, 잠시만. 아주 잠깐만 돌아본다면……'

하지만 나는 반쯤 돌리려던 고개를 멈췄다. 눈을 질끈 감았다.

'아니야. 이런 게 아니야.'

입술을 꾹 깨물었다.

'나가고 싶어. 내가 보고 싶은 건 진짜 당신이야.'

그 순간이었다. 화르륵! 손등에서 눈부신 불꽃이 튀며, 단단히 휘
감긴 팔을 풀어냈다. 동시에 낮은 숨소리가 멀어졌다.

[뭐 하는 거야, 선지자.]

익숙하고도 투덜거리는 목소리. 그뿐만이 아니었나.

[아, 연결하길 잘했다. 얼른 돌아와요. 선지자!]

[예이미!]

[색색!]

눈앞에 붉은 깃털과 하얀 털, 그리고 검은 비늘이 둥둥 떠 있었다.
삼각형 모양으로 멈춰 어느 한 곳을 향했다. 그 끝에서 빛이 쏟아지
고 있었다.

그래, 나는 혼자가 아니었다. 그리고 마침내 모든 시련을 이겨내

고 내 사람을 보러 갈 시간이었다.

[예이미!]

청아한 하양이의 목소리를 끝으로 나는 빛 속으로 달려갔다. 넘어질 듯 휘청거리고 흔들려도 앞으로, 올곧이.

파아앗. 강한 빛이 나를 머금더니 어디론가 토해냈다. 허공으로 쓰러졌다. 동시에 시원하고도 상쾌한 공기가 느껴졌다. 강인한 무언가가 바닥으로 추락하는 몸을 받아 냈다. 천천히 눈을 뜨자, 오랜 시간 그리워했던 얼굴이 앞에 있었다.

"……리녹."

리녹이 내 뺨을 감싸 쥔 채 웃었다.

"어서 와, 내 반려."

동시에 내 눈에서 눈물이 떨어져 내렸다.

"마지막까지, 마지막까지 정말……."

"사랑해."

말을 채 잇지 못하고 고개를 들어 올렸다. 그는 그 어느 때보다 환희에 찬 얼굴로 활짝 웃어 보였다.

시간은 새벽이었다. 아니, 새벽이 아닌 아침이었다. 저 먼 하늘에서 동이 트고 있었다. 푸른 구름을 녹여내는 찬란한 주홍빛 태양이 커튼처럼 드리워진 밤을 지워내고 있었다.

"해가 떴어요, 리녹."

리녹이 나를 바라보며 말했다.

"그렇군. 내 세상에도 태양이 떴다."

그의 눈에 떠오르는 태양이 콕 박혀 있었다. 늘 달과 밤을 아우르던 눈동자에 새겨진 주홍빛이 타듯이 일렁거렸다.

"내 이름처럼, 밤이 지나 아침이 왔군. 너는, 내 세상에서 지지 않을 태양이겠지."

잔뜩 상처 입은 손이 상처 입은 뺨을 어루만졌다. 손길에 눈물이 멎었다. 눈물이 지나간 자리에 환희가 가득 채워졌다.

"평범하던 나의 이야기는 당신이 나를 세상이라고 부른 순간부터 달라졌어요, 리녹."

아마도 우리는 이날을 위해 달려온 것일지도 모른다. 마지막에는 행복해지기 위해서. 그리고 우린 다신 이렇게 다치지 않을 것이다. 상처 입더라도 지금처럼 서로를 지탱하겠지. 앞으로 쭉.

리녹과 마주 보며 활짝 웃었다. 나의 기나긴 일대기는 여기서 끝을 맺었다.

"사랑해요, 리녹."

나는 멸망을 막은 것도 세상을 구한 것도 아니다. 그저 누군가의 세상이고 싶었고, 누군가의 마법사가 되고 싶었다.

"입을 맞춰도 되겠나?"

"물론이죠. 언제는 허락을 맡고 했었던 것처럼."

우리는 코를 마주 댄 채 웃음을 터트렸다.

마침내 안식이라는 포근한 이불 속에 들어온 기분이었다. 금방 눈물이 날 것 같아 눈을 깜빡였다. 이내 통트는 하늘을 배경 삼아 입술이 찾아들었다.

바야흐로 이 이야기는, 아주 지극히 평범했던 사람이 세상을 구원하는 이야기가 아니라 평범한 누군가가 단 한 사람의 영웅이 되는 이야기였다.

나의 대공님.

특별한 마법이 기적처럼 나를 대단한 마법사로 만들어 주었던 날. 나는 세상의 구세주가 되는 대신 단 한 사람만의 영웅이 되었다. 그러니, 나는 앞으로도 평생 당신만의 영웅일 거다.

"나는 앞으로도, 너를 사랑하겠다. 지금까지 그래 왔던 것처럼. 영원히."

"응."

과거와 현재를 지나 우리에게 다가올 미래까지.

밤으로만 이어진 세상에 낮이 내려앉았다. 그리고 앞으로도 이 '밤'에 태양은 영원토록 뜰 것이었다.

언제나, 지금처럼.

MY SISTER PICKED UP THE MALE LEAD

Epilogue

+

+

에필로그

"그리하여 용사님은 용을 물리치고 왕자님을 무사히 구해냈답니다."

도란도란. 따뜻한 음성이 공기 중에 잔잔하게 퍼진다. 햇빛에 부유하는 먼지가 그대로 보일 정도로 안락한 방이었다.

타닥타닥. 벽난로에서는 장작불이 거의 꺼질 듯 잔잔하게 타고 있었으나 방은 훈기로 가득했다. 모처럼 찾아온 따스한 계절이다. 겨울 도시 이베르크에는 뜸하게, 잠깐 머무는 계절 '여름'이 찾아온다.

이 시기에는 잠시지만 눈이 그치고 날이 무적이나 따스했다. 여름이라고는 하나 다른 영지를 기준으로 보면 봄이나 다름없었다. 푸릇하고도 뾰족한 잎사귀가 창문 너머로 비쳤다. 여인은 계속해서 제 아이에게 동화를 읽어 주었다.

"왕자님이 갇혀 있던 가시 동굴을 빠져나오자 아주 아름다운 태양이 있었어요. 그리고 용사님과 왕자님은…… 새로운 나라에서 오래오래 행복하게 살았……."

"엄마!"

맑은 아이의 목소리에 이야기가 잠시 멈췄다. 고사리 같은 손이 옷자락을 꼬옥 움켜쥐었다.

"이거 뭐야? 이거는? 이거는? 응?"

"응? 어디 보자……."

아이가 가리킨 것은 동화 속의 삽화였다. 커다란 막대기를 든 용사님 옆에는 색다른 동물이 그려져 있었다.

"이건 음……."

"늑대! 늑대야?"

"맞아. 늑대야. 그리고 이건 커다란 불새, 이건 커다란 뱀. 모두 용사님에게 힘을 빌려준 멋진 동물들이야."

"친구?"

"응. 친구."

여인의 손이 아이의 보드라운 머리칼을 쓰다듬었다. 아이는 기분이 좋은 듯 손바닥에 마구 머리를 비볐다.

"왕자님이 늑대야? 왕자님 칼에도 늑대가 있어!"

"응, 왕자님이 가진 검에도 늑대가 있지. 잘 찾아냈네. 멋지다, 우리 아들."

"헤헤."

여인의 손이 삽화 위의 늑대를 쓸어내렸다.

"엄마가 비밀 알려줄까? 사실은 여기의 왕자님은 왕자님이 아니야."

"아니야?"

"응. 사실 이 왕자님은 왕자님이 아니라 대공님이야. 그리고 용사님은 대공님의 반려이자 대마법사님이지."

"대마법사님?"

"응. 용사님은 만나는 모든 동물을 친구로 만들었어."

여인이 책장을 넘기며 부드럽게 웃었다.

"그리고 세상을 구해냈지."

리녹의 폭주는 잘 모르는 이들에게는 거대한 검은 연기처럼 보였다. 하늘이 까맣게 덮이고 번개가 마구 쳤으며 어느 곳에는 태풍과 같은 재앙이 내렸다. 이것은 모두 에이미가 리녹의 무의식, 정확히는 과거에 표류할 때의 일이었다.

폭주는 더 이상 진행되지 않았으나 이미 폭발을 앞둔 마력은 점차 새어 나갔고, 세레나가 억눌렀음에도 커다란 영향력을 행사했다. 가장 큰 피해를 본 것은 회담이 있던 도시였으며, 꽤 멀리 떨어져 있던 이베르크까지 재앙이 미쳤다.

모두가 공포와 두려움에 덜덜 떨었다. 삶의 터전을 잃을지도 모른다는, 생명을 잃을지도 모른다는 사실에. 그렇게 얼마나 떨었을까, 신기하게도 어느 순간 거짓말처럼 바람이 그쳤다. 번개도, 폭우도 사라졌다. 그리고 동이 텄다. 아니, 찬란한 태양이 떴다.

일반인들에게는 나중에야 그것이 거대한 음모였으며 거기에 희생당한 사람이 영웅 대공이었고, 대공 이베르크를 구한 것이 한 이름 모를 대마법사라는 사실을 알게 되었다.

그리하여 대마법사 세레나에 이은 또 다른 영웅이 제국 북쪽에 알려졌다. 그 영웅이 이베르크의 반려가 될 것이란 기쁜 소식과 함께.

"그래서 두 사람은 새로운 나라에서 행복하게……."

"엄마! 엄마, 그러며언."

여인은 이야기의 끝을 방해하는 작은 아이를 싫은 기색 하나 없이 안아 주었다.

"응, 그러면?"

아이의 손이 책을 잡고 꼼지락꼼지락 움직였다.

"용은 어떻게 됐어?"

"응?"

아이의 검지가 그림을 가리켰다. 홀로 외따로 떨어져 있는 용이었다. 그림 속에는 용이 두 마리 있었는데, 한 마리는 검이 꽂힌 채로 눈 감고 있었고 다른 한 마리는 그런 용을 가만히 바라보고 있었다. 동화 속에는 둘 다 악당으로 나왔다.

"용사님은 모두랑 친구가 되었다고 했잖아. 용이랑도 친구 했어?"

그 말에 여인이 난감한 웃음을 지었다.

이 동화는 그 사건 이후로 만들어진 것이었다. 그날 영웅의 이야기를 널리 알리기 위해 만들어졌지만, 사실 퍼지지는 못했다. 바로 이 용 때문이었다. 용, 정확히는 제국 황실의 상징이었다. 이 때문에 동화는 이베르크 전역에만 퍼졌다. 황실을 그리 달갑지 않아 하는 이베르크 영지민들에겐 호응이 좋았으나, 그 외의 제국령에서는 반역으로 몰리기 딱 좋았다.

이를 어쩐다. 여인은 어린 아들에게 어디까지 알려주어야 하나 고민했다. 아이에게 복잡한 사정까지 이야기해 줄 필요는 없으니 나름 고민이었다.

"이 용은 말이야……."

사실 멀쩡히 살아 있는 이 용의 정체는 붉은 드래곤. 황태자였다. 그리고 놀랍게도 이 황태자는 그 사건의…… 또 다른 영웅이었다. 이건 복잡한 정세에서 나온 정치적인 결과물이었다.

하지만 아이에게 이런 걸 설명할 수 있을 리 없었다. 여인의 고민이 깊어가는 동안 다행스럽게도 문이 열리고 여인을 구원해 줄 이가 등장했다.

"우리 아들! 여기 있나?"

"아빠!"

아이가 벌떡 일어나 쪼르르 달려갔다. 덩치 큰 사내는 어렵지 않게 아이를 번쩍 들어 올렸다. 사내가 입은 갑주에는 은빛 늑대가 새겨져 있었다. 대공가 기사단이 입는 갑옷이었다.

"손에 든 건 뭐냐? 오, 동화책? 나도 아는 거네."

"아빠, 용사님 멋있어! 멋있어!"

"으하하. 예비 대공비님? 멋있지. 실제로 보면 더 멋있어! 아빠가 그분과 그분의 남편을 모시고 있잖아. 멋지지?"

"왕자님?"

"아, 그래. 그렇게 쓰였지? 그래, 왕자님!"

사내는 그 차갑고 까칠한 주인이 동화 속의 왕자님이라는 것을 들을 때마다 재밌다고 생각하며 아이의 머리를 쓰다듬었다. 여인의 남편은 대공가 기사단 중 하나로 기사단 중 몇 안 되는 기혼자였다.

여인은 제 남편과 아이를 흐뭇하게 바라보다가 천천히 고개를 돌렸다. 남편은 혼자가 아니었다. 그의 옆에는 익숙한 얼굴의 기사가 함께 있었다. 두 사람이었다. 하나는 회색 머리를 한 기사였고, 다른 한 사람은 아주 진중한 얼굴을 한 기사였다.

"어서 오세요, 그레이 경, 셰드 경."

대공가 기사단의 부단장 중 하나인 그레이와 셰드였다. 그중에서 그레이는 특이하게도 손에 이상한 구슬을 하나 들고 있었다. 여인은 고개를 갸웃했다.

△

　3개월 전.

　아주 깜깜한 어둠 속이었다. 희미하게 비치는 빛이 아니라면 동굴이라고 착각할 법한 공간이었다. 그저 어두울 뿐만 아니라 축축하고 음습했다. 늪처럼.

　저벅저벅. 저벅. 그리고 긴 동굴 같은 공간을 한 사내가 느릿하게 걷고 있었다. 걸을 때마다 찌익, 찌이익, 듣기 싫은 소리가 쭉 늘어지듯 들려왔다. 사내는 걸음을 멈추고 느릿하게 손을 놓았다. 이에 털썩하며 무언가 바닥으로 떨어졌다. 사내는 천천히 고개를 들어 올려 거대한 단상을 보았다

　쭉 이어진 계단, 한없이 올라간 높이에 놓인 것은…… 권좌였다. 황금으로 만들어진 옥좌는 빛이 희미한 이곳에서도 찬란함을 드러냈다. 더럽혀지지 않았다는 듯이.

　"……진작에 이렇게 해야 했습니다."

　사내, 탄시즈는 옥좌에 새겨진 동그란 마법진을 바라보며 말했다. 저, 마법진은 마법의 역할을 하지 않았다. 단지, 황실이 가진 어느 강력한 마법을 상징했다.

　그의 붉은 눈이 돌아갔다. 바닥에서 미세하게 숨을 몰아쉬는 한 사람에게로.

　"아버지는 모르셨겠지요."

　탄시즈가 그림같이 웃었다.

　"당신의 실험체가, 이미 당신을 뛰어넘은 지 오래라는 걸."

바싹 마른 노인이었다. 털로 만들어진 망토를 입고 있음에도 초라해 보일 지경으로 말라 버린 노인. 노인은 놀랍게도 거대한 제국을 다스리는 황제였다.

"죽는 날을 기다리려 했습니다. 당신은 당장 살아내는 게 더 고통일 테니까."

그리고 실험을 일삼다 못해 탐욕에 미쳐 스스로를 망친 인간이기도 했다. 이 상태가 되어서도 탐욕을 잃지 못해 많은 것을 가지려 했다. 황제는 리녹 이베르크를 손에 넣으면, 그 강대한 마력을 손에 넣으면 황실이 과거의 영광을 되찾을 것이며 자신도 늙지 않는 마법사가 되리라 믿고 있었다.

"실험이 제게 성공하셨다고, 아버지 역시 성공하실 거라 생각하신 겁니까. 너무 순진하지 않습니까."

"……너, 너…… 켈록."

"당신은 내가 그 지옥을 어찌 견뎠는지 모르시면서, 어찌 결과만 믿고 저지르셨습니까."

이미 이 황실에 더는 강력한 마법사가 탄생하지 않았다. 황제는 어리석게도 인공적으로 이를 만들고자 했다. 이 끔찍한 실험은 아이러니하게도 성공했다. 인공적인 실험의 결과물이 바로 그였으니까.

"덕분에 당신은 형편없이 약해졌군요."

황제는 갑작스럽게 목을 노리는 탄시즈를 상대하기 위해 억지로 약을 주사했다. 오래전, 실험체였던 탄시즈에게 투여했던 것이었다. 무사히 효과를 발휘했던 마력 강제 증폭 약. 하지만, 그것은 실패했다.

탄시즈는 천천히 한쪽 무릎을 접고 앉아, 턱을 괴었다. 유려하기 짝이 없는 얼굴이 희미한 빛 사이로 드러났다.

"……진작에 행하려 했던 일이니. 절 너무 원망하지는 마십시오."

"타, 탄시즈! 어째서, 쿨럭! 어째서냐! 어차피 모든 것은 네 것이……."

"하하, 주실 생각 없으셨으면서. 참 말도 잘하십니다. 언젠가 나도 죽여 당신의 마력으로 사용했겠지요."

"……."

"뭐. 나도 딱히 당신의 자리가 탐나지는 않았습니다. 언제든 당신을 죽여야겠다고 생각은 했지만, 갈수록 어찌 되든 상관없다고 여겼습니다."

황제는 황태자의 자리에 탄시즈를 앉혔지만 실정 능력은 전혀 없는 허울뿐인 자리였다. 황제는 모든 것을 독차지하고 싶어 했고, 많은 것을 탐욕했다. 탄시즈에게 야망이나 야욕이 없던 것은 아니었으나 그는 어느 순간 권태감에 물들었다. 증오는 남아 있으나 행동할 필요성을 느끼지 못했다. 적어도 어느 순간까지는.

"이젠 그럴 이유가 생겼습니다."

긴 시간을 증오했던 아비였다. 어린 시절에는 하루도 빼놓지 않고 이 사람이 죽었으면 하고 간절히 바랐다. 실험실에 갇힌 어린아이가 할 수 있는 것이라곤 있지도 않은 신에게 기도하는 것 따위밖에 없어서.

그는 무덤덤하게 스치는 기억을 반추했다. 그러고는 지워냈다. 그는 아비뿐만 아니라 리녹 이베르크도 증오했다. 왜곡된 증오였다. 제 아비가 이베르크를, 그가 가진 거대한 마력을 탐욕하지 않았다면 자신이 아프지 않았을 텐데. 비교당하지 않았을 텐데.

열등감이 불러일으킨 감정이기도 했다. 하지만 생겨난 것을 지워 낼 수는 없었다. 아이러니하게도 그가 지금까지 살아올 수 있는 원동력이었으니까. 이 음습한 늪과 같은 황제의 홀을 보라. 그는 이곳에서 살아남기 위해 치열했다.

탄시즈는 눈을 감았다. 그리고 이내 다시 떴을 때, 회한은 어디에도 없었다. 냉정하리만치 차가운 눈매가 점차 부드러운 곡선을 그렸다. 웃어라. 감정을 드러내는 대신 웃을 것. 황제에게 끝내 살해당한 어미가 전한 유언이었다.

"그럼 지지부진한 이 상황의 끝을 내겠습니다, 아버지."

"타, 탄시즈! 네가! 네……."

퍽. 바닥에서 올라온 검은 뿌리가 노인의 팔다리를 휘감았다. 탄시즈가 들고 있던 검을 빠르게 휘둘렀다. 검격은 번개와 같았고, 스쳐 간 검은 그대로 바닥에 꽂혔다. 바닥에 붉은 웅덩이가 고였다.

"……끝인가."

한 시대를 지배했던 황제의 끝 치고는 너무나도 허전한 죽음이었다.

"가세요."

머릿속을 스친 음성은 디아나 라미아스의 것이었다.

"나를 증오하는 것 아닙니까?"

"네. 그런데 저걸 멈추지 않으면 많은 사람이 죽는다면서요. 내 동생이 들어갔으니 저대로 멈춘 것이지만, 멈춘 것만으로도 재앙이 내릴 거라고……. 저 마법사님이 그러지 않습니까."

디아나 라미아스는 원수에게서 천천히 검을 내렸다. 하늘에는 번개가 치고 있었다.

"보내 드리겠습니다, 세상과 내 동생을 위해서."

그들의 싸움은 그대로 멈췄다.

"대신, 하려는 일을 행하세요."

탄시즈는 그 시간부로 바로 황실로 향했다. 여전히 리녹 이베르크를 자극하는 황실의 고대 마법을 풀어내기 위해서. 그리고 시행자, 황제를 죽이기 위해서.

탄시즈는 엷게 웃으며 검을 떨어트렸다. 그의 손이 얼굴 위로 올라왔다. 이 초라한 죽음이 누군가에겐 선물이 될 수 있기를.

'아니.'

죽였지만 그녀는 기뻐하지 않을 것이다. 더는 웃어 주지 않을 것이다. 아니, 아니다.

'단 한 번도 웃어 준 적 없던가.'

그는 씁쓸하게 웃었다. 동시에 느릿하게 감기는 속눈썹이 푹 젖어들었다. 한 줄기 흘러내린 눈물이 턱 끝에 매달린다.

'그럼에도, 당신을 위해.'

쿵. 마력에 의해 거대한 문이 열렸다. 빛이 흘러나왔다. 참으로 오랜만에 보는 듯한 찬란한 태양.

이미 재앙은 일어났다. 사람들은 원망할 대상을 찾을 것이다. 이대로 사라져 남은 것을 리녹 이베르크에게 넘기는 방법도 있으나, 황태자가 그대로 사라지면 제국에 큰 혼란을 야기할 것이다. 내전이 일어날지도 모른다. 그 내전에 그녀가 휘말리지 않으리란 법은 없다.

오히려 황실에 버금가던 이베르크를 황제로 추앙하려는 자와 아닌 자들의 팽팽한 대립이 이어질 것이다. 그녀는 그 남자가 많은 것을 짊어지길 바라지 않을 것이다.

그의 머릿속으로 많은 방법이 떠올랐다. 모두가 앞으로의 일을 수습하는 방법이었다. 사실 자신은 황제가 되고 싶지 않았다. 정확히는 아비가 앉았던 자리 따위는 필요치 않았다. 모든 것이 멸망하길 바랐던 날도 있었다.

탄시즈는 웃었다. 아니. 탄시즈는 자신이 우는 것인지 웃는 것인지 모를 얼굴이라고 생각했다.

'아가씨, 나는 당신을 위해 짊어지겠습니다.'

이윽고 달려온 황태자의 기사단이 마주 한 것은, 사악한 황제를 죽이고 정의를 구현한 새 황제의 탄생이었다.

"나가서 알려라."

끝내 당신이 나를 보지 않는다 하여도.

"세상을 위협한 악제를 죽이고, 새 황제가 탄생했노라."

당신을 위하여.

△

"……그래서? 그대로 황태자를 보냈었다고?"

"응!"

언니가 맑고 따스하게 웃었다. 나는 어처구니가 없는 얼굴로 언니를 마주 봤다.

"미쳤어. 그렇다고 거기서 그대로 보내?"

"뭘 그리 황당한 얼굴을 하고 그래, 우리 이쁜이."

"황당 안 하게 생겼어? 대체 뭘 믿고 보낸 건데? 그 남자가 언닐 속인 거면? 약속을 안 지켰으면 어쩌려고?"

언니는 대답 대신 음료를 쪽 빨아 마셨다. 부스스한 머리에 편안한 옷차림인데도 반짝반짝 빛나는 생기가 느껴졌다.

"근데 지켰잖니."

나는 언니의 말에 아무 대꾸도 할 수 없었다. 사실이긴 했으니까.

'아무리 그래도 말이지…….'

그날로부터 3개월이 흘렀다. 많은 것이 달라졌고, 생각 외로 많은 것이 그대로이기도 했다. 그 예로 언니는 니온 왕국의 기사직을 그만두었다. 그런데 니온 왕국에서 언니만 한 인재가 없다고 간곡하게 잡는 바람에 언니는 정식 기사 대신 계약직 기사가 되었다. 이게 무엇이냐면, 소속이 없는 자유 기사인데 영지나 나라와 기간을 정해 계약을 맺고 일 처리를 돕는 거라나.

듣고 있던 그레이가 용병에 가까운 느낌이라고 설명해 주었다.

"……그래서. 지금 일이 이렇게 된 거도 그때의 결과인 거야?"

그날 나는 리녹의 과거에서 표류하고 있었기 때문에 결계 밖에서 일어난 일은 전혀 알지 못했다. 어련히 세레나가 잘 막고 있으리라 생각했는데, 빠져나간 마력만으로도 어마어마한 재앙이 일어날 뻔했었다나. 그나마 그 정도로 끝난 것도 세레나가 생명을 걸고 막아서라고. 나야 전혀 몰랐지. 내가 나온 뒤에는 모든 것이 끝나 있었으니까.

더구나 내가 들어가 있는 동안 무슨 일이 있었냐고 물어도 언니나 기사단은 아무것도 알려 주지 않았었다. 아니, 기사단 쪽은 언니 때문에 말을 못 하는 기색이 역력했다. 세레나야 마법을 막느라 바빴으니 물어도 아는 게 없었고. 나도 그러려니 하고 넘어가려다가도 문득 궁금해서 언니를 닦달했지만 알려주지 않았다. 그러다 3개월이 지난 지금에서야 진실을 알게 된 거였다.

'사실 탄시즈가 언니랑 싸우다 말고 자리를 피한 거라고 생각했는데 말이지.'

나는 뚱하게 테이블을 응시했다. 정확히는 이 테이블 위에 놓인 작은 양피지를 보았다. 조금 전 대공가 기사단이 전해주고 간 거였는데, 보고도 못 믿을 내용이 적혀 있었다. 구구절절 긴 미사여구를 떼면 중심 내용은 이렇다.

「이베르크령의 자치를 허용한다.」

제국 황실이 이베르크를 영지가 아닌 공국으로 인정한다는 내용이었다. 그러니 더는 이베르크 영지가 아닌 이베르크 공국이 될 것이고, 자연히 대공이던 리녹은 대공왕이 된다는 얘기였다. 사실상 이베르크 대공령은 나라에 견줄 만큼 컸기에 그리 위화감은 없었으나…… 반대로 말하자면 황실이 이 거대한 땅덩어리를 포기한다는 얘기였다. 당연히 이해가 가지 않아서 언니를 찾아갔다가 듣게 된 사실이 3개월 전 이야기였다.

'황제를 죽이러 가겠다는 탄시즈를 그냥 보내줬다고.'

결국 탄시즈는 황제를 죽이고 자신이 황제가 되었다. 뭐 그도 야망이 있었으니까 황제가 된 거겠지만.

"내 아비가 죽으면 저 마법이 멈춥니다."

여러모로 심경이 복잡했다. 그렇다고 그에게 삼성이 있다는 건 아니고, 그저 약간의 찝찝함이 남아 있달까.

"언니는 아무렇지도 않아?"

"그럴 리가."

언니의 대답은 단호했다. 휘어진 눈은 웃고 있지만 그 속에 굳은 의지가 엿보였다.

"그저 그런 생각이 들었을 뿐이야. '황제가 죽는다면 원수가 사라지는 셈이구나. 원흉이 사라지면…… 갈 곳 없는 증오는 허탈함으로 남겠구나.' 하고."

"……."

"거기 사로잡히느니 우리 예쁜이랑 하루라도 더 즐겁게 사는 쪽이 좋겠다고 생각했지."

그런 언니를 바라보며, 역시 우리 언니지만 참 강한 사람이라고 생각했다. 이런 언니가 있어서 다행이라고도.

"그리고 에이미 너는 모르겠네. 역시 마음에 걸리거든, 언니는."

"뭐가?"

"우리가 도망칠 수 있었던 거. 그 황태자 전하가 황제에게 우리 가문을 살려달라고 빌어서 그 시간 동안 빠져나갈 수 있었던 거거든."

언니는 아마 넌 어려서 기억 못 할 거라고, 그리 말했다. 확실히 기억나는 것은 없었다. 내가 기억하는 건 도망칠 때의 다급함 정도였으니까.

"아빠가 그러더라. 황태자 전하가 아주 잠시지만 시간을 벌어주었다고. 그러니 너무 미워하지 말라고."

"……기만이야."

나는 입술을 쭉 내밀었다.

"기억 안 나? 숲속에서 잘 지내고 있었는데 우리 집에 쳐들어온 거. 걔네 황태자 기사단이잖아. 언니를 다치게 한 거도."

물론 리녹을 잡으러 온 거긴 했지만.

"흐응, 그건 그러네."

언니는 턱을 괸 채 시원히 웃어 보였다.

"말했지만 좋아하는 건 아니야. 그냥 묻어 두는 거지. 나와 우리 예쁜이를 위해서. 사실 나는 이렇게라도 생각 안 하면……. 결국은 모두가 황제의 체스판 위의 병졸 말이었다는 사실이 기분 더러워서 잠도 안 올 것 같잖아."

나는 결국 웃고 말았다. 아마 언니는 이래서 책 속의 중요한 한 축을 담당했던 것이 틀림없다. 나는 언니와 다르게 소시민이어서 그런지 여전히 이해하지 못할 기분이었으니까. 하지만 거기에 사로잡히는 건 좋지 않을 것 같다는 언니의 의견에는 동의했다. 그래 뭐. 시간이 더 지나면 달라질지도 모르지.

살랑살랑. 부드럽게 불어오는 바람에 눈을 살짝 감았다.

"평화롭네."

어쨌거나 내 세상에는 평화가 찾아왔다. 많은 것이 변했지만, 내가 사랑하는 사람이 살아 있고, 웃으며 지내고 있다. 이것만으로 충분했다. 물론 가끔은 이 따사로운 낮을 바라보다가 가슴이 조금 허전하기도 하지만.

'자그만 아이가 달려올 것 같은 이 허전함도, 언젠가 나아질까?'

나는 작게 웃었다. 이 병은 낫지 않았으면 좋겠다. 그리 생각하면서.

"그나저나 에이미."

언니가 시원한 주스 잔을 내려놓으며 턱을 괸 것을 풀어냈다.

"너 혼인 준비는 잘 되어가니?"

그 말을 듣는 순간 멈칫했다.

"……."

"……응? 표정이 왜 그래?"

언니는 곧바로 답하지 않는 내 반응에 의아하다는 듯이 고개를 갸웃했다.

"……몰라."

나는 미간을 홱 찡그리며, 입을 쭉 내밀었다. 언니의 말로 인해 간신히 잊고 있던 일이 하나 생각났기 때문이었다. 툭툭. 손가락으로 테이블을 두드렸다. 그날로부터 3개월이 지난 지금, 나는 아닌 척하지만 리녹에게 불만이 생긴 참이었다. 남들은 내가 금방 결혼하는 줄 아는데 말이야…….

'왜 하자는 얘길 안 하는 건데?!'

영 아니올시다라, 이거다. 그랬다.

'오늘도 도망갔지?'

놀랍게도 리녹은 결혼의 '결' 자도 꺼내지 않고 있었다. 그뿐만이 아니었다. 사실 남자 쪽에서 이야기를 꺼내지 않으면 뭐 내 쪽에서 얘기하면 되지 않겠나. 리녹이 프러포즈를 안 한 것도 아니고, 이 정도야 나도 상관없었다. 그때 내가 꿈속 모습인 줄 알고 줄줄이 털어 놓은 거라거나. 아니면 내게 남긴 영상 구슬이라거나. 이미 충분히 내게 말해 주었으니까. 그러니, 이번엔 내가 말해보려 했는데…….

"리녹, 리녹? 어디 가요?"

"급한 기사단 일이다. 에이미 다시 오겠다!"

말만 꺼내려고 하면 리녹이 그 진중한 얼굴에 당황을 드러내며 자리를 피하지 않겠나. 피하려면 티라도 내지 말던가. 그 덕에 나는 그의 모습 위로 스무 살 리녹의 모습이 겹쳐 보이는 착각까지 일었다. 그리고 이상한 건 리녹뿐만이 아니었다.

"헉, 아, 아가씨?"

"그레이? 여기서 뭐 해요? 셰드 경도 있네요?"

"……아무것도 아닙니다."

기사단까지 합세해서 노골적으로 '우리 뭘 숨기고 있어요', 하고 보여 주니 기가 막힐 노릇이었다.

"그래서 뭐 하는 거냐니까요?"

그렇게 몇 번 반복되니 나도 그만두었다. 다른 말로 뿔이 난 거다.

'나 참. 나만 좋다고 할 땐 언제고!'

물론, 그의 마음이 식었다고는 요만큼도 생각하지 않는다. 그에게 뭔가 이유가 있을 거란 것도. 심지어 평소에는 솔직하다 못해 직구만 던지던 남자 아니었던가. 내게 말을 못 하는 건 정말 그럴 만한 이유가 있다는 얘기다. 이해한다. 근데 말을 안 한다는 점에서 아웃이다.

'대충 뭘 하려는 건지 짐작은 가는데……'

그래도 서운한 건 서운한 거다. 나는 볼에 바람을 넣었다.

"언니, 나도 방랑 기사나 할까?"

"응?"

"아니다. 방랑 마법사는 없나? 아니지. 세레나에게 물어봐야겠네."

"……그런 게 있다는 건 들었는데. 갑자기?"

나는 자리에서 일어났다. 그러고는 홧김에 뱉었다.

"언니, 나 결혼 안 할지도 몰라."

언니가 눈을 동그랗게 떴다.

"……너 지금 꼭 일곱 살 때 언니 몰래 과자 먹다가 그대로 뺏긴 얼굴이다?"

"……그렇게 표현하지 말아 줄래?"

"그러게 왜 진심도 아닌 말을 해서 언니를 놀라게 하니?"

"……이런 말이라도 내뱉어야겠단 말이야."

나는 입술을 삐죽이고는 주먹을 다시 꾹 쥐었다. 문양의 모양이

기이하게 변하더니 붉게 변했다. 이내 불꽃이 일더니 자그만 새가 파닥파닥 날아왔다.

[뭐야?]

"무닌, 변신해. 나 태워서 날아줘."

[뭐? 이봐, 선지자! 몇 번이나 말해! 나는 탈것이 아니라고!]

항의하는 무닌을 보며 나는 씩 짓궂게 웃었다.

"후긴이 하라고 했다며. 나 펜릴에게 들었는데, 너 후긴한테 잡혀 살지? 다 말한다?"

[……타라.]

무닌의 눈이 마구 동공 지진을 일으키는 것을 보며 나는 웃음을 터트렸다. 이내 문양이 은빛으로 변하나 싶더니 이번엔 조그만 아이가 튀어나와 나에게 폭 안겼다.

"예이미!"

"와. 하양아. 어서 와. 아빠는 잘 보고 왔어?"

"웅! 봤다, 아빠."

하양이가 그리 말하고 눈을 감을 듯이 활짝 휘었다.

"그치만 나눈 예이미가 더 좋아!"

"아빠가 들으면 서운해할 말이네. 꼭 들려주고 싶게."

[넌 참 성격이 고약하군.]

"누가 할 소릴?"

하양이의 부친인 펜릴에게 듣기로는 무닌과 후긴은 남매이자 혈족이며 동시에 유일한 짝이었다. 그래서 호칭은 오백 년에 한 번씩 편한 대로 바꿔 부른다나. 그런데 여기서 힘의 우위는 명확하다고. 그리고 후긴은 나를 무척이나 좋아했다.

"너 후긴한테 잘해. 왜 후긴한테도 틱틱대서 맨날 후긴이 나한테 오게 하냔 말이야."

[티, 틱틱댄 거 아니다!]

"지금 네 말이 그거야. 응? 왜 사람이 솔직하지 못해. 우리 집 대공님처럼?"

[……난 사람이 아니다. 그리고 네 사심이 잔뜩 담긴 것 같은데.]

나는 무닌의 풀이 죽은 목소리를 모른 체했다. 대신 고개를 돌려 언니를 향했다.

"언니, 나 가 볼게."

"어디 가려고?"

"세레나, 아니. 스승님한테."

"흐응……. 화해하고는 더 친해진 것 같네."

"누가."

나는 뚱하게 대꾸하고는 무닌의 발 위에 올라탔다. 불꽃이 일더니 언니가 점처럼 작아졌다. 짐짓 작아지는 저택을 보다 말고 심술이 들었다. 다들 작정하고 뭘 숨기고 있긴 하단 말이지. 차라리 나에 관한 거라고 말을 할 것이지. 사람 섭섭하게.

입술을 삐뚜름해졌다.

'확, 가출이라도 해버려?'

△

디아나는 훨훨 날아가는 새를 바라보다가 천천히 머리를 돌렸다. 그녀는 수풀 한 곳을 빤히 바라보다 말고 눈을 가늘게 떴다.

"나와요."

잠시 침묵이 흘렀다. 그러나 그것도 잠시, 큰 수풀이 흔들리더니 그 사이에서 사내가 나왔다. 하나도 아닌 둘로, 그레이와 셰드였다.

"에이미가 뭔가 눈치챈 것 같은데. 똑바로 연기 못 했어요?"

디아나는 쯧쯧 혀를 차면서도 웃었다. 그녀의 눈은 셰드가 가진 조그만 구슬로 향했다.

"연기…… 했는데……."

"그 얼굴로 한 거라면 대실패네요."

"동감입니다."

그레이가 울상을 지었다. 동감이라고 답변한 셰드도 마찬가지로 썩 표정이 좋지 않았다. 그들도 자신들의 연기가 얼마나 형편없는지 이미 실감했기 때문이었다.

"이번엔 어딜 다녀온 거예요?"

"아, 대공가 기사단 라스반의 집입니다. 라스반이 집에서 가족과 찍고 싶다고 해서. 아들이 대공비님의 열렬한 추종자라 하더군요. 그 동화 있잖습니까."

"아, 대공님이 왕자님으로 변신한 그 동화요?"

셰드가 드물게도 난감한 얼굴을 했다.

"……저, 대장님 앞에서는 그 말 하지 마십시오."

디아나가 맑은 웃음을 터트렸다.

사실 에이미는 눈치채지 못하고 있었지만, 에이미는 리녹과 아직 혼인하지 않았음에도 이미 대공비로서 받아들여진 지 오래였다.

'평소엔 눈치 빠른 애가 이런 건 꼭 둔하단 말이지.'

그 아이는 옛날부터 그러했다. 언니인 자신의 일에는 누구보다 기민하고 눈치가 빠르면서 때때로 본인 일에는 너무나 둔감하곤 했다.

"응? 그 남자 언니 좋아하는 거 아니었어? 언니 좋아하는 거야."

사실 디아나에게 고백하러 온 걸로 알고 있는 남자들의 반쯤은 에이미에게 온 것이었지만 에이미는 아직도 모르고 있었다. 미모란 상대적이라 세상이 정한 현 미인의 기준에 디아나가 더 적합할지 모르겠지만, 세상은 그게 전부가 아니니 말이다.

'본인이 웃는 게 얼마나 사랑스러운지 본인도 알면 좋을 텐데 말이야.'

디아나는 에이미를 생각하며 더욱더 깊은 미소를 지었다. 에이미가 이걸 잘 모르고 있기 때문에 더욱더 사랑스러운 걸지도 모른다고 생각하면서.

"그래서 이제 어떡할 거예요?"

디아나가 고개를 갸웃했다.

"아무래도 그 아이가 뭔가를 눈치채긴 한 것 같은데……. 썩 좋게 해석한 것 같지 않던걸요."

"큽."

그레이가 울음 비슷한 신음을 냈다.

"어쩌죠? 호, 혹시나 아가씨가 우릴 싫어하거나 미워하면……."

"네? 그럴 리가."

"큰일입니다. 그건 안 되는데."

보통은 이성을 유지하며 진중한 셰드까지 심각해졌다. 디아나는 황당했지만 입을 꾹 다물었다.

'이 기사들은 내 동생을 참 좋아한단 말이야. 무슨 충성스러운 강아지마냥.'

주인에게 버림받기라도 하듯 귀가 축 처진 강아지 같은 이 남자들이 재밌어서였다.

그러나 셰드와 그레이는 심각했다. 디아나가 생각한 대로 대공가 기사단은 에이미를 좋아했다. 정확히는 그녀의 선함을 존경하고 사랑했다. 세상은 선함을 아주 당연하고 쉬운 것이라고 여기지만, 대공과 함께 수많은 진창을 구르고 또 굴러온 이들은 알고 있다. 그 쉬운 것이 사실은 생각 이상으로 어렵다는 것을. 세상은 올곧고 선함이 오롯이 유지되기 힘듦을.

선함을 지켜온 사람은 사람을 끌어당기곤 했다. 지금 이 따스한 한낮처럼. 뜨겁지만은 않은 태양처럼. 물론 그들의 주인이 지극히 사랑하는 사람이며, 주인을 사랑하는 사람이기에 좋아하기도 했다. 그러나 언제고 선의를 가감 없이 베푸는 모습에 마음을 연 것도 사실이었다.

"괜찮아요. 돕고 사는 거지."

정작 에이미 본인은 늘 아무렇지 않게 여겼지만.

그녀는 늘 스스로 말하는 것처럼 짝퉁 대마법사도, 평범한 사람도, 그저 지나가는 소시민도 아니었다. 이 영지의, 그들 기사단의 소중한 사람이었다. 앞으로 주인과 함께 모시며 그들이 지켜 나갈.

"호, 혹시라도 저희가 싫어서 떠나시기라도 하면……!"

"큰일이다."

"아니, 그러니까 그렇게 심각하진……."

디아나가 고개를 내저었다.

"어차피 오늘로 끝이니까 상관없지 않나요?"

"하지만 영지를 떠나시면……."

"……그럴 일 없대도요. 일단 그레이 씨, 눈물부터 그쳐요. 뚝. 다 큰 남자가 그러면 콩팥 떨어져요."

"아, 안 웁니다! 그, 그리고 콩팥이 여기서 왜 나옵니까!"

막 그리 말했을 때였다.

"……떠난다니? 그게 무슨 말인가."

길 끝에서 막 등장한 리녹이 그대로 자리에 멈춰 섰다. 서늘한 얼굴은 어서 설명해 보라는 듯이 그레이와 셰드를 번갈아 보았다. 셰드는 눈치 빠르게 뒤로 한걸음 물러났다.

"그레이가 말했습니다."

리녹의 표정이 더욱더 사나워졌다. 그러다 이내 그 표정을 누그러뜨리고는 제 얼굴을 쓸어내렸다.

"에이미는 어디 있지?"

잠깐 보지 않았을 뿐인데도 갈증이 느껴지는 것 같았다. 리녹은 자신이 정말 중증이라고 생각했다.

그레이가 대답을 못 하고 절절매는 사이, 디아나가 에이미의 위치를 말해주었고 리녹은 고개를 끄덕였다. 잠시 그의 얼굴로 긴장이 스쳐 갔다.

사실 리녹은 지난 일주일 동안 에이미를 위해 무언가를 준비 중이었다. 그건 에이미도 예상했듯이 그녀를 위한 것이었다. 그날을 위해서는 에이미가 모르는 편이 더 좋았으나, 그는 에이미에게 뭔가를 숨기는 것이 서툴렀다. 그리해 본 적이 없었기 때문이다. 그리고 날이 갈수록 이것이 생각 이상으로 힘들고 어렵다는 것을 깨달았다.

에이미가 입술을 삐뚜름하게 만들거나 눈을 가늘게 좁힐 때마다 심장이 아플 정도였다. 굳이 이렇게 해야 하나 싶기도 했다. 하지만 그는 그녀의 소망을 들어주고 싶었다.

"으음, 청혼이라, 기왕이면 많은 사람에게 축하받고 싶어요. 오래 도망 다녀서 그런가 봐요."

그것도 오늘로 끝이었다.

"준비가 모두 끝났으니, 내가 데리러 가지."

△

"가출이요?"

세레나가 막 손을 내리며 눈을 깜빡였다.

"에이미가요?"

"응. 내가요."

그녀의 손에서 졸졸 물줄기가 흘러내렸다. 나는 그녀의 흰 손에서 콸콸 쏟아지는 물을 아연하게 바라봤다. 식물에 물을 주는 것도 마법을 이용해서 하다니. 역시 마력이 넘쳐나는 대마법사는 달라도 정말 다르구나. 나는 나 또한 대마법사란 것을 잊고 한참을 감탄했다.

"에이미가 가출이라."

세레나는 마법을 중단하고는 고개를 갸웃했다.

"그럼 곧 전쟁이 일어나겠네요?"

"갑자기 전쟁은 왜요?"

"대공이 에이미가 있는 영지를 가만두지 않을 것 같은데요."

세레나의 대답은 태연하기만 했다. 나는 미간을 설핏 찌푸렸다.

"세레나, 리녹은 그렇게까지 난폭한 사람이 아니에요."

"하지만 에이미 일에는 눈이 뒤집어지는걸요?"

"……."

세레나는 담담히 말했다.

"아, 그렇지만 에이미가 도망가고 싶은 거라면 난 에이미를 도울 거예요."

이리 말하다 말고 세레나가 잠시 멈칫하며 입술을 오물거렸다.

"친…… 구니까?"

나는 피식 웃어 버렸다. 홍조 하나 일지 않은 덤덤한 얼굴인데 왜일까, 붉게 물든 세레나의 얼굴을 본 것 같은 기분이 들었다.

"난 아직 스승님 용서 안 했는데요."

"……스승님이라 불러주고 있잖아요?"

"그러게요. 이상하네. 왜 그랬지?"

세레나는 뜻을 모르겠다는 듯이 내 얼굴을 한참 보았다. 이내 내 눈에서 장난기를 찾아낸 건지 입술을 보일 듯 말 듯 끌어 올렸다.

"에이미 당신이 좋아요."

미소라 부를 수 있는지 모를 어색한 표정이었으나 나는 알았다. 그녀가 진심을 다해 만든 표정이 이러하다는 것을.

"아무튼 도망은 남쪽으로 가는 쪽이 좋아요. 거기는 사막이 있어서 정보를 차단하기 좋거든요."

"……아니, 그렇게까지 체계적으로 생각해 보진 않았구요."

"그럼요?"

"글쎄요. 이걸 뭐라고 할까."

나는 테이블에 턱을 괴었다.

"쫓아와 주길 바라는 도망, 알아요? 술래는 리녹이에요."

"어린아이들의 놀이 같은 건가요?"

"네. 그렇겠네요."

세레나가 "놀이, 놀이."라고 중얼거렸다. 그녀가 지금 무슨 생각을 하는 건진 몰라도 보통 사람은 안 할 법한 엉뚱한 생각을 하고 있음은 틀림없다.

3개월이 지난 지금, 나는 조금씩 그녀를 타인과는 다른 사람이라고 여기고 있었다. 이해는 인정으로부터 시작되는 것, 우리는 새로 알아가고 있었다.

"세레나, 줄곧 궁금한 게 있었는데. 이제 당신의 감정은 영원히 돌아오지 않는 건가요?"

"그랬다면 저는 마법을 쓰지 못했겠죠? 더는 잃을 것이 없어졌을 테니까요."

그녀는 잠시 먼 곳을 바라보는 듯한 눈을 하더니, 이내 차분하게 설명했다.

"지금까지는 새로운 호기심이 생기면 그걸 대가로 잃었어요. 나는 궁금한 것이 많았고, 이건 내가 마법을 쓸 수 있는 원동력이 되었어요."

그녀는 자신의 손을 한번 바라보다가 가슴을 꾹 눌러 쥐었다. 어느새 그녀의 목에서 튀어나온 은빛 여우가 세레나의 **뺨**에 제 얼굴을 마구 비볐다.

"그런데 최근엔 조금 다른 것 같아요."

세레나는 더 말하지 않았지만, 하고 싶은 말이 들리는 듯도 했다. 그녀의 눈빛이 내 덕분이라고 이야기하고 있었으니까.

"아직 뭐가 다른지는 모르겠지만……."

그녀는 아직 오래전에 잃었던 자신의 표현을 되찾아가는 사람이었다.

"차차 알게 될 거란 생각이 들어요."

아마 앞으로는 더욱더 나아지겠지. 언젠가 자신이 진정 무엇을 잃었는지도 알게 될 거고.

"그런데 에이미는 왜 가출하려 했던 거예요?"

"서운해서요."

"어떤 것이요?"

"리녹이 나한테 뭔가를 숨기는 것이요. 그리고 기사단도 같이 합세해서 숨기는 것도요. 섭섭하잖아요."

"그렇구나."

"네. 세레나 대답 잘하고 있어요. 아무튼 간에 대충 뭐 때문에 이러는지는 알거든요?"

"뭐 때문인데요?"

나는 볼을 살짝 물들였다.

"그건 내 입으로 말하긴 싫고요……."

살짝 얼버무리자 세레나는 눈을 끔뻑이면서도 알겠노라 끄덕였다. 이렇게만 보면 참 순해 보이는 사람이었다, 하양이처럼. 다른 점이 있다면 비틀린 생각을 품거나, 수틀리면 세상을 엎어버릴 힘을 가진 사람이란 거겠지만.

"아무튼 아는데, 이해는 하는데, 또 그래도 섭섭해서. 너무 오래 걸리잖아요! 나랑 말도 안 하려 하고……. 그래서."

"그래서?"

"가출을 한번 해볼까."

"누가 가출을 한다고?"

낯선 목소리가 끼어들었다. 아니, 낯익은 음성이었다. 어찌 모를 수가 있을까. 고개를 돌리자 그곳에는 리녹이 땀을 훔치고 있었다. 나는 그대로 딱딱하게 굳었다.

"……내 반려, 간과할 수 없는 말을 들은 것 같은데."

"잘…… 못 들으신 것 같은데?"

리녹의 시선이 집요하리만치 내게 꽂힌다. 뒷담을 하다 걸린 사람처럼 콕콕 뺨이 쑤셨다.

"세레나 히아신스, 잠시 자리를 비켜 주겠나?"

세레나의 시선이 나를 향했다. 나는 세차게 고개를 저었다.

'아니, 아니, 지금은 가지 말아요.'

세레나가 끄덕였다.

"안 갈래요. 에이미랑 있을래요."

"그래? 그렇다면야. 에이미, 지금부터 일어날 일을 모두 보여 주어도 괜찮겠나?"

일? 무슨 일? 성큼 다가온 리녹이 내 손목을 조심스레 붙잡아 안쪽 여린 살갗에 입을 맞췄다. 그리고 눈이 마주친 순간 나는 바로 입을 열었다.

"세, 세레나! 조금 있다가 봐요! 가도 돼요! 괜찮아요."

"응. 그래요. 나중에 봐요."

세레나는 말은 참 잘 들어 주었다. 언제 그랬냐는 듯이 사라져 준 것이다. 그것도 순간이동 마법을 쓰면서. 덕분에 리녹과 단둘이 남은 나는 어색하게 웃었다.

"……뒷담 한 건 내가 잘못했는데. 근데, 리녹이 더 잘못했어요."

"……에이미."

"내가 줄곧 당신에게 청, 읍."

"······."

나는 내 입술을 막은 손을 원망스럽게 노려보았다.

"······만 꺼내려 해도 이렇게 막거나 도망가 버리고. 너무 속이 뻔히 보이지 않아요? 난 바보가 아닌데."

"······잘못했다."

그가 잠시 시무룩한 표정을 짓는가 싶더니 이내 내 손바닥에 얼굴을 깊게 묻었다.

"그렇다고 해도 나를 떠나진 마라."

그의 눈이 촉촉하게 젖었다. 괜스레 죄책감이 들게 하는 눈동자였다. 아니, 왜 이렇게 쓸데없이 잘생겨서.

"······아, 그건 농담······."

"······가려면 나를 데려가라."

"······그럼 가출이 아니잖아요."

"나랑 같이 가출해라."

"······."

대공님을 피해 대공님과 함께 가출을 하라고요? 나는 헛웃음을 터트렸다. 이내 길게 숨을 뱉고는 그의 뺨을 감싸 쥐었다.

"정말 못 당하겠네. 그래요. 내가 당신을 어떻게 떠나겠어요. 자꾸 날 안 봐 주니까 심술 한번 부려봤어요."

"······잘못했다."

"아니에요, 뭐. 안 알려주려고 끙끙 앓는 당신 모습도 꽤 귀여웠으니까."

그러자 리녹의 얼굴이 잠시지만 화색을 띠었다.

"……진짜 귀여웠나?"

아, 맞아. 왜인지 리녹은 귀엽다는 말을 정말 좋아했지. 그리고 그 이유도 알 것 같았다. 항상 낮의 아이를 질투했으니까. 나는 결국 참지 못하고 웃음을 터트렸다.

"네. 정말, 정말로 귀여워요."

우리의 일상은 언제까지고 이렇게 이어지겠지. 나와 당신이 긴 시간을 이어 만든 결과였다. 동시에 깃털로 가득한 이불에 둘러싸인 듯 마음이 참을 수 없이 포근해졌다.

"에이미, 지금부터 나를 따라와 주겠나?"

리녹이 대뜸 제안하기에 나는 눈을 깜빡이면서도 승낙했다.

'뭐 때문이지?'

속으로 이리 되물으면서도 마음 한구석이 두근두근했다. 어쩐지 리녹이 인도하는 이 끝에 행복이 있을 것 같다는 기분 좋은 예감이 들어서.

"어라, 후긴?"

[안녕, 에이미.]

리녹이 데려온 것은 놀랍게도 후긴이었다.

[이날을 위해선 기꺼이 탈것이 되어 주겠다고 했지.]

"이날?"

[곧 알게 될 거라던데.]

나는 리녹과 함께 후긴의 발을 타고 다시 대공저로 돌아왔다. 다시 돌아온 대공저는 어쩐지 활기에 가득 찬 모습이었다. 마치 축제 퍼레이드를 보듯이 곳곳에 리본이 감겨 흔들리고 있었고, 바람에 색색의 작은 종이가 흩날렸다. 정말, 축제의 한복판에 온 것처럼.

"네 언니에게 듣기로 너는 축제를 보고 싶어 했다고 들었다."

"아⋯⋯."

어릴 적에는 그랬었지. 늘 도망자의 생활이었기에 한탄처럼 내뱉기도 했었다.

"그리고 너는 내게 아주 많은 이에게 축하받는 청혼이 좋겠다고 얘기했다."

참 신기하게도 그는 언제나 내가 한 말들을 그저 스쳐 보내지 않았다. 어쩌면 나조차도 기억하지 못할 나의 말들을.

이제야, 대공가에서 일하는 모든 이가 한데 나와 있는 이유를 알 것 같았다. 그들은 모두 기쁘고 행복해 보이는 얼굴이었다. 좋은 감정은 합쳐질수록 더욱더 배가되어 돌아온다. 우리는 색색의 종이를 뿌려주는 시종들을 지나쳐 저택 안으로 들어섰다.

문으로 들어선 순간 나는 푸핫, 웃음을 터트렸다. 그곳에는 우스꽝스러운 고깔모자를 쓴 로테가 무려 꽃바구니를 들고 서 있었기 때문이다.

"⋯⋯안녕하십니까."

"거기서 뭐 해요?"

로테는 잠시 망설이더니 정말 싫은 표정으로 말했다.

"⋯⋯들러리입니다."

"아하하하하하!"

"⋯⋯웃지 말아 주시겠습니까."

하지만 끊이지 않는 내 웃음에 포기했는지, 앞장서서 걷기 시작했다. 나는 너무 웃어서 찔끔 터진 눈물을 닦아내다 말고 멈칫했다. 막 모퉁이를 돌아 나타난 복도는⋯⋯ 온통 꽃으로 가득했다. 중간만을 비워둔 채 꽃으로 길이 만들어져 있었다.

'꽃길?'

어리벙벙하게 앞을 바라봤다.

"세상에. 이 꽃들은 다 어디서 난 거예요?"

"……말도 마십시오. 이 제국의 꽃들을 모두 끌어왔나 싶었으니."

"대공가 재정은 괜찮은 건가요."

"이 정도로는 안 망한다, 에이미."

리녹이 함께 걸으며 내 손끝에 입을 맞췄다.

"제국을 사 줄 수도 있지."

그답지 않게 농이 담긴 말에 나는 다시 편안해진 마음으로 길을 걸었다. 가슴이 두근거렸다.

이윽고 길 끝에서 문이 열렸다. 닫혀 있는 문이 활짝 열리자, 이 저택에서 가장 큰 집무실 안에 수많은 사람이 서 있었다. 무닌과 후긴의 사람 모습부터 시작해, 하양이와 하양이 머리 위에 올라탄 조그만 아기 요르문간드. 그리고 먼저 사라졌던 세레나와 티타임을 함께했던 언니.

"아가, 왔니?"

그리고 우아하게 소파를 차지해 앉은 어머님.

"축하합니다!"

"축하합니다, 아가씨!"

"숨기느라 너무너무 힘들었습니다. 흐윽, 축하합니다!"

그레이와 첼시, 셰드 경과 수많은 대공가 기사단이 함께였다. 세레나가 사람들 사이에서 한걸음 걸어와서는 지팡이를 뻗었다.

"세레나도 알고 있었어요?"

"저도 방금 알았어요, 에이미. 내가 미리 알았다면 모두 알려 줬을 거라네요."

"그건 그래요."

내가 웃음을 터트리자, 세레나는 이를 흉내 내듯이 미소 짓고는 지팡이로 가볍게 나를 톡 두드렸다. 마치 신데렐라의 요정님처럼. 그녀가 두드린 자리에서 피어난 빛이 나를 휘감더니, 어느새 나는 간편한 옷 대신 제법 근사한 원피스와 로브를 걸치고 있었다.

"드레스는 번거로워하기에."

"고마워요!"

나는 그녀의 팔을 잡아당겨 한번 끌어안아 주었다. 곧 리녹이 금방 떼어냈지만.

"뭐야, 여기서 끝이 아니에요?"

"……아니다."

고개를 돌리자, 이 집무실에서 못 보던 것이 보였다. 마치 커다란 브라운관인듯, 직사각형 모양의 하얀 천이었다. 큼큼, 헛기침하던 그레이와 셰드 경이 다가와 조그만 구슬을 내려놓았다.

'저 구슬은…….'

언젠가 리녹의 별장에서 보았던 것과 같은 구슬이었다. 영상을 저장하는 구슬.

[아, 아아. 이렇게 하면 되는 겁니까?]

[그래. 오, 오오! 잘 나온다!]

[아, 뭐라고 합니까? 평소 아가씨를 어떻게 생각했는지요? ……그거 잘못 말하면 대장님께 쥐도 새도 모르게 죽는 거 아닙니까?]

주변에서 웃음이 터져 나왔다. 누군가가 "저것도 나온다는 말은 안 했잖아!" 하고 소리쳤다.

나는 저 스크린, 아니, 스크린 비슷한 구슬의 마법을 보며 가만히 눈을 깜빡였다. 다분히 현대적인 광경이었다. 많은 사람에게 축하받는 영상, 언젠가 내가 한 번쯤은 받아보고 싶었던 이벤트였다. 이걸 받아보고 싶었던 건, 큰 뜻은 없었다. 그저 전생이 그런 세계였기에 가끔 이전 생에 나올 법한 것을 중얼거렸던 것에 가까웠다. 그런데 리녹은 이마저 쉽게 넘기지 않았던 모양이었다.

[축하드립니다. 예비 대공비님께는 죄송한 것도 사죄할 것도 있으나, 남은 세월은 성심껏 모시겠습니다. 물론 최근까지도 저희 각하가 아깝다고는 생각했지만……. 뭐, 그런 생각은 이제 잘 들지 않는군요.]

시작은 로테였다.

"……저건 욕이야, 칭찬이야?"

내 중얼거림에 로테가 얼른 헛기침을 했다. 화면은 순조롭게 넘어가고 있었다.

[저는 아가씨의 선함이 좋습니다. 누구에게나 친절하기는, 쉬워 보이지만 사실 어렵거든요. 저같이 사납게 생긴 사람에게는 더욱?]

[축하드립니다, 대공비님! 오래오래 행복하게 사십시오!]

[아가씨, 저 첼시예요, 오래오래 호위기사 할게요. 나중에 대장님 몰래 뺨 한번 만지게……. 아, 왜! 할 말 하라며!]

익숙하고도 낯익은 기사단의 얼굴들이 스쳐 지나갔다.

[여기에 할 말을 하라고요? 그거 마법 아닌가요? 아, 에이미에게 나중에 보여준다고요. 전 할 말 없는데요? 이건 왜 하는 건가요? 에이미랑 어떤 사이라……. 음, 친구예요.]

영 갈피를 못 잡는 세레나의 얼굴이 스쳐 지나갔으며.

[음? 우릴 대상으로도 찍나? 재밌네. 무닌, 너부터 해.]

[흥, 유난은. 난 혼인할 줄 알았다!]

[누가 그런 말 하래? 천 년이 지나도 철이 들질 않는구나, 오라버니.]

[너야말로 전혀 존경을 담아 부르지 않을 거면 그렇게 부르지 마!]

[이런 짝을 평생 봐야 한다니. 보았지? 에이미, 가끔은 이런 날이 있을지도 모르지만.]

화면 속 후긴이 긴 담배 연기를 토해내며 나른하게 웃어 보였다.

[뭐, 반려가 있다는 건 나쁘지 않아. 우리와 계약한 너와 산맥의 관리자인 네 반려는 보통 인간보다 오래 살겠지. 네 아이가 네 피를 이어받을지는 모르겠구나. 이 긴 시간이 네게 축복이길 바랄게.]

[예이미! 조아해. 아빠보다 좋다! 오래오래 살아!]

[색색!]

[요르문간드도 축하한다고 전해달라는군. 아직 혼인이 무엇인 줄도 모르는 새끼 주제에 말이다.]

나와 계약한, 오래도록 함께 보낼 마법 동물이었다. 이윽고 리녹과 비슷한 얼굴을 가진 여성, 이미님이 등장했다.

[혼인이라……. 사실 내가 해줄 말은 없구나.]

화면 속 어머님이 우아하게 웃으셨다.

[이 순간까지 너는 가장 너답게 살아왔으니, 앞으로도 그리하길. 나와 내 아들을 긴 그림자 속에서 이끌어 주었던 것처럼. 네가 행복하기를 바라마.]

세월이 담긴 미소를 끝으로 그녀는 장난스럽게 덧붙였다.

[아들이 말썽부리면 언제든 말하렴. 이혼이 흉은 아니란다. 내, 너

를 위한 저택을 짓는 건 언제든 할 수 있으니.]

그 말에 옆에 있던 리녹이 얼른 어머님을 노려보았으나 어머님은 개의치 않는 표정을 지어 보였다. 내가 웃음을 터트리는 사이, 영상 마법은 거의 막바지에 다다랐다.

[우리 이쁜이. 네가 혼인을 한다니, 참. 세상 오래 살고 볼 일이야 그렇지? 언니는 짧고 굵게 이야기할게.]

그리고 나타난 것은 너무나도 친근한 언니의 얼굴이었다.

[에이미, 언니랑 그런 얘기 했었잖아. 살다 보면 그런 날이 올 거라고.]

"……언젠가 우리가 잘 살아왔다고 여길 날이."

[우리 잘 살아왔네, 그렇게 여길 날이 말이야.]

화면 속 언니가 활짝 웃었다. 어린 날 언제고 내게 웃어 주었던 얼굴처럼.

[우리 잘 살아왔지?]

왈칵, 눈물이 터져 나왔다. 이유는 알 수 없었다. 그저 기쁨과 환희가 지나쳐 주르륵 새어나가는 기분이었다.

화면은 이제 끝이라고 생각했으나, 웬걸 마지막으로 웬 조그만 아이의 얼굴이 튀어나왔다.

[안녕하세요! 저는 일곱 살, 오스문드입니다! 우리 아빠는 라스반입니다!]

살짝 어두운 갈색 머리칼을 가진 소년은 둥글둥글한 외모를 갖고 있었다. 라스반이라면 이전 화면에 나온 대공가 기사단 중 한 사람이었다.

[용사님! 우리를 구해주셔서 감사합니다! 용사님이 너무너무 좋

아요.]

'나는 세상을 구한 것이 아닌데.'

아이가 내 앞에서 활짝 웃었다.

"아주아주 많이 좋아해, 에이미."

분명 모습은 다르나, 나를 향해 똑같이 웃어주던 작은 아이가 스쳐 지나갔다. 눈물이 뺨을 가로지르며 흘러내렸다.

[용사님, 오래오래 행복하세요!]

"에이미, 행복해."

아이가 손을 흔들며 사라졌다. 이내 화면이 흔들리는가 싶더니 모두 꺼졌다. 끝이 난 것이었다. 나는 멍하니 화면을 바라봤다. 그러고는 천천히 고개를 돌렸다.

모두가 숨죽인 공간. 시선이 향한 곳에는 어느새 리녹이 한쪽 무릎을 접고 앉아 나를 올려다보고 있었다.

"에이미, 내가 전에 전달한 영상 구슬을 보았겠지만……. 그것으로 청혼을 대신하기엔 그런 식으로 하는 게 맞을까 싶기도 하였고, 성에 차지 않았다."

"……."

"네겐 최고만을 안겨 주고 싶었으니까. 가장 좋은 것을."

그리 다정하게 말하는 리녹에게서 부드러운 웃음이 떠올랐다. 그를 처음 만난 날에는 상상도 할 수 없었던 그런 웃음이었다. 그 남자가 지금처럼 이렇게 내게만 환히 웃어 줄 줄 누가 알았을까.

"언제나 말해왔지만, 나는 또 한 번 말하고 싶다. 너를 사랑해."

"……리녹."

그가 가슴팍에서 조그만 상자를 꺼냈다.

"네게 많은 것을 주고 싶다. 이 땅 전부를, 아니, 나아가 앞으로 공국이 될 이 땅의 왕 자리까지 전부 주어도 좋아."

"……."

"모두 네 것이다."

보석이 촘촘하게 박힌 상자의 뚜껑이 열렸다. 조그만 상자 안에는 반지가 있었다. 백금으로 된 링과 과하지 않게 화려하며 리녹의 눈동자를 닮은 보랏빛 보석이 박힌 반지였다. 저걸 받으면, 왠지 어디서고 리녹과 함께인 것 같은 기분이 들 것 같았다.

"나와 혼인해 주겠나?"

흔들림 없이 고요하고도 진중한 눈이 나를 향했다. 허공에서 시선이 교차하고, 나는 웃음을 머금었다.

"당신은 아직 나를 모르네요."

나는 뒷짐을 쥔 채 반지와 리녹을 번갈아 보았다. 살짝 당황한 그를 사랑스럽다는 듯이 품으면서.

"내게 필요한 건 이 땅도, 저택도, 공왕 자리도 아니에요."

나는 그의 품으로 걸어가 그의 목을 꼭 끌어안았다.

"당신이에요."

리녹의 몸이 살짝 떨린 것도 같았다. 그는 나를 안은 그대로 자리에서 벌떡 일어났다. 자연히 몸이 붕 떠올랐다. 그는 나를 안아 올린 채 떨리는 눈으로 나를 응시했다.

"……정말인가?"

"응. 그러니 영원히 나랑 살아 주세요."

나는 활짝 웃었다. 코끝에 리녹의 입술이 닿았다. 리녹도 환히 웃고 있었다.

"……내가 할 말이군."

펑.

펑펑.

우리는 언젠가 보았던 퍼레이드 속 불꽃놀이와 같이 펑펑 터지는 축포 아래서 입을 맞췄다.

사랑해요, 나의 대공님.

더는 말이 필요 없는 순간이었다. 이젠 이 행복한 순간이 영원토록 이어지겠지. 아주아주. 오래.

Fine

segue.

이어서

a due.

외전

+

새는 어느 날 궁금했다, 날 다시 사랑할 건가요?

거대하고도 강대한 제국.

이 제국에서 가장 안전한 곳을 일컫는다면 다들 입을 모아 두 곳을 말할 것이다. 황성과 공국.

그리고 질문을 좁혀보자. 이 커다란 제국령에서 안전하고 '평화로운' 곳을 일컫는다면, 다들 한 곳을 말했다. 이베르크 공국. 한때는 대공령이었던, 이제는 자치령이 된 제국 속의 나라였다. 이들의 위치는 특수했다.

황실의 핏줄을 이은 이베르크 대공이 다스리는 땅, 그러나 이전의 대공이란 이름 대신 공왕이란 칭호를 하사받은 그였다. 더군다나 이 공왕은 젊은 황제 탄시즈 라그나르에게 견줄 만큼 위세가 대단했으며, 일신상의 무력으로도 결코 뒤지지 않았다.

그도 그럴 것이, 자신은 전설을 만든 제국의 영웅이고 가문은 대대로 대마법사와 뛰어난 영웅을 배출한 이베르크 대공가였으니 늑대 핏줄 안에 견자 없단 말이 실로 지당했다.

특히나 현재 왕위에 오른 공왕 리녹 이베르크는 전설 속 늑대 펜릴을 연상시킬 정도로 용맹하며, 아주 수려한…….

"……수려한, 아니 잠깐, 수려로는 모자라지. 몸도 좋고, 가슴도 탄탄하고, 허벅지도 좋고…… 또 어디가 좋더라? 안 탄탄한 곳을 꼽기가 어려울 것 같은데."

"크흠. 집중하십시오, 왕비님. 다음 줄입니다."

"네네. 공왕은 실제로 펜릴을 길들였다는 소문이 있었다. 이는 사실 그의 선조가 이미 해냈던 일로…… 잠시만, 이건 내가 했잖아요?"

다시 헛기침 소리가 들려왔다. 나는 어깨를 으쓱했다.

'하긴 뭐. 내 일이 남편 일이지.'

나는 신경 쓰지 않았다. 하지만 이건 책을 검수할 리녹 눈에 걸리는 순간 득달같이 고쳐질 것이다. 용케 그의 눈을 피해 가더라도 다음 순위인 내 시어머니 아이헨나 님과, 비슷한 순위인 세레나가 절대 가만히 있지 않을 거다.

날 아끼는 순서에 우리 언니도 빠지지 않고 끼지만, 언니는 복잡한 책과는 거리가 멀다. 아무튼, 내 공치사가 절대 빠지면 안 된다나. 아니, 책 주제가 공왕에 관한 건데…….

나는 책을 계속 읽었다. 내 스승이라 자처하는 눈앞의 로테는, 이미 내 눈에 초점이 없다는 사실을 아주 오래전에 알았을 것이다.

"그의 눈은 펜릴처럼 현명함으로 빛났다고 한다. 그의 팔과 다리는 고대 늑대의 것처럼 단단하고 탄탄했으며……. 아, 실제로 감촉도 좋은데."

"……잡설 섞지 마십시오."

"그가 가진 검은 아주 거대했으며 원통형의 손잡이는……. 이거 말고도 리녹 몸에는 원통이 하나 더 있는데요, 로테.”

나는 고개를 들었다. 자칭 내 선생님께서는 시선을 느꼈음에도 고개를 내리지 않았다.

“저는 이 크기를 상세히 서술할 수 있어요.”

“……서술하지 마십시오.”

“왜요? 나는 이게 얼마나 큰지!”

“듣고 싶지 않습니다!”

“왜요, 리녹의 손가락이 얼마나 단단한지 알고 싶지 않다는 거예요? 여길 봐요. 그의 손가락은 바위처럼 단단했다! 그의 조력자들은 모두가 이야기했다. 공왕을 찬양하라! 그야말로 진정한 영웅이다! 그리고 난 공부가 하기 싫다!”

여기까지 말하자, 내 앞에 있던 이가 책을 아래로 내렸다.

“……책에 없는 내용 읽지 마십시오.”

내 앞에 있는 로테는 알이 커다란, 내 세계에서 개화기 안경이라 불렸던 안경을 쓰고 있었다. 한때는 외알 안경을 즐겨 썼는데 어느날 그 안경이 싸움 중에 깨진 후부터는 저런 안경을 가져와 착용 중이었다. 단검 던지기에 능한 것을 봐서는 굳이 안경을 쓸 만큼 시력이 나쁘지 않은 것 같은데.

“왜 내 말을 듣지 않는 거죠?”

“공부를 하셔야 하시니까요. 당연한 말이지 않습니까? 앞으로 더 많아질 공국민들은 기초적인 지식마저 없는 대공비님을 반기지 않을 겁니다!”

“제가 대공비니까, 이제 왕비라면서요! 그럼 명령할 거예요. 재상 퇴사해요!”

"여긴 상인 길드가 아닙니다. 퇴사가 아니고 파면이겠지요! 그보다 말을 낮추시라고 몇 번이나 말씀드립니까."

"재상 사퇴해!"

나는 자리에서 벌떡 일어났다. 로테는 기다렸다는 듯이 내 퇴로를 막았다.

"은근슬쩍 어디 가십니까?"

"가긴 어딜 가요?"

이 방의 출입문은 하나였다. 그는 치밀하게도 창문마저 없는 방을 골랐던 것이다. 너무나도 수업에 적합한 방이었다. 그러니까, 아주 성실한 학생이 이곳에 있었다면 말이다.

"스스로 약조하지 않으셨습니까? 공부하시겠다고."

"누가 안 하겠대요?"

"그럼 앉아라도 계십시오."

총집사장 헤트롯테 딜런. 대공령이 공국으로 승격 및 자치령이 되며, 그는 이 땅의 재상이 되었다. 문제는 재상씩이나 되었으면서 자처하고 나선 일이 내게 새로운 행정 지식을 가르치는 것이었다. 나는 아직도 이 사람이 왜 자원했는지 알 수 없었다.

"우우, 재상 사퇴해!"

"예예. 왕비님 덕분에 죽을 때까지 재상 노릇 할 생각입니다. 대대손손 물려줄 생각이지요."

"그러지 말아요. 그거, 내 딸한테 못 할 짓인데?"

"언제 출산하셨습니까?"

"아직 낳진 않았지만 일단 딸이 좋으니까요."

결혼 3년 차 신혼. 가족계획 한 번쯤은 생각해 볼 수 있는, 아니.

한 번이 아니라 여러 번은 생각해 볼 시기다.

"예. 귀한 분의 가족계획 목표 지향점은 잘 들었습니다. 이제 공부에도 지향점을 가져 보시지요. 말씀은 낮추시고요."

"재상, 사."

"사퇴 안 합니다."

우리 사이가 나름 가까워졌다고는 하나, 첫 만남이 최악이었던 만큼 주종 관계에 머무른 나와 이 사람의 관계는 겨우 평화 협정을 치른 개와 고양이였다. 아무리 협정을 맺었던들 성질이 이토록 달라서야, 결국 맞설 수밖에 없는 관계라고 할지. 하나 포기하고 앉은 쪽은 나였다. 그의 말처럼 필요한 공부였다. 억지를 부리는 쪽은 나였다.

'필요한 건 알아. 아는데…….'

나는 질린 듯이 서적 더미들을 바라봤다. 아무리 그래도 하루에 내 키 반만 한 것은 너무하지 않은가? 조금씩 나간다고는 해도!

"그럼 타국과의 협정 선언문을 다시 읽겠습니다. 직접 낭송하시겠습니까?"

"네이네이."

"대답은 한 번만 해 주십시오, 아가씨."

"그쪽도 호칭은 하나로 통일하시죠? 날 아직 왕비님이라 부르고 싶지 않은 건 알겠는데."

"……전하, 낭송 부탁드립니다."

제국이 이베르크령에 자치를 허가하였을 때, 많은 타국이 놀라거나 비웃었다. 놀람 또한 좋은 쪽은 아니었다.

타국에서는 제국이 북쪽의 쓸모없는 땅을 내주고 영웅 리녹 이베르크에 대한 공치사를 쉽사리 끝냈다고 하지만, 사실상 이 땅에 무엇이 잠들어 있는지 모르는 이들이나 할 소리다. 이 땅, 특히나 저 하얀 산맥에 잠들어 있을 무수한 지하자원과 마법적 자원을 합쳐서 마음만 먹으면…….

'능히 부국 순위에도 들 수 있다고 했나.'

으음, 그랬던 것 같은데. 나는 무심한 눈으로 시선을 내렸다. 빳빳한 새 책에는 글씨가 빼곡하게 들어차 있었다. 『이베르크 공국과 위대한 공왕 서기』 제목만 봐도 '아, 이 책. 잉크가 마른 지 얼마 안 됐겠구나.' 하고 느낄 거다. 그도 그럴 것이 이 공국이 세워진 지는 기껏해야 3년이 흘렀을 뿐이니까. 물론 3년은 꽤 긴 기간이지만, 타 왕국에 비하면 매우 짧은 시간이라고 할 수 있었다.

"로멘타 왕국에서 돌아온 사신은 이리 기록했다. 새로운 공국의 왕은 실로 밤이며 달이자, 용맹한 늑대와 같으니. 특히나 남자답고 수려한. 음, 책에 먼지가 끼었네요."

나는 읽다 말고 책을 탁탁 털고는 다시 읽었다.

"남자답고, 잘생겼다 못해 너무, 겁나, 미친 듯이 잘생긴 데다 몸까지 좋아, 부인을 밤마다 잠을 재우지 않으니……."

"책에 없는 문장에 대해선 언급을 삼가해 주십시오."

"아닌데요? 있는데?"

로테는 그럴 리가 없다는 듯 책을 응시했다. 그러나 들고 있던, 나와 똑같은 책에서 그는 아무것도 발견하지 못했다.

나는 로테를 향해 책을 보여 주었다. 곧 로테가 발끈했다.

"마법으로 책에 문장 추가하지 마십시오!"

"왜요, 사실인데? 야사 몰라요, 야사?"

나는 삐딱하게 반문했다.

"그런 건 아무도 알고 싶어 하지 않습니다!"

"그건…… 그렇네요."

왜, 난 빨간책이 좋던데. 자극적이고. 우리 언니도 하나씩 두고 보고 했는걸.

로테는 마력 낭비도 이런 낭비가 어딨냐며 잔소리 아닌 잔소리를 얹었다. 나는 슬쩍 책을 내려놓고는 그를 쳐다봤다. 그러고는 손을 휘휘 저어 그의 시선을 끌고는 탁탁 책을 두드렸다.

"아니, 이런 것까지 시시콜콜하게 공부를 할 필요가 있어요? 필요성이 없다는 게 아니에요. 너무 지엽적이잖아요."

"그리고 지난 반년 간 전하께서 익히지 못하신 것이기도 하지요."

"끄응."

"그것들이 쌓여서 이 높이가 된 것이라곤 생각하지 않으십니까?"

나는 표정을 구겼다. 사실상 결과부터 놓고 보면 그럴지도 모른다. 하지만 내가 게으름을 피웠다는 말로도 들리니, 억울하다.

"나라고 놀고 있던 건 아녜요. 알고 있잖아요."

그 말에 유수처럼 흘러나오던 로테의 목소리가 멈췄다.

"하얀 산맥에 갑자기 들이닥친 우글우글한 몬스터 떼. 그거 누가 다 때려잡았다고 생각해요?"

"……공왕 전하와 전하시지요. 그리고 대마법사이신 세레나 님."

"이전 황제가 저지른 미친 마법 실험에 휘말렸다가 풀려난 여러 마법 종족을 각 대륙 자기 고향에 안전하게 이동시켜 주고 데려다준 사람은요?"

"전하이시지요."

"걔네 다 데려다주고 갑자기 일어난 몬스터 웨이브를 모두 진정

시킬 때까지는 얼마나 걸렸죠?"

"……약 2년 5개월입니다."

"거기다 마지막 마법 생물을 데려다줄 적에 개중에 그, 뭐야. 로렐라이가 갑자기 폭주해서 우리 저택, 아니지. 이젠 성이지? 우리 성 남자들이 죄다 나한테 달려들었을 때 마법을 풀어낸 건 누구죠?"

"전하와 세레나 님이시죠."

"자기 기사 때려잡겠다고 분노로 눈 돌아간 내 남편 진정시킨 사람은요."

"……전하이시지요."

"와, 그렇죠. 정답 잘 맞히시네, 재상님. 그럼 마지막으로 하나만 더 대답해 볼까요? 대공령, 아니. 이젠 공국의 성내 모든 결계. 누가 쳤나요?"

나는 화사하게 웃었다.

"혹시라도 우리 공왕님 몸에 다시는 고대 주술이 일어나지 않도록 절대적인 마법진 만들 때, 마력의 핵은 누구?"

"……전하이십니다."

"자, 내가 놀았어요? 말해 봅시다, 재상. 안 한 건가요? 못 한 건가요?"

"……."

우리 공국 재상님은 나를 갈구길 참 좋아하시긴 한데, 동시에 매우 합리적이고 실리적이며 공정한 사람이었다. 나와의 대치 끝에 그가 낮게 숨을 쉬었다.

"……알겠습니다. 수업은 여기까지 하겠습니다."

나는 오전 8시부터 시작해 장장 7시간에 걸친 무간지옥에서의 해방을 마음껏 기뻐했다. 이렇게 말하긴 해도 나나 로테 두 사람 다 서로가 할 만큼 했다는 걸 알고 있기에 가능한 일이었다.

"그리고 오해가 있으신 것 같아 말씀드리는데요. 저는 더는 예전처럼 그러니까 처음 전하를 뵈었을 때와 같은 마음은 가지지 않았습니다."

"아, 텃세 부리던 때요?"

"제가 언제 텃세를 부렸습니까?"

"우리 대공님 아무한테도 안 줘! 약혼녀 있음! 거짓말 아닌 거짓말 한 게 텃세가 아니면 사기인가요? 공갈? 리녹에게 물어볼까요?"

"텃세입니다."

우리 재상님은 불리한 쪽의 인정은 빨랐다. 정확히는 자기 잘못 최소화하는 데는 도가 텄다. 참으로 훌륭한 재상의 자질이다. 그러니 막 3년밖에 안 된 나라가 다른 나라랑 경제 협상에서 털어 오지.

참고로 우리 재상님은 외교에도 능하다더라. 그냥 남 털어 버리는 데 능한 것 같기도 하고.

"……아무튼, 그렇게 직접 공치사를 열거하지 않으셔도 저도 충분히 이해하는 바입니다. 죄송합니다. 제 교육이 지나쳤다면 사과드리겠습니다."

로테가 고개를 숙였다. 웬걸. 저 남자가 웬일로 철이 들었나 싶었지만…….

"하지만 수하로서 진솔하게 말씀드리면, 전하의 습득 속도가 상당히 느린 것은 사실입니다."

"……."

"그리고 원인은 집중력 저하에 있지요."

그래, 어쩐지 순순하게 나온다고 했다. 나는 고개를 절레절레 저으며 손을 흔들었다.

"그래요, 오늘도 수고 많았어요. 선생님."

로테는 무슨 꿍꿍이냐는 듯 내 손을 쳐다봤다. 나는 고개를 살살 흔들며 손에 아무것도 없다는 듯 손바닥을 보였다. 마법 문양은 반대편 손에 있다는 사실을 로테 또한 알 터였다.

그가 의뭉스러운 얼굴을 하면서도 손을 내밀었을 때였다. 나는 기다렸다는 듯이 손을 휘저어 미끄러지는 마법을 썼다. 아니, 쓰려고 했다. 하지만 문이 열리고, 열린 틈 사이로 익숙한 인영이 보였다.

"에이미."

느릿하지만 묵직하고도 다정한 음색, 내 세상에서 하나밖에 없는 목소리였다. 눈앞에 달과 밤을 엮어 만든 듯, 황홀하다시피 아름다운 남자가 있었다. 마지막 전쟁으로부터 흐른 시간 탓일까, 그의 얼굴과 시선엔 깊이마저 담긴 것 같았다.

매일 보는 얼굴이지만 또 한 번 찬탄하게 되는 건, 내가 얼빠라는 걸 감안해도 당연한 일이었다. 그저 벗겨지지 않은 콩깍지라기엔 참으로 아름다운 남자였으니까. 그리고 이제는 내 남편이기도 했다.

그가 성큼 걸어왔다. 아니, 걸어오려다 멈칫했다. 동굴 속 자수정 같이 깊고도 무게를 품은 시선이 나와 로테를 번갈아 보았다.

"……지금 이게 무슨 상황이지?"

나는 그제야 나와 로테의 상황을 확인했다. 로테에게 가벼운 미끄럼 주문을 걸려다 놀란 탓에 주문이 약간 빗겨 나갔다. 책 더미로 넘어지면 부상이 클 테니 얼떨결에 그가 넘어지려는 것을 붙잡는답시고 손이 닿은 차였다. 솔직히 말해 닿은 것도 아니었다. 거의 닿았다고도 말할 수 없을 만큼 가깝게 스친 정도였으니까. 하지만 이를 모르는 리녹의 눈은 가늘게 좁혀졌다.

로테는 내가 알기로 수하 중 주인의 변화에 가장 예민한 사람 중 하나였다. 다른 한 사람은 베이커로, 이 둘이 투톱인데…….

기민하게 뭔가를 눈치챈 로테가 득달같이 외쳤다.

"공왕 전하, 저는 이 세상에 여성이 왕비 전하 한 분뿐이라면!"

나도 모르게 눈을 깜빡였다.

"수절할 겁니다!"

참으로, 절절한 의미가 맺힌 한마디였다. 나는 속으로 어이없음 반, 어처구니없음 반을 담은 헛웃음을 지었다. 전 총집사 현 재상님. 리녹에게 애타게 해명하고 싶은 마음은 알겠다마는.

"……로테 씨, 지금 방향이 잘못된 거 아시죠?"

수절, 즉 정절을 지키겠다는 건 결국엔…… 한 번은 정조를 내준 상대가 있다는 말. 로테 또한 제 실수를 알아챈 것인지 눈을 크게 떴다. 낭패감이 스쳤다.

이 재상님은 참 유능한데, 한 번씩 치명적인 실수를 한다. 바로, 제가 제일 아끼고 존경하는 주인 앞에서 말이다. 참으로 안타까운 일이었다.

"그럴 땐 고자가 되겠다고 하셔야죠."

"지금, 무슨 그런 말을……. 그런 말을 하실 때입니까? 그보다 고자는 싫습니다!"

"왜요, 전 만들어드릴 수 있는데."

"대체 어떻게, 아니 방법은 둘째 치고서. 무슨 소리이십니까! 체통을 지키시지요, 왕비 전하."

"흐응, 언제는 지킬 체통이 있었던가요. 아. 그래서 약혼녀가 있다고 거짓말을 하셨나.”

로테가 얼른 나와 리녹을 번갈아 봤다. 그에겐 미안하지만 나는 그때 받았던 텃세를 몇 년 동안 톡톡히 되돌려 주는 중이었다. 다 자업자득이지. 암.

“전하는 혼인하시고서 성격이 좀 변하신 것 같습니다!”

“그럼. 사람이 변해야지. 나이 먹는데 안 변하면 철이 안 든 거예요, 재상님.”

“그런 의미가 아니라.”

“떨어져.”

리녹의 낮은 한마디에 로테가 득달같이 떨어졌다. 그와 동시에 내 몸이 허공으로 붕 떠올랐다. 나는 허리를 감싸 안은 팔을 부드럽게 쓸어내렸다.

“리녹.”

내 한마디에 딱딱하게 굳어 있던 팔과 표정이 허물없이 누그러졌다. 그사이 로테는 몸을 바로 세우고는 얼른 우리 두 사람에게 인사를 올렸다. 사라지는 모습이 칼 같았다. 더 있다가는 주옥 된다는 것을 경험으로 잘 아는 것이다.

발이 다시 땅에 닿았다. 그 순간 마력이 느껴지는 것과 함께 바닥이 울렁 움직이는가 싶더니, 눈을 뜨자 익숙한 침실이었다. 성내에 있는 이동 마법진을 이용한 거다.

“마법을 쓰려고 했나?”

리녹이 나를 내려 주며 내 목덜미에 얼굴을 푹 파묻었다. 거대한 짐승이 애교를 부리는 듯한 몸짓에 나는 작게 미소를 터트렸다.

“네. 나이가 들어도 심술궂은 재상님한테 한 방 먹여 주려 했죠.”

그의 팔이 빈틈없이 허리를 차지했다. 굵고 단단한 팔은 몇 년 전과 다름없이 나를 지탱해 주었다.

"쓰지 마라."

"음? 왜요?"

"……네 건 누구에게도 나눠 주지 않았으면 좋겠다."

그가 묵직한 음성으로 조곤조곤 속삭였다.

"전부 나한테 주면 좋겠어."

"이미 전부 주고 있는걸요? 날숨 빼고?"

"그것도 가질 수 있으면 좋겠군."

"매일 밤 열정을 다해 뺏으시면서."

"지금도 가능한데."

"네? 읍!"

그와 동시에 입술로 열렬한 입맞춤이 내려앉았다. 능숙하게 내 것을 감싸는 것을 느끼다 눈을 감았다. 이런 갑작스러운 입맞춤도 나쁘지 않았다. 나는 리녹의 저돌적인 면도 좋아하는 편이었다. 어떤 모습이든 전부 그였으니까.

"그래서, 어떤 마법을 쓰려 했지?"

"하아, 그냥……. 별거 아닌. 읍, 리녹. 이렇게, 입을 맞춰서는, 대답을 할 수가……. 아니 단추는 왜 풀어요?"

"곧 밤이 올 테니까."

"……아직 해가 떠 있는데요?"

"밤으로 만들면 되겠나?"

나는 얼른 고개를 저었다. 이 방을 암실로 만들었다간 어떤 결과가 일어나는지 지난 일 년 여간 똑똑히 경험, 크흠, 한 바이니까.

"아뇨. 아뇨. 그건 됐고……. 아니. 당신이 됐다는 게 아니라요. 시무룩해하지 말고!"

나는 얼른 리녹을 달랬다.

"그래서 어떤 마법을 쓰려고 했다고?"

"왜요? 대신 맞아 주시게요?"

리녹은 뜻밖에도 진지하게 고민하다가 끄덕였다.

"네 것이라면 그것도 좋다."

이 남자가. 그동안 공격마법 날리는 건 어떻게 참았대.

그러나 최근 들어 그의 이런 증상이 더 심해진 이유와 근원을 모르진 않았기에 나는 참아 넘겼다. 그럼에도 한마디는 짚고 넘어가야겠다.

"아니, 어떤 마법인 줄 알고 함부로 받으려고 그래요? 제가 아무 고대 주문이나 받지 말라고 그랬죠?"

"……혹시 내가 걸렸던 고대 주문을 말하고 싶은 거라면, 그건 내가 받은 게 아니다 에이미."

"하지만 걸렸잖아요. 내가 어? 진짜 로테에게 고자가 되는 주문이라도 걸려고 했으면 어쩌려고요?"

"상관없다."

나는 멈칫했다.

……아니. 선생님, 그건 제가 곤란한데요?

"여기서 그렇게 말씀하시면 안 되죠."

"글쎄. 추측이지만 그런 마법이 있다 해도…… 내게는 통하지 않을 것 같은데."

"네? 어떻게 확신해요?"

마법이 통하고 통하지 않고는 시전자의 마력과 정신력에 달려 있다. 막말로 대마법사가 작정하고 누구 하나 고자로 만들려면 못 만들 것도 없는데. 이러니 로테가 끝의 끝 순간에는 내게 한 수 접어 주는 거다. 내 주문은 바라는 것을 현실로 만들 수 있으니.

생각에 잠긴 사이, 리녹이 내 손을 잡아 그대로 깍지를 꼈다.

"직접 확인해 보는 것이 어떤가."

리녹이 잡은 손이 스르륵, 그의 셔츠 안쪽으로 들어갔다. 손바닥에서 복부의 울룩불룩한 감촉이 느껴졌다. 잘 짜인 근육이 고스란히 느껴지는 감각에 나도 모르게 뺨이 발긋 물들었다.

'으으, 어떡해.'

혼인한 지 약 3년이 지났건만 여전히 그를 마주할 때면 나도 모르게 뺨을 붉히곤 했다. 특히나 이렇게, 아무렇지 않다는 듯 내 앞에서 옷을 벗을 때는 더욱이. 나는 내 손을 그대로 복근 위에 둔 채 셔츠를 털어내듯 벗는 그를 보며 숨을 들이마셨다.

툭. 하얀 셔츠가 바닥 위로 떨어졌다. 마침내 상의를 모두 탈의한 리녹이 내 뺨을 바라보며 부드러이 웃었다.

"너는 여전히 내 벗은 모습을 가장 좋아하는 것 같다, 에이미."

보일 듯 말 듯한 이 미소에 내 얼굴이 좀 더 빨개졌음은 물론이었다. 해를 거듭할수록 이 미모에 적응하기는커녕, 저쪽은 더 물이 오르기만 하니 어쩐담.

나는 슬그머니 고개를 돌렸다.

"……이미 잘 아는 사실을 다시 말해 줘서 어떡하려구요."

"이제는 인정까지 해 주는군."

"좋은 걸 어떡해요."

리녹이 한 손으로 내 뺨을 감싸 쥐며 다른 손으로는 툭, 내 단추를 하나 풀었다.

"내 반려."

그윽한 음성이 나를 담았다.

"그런 말은 나를 바라보며 해 주지 않겠나?"

나는 마치 신혼 첫날밤으로 돌아간 것처럼 고개를 푹 숙였다.

'으아, 오늘따라 더욱 보질 못하겠다.'

툭, 나머지 단추가 풀어졌다. 내 옷깃을 거머쥔 손과 뺨에서 내려와 내 허리를 단단히 감싼 팔, 집요한 시선까지. 그가 전하고자 하는 바는 명확했다.

'아니, 지금 시간이 몇 시인데……'

점차 드러나는 하얀 살갗을 보며 나는 고민에 잠겼다. 어떡하지. 그의 어깨 뒤로 보이는 태양은 쨍쨍하기만 했다. 그랬다. 밝아도 너무 밝다! 아무리 내가 이 남자를 진심으로 너무너무 사랑한다지만 해가 중천에 떴는데!

나는 숨을 꼴깍 삼켰다. 절대 싫다는 건 아니다. 오히려 좋으면 무척 좋았지. 미모에 물이 오르실 대로 올라 이젠 성숙함 속에 농염한 야릇함까지 품은 남편께서 작정하고 나를 유혹해 주시는데.

문제는…… 지금 시작하면 언제 끝날지 모른다는 점이다. 나는 괴로운 한편 행복한 고민을 하고 있었다. 하늘님, 남편이 너무 절륜합니다! 지금 시작하면…… 적어도 내일 아침 해는 볼 것 같은데.

"으음, 저 리녹?"

사실 대마법사가 되면서 일반인보다는 신체 능력도 좋아지고, 그에 따라 체력도 좋아졌지만. 본투비 짐승 출신인 대공님께, 아니. 공왕님께는 쨉도 안 되는 수준이었단 거지.

"우리, 음. 일단 대화부터 해 보지 않을래요?"

촉.

"이미 하고 있군."

"……몸과 몸의 대화 말고요."

"대화는 입술과 입술로 하는 걸로 아는데."

"아니, 언제부터 대화가 입술을 부대끼는. 흡!"

나는 주춤 뒤로 물러났지만 그보다 리녹의 손이 빨랐다. 그가 내 손을 가져가 반라가 된 몸 위로 올려 두었다. 쿵쿵. 그의 심장이 뛰었다.

"조금 전에 로테에게 걸려 했던 주문."

"고자가 되는 거요?"

"그래."

리녹은 슬슬 가슴을 밀어내는 내 손에 깍지를 꼈다. 그러더니 제 가슴 위에 올렸던 손을 그대로 입술로 가져갔다.

"어째서 내겐 그 마법이 통하지 않을지. 궁금하지 않습니까, 부인?"

……존댓말이라니요, 그것도 갑자기요?

그가 내 손끝에 쪽, 입술을 묻었다. 느릿하지만 나른하게 올라가는 그의 시선 속에서 나는 작은 승리감을 엿볼 수 있었다. 그랬다.

"나는 설명할 수 있을 것 같은데. 부인."

"이익……. 당신!"

나는 내 남편이 나를 부르는 '부인'이란 말과 그의 존대어에 무척이나 약했다. 아니, 가장 취약한 점이라 봐도 좋았다.

"부인."

"리녹."

"네. 말씀드리지 않았습니까."

그가 웃지 않는 편안한 표정으로 내 손바닥에 입술을 묻었다.

"이제 그만 제게 편히 말씀하셔도 좋다고 말입니다."

웃음기 어린 낮은 목소리. 따뜻한 숨결로 손바닥이 간질간질했다.

"리녹, 당신 일부러 이러는 거지?"

"부인께서 편히 말씀해 주시니, 기쁠 따름인데."

그가 내 허리를 감은 팔에 그대로 힘을 주었다. 시야가 확 뒤집히며 어느새 나는 그의 다리에 앉아 그를 올려다보게 되었다.

"이대로 계속 나를 사랑해 줄 생각은 없습니까."

굳은살이 콕콕 박인 거친 손가락이 내 손바닥을 살살 문질렀다. 등 뒤로 소름이 오소소 돋았다.

"조금 전에 하던 이야기로 돌아가, 저는 제가 부인의 마법에 걸리지 않는 이유를 설명할 수 있는데."

무슨 마법이요, 고자가 되는 마법? 나는 침을 꼴깍 삼켰다. 리녹은 느릿하게 고개를 기울여 속삭였다.

"대답은 몸으로 해도 됩니까."

미쳤어. 미쳤다. 미쳤어. 이 차려진 상을 거절하는 건 이 세상에 대한 모욕이었다. 아니, 제 신념에 대한 모욕이었다. 나 내일 세레나랑 약속 있는데. 오후엔 첼시를 만나 건네주기로 한 것이 있다. 잠시만, 그전엔 오찬이 어머님과……

"리, 리녹!"

그러나 때는 이미 늦어 있었다. 어느새 모두 벗겨진 가슴을 붙잡을 새도 없이 등 밑으로 푹신한 쿠션이 느껴졌다. 목에 물기 섞인 키스가 내려앉았다. 허벅지끼리 닿는 사이로 단단히 성난 것이 고스란히 느껴졌다. 노골적인 감촉에 나도 모르게 멈칫했다.

"아니, 대체 언제부터……."

"부인."

그러자 리녹이 그대로 고개를 숙였다. 입술을 내 귀에 가져다 대고는 낮게 속삭였다.

"제 욕망은 언제나 부인을 향해 우뚝 서곤 합니다."

나는 참지 못하고 손을 들어 올렸다. 찰싹찰싹.

"아니, 진짜. 아니……. 내가 조, 존댓말로 음담패설 하지 말랬죠?"

"음담패설이라니. 내 부인을 향한 진솔한 고백인 것을."

"거짓말 말아요! 이제 당신도 즐기는 거지?"

다 알아요! 으름장 놓듯 말하자 리녹이 슬그머니 고개를 뺐다가 낮게 웃었다. 처음 만났을 적 웃음이 거세되다시피 무표정했던 남자는 어느새 기분 좋은 목 울림을 내며 웃을 줄 아는 사람이 되었다. 그건 좋지만.

"내 진솔한 고백이 진실인지 직접 확인해 볼 생각은 없는지요, 부인."

"으으……."

허리에서 달랑 흔들리던 속치마저 마지막으로 내려가고서야, 나는 포기하고 말았다. 난 몰라. 남은 일정은 없는 것이나 마찬가지였다.

△

시간이 흘렀다지만 고대 마법이 내게 남긴 대가는 여전했다.

"으으으……."

내 몸은 여전히 치료 마법이 듣지 않았다. 이 말인즉 나를 치료할 수 있는 사람은 정해져 있단 소리였다.

"된 것 같아요."

"으으, 네……. 아니. 응."

이를테면 나와 친우가 된 영물들이나……. 세레나. 이번엔 두 존재가 모두 내 방에 있었다. 오늘이 두 존재와 함께 약속한 날이기도 했다.

"살 것 같다."

온몸을 지배한 탈력감과 피로가 사라지기 무섭게 나는 허리를 쭉 펴며 그대로 소파에 늘어졌다. 그대로 숨을 푹 쉬었다.

'으으, 너무 무리했다.'

내가 생각해도 어젯밤은 적당히를 모르는 밤이었다. 아니, 낮이었나. 낮부터 밤까지 말이지……. 물론 중요한 건 쌍방이었다는 거다. 나도 참. 넘치는 마력을 잠시간 피로를 잊는 데나 쓰다니……. 색색 숨만 쉬는 나를 보며, 도란도란 대화를 나누는 목소리가 들려왔다.

[적당히 할 때도 되지 않았나?]

"이런, 이런. 신혼에 적당히가 어딨나."

[신혼? 3년 전에도 그 소릴 하지 않았나, 후긴.]

새의 모습인 채 커다란 날개를 퍼덕이는 무닌과 그런 무닌을 어깨에 앉힌 채 홀로 인간의 모습을 한 후긴이었다.

후긴은 변덕이 심해 항상 외형의 나이나 머리카락의 길이를 변형하곤 했는데, 오늘은 평범한 단발머리의 서른 살 즈음 되어 보이는 여인의 모습이었다. 불의 까마귀답게 활활 타오르는 머리칼과 양쪽 색이 다른 눈동자는 여전했다.

"뭘 모르는구나, 오라버니. 원래 인간들은 3년이 흘러도 신혼인 거야."

[그런가? 인간들의 3년은 우리가 느끼는 것보다 빠르게 느끼는 것으로 아는데.]

새의 모습인 무닌이 머리를 갸웃 흔들었다. 그러더니 휙, 나를 향했다.

[그럼, 인간. 이제 새끼를 낳는 거냐?]

그 순간 나는 그대로 멈칫했다.

[아니다. 보통 인간들에 비하면, 늦은 편인 건가?]

"무닌, 늦고 말고는 정해지지 않았어요. 인간 중에는 무수한 사례가 있는걸요."

"저기, 세레나, 해명해 줄 필요 없어."

나는 뺨을 긁적였다. 인간이 했다면 상당히 무례한 소리지만, 여기 이 두 존재는 공감이 결여되고 감정을 느끼지 못하는 존재였다. 세레나는 고개를 갸웃할 뿐이었지만……. 함께 있던 하녀들이라거나 베이커는 눈을 난감하게 굴리며 허허허, 웃었다. 이윽고, 후긴의 손이 무닌의 목을 후려쳤다.

[아악! 이게 무슨 짓이냐!]

"미안해, 친우. 내 오라버니란 존재는 인간에 대해 알면서도 상식이란 게 아직 모자라서 말이야. 이런 잡소리를 날것으로 내뱉네."

[그게 무슨, 내가 멍청하단 소리냐?]

"보다시피. 이렇게 눈치도 없지. 조용히 하도록 해. 강제로 내게 누님이라 부르고 싶은 것이 아니면."

[……]

무어라 하려던 무닌이 후긴의 시선에 얼른 주둥이를 꾹 닫았다. 불만이 가득한 눈이었다.

[내가 무슨 잡소릴 했나? 당연한 것 아닌가. 암컷과 수컷이 교미를 하면 임신…… 읍!]

"이 자리엔 성체도 채 되지 않은 요르문간드도 있어. 잊은 건 아니겠지?"

[읍, 목! 목!]

나는 내 손목을 흘끗 바라봤다. 후긴이 데려온 아기뱀, 새끼 요르문간드가 내 손목을 칭칭 감은 채 고개를 살랑살랑 흔들고 있었다. 기분 좋다는 신호라고 했다. 다행히 무닌의 소리를 듣지 못한 것 같은데.

아무리 오래 산 이 짐승들의 사고관이 인간들과 다르다고 하지만…… 인간으로 치면 태어난 지 오래 안 된 아이인 이 아기뱀이 듣기 좋은 소리는 아니다. 나는 쯧, 혀를 차며 고개를 내저었다.

무닌과 후긴은 평생을 함께할 반려로서 애틋한 동반자였지만, 이와 동시에 무닌이 후긴에게 꽉 잡혀 사는 건 이 대공성 주요 인물이라면 누구나 알 수 있었다. 그럴 수밖에 없는 이유 또한 말이다.

"그래…… 거기까지 해두고 말이야. 이제 그만 오늘 모인 목적에 대해 이야기해 보자고."

나는 소파에서 몸을 일으켰다. 자연히 내게 따뜻한 차며, 뜨거운 수건을 내밀었던 하녀들이 눈치 빠르게 나갔다.

과거 대공저 하녀장이자, 이제는 궁정 총 관리자가 된 헤렌이 특별한 교육을 시킨 하녀들답게 재빠른 행동이었다.

이 방에는 세레나를 비롯해 영물, 즉 마법 동물인 무닌과 후긴. 그리고 이제 대공성 마법사가 된 베이커만이 남아 있었다. 그리고 지금 모인 이들의 공통점을 찾자면 바로 '마법'일 것이다.

이 중에서 베이커가 흠흠, 헛기침을 했다.

"크흠, 공왕비 전하 이제 몸은…… 괜찮으십니까?"

"네, 그렇죠. 아니, 그렇지."

한때 스승처럼 여기던 분이다 보니 좀처럼 하대가 익숙해지지 않았다. 그래서인지 베이커 또한 재상이 없거나, 재상이 없는 자리에선 지적 대신 눈을 감아주는 편이었다.

"……공왕 전하께서 참으로 열심히. 예……."

"새삼스럽게요."

"매번 회의가 미뤄지니."

"그건 조금 문제지만요."

"괜찮아요, 에이미. 에이미의 일은 언제든 내가 잘하고 있어요."

세레나가 내 의자 손잡이 쪽으로 다가와 상체를 살짝 숙였다. 어느새 그녀의 어깨에는 그녀가 키우는 은여우가 캉 짖으며 매달려 있었다. 세레나의 눈은 잘했냐고 묻는 어린아이의 눈과 같았다.

나는 씩 웃었다.

"말 높이지 않아도 된다니까."

"으음. 조금만, 조금만 더 시간이 지나면 가능할 것 같아요."

세레나가 입술을 움직였다. 다른 이들은 비틀어진 모양이라 여길지 몰라도 나는 알았다. 이건 내 친구의 활짝 웃으려 노력하는 얼굴이란 걸.

"응, 나도 세레나 네가 활짝 웃는 얼굴을 얼른 보고 싶어."

나는 손잡이에 올려진 그녀의 손을 잡고 웃었다. 점차 감정을 되찾아 가는 나의 대마법사 친구가 진정한 따뜻함을 알게 되길 바라며.

왜인지 세레나가 고개를 숙이고는 비스듬히 돌렸다. 이젠 나름의 쑥스러움을 느끼는 모양이었다.

"그나저나, 중요한 이야기로 돌아가서. 오늘은 뭐 때문이라고 했죠?"

"아, 이겁니다."

베이커가 허공에 손을 휘저었다. 그러자 길게 늘어진 그의 소맷자락에서 자그만 천 뭉치가 나왔다. 허공에 둥둥 뜬 천 뭉치는 저절로 펴지더니, 안에 품고 있던 물건이 드러났다. 나타난 것은 평범하게 생긴 돌조각이었다. 그러나 꼬집어 말할 수 없는 미묘한 기분이 들었다.

"고대 마법의 조각이네요?"

최강의 대마법사답게 세레나는 대번에 물건이 무엇인지 알아본 듯했다. 나 또한 저 물건에서 익숙한 기운을 느꼈다. 이를테면 내가 가진 고대 마법 '마타리'가 있던 물건을 만졌을 때의 느낌이라 할지.

"예. 그렇습니다. 마법부 소속 연구진들은 그렇게 생각하는데 말입니다."

황실과의 전쟁을 끝내고 오랜 평화가 찾아왔을 때 우리가 한 일은 이 세상에 퍼진 마법 동물을 돕는 일이었다. 적어도 하나씩은 전황제, 황실이 쑤셔 놓았기에 자연히 우리가 수습하게 되었다고 할까.

이와 함께 하게 된 일이 고대 마법 연구였다. 세상 곳곳에 퍼진 고대 마법의 잔재들이 이 성에 하나씩 모이게 된 계기기도 했다. 더는 리녹이나 세레나와 같은 안타까운 피해자가 없도록. 있더라도 대처할 수 있도록.

그렇게 연구를 하게 되었는데……. 베이커가 서쪽 어느 땅에서 가져왔다는 물건도 이 연구의 일환 중 하나였다.

"그런데, 지금까지와의 물건과 다르게 도무지…… 기미가 보이지 않습니다."

"어떤 마법에도 반응하지 않는단 소리예요?"

"예."

지금까지 발견한 고대 마법의 잔재들은 각각 어떤 마법에든 반응했다. 이 반응하는 마법을 알기 위해서는 고대 마법을 관통하는 '키워드'가 필요했지만, 이는 고대 마법 덕후, 아니. 유능한 연구진과 이베르크에 보관된 방대한 기록 덕에 그렇게 어렵지 않았다.

"세레나, 어때 보여요?"

둥둥 떠 있던 조각이 세레나의 손에 들어갔다. 사실 고대 마법의 최고 권위자는 단연 세레나였다. 그녀는 이 일 외에도 결계 보수나 마법 동물 환경 조성, 복지 등 항상 바쁜 이였기에 이렇게 정기적으로 열리는 회의에서 조언을 주곤 했다.

세레나는 한참 동안이나 조각을 만져 보았다. 그녀의 은은한 마력이 조각을 감싸고 있었다. 세레나는 항상 명쾌한 답을 주곤 했다. 이렇게 오래 걸리는 건, 좀처럼 드문 일이었다.

"아, 알았어요."

"뭔데?"

세레나가 고개를 살짝 기울였다.

「카루스 디에두스」

낯선 단어였다. 적어도 나는 듣지 못했던 마법이었다.

"감정, 정신 계열이라서 알아차리는 게 늦었네요."

"어떤 마법인 거야?"

감정 관련 마법이라면 확실히 세레나에게 취약한 부분이었으니, 알아차리기 어려웠겠구나 싶었다.

"글쎄요, 사랑에 영향을 미치는 마법이라고만 아는데. 아마 3회에 걸쳐서 일어날 거예요."

"아, 사용 횟수가 한정된 마법이다?"

"네. 시작 작용이 어떤 식으로 일어나는지, 그것까지는 잘 모르겠어요."

세레나가 고대 마법 조각을 빤히 바라보다가 눈을 떼어냈다.

"나는 사랑을 모르니까요."

"으음……."

나는 신음을 흘리다가 고개를 돌렸다.

"무닌, 후긴. 너희는 아는 거 없어?"

"흠, 모르겠는데?"

[나도 그렇다.]

무닌이 푸드득 날갯짓했다.

[이 몸이 보았던 고대 마법이란 초대 대공이 가지고 있던 것이 유일했으니. 그렇게 보여 줘도 잘 모르겠다만.]

"그래?"

지난 시간 동안 우리가 찾아낸 고대 마법 중에는 다양한 마법이 있었다. 개중에 정신 계열 마법도 있었는데, 자칫 잘못 발동시키면 보통 인간은 평생 환상에 갇혀 타인을 살해하며 끝에는 폐인에 이르게 할 만큼 강력한 고대 마법이었다.

나는 함께 고민에 빠졌다. 조금 전 예시처럼 정신 계열 마법은 본 적 있었지만, '감정'에 관여하는 마법은 처음 들어본다. 이러니 정신 마법은 잘도 알아냈던 세레나도 고개를 갸웃하는 것이고.

"세레나, 지난번 정신 계열과 다르게 어떻게 열어야 할지 모르겠다는 거지?"

"네."

고대 마법을 깨우기 위해서는 '키워드'를 알고 있어야 했고, 그 키워드에 맞는 행동을 하거나, 마법을 흘려보내야 했다. 내가 나도 모르게 간절히 빌어 치유 마법을 썼던 것처럼. 행동을 알아내는 건 어렵기에 우린 마법을 쓰는 방식으로 알아내고 있었다.

어느새 고대 마법 조각은 내 손으로 들어왔다.

"사랑과 관련된 마법이라고? 하나의 감정이 고대 마법이 될 수 있나."

"아무것도 아닌 것처럼 보여도, 깊은 힘이 담겨 있는 게 고대 마법이니까요. 이전의 것만 해도 먼지 터는 마법인 척하다가 거대한 바람 마법이 됐잖아요."

"끙, 그건 그렇지만."

사랑과 관한 조각이면, 대체 어떻게 깨워야 할까. 대마법사인 나와 세레나에게는 실수로 힘이 흘러나와도 다시 묶어둘 마력이 있었다. 세레나나 내가 가진 고대 마법들은 대단한 것들이었으니까.

'조각에 대고 키스라도 해야 하는 것 아니야?'

동화 속 클리셰들을 떠올리던 나는 속는 셈 치고 돌을 입술에 툭 두드렸다. 그러고는 피식 웃었다.

설마하니 이런 거겠어. 그럼 어떤 마법을…….

그 순간이었다.

"에이미!"

눈앞에 은빛 장막이 펼쳐졌다. 이것이 세레나의 마법임을 알았지만, 이미 때는 늦은 뒤였다. 화살까지 쏘아진 빛이 내 가슴을 관통했으니까. 근데…… 아프진 않은데?

"에이미! 괜찮아요?"

"아? 어, 으응."

나는 가슴을 문질렀다. 아무런 느낌이 들진 않았지만 마력을 돌려 보면 희미하나 기묘한 이질감이 느껴졌다. 그보다 나는 빛이 쏘아지기 전에 똑똑히 목격했다. 화살 같던 빛 앞에 촉이 달려 있었는데, 그 화살촉이 하트 모양을 하고 있었다. 어처구니없게도.

거기다 색은 검은색인 하트 모양이라니. 설명할 길이 없는 찝찝함에 가슴을 문질렀다.

"별일 없는 거예요? 마법을 걸어 줄까요?"

"아니, 아니야. 정말 괜찮아. 아프지도 않고, 다친 곳도 없는걸."

하나, 고대 마법이 담겨 있던 조각은 어느새 반으로 부서지다 못해 손을 대자 파스스 가루가 되듯 부스러졌다. 이는 고대 마법이 완전히 발동했단 소리다. 나는 고민하다가 고개를 들어 올렸다.

"그래도 혹시 모르니까 치유 마법, 한 번만 걸어 줄 수 있을까?"

"물론이죠."

세레나가 에이미라면 언제든지 가능하다며, 마법을 걸어 주었다. 그 어느 때보다 강력한 마력을 담은 마법이었다. 그러나 그 마법이 닿았다가 사라진 뒤로 아무런 효과가 없었다. 이는 즉 다치거나 부상을 입거나, 무언가에 '오염'되진 않았단 소리다. 세레나의 마법은 정화도 가능했으니까.

나는 곧 가슴을 매만지다 말고 콧잔등을 찡그렸다. 어차피 어떻게 발동할지 모르는 마법이다. 연구를 해 봐야겠네.

세레나 또한 고대 마법에는 권위가 있고 나와 세레나의 것만큼 강력한 마법은 리녹이나 황제가 된 탄시즈의 것 말고는 없을 테니, 일단은 안심하란 이야기를 했다. 이미 내겐 거대한 마법이 하나 있으니 걱정 없겠지.

조금은 안일한 생각을 했다. 그렇게 내게 새겨진 마법은 기억의 뒤안길로 차차 사라지는 듯했다.

△

3개월 뒤.

여느 때와 같이 로테와 전쟁 같은 수업을 마치고 복도를 홀로 걷던 중, 맞은편에서 걸어오던 그레이와 마주쳤다.

"기사단장!"

내가 활짝 웃으며 그를 부르자, 그레이가 움찔했다. 그는 인사를 하다 말고 주춤한 자세였다.

"그렇게 부르지 마세요, 공왕비님……."

"왜? 맞는 말이잖아. 경은 자기 직위에 3년이나 적응을 못 하면 어떡해?"

"전 많은 사람은 못 이끌어요. 3년 전부터 누누이 말씀드렸는데!"

"으음. 이제 와서 그래 봐야, 늦었지 않았을까……."

그러자 그레이가 억울하다는 표정을 지었다.

"전 그냥 가위바위보에서 진 것이지 않습니까!"

3년 전 2명의 부단장과 부대장, 셰드 경, 첼시, 그레이 간에 치열한 기사단장 미루기 열전을 떠올렸다. 정말 열기가 치열했었지. 끝

끝내 미루기 경연에서 패배한 것은 바로 그레이였다. 그리고 지금 보다시피 공국의 기사단장이 되었고.

본디 자유롭던 새벽 기사단원들에게는 단장이란 직위가 유달리 부담스러웠던 모양이다. 지금도 초창기 기사단원들은 그를 놀려먹기 바빴다.

"경, 이제 그만 인정해. 기사 중에 경이 제일 만만했던 거야."

"……알고 있던 사실 되짚어 주지 마세요, 전하……."

나는 추욱 처진 그레이를 보면서 소리 내어 웃고는 장난치듯 토닥이려 했다. 그러나 손은 그에게 닿지 못했다.

"우읍!"

이상하게도 헛구역질이 치밀어 올랐다.

"전하? 공왕비님!"

"아, 욱, 우읍, 괜찮아. 아무것도 아니야……."

이상했다. 딱히 먹은 것도 없는데, 체했나? 나는 당장 의사를 데려오겠다는 그레이를 잡고 손을 마구 흔들었다. 한 차례 나타난 헛구역질, 그리고 함께 나타난 어지럼증은 나타났던 것이 무색하게 곧 거짓말처럼 사라졌다.

"됐어. 요즘 밤을 많이 지새워서 그런가 봐."

"……마법 때문입니까? 너무 무리하신 거 아니신가요."

"으음, 그런 건 아니고. 밤에 잠이 잘 안 와. 요즘 이상하게 변덕도 심해지고."

"변덕이요?"

3년간 눈치가 제법 늘었지만 그레이는 여전히 둔한 편이었다. 그렇기에 오히려 편히 이야기할 수 있는 상대였다.

"분명 사과가 먹고 싶었는데, 사과를 보면 오렌지가 먹고 싶다거나……."

"네? 그럼 둘 다 드시면 되지 않습니까?"

"그건 그런데. 오렌지를 보면 다시 토하고 싶기도 하고."

"역시, 몸이 쇠약해지신 것 아닙니까?"

그레이가 걱정스런 얼굴을 보였다.

"공왕 전하께서 토벌을 가신 동안에 성과 성벽, 도시 결계를 보수하셨다고 들었습니다."

"그건 그런데. 점검에 가까웠는걸."

최근 공국령 북쪽에 대규모 마수 떼가 나타난 까닭에 리녹과 보수 결계 담당인 세레나가 잠시 자리를 비웠었다.

'서로를 아주 그냥 잡아먹으려 들었지, 아마.'

그러나 어쩌겠는가. 이것도 황실이 싼 똥을 치우는 거였다. 그들이 죽여 없앤 마법동물이 사라진 탓에 마수가 자리를 잡고 자라난 거였으니까. 파훼법이 아주 까다로운 마수였기에 리녹같이 아주 뛰어난 검사가 필요했고, 환경을 뒤바꿀 대마법사가 필요했다. 성의 결계는 내가 맡고 있는 까닭에 나는 함께 떠나는 대신 이곳을 지켰고.

리녹이 돌아온 것이 어제였다. 그동안 리녹이 있을 땐 할 수 없었던 밤을 새운다거나, 실컷 책을 본다거나 여러 일을 했으나…….

'무리한 것 같진 않은데.'

나는 고개를 갸웃했다. 그러고 보니, 묘한 증세가 나타난 것이 딱 리녹이 떠난 직후부터이긴 했다.

"확실히 배나 머리가 좀 자주 아픈 것 같기도 하고. 그렇긴 한데."

"쇠약해지신 거라니까요? 전하께서 알면 난리가 날 겁니다."

"일단은 말하지 말아."

"네?"

"리녹이 알면 전국의 명약이란 명약은 다 가져올걸? 그래서 진짜 아픈 사람이 못 먹으면 어떡해."

"……."

그레이가 심각한 얼굴로 끄덕였다.

"그건 그러네요."

리녹의 팔불출력이야, 누구보다 이 기사단이 잘 알고 있었다.

"그나저나 어딜 가시던 길이셨습니까?"

"응? 서재에."

"……이 얘기부터 드리려 했는데, 공왕 전하께서 찾으시던데요."

나는 눈을 데구루루 굴렸다.

"응? 왜 눈을 피하세요, 왕비 전하."

그레이와 내 관계상 격식이 넘쳐야 함이 옳았지만 함께 지내온 세월이 있다 보니 공식적인 자리가 아니면 과거처럼 편안히 지내는 편이었다.

"……나 오늘 아침까지 리녹이랑 함께 있었어."

"네? 네. 하지만 전하께서 찾으시던걸요."

"나 아침까지 함께 있었대도?"

"어……."

그레이는 이해하지 못한 얼굴을 했다.

"1시간이 지나면 전하께서 이 성을 샅샅이 뒤지지 않으실까요?"

"끄응……."

그레이의 말이 틀리지 않았다. 리녹이 나를 찾았다면 곧 내가 있는 곳으로 올 테고. 리녹과 만나면 어째 오늘 일은 싹 날아갈 것 같은데 말이지. 나는 손에 쥔 논문과 그레이를 번갈아 봤다.

"……공왕비 전하, 대체 무슨 생각하시는 건지 여쭤봐도 되나요? 저 조금 불안한데……."

"경과의 기억을 떠올리고 있었어. 좋은 추억? 경이 나를 보리 가마 메듯이 메던 때랄까."

"그때는 왜 떠올리십니까?"

그레이의 얼굴에 불안감이 스쳐 지나갔다.

"그거야, 그때처럼 도망가려고?"

"네, 도망……. 예? 무슨 그런!"

끔찍한 소리냐는, 의미를 마구 담은 눈이 나를 향했다. 그레이가 고개를 마구 저었다.

"저 죽는 꼴, 아니. 기사단 죽는 꼴 보려고 그러세요, 아가씨!"

"하하, 그레이 씨는 당황하면 예전처럼 날 부른다니까요?"

나 또한 3년 전처럼 대답해 주었다. 그레이의 얼굴로 아차, 하는 기색이 스쳤지만 여전히 고개를 도리도리 저었다. 그렇게 소리 내어 웃고 있는데, 참 이상하게도 돌연 기분이 가라앉았다. 마치 누군가 내게 우울로 베를 짠 새까만 보자기를 푹 뒤집어씌운 것처럼.

"……공왕비님?"

"가만, 내가 무슨 죄를 지은 것도 아니고. 나 하고 싶은 것도 못 해?"

"네? 네??"

"그렇잖아. 나 아침까지 남편이랑 같이 있었어. 행복한 시간 보내고 나도 나 할 일 좀 하겠다는데. 그게 직접 찾을 일이야? 일도 못 하게? 나는 일도 하지 말란 거야?"

"예? 아, 아니. 그⋯⋯. 전하? 공왕 전하께서는 그런 의도가 아니실 것 같은⋯⋯."

"그런 의도가 아닌 게 뭔데?"

"어? 그걸 저한테 물으셔도⋯⋯."

나도 대뜸 이런 말을 꺼내는 내가 이상한 걸 알았다. 그런데 왜인지, 흘러나오는 말을 멈출 수가 없었다. 기분이 그래프라면 몇 초 상간에 마구 곡선을 그리는 듯한 기분이었다. 당연하겠지만 리녹이 나를 찾는 게 뭐, 나를 방해한다거나 나를 감시한다거나 그런 의도는 전혀 없다. 설사 나타나더라도 내가 바라면 가만히 지켜보는 게 전부일 남자였다. 아니, 분명 그런데. 왜⋯⋯. 왜 이렇게 서럽지?

"내 능력을 인정 못 한다는 거야, 뭐야. 리녹은, 기어이 지켜봐야 속이 편하대?"

"예? 아니. 자, 잠시만요."

그레이가 황급히 목소리를 높였다. 나는 그 이유를 몰랐으나 곧 알아차렸다.

"왜, 왜. 지금 우십니까? 우, 우세요. 아가씨?"

눈물이 핑 돌았다. 마력이 마구 요동치고 눈물이 울컥울컥 차올랐다. 나조차도 자제할 수가 없었다.

"흡, 나도, 바쁜데⋯⋯. 끕. 할 일도 하면서⋯⋯. 존경, 끅, 존경받는⋯⋯."

사람이 되고 싶단 말이야. 세레나처럼. 언니처럼. 그리고 리녹처럼. 결국, 굵은 눈물방울이 뚝뚝 떨어졌다. 정말 내가 생각해도 논리 없는 생각들인데 하염없이 서러웠다. 그리고 그레이에게 미안하지만 이는 그에게 타이밍이 좋지 않았다.

"공왕비님?"

귀에 익은 목소리에 고개를 돌리자, 익숙한 얼굴이 있었다. 첼시였다. 그녀는 놀란 얼굴로 나를 바라보더니, 시선을 옮겼다.

"뭐야……. 이 거지 같은 광경은……. 야. 단장님. 당신, 우리 왕비님 울린 거야? 너야?"

"뭐? 아냐!"

불행히도 그곳엔 첼시뿐만 아니라 로테도 있었고, 베이커와 셰드경도 있었으며……. 가장 뒤쪽엔 우뚝 선 리녹도 있었다. 놀란 얼굴의 그는 몇 초 동안 자리에서 움직일 줄 몰랐다. 그러다 곧 리녹에게서 무시무시한 표정이 스쳐 지나갔다.

"……그레이라고? 그레이가 울렸다고?"

"예? 예? 아닙니다. 아, 아니에요. 아니에요, 대장. 아니 공왕전하!"

"흡, 아니라잖아요!"

"네. 공왕비님께서도 제가 아니라……. 전하?"

리녹이 성큼 걸어왔다. 그의 방향은 그레이를 향하지 않았다. 한달음에 달려온 리녹이 곧 상체를 기울였다.

"에이미? 대체 무슨 일인가. 어디 아픈가?"

그는 화를 낸 것이 언제냐는 듯 어쩔 줄 모르는 표정으로 나를 응시했다. 초조한 기색이 엿보이는 얼굴에 나는 주책없이 서러움이 밀려들었다. 여전히 이유를 알 수 없었다.

"흡, 나를, 당신이, 나를 찾아서. 흐엉, 리녹이 나를 찾아서……."

"내가 찾는 것이 문제가 됐나?"

"흐어엉, 몰라요. 당신 탓이야……. 흐으윽."

"……잘못했다."

그에게서 반사적으로 사과가 흘러나왔다.

"흐엉, 토벌, 멀쩡히 다녀오라고 하니까, 다쳐 오고……. 맨날 나 보고는 다치지 말라면서!"

"그…… 것도 미안하다. 내가 잘못했어."

"흐엉 몰라요!"

그의 눈동자가 마구 흔들렸다. 그의 손가락이 연신 눈물을 닦아냈지만 눈물은 쉬지 않고 흘러내렸다.

"끕, 싫어, 끄흡, 다 미워 죽겠어."

"……내가 말인가?"

그가 세상을 잃은 얼굴을 했다. 서러운 와중에도 리녹의 이런 얼굴은 보고 싶지 않았다. 고개를 젓다 말고 나는 나도 모르게 다른 누군가를 가리켰다.

"이게 다, 로테 때문, 끕, 수업이 많아서……."

"예?"

왜일까. 나는 되는대로 주워섬겼다.

"수업도 안 빼 주고, 일도 많은데……. 맨날 교양 없다고 욕이나 하고."

"욕을 했다고?"

"아닙니다!"

"사퇴하라고……."

"그건 전하께서 제게 하신 말씀이잖습니까!"

로테가 무어라 소리치든 나는 차분하게 로테에 대한 욕을 차곡차곡 내뱉었다. 리녹은 내 말을 하나도 빠뜨리지 않고 고요하게 들어주었다. 이따금 주체 없이 흘러내리는 눈물을 닦아 주면서. 그리고 기나긴 내 앞담 아닌 앞담이 끝났을 때. 나도 모르게 휘청거렸다.

아랫배가 뭉근한 듯 묵직한 것이 쿡쿡 당기는 데다 아릿하게 아팠다. 살면서 생리통 한 번 제대로 앓아 본 적 없는 몸인데 왜일까……. 머리도 지끈 아파 왔다. 나는 단단한 가슴에 기댄 채 작게 숨을 내쉬었다.

"에이미? 에이미!"

"괜찮아요, 리녹……."

나는 절박한 음성을 듣다 말고 괜히 씩 웃어 보였다. 리녹의 얼굴은 내가 금방이라도 죽기라도 할까 걱정하듯 급해 보였으니까.

"공왕 전하, 데려왔습니다!"

어느 틈에 베이커 옆으로 익숙한 얼굴이 보였다. 베이커는 순간이동을 쓴 건지 마력 느낌이 고스란히 느껴졌다.

갑자기 나타난 이를 바라보았다. 저 사람은……. 왕성 의사인데? 항상 세레나에게 치료를 받는 나로서는 반년에 한 번 건강 검진받는 것 외엔 볼 일이 없던 이였다.

'아, 머리 아파…….'

그 모습을 마지막으로 나는 눈을 감았다. 왜인지 급속도로 피로감이 몰려왔다. 마치 누군가 내 마력과 체력을 와구와구 냠냠, 먹어 버린 것처럼.

△

"임신하셨습니다."

생각해 보면, 이건 한 번쯤은 짐작할 수 있는 복선이었다. 알기 쉬운 답이었는데…….

나는 괜히 심각한 표정으로 내 배와 눈앞의 의사를 차례로 쳐다보았다. 아니, 갑자기 하늘에서 거대한 우주선이 떨어졌다고 하면 보면서도 이게 믿기겠는가? 내 기분이 딱 그랬다. 물론 한편으로는 열심히 계산해 보고 있었다.

'그러니까…… 대충 날짜가…….'

3개월 전. 그러니까, 그때쯤에 낮부터 찐하게 했던, 그날 같은데? 웬 고대 마법 조각을 잘못 다뤘을 즈음. 어쩐지 다른 날과 다르게 정말 격렬하다 싶었지. 나는 끙, 숨을 흘렸다.

"체온이 올라가는 건 당연한 증상입니다. 앞으로도 오한 등 가벼운 몸살감기 증상이나, 두통, 복통이 있을지도 모르니…….."

내가 침착하게 주의 사항을 듣는 사이, 리녹은 집 잃은 거대한 강아지마냥 안절부절못하며 가만히 서 있지를 못했다. 모든 설명에 가벼이 고개를 끄덕이는 나와 다르게 그의 표정은 심각하기만 했다.

"오한이 들 땐 열을 보충해야 한다고? 그럼 성 전체에 보온 마법을……."

"송구하오나 전하, 여기서 온도를 올리면 공왕비 전하께서는 찜통 속 요리가 되실지도 모릅니다."

"영양 보충……. 허어. 조리장을 늘려야."

"이미 3분 전에 늘리라 명하셨습니다, 공왕 전하."

"……리녹, 진정해요."

나와 마주친 깊은 눈동자가 하염없이 흔들렸다. 놀람과 조심스러움이 가득한 눈동자엔 한편으로는 염려가 스며 있었다. 조금 전처럼 내가 눈물을 펑펑 흘리지는 않을까 걱정하는 모습이었다.

"에이미, 눈물은 탈수 증세를 일으킨다고 한다……."

"네. 안 울게요. 이것도 임신 초기 증상이라니……. 음, 어쩔 수 없지만."

"차라리 분노해라."

"네?"

리녹은 짐짓 결심한 듯한 진지한 얼굴로 말했다.

"희로애락이 수시로 바뀐다니, 슬퍼할 바에야 차라리 나를 때려도 좋다."

"네? 내가 당신을 왜 때려요……."

"어차피 맞아도 흠집조차 나지 않을 거다."

죄송하지만 선생님, 제가 눈이 뒤집히면 손이나 지팡이 대신 마법을 쓰지 않을까요?

하지만 말을 하는 리녹의 얼굴이 워낙에 굳은 탓에 나는 농조차 꺼내지 못했다.

"나로 부족하면 그레이를 때려도 좋다."

"네?"

"아……. 네! 저, 저를 때려도 좋습니다. 공왕비 전하!"

마침 옆에 있던 그레이가 비장하게 말했다.

"아니면 네가 욕하던 로테가 좋겠나?"

"……탐탁지 않습니다만, 그렇게 해서 나아지신다면야. 이 몸 하나는 기꺼이 희생하겠습니다."

심지어 매번 삐딱선을 타던 로테조차도 떨떠름한 얼굴로 진지하게 끄덕였다. 나는 어처구니가 없었다.

"……누가 때려 준대요?"

이때만 해도 나는 그저 내가 울었던 모습 때문에 리녹이 놀라 잠시 호들갑이라도 떤 거겠거니 싶었다. 하지만 이게 다가 아니었다.

"……리녹. 왜 복도가 공사 중인 거죠?"

"바닥재를 모두 푹신한 것으로 바꾸라 명했다."

다음 날, 거대한 왕성 복도에 팔을 걷어붙인 사내들로 가득했다. 자세히 보니, 공국 기사단이었다. 옛 새벽 기사단들도 있었다.

"혹시라도 네가 넘어지면 안 되잖나, 에이미."

"……저는 돌부리도 없는, 아무것도 없는 곳에서 넘어지는 재주는 없어요. 그리고 진지하게 이상한 얘길 속삭이지 말아요."

"……안 되나?"

그의 어깨가 추욱 처졌다. 안절부절못하는 기색이 역력했다. 나는 참지 못하고 말했다.

"아니, 지금도 당신이 안고 다니는데! 저게 무슨 소용이에요!"

그러나 리녹은 마치 귀를 축 늘어트린 짐승처럼 어찌할 바를 몰라 하면서도 나를 내려놓지 않았다. 그 순간에 잠시, 출산할 때까지 내발로 걸을 일은 없는 걸까, 하는 엉뚱한 생각이 들었다.

이뿐 아니라 매 끼니 식사마다 이 대륙의 보양식이란 보양식은 전부 올라왔다. 조화는커녕, 오로지 영양에만 맞추겠다는 무시무시한 의지가 느껴졌다.

"호위하겠습니다!"

"……뭐라고요? 침대까지는 고작 세 걸음인데요."

"공왕 전하께서 항시 안전하게 모시라 했습니다. 전하."

"그러니까 첼시, 대체 세 걸음 동안 무슨 일이……."

"무언가, 공왕비 전하를 위협할지도 모르잖아요."

아니, 내가 대마법사인데. 대체 누가?

"무엇이요?"

첼시가 눈을 빙그르르 굴렸다.

"……미세먼지?"

……이게 무슨 멍멍이 소리야.

나는 팔불출에 걱정병이 더해지면 어디까지 깊어질 수 있는지 전혀 몰랐다. 이렇게 보기까지는 말이다.

'혹시 새로 태어나는 아기가 사실 나인가. 무슨 내가 인큐베이터 속의 신생아냐고.'

리녹의 솔선수범에다 여기에 한 몸 한뜻으로 따르는 헤렌과 로테, 그레이, 첼시 등을 보며 나는 등으로 진땀이 흐르는 걸 느꼈다. 이뿐 아니었다. 나는 내 주변에 환경 변화의 끝판왕이 있다는 점을 간과했다.

"에이미! 들었어요. 임신했다고! 축하할 일이죠? 축하해요."

"아, 세레나. 고마워. 축하해 줘서 기뻐!"

그나마 감정에 무디고 공감이 아직은 결여된 세레나가 원정에서 뒤늦게 돌아왔을 때, 나는 드디어 정상인을 만났구나 싶었다. 몇 분이 흐르기 전까지는 말이다.

"소식을 먼저 듣고 열심히 공부했어요. 임산부라거나, 마법사가 임신을 했을 때의 주의할 점이나."

"아, 정말? 고마워. 감동이네. 그만큼 생각해 준 거지?"

"당연한 일인걸요. 일단은 가장 편안한 환경이 필요하다면서요. 에이미, 보통 사람에게 가장 편안한 공간은 고향이라면서요? 맞나요?"

"어? 응? 으응. 보통은 그렇지?"

세레나는 평소처럼 평온한 표정으로 말을 잇는데, 왜 이유 모를 불안감이 치솟는 걸까.

"에이미가 편안히 지낸 고향은 숲과 산이라고 들었어요. 산을 만드는 건 조금 걸리지만 나무를 일으키는 건 하루면 충분해요."

"……어?"

"이미 공왕에게 이야기는 들었어요. 산과 숲 중 어느 쪽이 좋죠? 밤의 숲의 마수도 재현해 줄까요?"

"자, 잠시만 세레나."

"마수 몇쯤 잡아 오는 건 어렵지도 않아요. 말만 해요."

"아니, 아주 많이 오해하고 있는데!"

나는 대륙 최강의 검사이자 공왕의 주인을 남편으로 두고, 세상을 움직일 수 있는 대마법사를 친구로 둔 것이 어느 정도의 영향력을 미치는지…… 이제야 깨달았다.

이, 이 도라이버 같은 인간들 같으니!

"다들 그만 못 해요?!"

그리하여, 딱 한 달 차 되는 날. 기어이 정원에 펼쳐진 거대한 밤의 숲의 재현을 보며 나는 지팡이를 들고 말았단 이야기다.

"성에 마수가 날뛰는 게 말이 돼? 하녀들이 무서워하잖아. 당장 전부 원래대로 복구하지 않으면 이대로 성을 확 나가 버릴 줄 알아요!"

△

"……잘못했다."

화창한 날, 나는 푹신한 안락의자에 앉아 가만히 배를 두드렸다.

아직 납작한 배는 아무런 징후조차 보이지 않았다. 이런 때일수록 조심하라는데. 겉으로 티가 나지 않으니, 안쪽에서 일어난 일도 잘 모르고 지나가게 된다나. 괜히 가장 조심해야 할 시기가 아닌 모양이었다.

'으음, 나도 임신인 걸 모르고 밤을 마구 샜으니.'

리녹이 사라지고 나서야 입덧이라거나 임신 징후가 나타난 이유가 있었다. 세레나로부터 들은 이야기인데, 가만히 있어도 강대한 마력을 폴폴 풍기는 리녹의 힘이 그동안 내 몸의 균형을 강제로 맞춰 준 것이었다고 한다. 정확히는 내 뱃속에 자리 잡은 이베르크의 핏줄의 힘을 눌러서 말이다.

다시 말하자면, 내 배에 있는 태아도 거대한 힘을 품고 있는 모양이었다. 눌러 주는 힘이 없으니, 바로 제 존재를 드러낸 걸 보면 말이다. 이베르크의 마력은 이베르크에게만 영향을 미친다고. 오히려 이베르크 마력이 섞이긴 했어도 이렇게 거대한 마력을 타고난 건 날 닮은 걸지도 모른다고 했지.

우리 아이가 맞긴 한가 보네. 이렇게 쓸데없이 타고난 힘이 커서야……. 벌써부터 심히 걱정이었다.

"에이미……. 어디 아픈가?"

그리고 여기, 예비 아빠께서는 내 보양식을 만들겠답시고, 저 멀리 마법 생물인 순록의 뿔을 자르러 갔다가 중간에 내게 잡혀 왔다. 정확히는 통신 구슬을 통한 내 연락에 말이지.

"그러니까, 리녹. 보양식은 더는 필요 없대도요."

"5백 년 동안 살아온 순록이다. 푸른 뿔은 좋은 정기를 품고 있다고 했다, 에이미."

"누가 그래요?"

"무닌과 후긴이 그러더군. 펜릴도 동의했다."

……거 마법 동물 친구들이 이렇게 뒤통수를 때리네. 성을 마수 소굴로 만들어 놓고 밤의 숲, 내 고향이라며 들이민 그날 한바탕 뒤집는 내 모습을 보며 이쪽은 얌전히 눈치를 보았던 것 같은데. 아니었나 보다.

"……아니. 5백 년 묵은 뿔을 그렇게 아무렇지 않게 잘라 와도 되냐구요."

"뿔 정도야 3백 년이면 다시 자란다고 한다."

"저기. 3백 년이면, 걔가 산 세월의 반을 훌쩍 넘는데요……."

그 루돌프, 아니 순록은 무슨 죄야. 쯧 혀를 차는데, 리녹이 조심스럽게 손을 뻗어 내 손을 잡았다.

"하지만 에이미, 넌 요즘 부쩍 말랐다."

"네? 그럴 리가 없는데요."

요즘 쪘으면 쪘지 빠졌을 리가? 리녹부터 시작해 기사단까지 하도 잘 먹였어야 말이지. 그러나 리녹의 반듯하고도 아름다운 얼굴은 한없이 진지했다.

"무려 0.3 그램이나 빠졌어. 난 알 수 있다."

"……아니. 잠깐만. 그걸 어떻게 아는데?"

"그거야, 널 안아 올리면."

"아뇨, 아뇨!"

아니. 그 미묘한 수치를 어떻게 아냐구요, 선생님.

"……물 한 컵 마시면 늘어날, 그런 무게에 연연하지 말아요. 나 건강하다니까요?"

"하지만……."

나는 시무룩해지는 남자의 뺨을 얼른 붙잡았다. 그리고 내려가는 고개를 잡고 나와 눈높이를 맞췄다. 자연스럽게 리녹이 양팔을 의자 손잡이에 뻗어, 그의 품에 갇힌 듯한 자세가 되었다.

"리녹, 그렇게 내게 무언갈 먹이지 않아도 돼요."

"에이미……."

"이미, 내게 가장 효과적인 보양식은 당신이에요."

나는 방싯 웃었다. 언젠가 이 성이 저택이었을 적 마주했던 때처럼.

"당신을 보는 것, 이렇게 마주하는 것, 그리고 이 손에 폭 안기는 것만으로. 내겐 좋은 요양이고 보양이에요. 응?"

"……."

"그러니, 불안해하지 말아요. 난 괜찮아요."

그의 손을 잡아 내 뺨에 얹고는 단단한 팔을 가만히 쓸어 주었다. 곧 리녹이 나를 보다 말고 고개를 푹 숙이는가 싶더니, 다시 들어 올린 얼굴은 전보다 누그러져 있었다.

"……내 반려. 너는 항상 나를 행복하게 하는데, 가끔 네겐 똑같이, 아니, 더욱 크게 돌려주지 못하는 것 같아. 곤혹스럽다."

"우연이네요. 나도 항상 같은 생각을 하곤 하는데."

그렇게 허공에서 눈을 마주하던 우리는 약속이라도 한 듯 작은 웃음을 터트렸다. 이제 그만 알아주면 좋을 텐데.

세상에서 오직 하나, 내게만 보여 주는 저 미소야말로 저기 5백 년 묵은 뿔보다 세상 그 어떤 정기보다 더 가치 있고, 힘이 나게 한다는 걸. 근사하게 웃던 얼굴이 가까워지더니, 이내 내 입술로 다정한 입술이 내려앉았다. 한참의 입맞춤이 끝나고, 고개를 돌렸을 때.

창문 밖으로 꽃잎이 팔랑팔랑 떨어지는 풍경이 보였다.

"봄이네. 좋은 소식은 봄에 온다더니. 생각지 못한 선물도 봄과 함께 왔네요."

리녹은 잠시 망설이다가, 내 손을 붙잡았다.

"……선물이라 생각한다면, 나야말로 고맙다. 에이미."

사실 서로 말하지 않았지만 나는 그의 불안을 알고 있었다.

"사실 난, 아니. 아니다."

"리녹."

"아무것도 아니다 에이미."

나는 자리에서 일어났다. 그러고는 그에게 다가가 머리를 기댔다.

"괜찮아요, 아무 말도 하지 않아도."

리녹은 사랑받으며 자라온 아이가 아니었다. 그렇기에 더욱이 자신이 아빠가 된다는 사실에 어쩔 줄 몰라 하는 것 같았다. 평소와는 다른 과잉 모습을 보이는 것 또한. 그 나름의 불안을 숨기고 해소하려던 노력이었겠지. 나는 굳이 이 사실을 언급하는 대신, 가만히 그를 안아 주었다. 그리고 그의 어깨너머로 보이는 풍경에 다시 한번 눈길을 주었다.

"조금 아쉽긴 하네요."

"무엇이 말인가?"

"아, 그냥요."

리녹과 측근들. 그리고 세레나와 마법 동물들까지. 이들의 호들갑 아닌 호들갑이 도움이 된 점이 있다면, 이 팔불출 짓들에 휘둘리다 보니 감정이 처음처럼 마구 널을 뛸 일이 없었다는 점이다. 그리고 마력을 진정시키는 법을 세레나에게 새로 배운 탓에 전보다는 덜해졌고 말이지.

"저희 혼인 전에는 도망가랴, 마수 막으랴, 황실과의 전쟁 막으랴. 제대로 된 데이트를 못 해 봤잖아요."

기억나는 설경의 데이트는 내가 그를 밀어내느라 망쳐 버렸고. 나들이 삼아 갔던 경매장은 당시 탄시즈가 폭발시켜 버렸다. 그러니 애석하게도 평범한 데이트는 해 보지 못한 것에 가까웠다.

"혼인 뒤에는 황실이 싼 똥, 아니. 이 땅에서 벌인 사고의 여파를 수습하느라 바빴구요. 그리고 당신도 토벌에 원정에 나라를 정비하느라 바빴고."

"……혹시, 내가 네게 소홀했다면."

"그럴 리가요. 기사단을 갈아 넣더라도, 제게 달려오는 사람이었잖아요? 내 공왕님은."

날 도무지 혼자 두질 않는다고 엉엉 울긴 했지만, 결코 싫어서는 아니었다.

"다만 조금 아쉬워요. 3년간 나름 바빴다 보니, 근처 유람도 가 보지 못했잖아요."

"지금이라도 갈 수 있다. 아니, 지금 당장……."

"아뇨, 아뇨. 물론 같이 가는 건 좋아요. 제가 말한 건 음, 그러니까 풋풋한 그때의 심정?"

아무래도 기나긴 추격 끝에 단거리 달리기를 하듯 마음을 확인했었지. 거기다 언니가 대공가를 찾아오기도 했고. 황실 연회에 갑자기 초대받았다가 테라스에 갇히기도 해 보고. 애틋했지만 차분히 앉아 길거리를 돌아보거나 어여쁜 풍경을 느긋하게 볼 새가 없었다.

"가끔은 돌아오지 않기에 아쉬움을 남기는 것도 있잖아요."

우리 사귀어 볼까요? 이런 한마디조차 하지 못했던 것. 생각보다 손가락이 예쁜 이 남자에게 내가 잘 만드는 꽃반지 하나 끼워 주지 못했던 것. 밤의 숲에서처럼 조촐하게 내가 만든 식사로 야외에서 나란히 음식을 먹으며 달을 보지 못한 것.

그저 이런 소소한 것들이 약간 아쉬울 뿐이다. 이젠, 생명이 콕 들어찬 몸으로는 무리해선 안 될 테니까. 뭐. 그래도 살다 보면 언젠간 비슷한 것들은 해 보지 않을까? 그때 그 감정은 아니겠지만.

"그냥, 아주 작은 바람이에요."

그러나 나는 간과했다. 내가 얼마나 큰 고대 마법을 몸에 품고 있는지 말이다. 심지어 시간을 거스르기도 했었는데 말이다. 아무튼, 이 소동의 절정은, 오래전 잊고 있던 복선이 눈 깜짝할 사이에 모습을 드러낸 탓에 있었다.

"어, 어어?"

"에이미?"

나는 난데없이 쏟아진 빛에 놀라 눈을 깜빡였다. 고대 마법이 새겨진 손등 위로 처음 보는 문양이 겹쳐져 있었다. 화살 세 개가 나란히 나열된 문양, 그 끝에 보이는 하트를 본 순간 스쳐 지나가는 것이 있었다.

'그때 그 고대 마법?'

사랑에 영향을 미친다는 마법. 나도 모르게 오싹 소름이 돋았지만 이미 때는 늦은 뒤였다.

"어, 리녹…… 이거 아무래도."

나는 말을 채 잇지 못했다. 눈앞이 새하얗게 변했으니까. 철그렁. 묵직한 쇠사슬이 부딪치는 것같이 둔탁한 소리가 귀를 울렸다. 마지막으로 들은 것은 안심하라고 속삭이는 듯한 작고도 장난스러운 목소리였다. 우습게도 요동치는 가슴을 진정시켜주는 음성이었다. 그도 그럴 것이 아주 우습게도 평생의 연을 만난 내게.

'안심해. 이건 사랑을 이뤄 주는 마법이야. 사랑으로 시작해 사랑으로 꽉 채워진 마법.'

이렇게 속삭이고 있었으니까 말이다.

이윽고 눈을 떴을 때, 나는 낯선 천장을 멍한 눈으로 응시했다. 머릿속이 새하얗다.

'어라? 내가 왜 여기에?'

아무것도 기억나지 않았다.

△

"으음, 그러니까. 두 분이…… 내 기사였단 말이에요?"

나는 한때, 내가 세상의 중심이란 생각을 품어 본 적 있다. 그러니까 아주 거대한 세상이 오직 나를 위해 돌아간다는 생각 말이다. 그것은 어느 날 언니가 내가 쥔 검을 아무렇지도 않게 날려 버렸을 때 싹 사라졌지만 말이다.

그때부터 생각했지. 우리 언니가 최고야. 최고였어. 그때부터 언니바라기가 되었던 것 같지만. 아무튼, 그 이후로 집안이 쫄딱 망하고, 언니와 힘들지만 나름 도란도란 살아왔던 짧은 생애……. 그 행복한 생애 어디를 뒤져 봐도 눈앞의 두 사람은 생각나지 않았다. 거기다 한 사람은 거의 울 것처럼 울먹이고 있었다.

"진짜, 기억 안 납니까? 공왕비 전하? 정말요? 아가씨, 이렇게 불러도요?”

“그렇게 불러 봐야…….”

“흐엉, 저 그레이입니다!”

“어……. 네. 그레이 씨.”

그러자 옆에 있던 키가 큰 여성이 그레이라는 남자를 툭 치워 버리곤 얼굴을 쑥 내밀었다.

“안 돼요, 전하. 장난치시는 거죠? 네? 혹시 장난이시라면 저 그레이 놈만 속여 주세요. 네? 저를 잊으셨다니요! 저 첼시예요.”

첼시는 자신이 내 호위기사며, 내가 하나밖에 없는 주군이라고 했다. 주군과 기사라니. 언니와 단둘이 살던 내겐 한없이 멀게만 느껴지는 개념이었다. 오히려 쫓아오는 추격대 때문에 안 좋은 기억이 있다면 모를까.

“으음, 미안해요. 역시 그렇게 말해도 잘 모르겠는데…….”

이내 그레이란 남자와 마찬가지로 울상이 되는 얼굴을 보자니 괜히 마음이 콕콕 찔렸다. 뭔가 기억 난 게 아니라 양심에 찔린다고 할지. 이 두 사람의 얼굴은 왠지 모르게 잠깐 머물렀던 마을의 귀여운 강아지들처럼 사람의 양심을 찌르는 구석이 있었다.

내가 발로 차기라도 한 것같이 낑낑대는 모습이 겹친다고 할까. 갯과인가 이 사람들. 나는 슬그머니 시선을 피하다 말고 그대로 멈칫했다.

“…….”

시선이 멈춘 곳, 창문 앞에는 나와 한참을 떨어진 채 가만히 서 있는 남자가 있었다. 빛이 쏟아진 가운데 새카만 머리칼을 가진 남자는 홀로 밤같이 보였다. 조각처럼 반듯한 콧날이나 매끄러운 피부,

우수에 찬 듯 신비롭게 보이는 자색 눈동자는 왜인지 태양보다 달이 어울리겠거니, 싶은 기분이 들었다.

'와, 끝내주게 잘생겼네.'

평생을 방랑해도 이처럼 잘생긴 남자를 볼 수 있을까 싶었다. 차가운 이목구비인데, 묘하게 부드럽고 따뜻해 보인다는 점이 신기했지만. 나는 눈동자를 데구르르 굴렸다. 음, 듣자 하니 저 남자가…….

"남편이십니다."

자신을 베이커라 소개한 중년 남자가 말했다.

음, 그래. 저 남자가 내 남편이란다. 그렇게 말해도 실감이……. 뭐라도 기억날까 싶어 괜히 방을 두리번거리다가 책장에서 시선을 멈췄다. 책이라. 책에 대한 뭔가가 있었던 것 같은데. 기억나지 않았다. 이것도 싸그리 잊은 건가?

이미 내 모습을 거울로 본 뒤였다. 보아하니 내 모습을 보아선 마지막 기억보다 시간이 훌쩍 지난 것 같은데. 역시나 기억나질 않으니 저들이 말한 것처럼 여기서 잘 지내다가 싸그리 잊은 모양이다. 물론 이들이 나를 속이고 있을 가능성도 배제할 수 없지만.

"흑, 흐읍, 아가씨!"

……그레이라고 했던가? 눈물, 콧물 쏙 빼는 저 무구한 낯이 연기 같지는 않았다. 옆에서 첼시란 사람이 주책이라며 머리를 꾹꾹 누르고 있었으니까.

사실 조금 이상하긴 했다. 저쪽의 끝내주게 근사한 미남이 남편이란 건 알겠는데, 조금 전부터 조금도 가까이 다가오질 않지 않은가. 이야기하는 걸 봐서는 사이가 나빴던 것도 아닌 것 같은데.

언니는 위기에 처하면 그 상황을 직면하라고 가르쳤다. 나는 성실한 제자였으므로 관찰을 끝내고, 입술을 열었다.

"전부 이해했어요. 음, 그러니까 나는 지금 임신한 상태고. 저쪽이 내 남편이다, 이거죠?"

"……어, 네. 음. 그렇습니다만……."

베이커가 뺨을 긁적였다. 벌써 네 번째다. 이 사람의 버릇인가 보다. 내가 또박또박 말하는 것이 당황스러운 모양이었다.

"저, 외람되지만. 거……. 당황스럽진 않으신지요?"

"음, 그러게요."

확실히 그랬다.

"그, 이런 말은 좀 이상한데. 당황스러워 해야 할 것 같은데……. 이상하게도 그런 기분이 전혀 들지 않아요."

눈을 떴더니 언니는 곁에 없고. 나는 결혼한 데다 배에 애기까지 있다니. 당황하다 못해 불안을 느낄 상황임에도 불구하고 나는 너무나 평온하고 편안했다. 마치 다정한 누군가가 귓가에 괜찮다고, 놀랄 일이 아니라고 속삭여 주기라도 하듯이.

물론 이 때문만은 아니고, 정말 부정적인 것이라곤 전혀 느껴지지 않았다.

"이것 참, 저도 신기할 노릇이네요."

난 고개를 갸웃했다.

"지금 놀라 도망가도 모자랄 상황 같은데."

"……도망?"

그 순간 아주 낮고도 황홀하리만치 듣기 좋은 음성이 들려왔다. 지금까지 침묵을 유지하던 '남편'에게서였다.

"도망간다고? 내게서?"

오오. 그냥 서 있기만 하길래, 조각인 줄 알았더니. 말도 하네?

나는 조금 놀라긴 했지만 곧 그의 말을 정정해 주었다.

"어, 그렇게는 말하지 않았는데······."

"에이미."

나를 부른 남자가 걸음을 옮겨 내게 다가오려 했다. 그러나 멈칫하더니, 더는 발을 옮기지 못했다. 마치 커다란 충격에 휩싸인 사람처럼. 왜인지 보는 사람이 더 안타까워질 표정이었다. 곧 그대로 돌아선 남자는 그대로 성큼 걸어 문을 나서 버렸다.

"으음, 일단 자극해선 안 될 것 같습니다. 방금 막 디아나 양에게 연통을 넣고, 세레나 님도 돌아오신다고 하셨으니."

남겨진 사람 중 그나마 이성을 잘 유지하던 베이커 씨가 말했다.

"······두고 보는 편이 좋겠습니다."

그 말을 들으며 나는 '아, 언니랑도 아는 사이구나. 그럼 안심해도 되겠네.'와 같은 조금 태평한 생각을 했다. 경계심조차 들지 않는 걸 보니 참 신기하다고 생각하면서.

△

이틀이 흘렀다.

그사이에 나는 추가로 사람들을 더 만났다. 그중에는 기사 옷을 입은 채로 엉엉 우는 사내들도 있었고, 후긴이라며 이름을 소개한 여인과 말하는 새도 있었으며, 조그만 강아지에서 사람으로 휙 변하는 새하얀 머리칼의 너무나도 귀여운 남자아이도 있었다. 하양이라고 했나.

날 붙잡고 서럽게 엉엉 울던 아이는 아빠라는 거대한 늑대의 입에 달랑 들려 사라졌다. 다른 건 몰라도 어린아이를 서럽게 울게 한 건 어쩐 마음이 아프고 이상하게도 손등이 욱신욱신했다. 그리고 끝으로 만나게 된 건, 달빛을 녹여 만든 듯 진한 은발을 가진 미녀였다.

"안녕하세요, 에이미?"

그리고 내가 본 사람들 중 가장 태연한 낯이었다.

"기억을 잃었다고 들었어요."

"으음, 네. 그렇다네요?"

"확실히 내게 존대하는 에이미는 오랜만이에요."

세레나라고 자신을 소개한 사람은 내 앞 의자에 우아하게 앉았다.

"사실 다들 왜인지 나더러 방법을 찾으라 하는데……. 저는 어떤 모습이든 에이미 그대로니까. 상관없지 않나 싶은데. 큰 문제는 아닌 것 같아요."

"그렇구나. 저랑 무슨 사이셨어요?"

"……친구요?"

어째서 의문문인지 알 수는 없었지만 나는 처음으로 편안하게 활짝 미소 지었다.

"우리 되게 좋은 친구였나 보네요."

적어도 내가 어떤 모습이든 태연하게 받아들일 정도로 가까운 사이였나 보다. 나를 보던 여성의 푸른 눈동자가 잔잔한 파문을 그렸다.

"당신은 기억이 있든 없든 당신이네요. 에이미."

"네?"

세레나란 사람은 나를 한참이나 바라보더니 곧 본론을 꺼냈다.

"당신에게 걸린 고대 마법에 관한 조사가 끝났어요. 물론 짧은 시간 내에 찾느라 힘들었지만……. 가능은 했네요. 물론 그 마법의 마력 패턴도 파악했고요."

"대단해요."

마법에 관해서 전혀 모르지만 세레나가 말하는 것이 대단한 건 알겠다. 순수하게 감탄했더니, 세레나가 입술을 보일 듯 말 듯 구겼다. 왜일까. 나는 요상하게 꼬인 입술 모양이 마치 웃는 모습 같다고 여겨졌다.

"음. 핵심부터 말하자면 이 고대 마법의 기한은 채 8일도 가지 않을 거예요. 길면 일주일 정도?"

그 말에 주변에 있던 모든 이들이 눈에 띌 만큼 안심한 얼굴을 했다. 나는 모여 있던 이들 중에 단 한 사람, 내 '남편'이라던 남자만 없다는 걸 알았다.

그리고 이것이 어제의 일이었다. 눈을 뜬 상황이 얼마나 충격적이었든 간에 나는 임산부였다. 믿기지 않는 사실이지만 일단 그렇다고 하니, 얌전히 조언들을 따랐다. 놀랐을 테니, 산책을 하란 권유도 얌전히 따랐다. 대신에 호위는 정중히 거절한 채로. 그들도 내 눈치를 열심히 보더니, 끄덕이고는 날 보내 주었다.

'경계심이 들지 않는 것은 제쳐 두고서 일단 도망갈까 싶었지.'

그들이 보여준 언니의 편지는 진짜 언니의 필적이었고, 곧 볼 수 있다고 하니 도망갈 필요는 없어 보였다.

"와, 정원 한번 되게 예쁘네."

가장 마지막 기억은 막 밤의 숲으로 들어가던 날, 겨울이었다. 그래서인지 눈앞에 펼쳐진 봄의 풍경이 신기하기만 했다. 깜깜하던 밤의 숲을 볼 때는 다신 평범한 꽃을 보지 못할 줄 알았는데.

평화로운 풍경 때문일까. 생각이 태평하게 뻗어 가는 것 같았다. 자박자박. 풀을 밟는 소리가 좋았다. 그렇게 길을 한참 따라갔을까. 길 끝에서 거대한 등나무를 발견했다. 자수정처럼 길고도 아름다운 꽃들이 가을의 금빛 이삭처럼 여문 채로 흐드러져 있었다. 그 순간 바람이 쏴아아 불었다. 나는 바람에 눈을 살짝 찌푸리면서, 동시에 나보다 먼저 서 있던 사람을 발견했다.

남자였다. 새까만 머리칼과 깊고 진한 눈매와 그윽한 눈동자까지. 나를 본 남자의 얼굴로 여러 표정이 스쳤다. 그러니까 저 남자가 이 나라, 공국의 왕이랬지.

이름이…….

"리녹."

나도 모르게 발음한 순간 남자의 눈동자가 흔들렸다.

"……에이미?"

내 남편이라던 공왕.

저쪽은 나를 먼저 발견했던 것인지 이미 시선이 나를 향해 있었다. 나는 그대로 멈춰 선 채 약간의 거리를 두고 그를 관찰했다. 내가 결혼을 했다니. 벌써 이틀여가 지났지만 다시 생각해도 실감이 나지 않았다.

언니랑 한창 도망을 가던 시절엔 내 인생은 이렇게 도망만 가다 끝나지 않을까, 하는 생각을 많이 했더랬다. 그때는 연애고, 결혼이고 생각할 수 있을 리가 없었다. 사치라고까지 생각했으니까.

'그런데 왜, 과거를 생각할 때마다 미묘하게 책의 잔상이 떠오르는 거지.'

책을 좋아하긴 했지만 그것과는 다른 느낌이었다. 마치 아주 중요한 '책'을 읽고 기억하지 못하는 것처럼. 하지만 대부분의 기억이 싹 날아간 마당에 뭔가를 또 잊었겠거니 했다. 원래 이렇게까지 느긋한 성격은 아니었지만, 한편으로는 이런 주의이긴 했다.

일어난 것은 이미 일어난 일이라고. 그러니 왜 이렇게 됐느냐를 돌아보며 후회할 게 아니라 앞으로 방법을 모색하는 쪽이 합리적이었다. 오랜 시간 추적에 쫓기다 보면 당장의 현실에 집중하는 성격이 된다고 할지.

나는 천천히 고개를 들어 올렸다. 내가 잠시 생각에 잠긴 사이에 남자는 여전히 나를 바라보고 있었다. 아니, 떨어질 생각이 없는 듯했다. 집요하면서도 맹목적인 느낌마저 드는 시선이었다. 목이 아주 마른 것처럼 갈증이 나 보이기도 했다.

그러고 보니, 남자의 얼굴은 이틀 만에 본 것이었다. 그는 첫날 내가 기억을 잃었음을 알게 된 순간 방을 박차고 나갔고, 그 뒤로는 다신 나타나지 않았다. 그래서 나는 새삼스러운 눈으로 남자의 얼굴을 담았다. 정말이지 참……

'잘생겼다.'

남자에게 실례되는 말이지만 멍하니 보고 있으니 침이 쭉 흐를 것 같다. 거기다 몸이 엄청 좋을 것 같다는 저질스런 생각이나 하고 말이지. 마치 신이 요소를 하나하나 전부 따져서 최고만을 가져다가 섬세하게 조각한 것 같달까.

'과거의 내가 저런 미남을 차지했단 말이야?'

분위기에 맞지 않게 휘파람을 불고 싶었다. 그러나 그 대신 나도 모르게 배를 매만졌다. 내 몸이 홑몸이 아니란 얘기까지 들었지만 이상하게 거부감이 없었다.

물론 당황하지 않은 건 아니다. 하나 기억이 없어도 마음 아주 깊은 곳에서 '괜찮아, 괜찮아.' 하고 다독여 주는 기분이었다. 그리고 잔잔하게 치솟는 따뜻한 감정까지.

나는 문득 그런 생각이 들었다. 남자는 지금 어떤 기분일까? 사랑에 빠진 부인이, 그것도 애지중지했다는 부인이 임신까지 한 채로 기억을 잃었다면.

나는 고개를 기울였다. 아마 나를 태울 듯이 뜨겁게 보는 저 시선과 관련 있으려나. 슬그머니 피하고 싶은데, 눈이 떼어지지 않는다고 할지. 어쩐지 뺨이 금방이라도 뜨거워질 것 같았다.

'음, 저 남자의 이름이 뭐였더라.'

나는 입술을 달싹였다. 신기하게도 호기심을 머금은 순간 거짓말처럼 머릿속을 스쳐 지나갔다. 눈을 뜬 뒤로 단 한 번 들었을 뿐인데도.

"……리녹?"

이었나. 그래, 맞아. 이 이름이었지. 속으로 끄덕이는 순간, 남자의 눈이 크게 뜨였다. 표정 없던 남자의 얼굴로 다채로운 무언가가 마구 스쳐 지나갔다.

"에이미?"

그는 이렇게 반문하기 무섭게 이쪽으로 성큼성큼 걸어왔다. 그러고는 내게로 손을 뻗었다.

"기억이 난 건가? 돌아온 거지? 나를 기억하나?"

무섭지는 않지만 나도 모르게 움찔한 건 어쩔 수 없었다. 저쪽은 나보다 한참 큰 사내였으니까.

눈을 질끈 감았다가 뜰 때까지, 내 몸에는 아무것도 닿지 않았다. 눈앞에는 남자가 손을 뻗은 채 그대로 멈춰 있었다. 뻗은 손은 아슬

아슬하게 내게 닿지 못한 채로. 그는 내 표정 하나로 알아차린 것 같았다. 내가 여전히 기억을 잃었음을.

"……아니었군."

아름다운 눈동자가 속절없이 흔들린다. 허공에서 그의 손가락이 천천히 접혔다.

"……일부라도 기억해 줄 수는 없나?"

그는 그대로 손을 가져와 자신의 얼굴을 손바닥으로 덮었다. 커다란 몸이 놀랍도록 와르르 무너졌다. 그는 상체를 푹 숙인 채로 숨을 내쉬었다.

'설마, 우는 거야?'

나는 그의 정수리를 바라보며 어쩔 줄 몰라 했다. 이번에 손을 뻗은 것은 내 쪽이었다.

"저, 저기……."

분명 낯선 사람이다. 모르는 사람이었다. 한데 왜일까. 나는 낯선 이에게 베풀 수 있는 연민과 호의 이상으로 큰 감정에 휩싸였다. 마치 이렇게 해야 한다는 듯이. 남자의 팔에 조심스럽게 손을 댔다. 그러자 남자의 팔은 거짓말처럼 허물어졌다. 그리고 남자의 얼굴이 허공으로 드러났을 때. 나는 숨을 삼켰다.

"그…… 공왕님?"

남자는 내게 잡힌 손을 잠시 내려다봤다. 아름다운 얼굴에서 흘러내리는 투명한 물줄기, 나는 여기에서 눈을 떼어내지 못했다.

"리녹."

"어……."

"그렇게 불러 주면 좋겠다."

그와 동시에 손등으로 무언가 뚝 떨어졌다. 비였다. 이 남자의 얼굴에서 내리는 비였다. 다시 한번 떨어지는 눈물 줄기에 나는 얼른 고개를 끄덕였다.

"알았어요, 알았어요! 그, 그러니까 울지 마세요."

아니, 왜 이렇게 서럽게 우는 건데. 보는 사람마저 마음 이상해지게.

남자, 리녹의 손가락이 조심스레 나를 잡았다. 시선은 마치 닿아도 되냐 허락을 구하는 것 같았다. 그리고 한참의 침묵 끝에 모양 좋은 입술이 막 떨어졌다.

△

이틀 전.

에이미가 기억을 막 잃은 날이었다. 이베르크 공왕성은 유례없이 커다란 침묵에 잠겼다. 정확히는 공왕의 집무실은 그 어느 때보다도 무겁고 침울한 분위기였다. 물론 이를 만드는 데 가장 크게 일조한 존재는 따로 있었다.

"······크흠."

베이커는 슬그머니 눈을 흘기며 헛기침했다. 이대로 침묵이 이어지길 원하지 않았던 베이커는 얼른 입을 열었다.

"확실한 건 아니지만 마법의 소행으로 보입니다."

베이커는 집무실에 모인 인원을 쭉 돌아보며 말했다. 베이커를 필두로 로테와 그레이, 첼시까지. 그리고 무닌과 후긴도 있었다. 잠시 공왕령 외부로 외출한 세레나를 제외하면 핵심 인원이 거의 모인 셈이었다.

"공왕비 전하께 낯선 마력이 느껴졌습니다. 고대 마법이 아닐까 합니다. 그분께 영향을 줄 수 있는 마법은 고대 마법 정도이니까요."

에이미는 강력한 마법사였다. 황실을 따르는 세력의 음모로 아직 정식 '대마법사'의 호칭은 받지 못했으나 이미 그녀가 세레나 히아신스만큼이나 뛰어난 마법사라는 것은 공연히 알려진 사실이었다.

"그렇지 않아도 고대 마법과 접촉이 잦은 분이셨습니다. 저와 휘하 마법사진의 의견으로는 질 나쁜 저주에라도 걸린 것은 아닐까……."

"저주?"

나지막한 목소리에 베이커가 어깨를 움찔했다. 그는 얼른 눈을 깔았다. 무시무시한 기운이 느껴졌다. 이곳엔 '저주'라는 단어에 누구보다 민감하게 반응할 사람이 있었다. 거기다 그가 이 세상 무엇보다 아끼는 아내에게 일어난 일이라니…….

"잠깐, 잠깐."

누군가 말을 가로챘다. 긴 담뱃대를 쥔 후긴이었다.

"우리도 보고 왔는데 말이야. 그건 저주가 아니었어. 그렇지 무닌?"

"마법에 해박한 건 아니지만 본능만은 누구보다 탁월하지. 이봐, 이베르크. 그건 저주가 아니야."

무닌이 약을 올리는지 모를 태평한 목소리를 흘린 순간 이곳에 있는 모두는 긴장한 채로 한 사람을 보았다.

"……저주가 아니라고?"

창문 바로 앞에선 리녹이 쾅! 벽을 두드렸다. 힘 조절을 했음에도 후두둑, 돌 부스러기가 떨어져 내렸다.

"그래. 단순히 기억을 잃은 것 같던데. 인간에게 해악을 끼치는 힘은 아니야. '대가' 같은 것도 아니고."

에이미는 거대한 고대 마법을 소유한 대가로 평생 치료받을 수 없는 몸이 되었다. 그렇기에 그녀는 보통 사람보다 회복 속도가 더뎠다. 모두가 그녀의 임신에 극도로 조심스러워진 까닭이기도 했다. 한데, 그녀가 기억을 잃은 것이 이런 '대가'도 아니라니.

리녹이 눈을 꽉 감았다. 무닌은 한 대 치고 싶을 얄미운 구석이 있었으나 결코 거짓을 말하는 동물은 아니었다. 특히나 이들은 에이미에게 진심을 다해 우정을 맹세한 친우였다.

"일단 정확한 마법의 구조나 정보는 세레나 님이 도착한 뒤에 알 수 있을 것 같습니다."

세레나 히아신스는 현존하는 인간 중 가장 해박한 자였다. 어쩌면 무엇인지 알고, 방법이 있을지도 모른단 베이커의 말에 리녹이 조금이나마 누그러들었다. 이 모습에 베이커가 남몰래 안도의 숨을 내쉬었다. 그러던 중 누군가 저어, 하고 조심스럽게 손을 들어 올렸다.

"그, 마법이야 세레나 님이 오셔서 어찌한다고 하지만 왕비 전하께도 뭔…… 으음, 신경을 써 드려야 하지 않을까요?"

그레이였다. 몇 년 전보다 침착한 표정을 할 수 있게 된 그였지만 이 순간엔 눈치를 볼 수밖에 없었다.

"좀, 이상한데. 그, 왕비 전하께서는 기억을 잃으신 것에 전혀 스스럼이 없어 보이셨어요. 거부감도 없어 보이셨고요."

그레이가 고개를 갸웃했다.

"보통 기억을 잃었을 때 혼란스러워하거나 당황스러워하지 않습니까?"

그러고 보니 그러했다. 그레이의 말에 좌중이 모두 고개를 끄덕였다.

"그러고 보니……. 아주 당황한 기색을 보이지 않은 건 아니시지만. 침착하셨어. 그보단 아무…… 생각이 없어 보이시던데.”

첼시가 말을 이었다. 그녀는 에이미의 호위기사로서 에이미의 표정을 누구보다 잘 안다고 자부할 수 있었다. 기억을 잃었단 말에 고개를 갸웃하는 에이미의 표정은 분명…… 스트레스 한 점 보이지 않았다. 오히려 한 달 전에 낡은 고서를 들고, “못 해 먹겠다!” 소리칠 때가 골치 아프고 혼란스러워 보였다.

“바로 그겁니다!”

그레이가 다시 한번 손을 들었다. 그는 이제 한 왕국의 총기사단장이건만, 아직도 예전 동료들과 있을 때에는 그때처럼 **빠릿하게** 손을 들곤 했다.

“혹시 기억을 잃고도 혼란스러워하거나 당황하지 않으신 건 왕비 전하의 안배 아닐까요? 기억이 있을 때 전하 말입니다!”

새로운 견해였다. 그리고 파격적인 의견에 모두가 미간을 좁히거나 고개를 들어 올렸다. 대부분은 너, 약 먹었냐? 하는 탐탁지 않은 시선이었다. 그러나 그레이는 정작 가장 앞서 화를 내야 할 리녹이 잠잠한 것을 보며 용기를 얻었다.

“아, 정말. 다들 그렇게 보지 말고 생각해 보십쇼! 기억이 사라졌을 때 어느 사람이 이렇게 태평합니까? 거기다가 왕비 전하는 이렇게 느긋하게 반응하실 성격이 아니라고요.”

그레이는 자신이 있었다. 이전에, ‘아가씨’라 부르던 에이미를 잘못 보지 않았다는 자신감!

“확실히……. 왕비 전하 성격에 그냥 계시는 것도 좀 이상하네요.”

가장 가깝던 첼시가 고개를 끄덕였다. 에이미는 기억을 잃은 것이지, 성격이 변한 것이 아니다.

"기억을 잃은 거지 성격이 달라지거나 한 건 아니니까요. 당장 모르는 사람이랑 혼인했다고 도망가지만 않으면 다…… 해……."

평소처럼 목소리를 높이던 첼시가 얼른 입을 합 다물었다. 이들 사이에서는 금기된 단어가 하나 있는데, 그중 하나가 바로 '도망'이었다. 하마터면 그레이 꼴이 날 뻔했다고 생각하며, 첼시는 얼른 자세를 바꿨다.

"첼시 부단장 말이 틀린 말은 아닙니다."

웬일인지 로테가 지원군으로 나섰다.

"우리 공왕비 전하께서 도망에 얼마나 조예가 있으신지는 여기 계신 절반 이상의 분들이 아시리라 생각합니다."

그건 그랬다. 에이미는 공왕이 대공일 적 무려 3년씩이나 그를 따돌리고 잠적한 경력이 있었다. 거기다 지금은 뛰어난 마법사이기까지 하다. 도망이라도 간다면…… 어찌 쫓아야 할지 가늠도 되지 않았다. 거기다 세레나 님은 무조건 왕비 전하 편을 들 테고 말이지.

이쪽은 에이미가 제국을 쑥대밭으로 만들고 싶다 해도 태연히 에이미가 좋다면요, 하고 들어줄 위인이었다. 리녹의 미간이 꿈틀했다.

"……우리?"

"……우리 공국 공왕비 전하라는 소리였습니다. 앞으로 절대 생략하지 않겠습니다."

로테는 잽싸게 대답했다. 대공이든 공왕이든 예나 지금이나 리녹의 눈에 잘못 보였다간 절대 좋게 넘어갈 수 없는 건 여전했다.

"아무튼 다들 동의한다는 소리 아닙니까?"

어쨌거나 그레이의 의견에 무닌과 후긴을 제외한 모든 이들이 동의했다.

"아무래도 기억이 있으실 때 안배를 하신 것 같다니까요? 전하, 혹시 짐작 가시는 것 없으십니까?"

이에 리녹이 멈칫했다. 짐작이라니, 그녀가 기억을 잃겠다 예고라도 했단 말인가? 그는 에이미의 숨소리까지 기억하는 남자였으나 당연하겠지만 기억이 날 리 없었다. 그녀는 그런 소리를 한 적 없으니.

"그럼 전하, 잘해 주시기라도 하십시오. 혹시나…… 왕비 전하가 도망가면 어떡합니까?"

예나 지금이나 변하지 않은 것이 또 하나 있다면 그레이는 여전히 눈치가 없는 편이란 거였다.

쉬이익!

"으악!"

그레이가 황급히 허리를 숙이고 숨을 몰아쉬었다. 기어이 또 나오고 만 그 '단어'에 결국 응징을 당한 그였다.

"저, 전하! 단검을 던지시면 어쩌십니까! 그것도 심장을 향해서요! 죽습니다!"

"그럼 피하라고 던졌겠나?"

"전하아!"

그레이가 억울한 얼굴로 주변을 돌아봤지만 다들 혀를 쯧쯧 차며 그레이의 시선을 외면했다. 냉정한 세상, 아무도 믿을 이 하나 없다더니. 그레이는 이 순간 무척이나 외로워졌다.

"아무튼, 전하. 그레이 기사단장의 말이 다소 과하긴 했지만 틀린 말은 아니니…… 잘해 주시는 것이 어떻습니까?"

사태가 겨우 진정이 되고 나서 로테가 정중한 어조로 한마디를 붙였다.

"어쩌면 왕비 전하께서도 티는 내지 않으셨지만 불안해하실지도 모르고."

이리 말하면서도 로테는 이건 아니라 생각했다. 그가 본 에이미는 겉과 속이 같은 솔직한 사람이었으니. 다만 잉꼬 같던 부부가 아니 땐 와중에 정서적 생이별을 당한 상황이 안타까운 마음이긴 하였다.

"새로운 관계를 모색할 기회가 될 수 있지 않겠습니까."

로테의 말에 리녹은 대답하지 않았다. 하지만 로테는 이 침묵이 긍정이리라 생각했다. 물론 그 뒤로 리녹이 장장 이틀간 단 한 번도 에이미를 찾아가지 않을 줄은, 꿈에도 알지 못했다.

리녹이 크나큰 고뇌에 잠긴 것도.

△

"추태를 보여서 미안합니다."

에이미는 고개를 들어 올렸다. 리녹의 눈에 비친 에이미는 3일 전과 다르지 않았다. 그에겐 여전히 세상에서 제일 아름다운 사람이었으며 그 무엇보다 사랑스러운 아내였다.

하지만 단 하나, 이 반짝거리는 태양 빛 눈동자 깊은 곳엔 이제 더는 자신이 없다는 점이 다르다. 리녹은 입술을 깨물고 싶었다. 그러나 이렇게 하는 대신 천천히 표정을 정돈했다. 그러고는 에이미의 손을 놓았다. 실례를 사과하듯이 아주 정중하게.

"놀라셨을 텐데 미안합니다."

리녹은 스스로 깨닫지 못했지만 그의 눈에는 아직 눈물의 여파가 남아 있었다.

미남의 물기 어린 눈이 더욱 진하고 근사한 애수를 만들어냈다.

"기억이 없는 당신에게 이래서는 안 됐었는데……."

"어, 아니에요. 그리고 으음, 말 편히 해 주세요, 공왕님."

"아닙니다."

리녹은 평생 누군가를 존중한 법 없었다. 그는 존중하지 않아도 되는 자리에 있었다. 황실조차도 그에게 명을 내릴지언정 결코 그의 존중을 받을 상대가 되지 못했다. 그러니, 그가 이토록 말을 조심스레 쓰는 상대는 평생 동안에 단 한 사람, 눈앞의 여인밖에 없었다.

리녹은 이제야 한 가지 기억이 떠올랐다. 아주 사소한 기억이었지만 에이미와 관련된 것이라면 무엇이든 기억하는 그에게는 똑똑히 남아 있는 기억.

"조금 아쉽긴 하네요."

"저희 혼인 전에는 도망가랴, 마수 막으랴, 황실과의 전쟁 막으랴. 제대로 된 데이트며 연애를 못 해 봤잖아요."

거기다 왜 떠올리지 못했던 걸까. 심지어 에이미가 기억을 잃기 직전의 순간이기도 했다. 그 또한 경황이 없어 깜빡 잊었던 것이었다.

"그냥, 아주 작은 바람이에요."

역시, 무엇 때문에 마법이 발동했는지, 어째서 이런 마법이었어야 했는지 그는 알 수 없었다. 그에게 고대 마법이란 여전히 자신의 생을 옭아맸었던 그리 좋지 않은 기억이었다. 눈앞의 에이미를 만나지 못했다면 평생 스스로를 증오하고 분노하며 살았을 것이다.

아아, 리녹은 깨달았다. 진정 소중하게 여겨왔던 이였다. 눈앞의 아내는. 그러나 잃고 나서 더욱이 그 빈자리가 커지는 사람이었다.

리녹의 뺨으로 눈물이 다시 한번 흘러내렸다. 에이미의 얼굴로 낭패 어린 기색이 스쳤다. 아니, 어쩔 줄 모르는 얼굴 같기도 하였다. 그녀는 머뭇거리다가 손을 뻗으려 했다. 그러면서도 조금 혼란스러워 보였다. 자신이 왜 손을 뻗는지 모르겠다는 듯이.

"저기, 이 순간에 하기 조금 이상한 말인데."

에이미가 허공에 손을 뻗은 채로 물었다.

"제가 기억을 잃기 전에도 저희는 서로 말을 높였나요?"

"아닙니다."

"아하."

리녹은 조심스럽게 허공에 멈춘 에이미의 손끝을 잡았다.

"하지만 당신이 좋아했으니, 앞으로는 써 볼까 합니다."

"……네?"

"허락해 주시겠습니까?"

리녹이 보일 듯 말 듯 미소 지었다. 평생 웃은 적을 손에 꼽을 수 있는 이 남자에게 에이미가 알려 준 몇 안 되는 행복한 얼굴이었다.

"그, 어……. 허, 허락이 필요한 일인가요?"

"예."

에이미는 움찔하긴 하였으나 싫어하거나 곤혹스러워하거나 뿌리치는 기색은 보이지 않았다. 오히려 리녹은 당황해 말을 더듬는 그녀를 보며 오래전 숲속 집에서 처음 만났던 그녀를 떠올렸다.

가슴을 저릿하게 하고 따뜻하게 채우는 추억이었다.

그래, 에이미. 내 반려. 그대가 기억을 잃었다면, 또한 이곳에서부터 다시 시작하면 되지 않겠는가. 리녹이 가슴을 가라앉혔다.

"당신이 기억을 잃기 전에 미처 하지 못했던 말이 있습니다."

에이미의 커다란 눈이 깜빡깜빡 움직였다. 리녹은 에이미가 이렇게 깜빡일 때면 눈앞에서 조그만 낮별이 움직이는 느낌을 받곤 하였다.

나의 태양, 나의 별.

리녹의 가슴에 작은 가시처럼 박힌 죄책감이 쿡쿡 존재감을 드러냈다. 그것은 그와 그녀의 만남에서 그가 필요 이상으로 저돌적이었으며 3년 만에 재회했을 때에 그녀를 일단 데려오고 봤다는 점이었다. 어쩌면 누군가 다시 준 기회라면.

리녹이 자신의 가슴에 손을 가져다 댔다.

"처음 본 그날부터 당신이 낮에 뜬 별처럼 아름답다고 생각했습니다."

에이미의 손끝이 움찔 떨렸다.

"나와 정식으로 교제해 주겠습니까?"

에이미의 눈이 한껏 커졌다. 놀란 기색이 역력했다. 한편으로는 이런 말이 나올 줄 몰랐다는 기색이기도 하였다.

"아니, 저, 공왕님? 그…… 어. 그 말씀은 조금 당황스러운데요."

에이미가 망설이다 말고 말했다.

"저희 이미 부부라면서요?"

"하지만 당신에겐 그런 기억이 없지 않습니까."

"그건 그런데……."

에이미는 한 손이 그대로 잡힌 채로 다른 손을 들어 뺨을 긁적였다. 곤란할 때 나오는 버릇은 기억을 잃기 전과 같았다.

"저, 이렇게 이야기하지 않아도요. 음, 제가 임신을 하기도 했고 이 모든 상황이 거북스럽게 느껴지진 않았거든요. 기억이야 언제 돌아올지 모르는 거니…… 이대로 지낼 생각이었는데. 저만 너무 태평했나요?"

에이미는 그리 말하며 리녹의 눈치를 보았다. 당황한 듯했다.

"이렇게 말하니까 임신이 핑계 같은데, 제 말은 임신한 몸이 아니었어도 나는 얌전히 기억이 돌아오길 기다렸을 것 같다……. 으으, 말하고 보니 더 이상하네."

에이미는 저도 모르게 손을 빼려 했다. 하지만 함께 당황한 리녹이 놓아주지 않자 목각인형처럼 삐걱삐걱대더니, 곧 리녹이 했듯이 한 손으로 뺨을 가렸다.

"그, 저 이런 말 한다고 이상하게 보시면 안 돼요?"

"전혀 그렇게 보지 않는다! 아니, 않을 겁니다."

"아니 그러니까요……. 그, 공왕님. 당신……."

에이미는 머뭇머뭇하더니, 이내 결심한 얼굴을 했다. 그러고는 손을 내리고 결연한 표정을 보였다.

"솔직하게 그쪽 얼굴이 완벽하게 취향이에요."

그녀의 당당한 선언이었다. 그렇게 말하고서 에이미는 속이 시원하단 얼굴을 했다.

"솔직히 그쪽이 막 싫은 느낌도 들지 않고. 태어나서 이런 얼굴을 처음 보는데, 대체 기억을 잃기 전에 제가 얼마나 덕을 쌓았길래……."

"쌓았길래?"

"아, 아무튼 싫지 않다구요. 이런 말 한다고 이상하게 보지 말아주세요……. 저도 원래 경계심이 강한 사람인데 왜 그런지 모르겠거든요……."

에이미의 목소리는 갈수록 작아졌다. 리녹은 그제야 에이미의 얼굴을 제대로 볼 수 있었다. 자신의 고백에 너무 집중한 사이 보지 못했던 부분이었다. 따뜻한 태양이 비추는 싱그러운 빛 아래, 어느새 에이미의 뺨은 토마토처럼 발긋 달아올라 있었다.

리녹은 알 수 있었다. 기억이 사라졌어도 사랑이 사라지진 않았음을. 그는 천천히 한쪽 무릎을 꿇었다. 언젠가 에이미가 가장 좋아하던 소설 속, 정중한 존댓말을 쓰던 남자 주인공처럼.

"그럼 내 고백을 받아 주시는 겁니까?"

에이미는 얼굴이 빨개진 채로 한참이나 말을 하지 못했다. 그러다 겨우 "일어나 주시면 안 될까요?" 물었지만 리녹은 꿈쩍도 하지 않았다. 리녹이 한 차례 더 묻자, 그제야 그녀는 잔뜩 빨개진 얼굴로 볼을 부풀리며 끄덕였다. 민망함과 수줍음이 가득한 승낙이었다.

"근데, 제 로망은 어떻게 아셨어요? 저, 남자가 한쪽 무릎을 꿇고 고백해 주는 거. 줄곧 로망이었거든요."

이어서 "어떨지 궁금했는데, 오늘 풀렸네요."라고 말하는 에이미의 낯은 한낮의 볕을 받아 반짝반짝 빛났다. 리녹은 할 말을 찾지 못했다. 사랑한다는 말은 그토록 하였으면서 어떻게 교제하자는 말 한 마디를 못 했단 말인가? 과거의 자신을 데려다가 한 대 쳐 주고 싶었다. 아니, 한 대로 부족했다.

"그리고 이제 울지 마세요."

에이미의 손이 리녹의 기울어진 뺨에 닿았다. 역설적이게도 에이미의 그 한 마디에 리녹의 눈에서 눈물이 주르륵 흘렀다. 마치 수도꼭지를 틀어 놓은 것처럼.

"아, 어, 울지 마시라니까. 그……. 만져도 될까요? 닦아야 할 것 같은데……."

리녹은 제 얼굴에 닿은 손에 그대로 뺨을 기댔다.

"언제든. 당신이 내가 싫지 않다면."

"싫지 않아요."

에이미가 고개를 갸웃했다. 그를 안심시키듯 웃으면서.

"오히려 스스로 이상할 정도로 편안한 한편, 보는 내내 설레는데. 이런 감정을 가지고 싫어할 순 없지 않을까요?"

"……사실 저는 당신에게 잘못을 저질렀습니다. 그래서 과거엔 교제하자는 말도 못 한 겁니다."

"그…… 렇군요?"

리녹의 울음기 섞인 담백한 고백을 에이미 또한 담백하게 받아들였다.

"근데 저랑 공왕님이랑 잘 살고 있었던 거라면, 이미 제가 용서한 것 아니에요?"

리녹이 대답이 없자, 에이미는 그대로 받아들였다.

"내가 용서했다면 지금의 나도 문제 삼고 싶지도 않고."

에이미는 어깨를 으쓱했다.

"지나간 일은 잊어요, 공왕님."

"리녹입니다."

"그건 더 친해지면 부를래요."

에이미가 툭 퉁겼다. 그러고는 리녹을 보며 발긋 붉어진 얼굴로 활짝 웃었다.

"데이트, 몇 번 하고 난 뒤에요."

"해 주실 겁니까?"

"글쎄요. 어쩔까요."

리녹은 활짝 웃는 그녀를 보며 생각했다.

아아, 평생을 바쳐 사랑하여도 모자라겠구나. 그러니 다음 생에서도 당신을 사랑하고 싶다고. 사랑하겠노라고.

그는 눈이 부셨다. 이 따사롭게 내려온 햇빛에, 햇살 같은 그녀에게. 제 눈물이 앞을 가리는 중에도 눈부시게 아름다운 제 아내에게.

에이미가 뺨에서 손을 떼어내고는 그대로 리녹에게 내밀었다.

"데이트, 지금부터 할까요?"

△

아무래도 나는 이생에 대단한 덕을 쌓은 것이 틀림없다.

'암. 그렇고말고.'

그렇지 않고서야 지금 눈앞의 이 상황은 말이 되지 않았다.

"으음, 이걸 먹으라고…… 하신 거죠?"

"예."

나는 눈앞의 상을 보며 눈을 끔뻑였다. 세상에 이게 다 몇 가지야. 눈앞에는 휘황찬란한 색색의 음식들이 차려져 있었다. 상다리가 휘어지다 못해 부러질 것 같았다.

당연하겠지만 나는 이렇게 많은 음식을 먹지 못한다. 도망 생활 덕에 잘 먹는 편이긴 해도 이렇게는 먹지 못한다고! 그러나 나는 완강하게 거절할 수 없었다.

"어……. 그러니까 이걸, 만드셨다고요. 직접?"

"예."

나는 할 말이 없어졌다. 무슨 남자가 이렇게 밸런스 파괴 수준이래. 미모는 빛이 나다 못해 눈이 부시지, 몸은…… 벗은 몸은 아직 못 봤지만 탄탄한 것 같고. 키도 큰 데다 공왕이면 부와 권력을 쥔 자리. 거기다 이제 요리도 잘한단다. 나는 김이 모락모락 피어나는 요리들을 보다가 이내 의심을 떠올렸다.

……사람이 이렇게 완벽할 수 있냐고. 이쯤 되면 이 완벽한 남자가 대단한 건지. 이런 남자를 손짓 하나로 부려먹을 수 있게 만든 과거의 내가 대단한 건지 알 수 없었다.

"저기, 공왕님. 솔직히 말씀해 보세요. 이거 정말로 직접 다 만드셨어요?"

"그러한데, 무슨 문제 있습니까?"

"정말로요?"

나는 그를 빤히 쳐다봤다. 리녹은 내 시선을 마주하다 말고 슬쩍 시선을 돌렸다.

"확실히 몇 개는 주방장이 보조로 일을 하긴 했지만……."

"정말 보조 맞아요?"

"장식은 내가 했습니다."

"……그럼 보조가 아니잖아요."

당신이 보조네. 나는 어처구니가 없었다.

"이 재료의 주인이 나니, 내가 한 것이 맞습니다."

"세상에나. 처음 듣는 논리인데. 그럴싸하게 만드시네요."

심지어 얼굴이 개연성이었다. 차가운 얼굴로 뻔뻔하게 응수하는데 이상하긴커녕 '오, 그렇군요.' 하고 박수를 치고 싶게 만드는 힘이 있었다. 나는 심각하게 고민했다.

내가 얼빠였구나.

인정하기까지는 오랜 시간이 걸리지 않았다. 언제나 언니는 잘못과 단점은 쿨하게 인정하라고 가르쳤으니까.

"그 얼굴 때문에 봐드리는 거예요."

내 말에 리녹이 낮게 소리를 내며 웃었다.

"왜 웃으세요?"

"아니. 말투가 우리가 처음 만났던 날을 생각나게 해서."

으음, 우리가 처음 만났을 땐 이렇게 경계도 보이고 움찔하면서도 할 말은 다 했었나 보네. 괜히 과거의 내 모습에 뿌듯해졌다.

"그래서 공왕님, 실제로 공왕님이 만든 음식이 뭔가요?"

"……주방장은 보조만 했을 뿐 내가."

"보조 없이 혼자 만드신 거요."

"……저거다."

리녹이 망설임 끝에 가리킨 것은 상 끄트머리에 보일 듯 말 듯 놓인 스튜였다. 그런데 스튜이긴 한데 영 모양이 낯설었다. 둥둥 떠 있는 고기가 고기인지 새카만 숯덩어리인지 잘 모르겠다.

……아니다. 숯을 넣는 요리가 새로 유행한 걸까? 기억을 잃은 동안 유행했을지도 모르잖아.

"아, 저건 숯이에요?"

"……고기다. 아니, 고기입니다."

"……."

우리는 서로 마주 보다 말고 약속이라도 한 듯 시선을 흘렸다. 그러다 흘끗 시선을 올리면 리녹이 한쪽 손으로 입술을 가린 채 고개를 돌린 모습이 보였다. 검은 머리칼 사이로 언뜻 드러난 귀가 새빨갰다.

흐응, 나는 그 귀여워 보이는 귀를 한참 바라보다가, 의자에서 일어났다. 그러고는 성큼 걸어 식탁 끝에 다녀와서는 다시 자리에 앉았다.

"에이미? 그건……."

내 손에 들린 것을 보고 리녹이 눈을 조금 크게 떴다. 나는 리녹이 무어라 하기도 전에 스푼으로 떠 입에 넣었다.

"왜요? 맛은 괜찮은데?"

조금 탄 맛이 나긴 해도. 그렇게까지 나쁜 건 아니었다. 언니도 요리를 못했고 말이지. 아니면 나쁜 맛이라도 나쁘지 않게 만드는 저 남자의 얼굴 때문일까?

눈 밑을 발긋 물들인 남자가 저 냉정한 낯으로 입술을 달싹였다.

"그건……."

"맛있다구요?"

"에이미……."

리녹이 끙끙 앓는 표정을 했지만 나는 보란 듯이 탄 스튜를 모두 먹어치웠다.

"신기하네요. 정말 맛있게 느껴지는데. 무슨 마법이라도 거셨어요?"

"그럴 리가 없지 않나. 아니, 않습니까."

"흐음, 그럼 애기가 좋아하는 건가."

그러자 리녹이 숨을 들이켜다 말고 사레가 들렸는지 콜록, 헛기침을 토해냈다. 나는 배에 손을 얹은 채로 생긋 웃었다.

"농담이에요. 농담."

임신에 대해선 잘은 모르지만 아직은 귀가 만들어질 시기가 아닌 것 같으니까. 리녹은 기침을 하다 말고 잔뜩 붉어진 얼굴로 낮게 숨을 쉬었다.

"……당장 닿을 수 없다는 걸 잘 알고 있으니, 너무 사랑스러운 모습은 자제해 주겠나.”

한숨처럼 말이 흘러나왔다.

“……이대로 침실로 데려가 입 맞추고 싶으니.”

“침대요?”

리녹이 아무것도 아니라며 고개를 내저었다.

“그저 가끔은 밤새 함께 있던 사이가 그립군요. 당신은 그때…….”

“그때?”

“궁금한 겁니까?”

“네? 아, 네. 뭔데요?”

별생각 없이 물었다. 그러자 리녹은 기침을 정돈하며 나를 빤히 담았다. 마치 진짜로 궁금하냐고 묻는 듯한 낯이었다.

“궁금하다고 하시니 말해드리겠지만. 먼저 단추를 푸는 것부터 좋아했습니다. 당신은. 내가 상의를 벗고 자는 것을 좋아했던 것 같군요.”

“……네?”

“내 옷을 거칠게 벗기고 가슴을 만지며…….”

“아, 아아! 그만. 그만하세요!”

“당신은 내 가슴을 좋아했습니다. 이건 진짜입니다.”

“그, 그만!”

이어진 수위 높은 말에 이번엔 내 얼굴이 붉어질 차례였다.

△

며칠이 더 흘렀다.

그동안 이 남자는 내게 많은 것을 해 주었다. 며칠 전처럼 음식을 직접 해 주는 것은 물론. 매일같이 정원을 함께 산책하기도 하고, 때로는 정원의 한 길을 온통 꽃으로 채우기도 했다. 꽃으로 가득 채우는 데에는 세레나란 마법사님의 도움이 있었다는 누군가의 설명을 듣기도 하였다. 그런가 하면 손을 잡고 바깥에 나가기도 했다. 온종일 성에만 있기에 나가면 안 되는 건가 싶었더니.

바깥나들이는 생각보다 재미있었다. 공국의 수도라는 이곳은 생각 이상으로 활기차고 활력으로 가득한 도시였다. 북부의 특징이 고스란히 흘러나오는 시장을 구경하며 무척이나 신나고 재미있었음은 물론이었다. 거기다, 평민의 사복을 걸친 남자의 모습도 근사한 절경이었다.

"……춥진 않습니까? 네 체온이 떨어질까 봐 걱정입니다."

처음 보았을 땐 한없이 차갑고 달빛 아래 고고해 보이던 남자가 허물없이 무너지는 모습이 신기했다. 내가 좋아해서 쓴다는, 존댓말. 가끔은 어설프게 들리는 어투는 그가 분명 이런 존대와 공경어에 익숙하지 않다는 말이기도 했다. 그럼에도 그는 무척이나 노력했다. 그런 모습을 볼 때면 이상하게도 심장이 요동쳤다.

"무슨 생각을 합니까?"

오늘은 그와 함께 바깥나들이, 성에서 그리 멀지 않은 하얀 산맥 쪽 절벽에 나온 참이었다. 속이 탁 트이는 풍경을 보고 싶다는 내 말에 그가 데려와 준 곳이기도 했다.

"풍경이 참 좋다는 생각이요."

실로 좋았다. 깎아지른 듯 뾰족한 곡선을 드러낸 절벽도. 아래로 푸릇함을 드러낸 식물들도. 절벽 사이로 빼꼼 고개를 내민 어여쁜 꽃들도. 그리고 내가 더 절벽에 다가갈까 노심초사 쳐다보는 이 남자의 얼굴도.

참으로 이상했다. 기억을 잃었다는 내게 이 남자는 분명 낯선 사람일 게 분명한데.

가슴에 손을 얹어본다. 콩콩. 심장이 요란스럽게 뛰었다. 가슴을 간지럽히며 살살 퍼져 나가는 이 감정은 분명 설렘이었다. 언니가 선물로 무엇을 줄까 기대했던 생일 전날에나 느꼈던 감정.

아니, 그보다 더 클지도 몰랐다. 그리고 이 감정을 느끼면 느낄수록 누군가 가슴속에서 속삭이는 것 같았다.

'괜찮아. 이상한 게 아니야. 당연한 거야. 놀라지 말아. 너는 이상하지 않아.' 하고 말을 하며 다독여 주는 것 같았다. 이 감정이 잘못되지 않았다고.

"……에이미, 바람이 차지는 않습니까?"

나는 염려를 이기지 못하고 성큼 다가온 남자를 보았다.

"사실은 존댓말. 익숙하지 않죠?"

내 질문에 리녹이 멈칫했다. 나는 자연스럽게 손을 뻗어 그의 옷자락을 살짝 잡았다.

"이쪽이 진짜 모습이에요?"

리녹의 낯에 미묘하게 덧씌워져 있던 부드러움이 가신 것 같았다. 그는 잠시 생각에 잠기더니 고개를 저었다. 부드러움이 벗겨진 곳에 나타난 것은 무뚝뚝하지만 다정한 눈빛이었다.

"그럼 어째서 이렇게까지 해요?"

이 남자가 나를 사랑한다는 건 알겠다. 내가 이 남자를 사랑했다는 것도. 하지만 사랑이 이토록 불편을 참고 또 참게 하는 것이었나?

그건 너무 힘든 것이 아닌가.

"어째서란 말은 중요하지 않습니다. 당신이 바란다면 지금부터 이 모습이 진짜가 될 테니까요."

진중하고도 고요한 고백에는 많은 것이 담겨 있었다. 무딘 나에게도 느껴질 만큼.

"왜요?"

"한때 내게 세상을 만들어 주고 안겨 준 에이미, 당신에겐 어렵지 않은 일이니. 무엇이 수고스럽겠습니까?"

어찌 보면 참으로 자기희생적인 말이었다. 내가 좋아한다는 이유 하나만으로 삶의 일부를 당연한 듯이 바꾸려는 남자. 그것이 자연스럽다는 듯 아무렇지 않게 받아들이는 모습도.

왜일까. 이유 없이 눈물이 치솟을 것 같았다. 감동적인 건 알겠는데, 눈물은 왜 나려 하는 거냐고. 가슴속에서 갑작스럽게 샘물이 퐁퐁 치솟는 기분이었다. 간질간질하고도 축축했다.

"공왕님, 가끔 경어가 어색한 건 아세요?"

"아무래도 잘 쓰지 않던 말이니. 그런가 봅니다. 과거엔 늘 전쟁에서 삶을 보내던 사람이라. 그때는 누군가에게 쓸 일이 없었으니 말입니다."

"부드러운가 싶으면 딱딱해요. 군인 같고."

"……그건, 오랫동안 군대를 이끌던 탓. 아니. 혹시 싫습니까?"

"대공님, 키스해 봤어요?"

"……네?"

리녹이 그대로 굳었다. 자신이 제대로 들었는가, 이런 의문이 어린 얼굴이었다.

"아, 당연히 해 봤겠죠? 과거의 저랑."

"그거야……."

"그땐 누가 먼저 했어요?"

"……내가, 아니. 제가 했습니다."

"지금만큼은 말, 편히 하셔도 돼요."

"내가 했다."

나는 그의 옷자락을 잡은 채로 씩 웃었다.

"근데 그거 아세요? 기억을 잃은 나는 아직 아무것도 안 해 본 사람인데."

달콤한 설렘이 가슴을 가득 메웠다. 왜 이 순간에 이 남자가 이토록 사랑스러워 보이는가? 과거의 나도 이랬겠지. 나를 위해 온 힘을 다해 노력하는 이 남자를 좋아하지 않을 수가 없었던 거야.

나는 양손으로 그의 가슴의 옷자락을 잡았다. 그대로 멱살을 꼬옥 쥐고 잡아당기자, 그가 순순히 당겨져 왔다.

얼굴이 가까워졌을 때 나는 작게 미소 지었다.

"그럼, 이게 내 첫 키스죠?"

톡. 입술이 맞닿았다.

"이러면 내가 먼저 한 첫 키스네요. 어찌 됐던 첫 키스…… 읍!"

그 순간 나는 말을 잇지 못했다. 내게 와락 달려든 남자 때문이었다. 이제까지 정중함을 차리던 남자는 온데간데없이 짐승처럼 나를 파고드는 남자가 있었다. 나는 당황한 채로 눈을 깜빡이다가 그대로 눈을 감았다. 그의 목 뒤로 내 팔이 감겼다.

그렇게 얼마나 서로를 탐했을까. 숨이 막힐 즈음 입술이 살짝 떨어졌다.

"하아, 공왕님……."

"리녹."

"네?"

그가 나지막하게 숨을 내쉬었다. 갈증이 잔뜩 어린 시선이었다.

"……아직도 데이트가 부족한가?"

나는 애타는 듯 입술을 축이는 낯을 바라보다가 시선을 내리며 웃음을 터트렸다.

아아, 정말이지. 어떤 깨달음이 머리를 스쳐 지나갔다. 예상치 못한 번개와 같은 것이었다.

"아니요. 부족하지 않아요. 리녹."

내가 이름을 부르기 무섭게 다시 한번 입술이 내려앉았다. 그 덕에 나는 하려던 말을 잠시 뒤로 삼키고 말았다. 그 후로도 아주 오랫동안 리녹은 나를 탐했다. 성으로 돌아와서도. 이 탓에 나는 결국 하려던 말을 그날 내로 하지 못했다.

으음, 어떡하지. 중요한 말이었는데…….

△

이튿날. 나와 리녹은 다시 한번 밖으로 나왔다. 정확하게는 다시 한번 하얀 산맥으로.

"꼭 저녁이어야 했나?"

리녹은 걱정스러운 기색이 역력했다. 그도 그럴 게 우리가 외출한 시간은 저녁을 먹고 난 시간이었기 때문이었다. 아침과 낮 동안 내내 내게서 떨어질 줄 모르던 리녹은 저녁에 나가자는 말에 잽싸게

준비를 지시했다. 준비한 건 좋은데, 내가 가고 싶은 장소를 듣고서
도 내내 이런 기색이었다.

"하지만 눈이 보고 싶었는걸요?"

그는 합의 끝에 다시 원래의 말투로 돌아온 뒤였다. 존댓말도 나
쁘지 않았지만……. 이쪽이 더 편하고 듣기 좋다고 할까.

리녹이 나를 데려와 준 곳은 어느 오두막이 있는 고요한 숲속이었
다. 하얀 산맥 내에 위치한 이 숲은 1년 내내 눈이 사라지지 않는 장
소라 한다. 새하얀 눈이 쌓인 자작나무 숲은 보는 것만으로도 눈이
깨끗해지고 마음이 차분해지는 느낌이었다.

"아주 오래전에 너와 함께 방문했던 곳이다."

"아, 그렇구나."

나는 큼지막하게 쌓인 눈을 보다가 푸스스 웃음을 터트렸다. 달과
밤, 그리고 눈과 겨울. 이 남자와 몹시도 잘 어울리는 풍경이란 생각
이 들었으니까.

"리녹. 이곳에서도 우리의 추억이 쌓였죠?"

"그렇지."

리녹은 그리 대답하다 말고 잠시 멈칫했다. 나를 보며 착잡한 낯
이었다.

"앞으로도 쌓이지 않겠나."

"흐응, 위로해 주는 거예요?"

"위로라기보다는……. 사실이지."

나는 눈을 사박사박 밟으며 리녹에게 다가갔다.

"이렇게 말하니까 궁금해지는데. 뭐 하나 물어봐도 돼요?"

"물론이다."

"기억을 잃기 전의 나와 지금의 나. 어느 쪽이 좋으세요?"

"……뭐?"

나는 맑게 웃었다.

"어느 쪽이 더 좋으냐구요."

리녹의 얼굴로 삽시간에 난감한 기색이 어렸다. 그는 세상에서 제일 어려운 문제를 받은 것처럼 손을 입술로 가져다 대며 허둥대기까지 했다. 한눈에 봐도 난관에 봉착한 게 분명히 보였다.

"……어느 쪽이든 모두 에이미 너인데……."

"그래요. 다르지 않아요?"

"다르지 않다. 내 눈앞에서 네가 살아 숨쉬기만 한다면. 추억을 잃어도, 네가 기억을 잃어도 다시 쌓으면 되지 않겠나. 네가 다시 나를 사랑할 때까지."

노력하겠다는 말이었다. 물론 이것이 노력뿐만 아니라 내가 어디 도피라도 할라 치면 득달같이 쫓아오는 것도 포함될 것이었다. 그리고 나는 이 남자의 집착적인 면모마저 사랑했었다. 그리고 지금도.

"흐음, 리녹. 혹시 동화 중에 이런 동화 아세요? 용감한 아가씨가 왕자님에게 입을 맞췄더니, 저주가 풀려 버린 동화요."

"……잘은 모르겠지만 언젠가 네가 비슷한 책을 읽어 준 적 있는 것 같군."

"그 반대도 있지 않을까요?"

키스 한 번에 거짓말처럼 뒤집어쓴 저주가 풀려난 공주님. 물론 '내'가 뒤집어쓴 건 저주가 아니었고, 나는 공주님도 아니었지만. 뭐 어떤가? 이 남자에겐 세상 하나뿐인 사람일 텐데.

리녹은 아직 이상한 점을 눈치채지 못한 것 같았다. 똑똑한 남자였지만 조금 전 내 질문이 어린아이에게 엄마가 좋아, 아빠가 좋아? 를 던진 수준으로 충격적인 모양이었다.

당연하게도 나는 날 사랑한 기억이 있는 리녹이 좋은데.

내가 상처받을까 말하지 못하는 리녹의 모습도, 그럼에도 내 모든 모습을 사랑한다는 그의 진심도. 모조리 사랑스러웠다.

"오늘 눈 덮인 숲에 가고 싶다고 했잖아요. 눈이 보고 싶다고."

"그랬었지."

"이렇게 말하면 당신이 멋진 곳에 데려가 주리라 믿었어요."

"그런가?"

리녹의 손이 내 손을 감싸 쥐었다. 건네는 음성이 몹시도 따뜻했다.

"리녹은 내게 저지른 잘못이 내내 신경 쓰인 모양인 것 같지만…… 사실 내게도 그런 것이 있었거든요."

"그런가…… 잠깐, 에이미?"

"한때 이 설경을 바라보면서 당신을 애써 거절하려던 내가 너무 한심하고 부끄럽지 뭐예요. 거기다 내가 코를 파도 좋아할 거냐, 하는 말이나 던지면서 말이에요."

리녹의 눈이 커졌다. 그는 믿기지 않는단 눈이었다.

"……기억이……."

"네. 리녹."

그랬다. 내가 의도치 않게 가지게 된 또 다른 고대 마법은 사랑과 관련된 마법. 그리고 이것이 원래 내가 가진 고대 마법과 맞물려 기억을 잃었고, 되찾은 것이었다.

마법이 풀리는 조건이 사랑하는 이와의 키스라니, 참으로 로맨틱 하지 않은가. 정작 당사자들에겐 전혀 그렇지 않았지만.

"미안해요, 조금 걸렸죠?"

나는 그를 보며 미안하다는 듯이 웃어 보였다. 사실 입을 맞추는 순간부터 기억이 났는데…….

날 보며 전전긍긍하는 리녹을 보니 나도 모르게 말이 삼켜지지 뭔가. 흡사 연애하는 듯한 이 기분을 조금만 더 만끽하고 싶기도 했고……. 나는 정확한 사실을 말하는 건 조금 뒤로 미루기로 했다.

이미 동화 얘기를 하며 힌트는 주었으니까. 나머지는 비밀로 해도 되지 않을까.

"나도 과거의 나를 후회해요. 좀 더 빠르게 솔직했다면. 당신이랑 더 빨리 행복해졌을 텐데."

"……."

"……이런. 울지 말아요."

리녹이 입술을 꾹 닫았다. 그의 새하얀 뺨으로 투명한 눈물 줄기가 흘러내린다. 그에겐 미안하지만 한순간 누구라도 시선을 빼앗길 만큼, 아름다운 모습이었다.

"당신의 고대 마법도 좀 더 빠르게 풀 수 있었지 않나, 하고 폼나게 말하려 했는데. 이렇게 되면 내가 너무 미안해지잖아요."

"아니다. 아니야……."

리녹이 내 뺨에 손을 얹었다. 그는 몇 번이고 나를 더듬더니 이내 상체를 숙였다. 이마와 이마가 맞닿았다.

"저주는 언제 풀든 상관없었다."

그는 하얀 입김을 뿜으며 나직하게 고백했다.

"너는 이미 존재만으로 나의 구원이었어."

물기 어린 목소리가 담백한 진심을 토해냈다. 몇 번이고 들었던 그의 마음이다. 그리고 들을 때마다 가슴이 시큰거리도록 설레는 말이기도 했다.

"잘됐네요."

나는 뺨에 얹힌 그의 손을 붙잡았다. 내가 걸린 사랑의 고대 마법은 총 3번을 쓸 수 있는 마법이었다. 그러나 똑같은 마법은 더는 쓸 수 없기에 다시 기억을 잃는 일은 없을 것이다. 대신 또 어떤 마법이 나타날지 모르니, 다른 소동은 있을지도 모르지만.

그 또한 나와 그의 삶에 즐거운 에피소드가 되지 않을까 했다.

먼 훗날 우리가 걸어 나간 삶의 길이, 우리의 기록이 끝을 맞이했을 때. 이런 행복한 추억도 있었지 하고서.

"당신은 앞으로 남은 내 삶에, 영원한 구원자일 테니까요."

당신 없이 살 수 없게 된 나의 삶이야말로 이젠 당신이란 구원자의 손에 달렸다. 서로의 삶을 손에 쥐고, 앞으로도 이렇게 살아가겠지. 아주 행복하게.

"사랑해요, 리녹."

리녹이 달빛 아래 해사하게 웃었다. 나조차도 손에 꼽게 본 아주 행복한 얼굴이었다.

"나야말로."

나의 낮별, 그가 입을 맞추며 속삭였다.

"영원히 널 사랑한다."

우리는 입을 맞댄 채로 웃었다. 이 순간이 영원하기를 바라며.

아니지. 언젠가는 더는 둘이 아닐 풍경을 그리며.

배에 살그머니 손을 올렸다.

'그땐 너도 함께겠지, 아가야?'

+

새의 대답을 고독한 늑대에게

"결국 이 마법은 뭐였을까요?"

평화로운 어느 오후, 막 산뜻한 점심을 먹고서 나란히 정원 중앙에 뻗어 있던 참이었다.

나는 배불리 먹어 볼록 나온 배를 살살 쓰다듬었다. 배에는 방금 먹었던 산해진미가 차곡차곡 쌓여 있을 터였다.

임신. 임신은 확실했지만, 아무런 증상이 보이지 않았다. 헛구역질을 한 것도 처음에 아주 잠시뿐이고, 그 후로는 식욕이 아주 왕성한 데다 으레 나타난다는 복통이나 입덧조차 없었다. 초기다 보니 배가 부르지 않은 것도 물론이었고 말이다.

마법사가 임신한 경우엔 마법과 의학에 모두 능통한 의사를 필요로 했다. 마력을 신체에 품은 마법사는 보통 이들과 조금 다른 몸을 가졌기 때문이었다. 다행스럽게도 이 대륙은 아주 넓었고 이 분야에 뛰어난 이들이 있었다.

리녹이 이 땅을 뒤져 데려온, 아주아주 유능하다는 마법사 겸 의사가 말했다. 내 뱃속에 자리 잡은 태아가 무척이나 건강한 데다 강한 마력을 타고난 탓에 건강이 나빠질 일은 거의 없을 거라고. 말이 거의지, 0에 수렴한단다. 오히려 걱정할 건 산모인 내 건강인데, 내쪽도 워낙 마력이 방대한 편이라 안심이라나.

세레나도 여기 대해서 이야기한 바 있는데 아무래도 내 안에 있는 우리 아이는 아주 튼튼하게 자랄 건가 보다. 벌써부터 건강이 강철이란 얘길 듣고 말이야. 나는 배를 쓰다듬으며 슬며시 웃었다.

'딸이든 아들이든 건강하게만 자라 줘. 널 만날 날이 너무나 기대되니까.'

속으로 중얼거리다 말고 문득 고개를 돌렸다. 분명 리녹에게 말을 걸었건만 대답이 돌아오지 않아서였다. 마법에 대해서 물었는데?

"리녹?"

고개를 돌리면, 내게 콕 꽂힌 시선이 바로 느껴졌다. 그는 나를 보면서도 대답하지 않은 듯했다. 아니, 못 한 것 같기도 하고?

"리녹? 리녹."

나는 손을 들어 그의 얼굴 앞에 휘휘 흔들었다. 곧 내 손이 잡혀 내려간다. 리녹은 내 손을 잡은 채로 입술을 맞췄다. 그러면서도 내게서 시선을 떼어내지 못했다. 정말, 얼굴에 뭐가 묻었나? 그렇게 생각한 순간이었다.

"에이미, 너는 정말⋯⋯."

리녹이 탄식하듯이 목소리를 토해냈다.

"아름답다."

쿨럭. 나는 숨을 들이쉬다 말고 콜록 댔다. 리녹이 놀라 등을 두드려주었지만 놀란 기침은 쉬이 가라앉지 않았다.

기침을 간신히 가라앉히고서야 내가 입을 열었다.

"갑자기 그건 무슨 말이에요?"

"……아니, 정말 아름다워서 말을 잃었다. 너무 예뻐서……."

리녹은 당황하긴 했지만 말을 멈추지는 않았다. 무슨 시라도 쓰듯이, 눈은 이래서 이쁘고 코는 이래서 귀엽고. 입술은 이래서…….

'세상에. 이쪽이 내가 아는 리녹이 맞나?'

화끈. 내 얼굴이 실시간으로 빨개지는 것이 고스란히 느껴졌다.

"그만, 그만해요!"

결국 나는 리녹의 입을 직접 가로막았다. 곧 리녹이 내 손바닥에 입을 가져다 댄 채로 천천히 눈을 감는 것이 보였다. 곧이어 내 쪽에서 놀라 손을 떼어냈다.

"그, 그렇다고 손바닥 핥지 말고요!"

"왜지?"

리녹이 혀로 입술을 축이며 고개를 나른하게 기웃했다. 붉은 혀가 움직이는 모습에 얼른 고개를 돌렸다.

"에이미, 우리는 부부고 이런 모습에 부끄러움을 느끼기엔… 익숙해지지 않았나."

"익숙해지고 말고를 떠나서 손바닥을 핥는 게 사, 상식적인 행동은 아니잖아요."

상식, 리녹은 자신에게 불리한 영역이 나오자 일단 얌전히 고개부터 끄덕였다.

"그런가. 하지만 달콤한 것을 어쩌겠나."

그러고는 전혀 다른 변화구로 맞받아쳤다.

"으으, 정말……."

말은 잘해. 말은.

결국은 내 손바닥을 차지한 채로 부드러이 입을 맞추는 남자를 보며 나는 고개를 절레절레 젓고 말았다. 그러다 문득 리녹을 보다 말고 눈을 깜빡였다. 어쩐지 리녹의 얼굴이 야위어 보이는 탓이다. 아닌 게 아니라 그의 뺨이 조금 핼쑥한 느낌이다. 그렇다고 미모가 퇴색된 것은 아니고, 오히려 살이 빠져 더 날카롭고 차가워 보이는 느낌이었다.

나는 손가락으로 그의 뺨을 문질렀다. 여전히 매끄럽긴 하지만 매번 만지는 나로서는 조금 다른 감촉이 느껴지는 것 같았다.

"리녹, 혹시 요즘 잘 안 먹어요?"

리녹이 멈칫했다.

"아니면 잠을 못 자요?"

뜻밖에도 리녹은 조금 곤란한 표정을 지었다. 표정이 워낙 없는 사람이긴 했지만 알아보는 건 어려운 일이 아니었다.

"어느 쪽인 거예요?"

나는 리녹이 대답하기 곤란해 한다는 느낌을 받긴 했지만 애써 모른 척하며 다시 물었다.

"······잘 먹지 못하는 쪽이긴 한데. 그, 에이미."

"네. 듣고 있어요."

"조금 전에 마법에 대해 묻지 않았나?"

노골적인 말 돌리기였다. 아주 오랫동안 대공으로서, 혹은 누군가를 지휘하여 살아온 탓에 의외로 말을 돌리는 식의 능력은 형편없었다. 어릴 때야 학대하는 부친에게 그저 맞섰을 거고 성장해서는 아랫사람의 눈치를 보며 살지 않았을 테니. 나는 가벼운 한숨을 쉬었다. 더 추궁해 볼까 하다가 일단은 눈에 보이는 그의 장단에 한번 맞춰 주기로 했다.

"네. 마법이요."

내가 기억을 한 번 잃었다가 되찾은 뒤로 리녹은 내게도 말을 편히 해 달라고 했지만, 나는 이쪽이 더 편했던 탓에 천천히 하겠다며 일단은 보류해 두었다.

나는 그에게 손등을 내밀었다.

"이거 보세요."

살짝 마력을 불어넣자, 기다렸다는 듯이 문양이 나타났다. 그러나 평소와 같이 하나의 문양뿐이 아니었다. 리녹의 미간이 좁혀졌다.

"문양이 하나 더 생긴 듯한데."

"맞아요. 바로 봤어요."

손등에는 까만 문양이 하나 더 생겼다. 생김새가 화살, 그것도 화살촉이 하트 모양을 한 화살이다.

"그리고 주목할 점은요, 처음엔 3개였단 거예요."

세레나에게 이 마법을 보여 주었을 때는 분명 그려진 화살이 세 개였다. 하지만 지금 보면…… 화살이.

"지금은 두 개뿐이군."

"그러니까요."

두 개뿐이다. 그렇다면 이 하나가 언제 사라졌느냐 하면, 바로 기억을 찾고 나서다. 물론 기억을 잃은 동안엔 제대로 마법을 쓰지 않아서 확인하지 못했지만 아무래도 그즈음으로 추정된단 말이지.

"제가 기억을 잃고, 또 되찾고 나서 화살이 하나 사라졌어요. 그리고 세레나가 제게 이 마법은 3회 정도 쓸 수 있다고 말했죠."

"……마법의 사용 횟수인가."

"네."

고대 마법은 나나 세레나가 가진 것처럼 영구적인 것도 있지만, 지금 손등의 검은 화살처럼 한시적인 것도 있었다. 사용 시간이나 횟수가 정해진 식으로 말이다. 리녹의 얼굴이 심각해졌다. 아니, 심각해지다 못해 새하얗게 질렸다.

"그럼 설마 네가 또 기억을 잃는 건가?"

리녹의 손가락이 파르르 떨렸다. 나는 얼른 고개를 저었다.

"아니, 그건 아니에요. 그건 절대 아닐 거예요."

"……하아. 확신하는 것 같군."

"네. 확신해요."

나는 손등을 쥐었다가 펴며 끄덕였다. 느낌이긴 하지만 똑같은 마법은 다시 쓸 수 없는 것 같다. 그리고 나는 대마법사, 마법사의 '감'은 거의 100퍼센트 맞는 편이었다.

"마법사로서의 제 감, 믿잖아요."

리녹은 많이 놀랐던지 내가 몇 번이나 이야기해 주고서야 수긍했다.

"그리고 세레나의 이론에 따르면, 이 마법은 '사랑'에 관련한 것에만 발휘되는 모양이에요."

"사랑……. 그럼 나와 관련될지도 모르겠군."

"그렇죠."

나는 리녹을 보며 생긋 웃었다.

"내가 제일 사랑하는 사람은, 당신밖에 없으니…… 리녹? 흡!"

그리고 그 말이 끝나기도 전에 그의 입술이 덮쳐서, 한참이나 숨이 모자랐다. 진한 입맞춤이 끝난 후에 나는 흐트러진 그의 셔츠 자락을 잡아 주며 큼큼 헛기침했다.

"그리고 이 다음은 세레나와 같이 머리를 굴려 본 건데 말이에
요……."

"나는 아직 부족한데, 에이미."

"……아, 자, 잠시만요. 들어 봐요."

나는 다시 입술을 맞대 오려는 리녹을 가까스로 막고는 계속 설명
했다. 그는 얌전한 짐승처럼 내게 이마를 툭 기댄 채로 설명을 들었다.

"제 마법은 제가 바라는 걸 들어준다, 이거잖아요. 그러니까 앞으
로도 사랑 혹은 당신 관련해서 뭔가를 바라게 되면 발동할 수 있다
는 거예요."

"……기억을 잃은 것처럼?"

"네. 하지만 그게 문제란 거죠. 저는 기억을 잃게 해 달라고 빈 적
이 없어요."

그랬다. 이 마법의 단점은 사랑과 관련한 소원을 들어주되, 방식
은 순전 제멋대로였다. 마음대로 발동해서는, 나도 어떤 마법인지
알 수 없다는 거다. 심지어 이미 내게 있던 고대 마법과 내가 가진
거대한 마력까지 합쳐져 웬만해서는 뭐든 가능해진다는 거고.

"분명 당신과 풋풋한 연애도 해 보고 싶다, 생각했다가 멋대로 들
어준 거거든요? 이런 식이면 앞으로도……."

"생각지 못한 식으로 발동된다는 거군."

"네. 바로 그거죠."

"거기다 남은 건 2회."

"네에……."

앞으로 두 번 정도 우리는 생각지 못한 마법에 휘말릴 수도 있다,

이 말이다. 거기까지 설명하고는 나는 한숨을 푹 쉬었다. 내가 축 처지는 것을 느낀 것인지 커다란 체온이 나를 덮었다.

"괜찮다, 에이미. 지난번처럼 네가 기억을 잃어서야 곤란하겠지만……. 한 번 겪어 봤으니, 다음은 대처가 좀 더 수월할지도 모른다."

"과연, 수렁을 헤쳐 오신 공왕님다운 말인데요?"

나는 애써 웃으며 그의 체온에 몸을 내맡겼다.

"다음엔 당신이 기억을 잃으면 어떡해요……."

자그맣게 흘러나온 내 걱정에 곧 단단한 목소리가 돌아왔다.

"그건 걱정하지 않아도 된다, 에이미."

"……왜요?"

리녹이 고개를 살짝 숙여 내 목선에 입을 촉 맞췄다.

"어떤 모습을 했든, 나는 네게 사랑에 빠지고 말 테니까."

확신에 찬 묵직한 목소리에 나는 웃음을 터트리고 말았다. 마치 하늘에 태양과 달이 뜬 것처럼 당연한 진리를 말하는 듯했으니까.

"그럼, 다행이네요."

그렇게 말하며 고개를 들어 올리는데, 그의 어깨 너머로 커다란 동상이 눈에 들어왔다. 거대한 늑대와 날개를 활짝 펼친 새. 바로 이베르크와 라미아스의 상징이었다.

이베르크 영지가 공국이 되며, 리녹은 늑대뿐 아니라 새마저도 나라의 상징으로 삼았다. 나와 그가 함께 이룩한 나라니, 똑같이 삼고 싶다나. 그 덕에 가장 달라진 건 라미아스 가문의 상황이랄까. 가문이라 해 봐야 나와 언니 둘뿐인 가문이지만…….

공왕이 라미아스마저 왕족으로 선포했기에, 언니는 나처럼 왕족이 되었다. 다시 말해 이제는 언니가 대공이 되었다고 할까. 이 대륙의 나라들은 보통 왕위를 잇지 않겠다 선언한 왕족을 대공으로 삼으니 말이다. 언니는 왕위를 포기하고 대공이 되었다.

하지만 법도상 언니가 왕위를 포기했다고 해도 권리는 남아 있어서, 언닌 우리를 제외한 왕위 계승 후보자 1순위였다. 물론 우리에게서 아이가 태어나면 뒤로 밀려나겠지만. 언니는 이 소릴 듣자마자 어처구니없어하며 수행을 떠났다.

대공이 되었다고는 하지만 언니는 여전히 자유 기사였고, 그렇게 살고 싶어 했다. 전 대륙을 돌아다니며, 도움이 필요한 사람을 돕고 싶다고. 지극히 언니다운 결정이었다.

"에이미?"

"아, 아니에요. 잠시 언니 생각을 했어요."

나는 그의 어깨에 잠시 이마를 기댔다가 다시 들어 올렸다. 새 동상을 가만히 바라보고 있으려니, 언니 말고도 떠오르는 사람이 하나 더 있었다.

율리아. 라미아스 가문의 선조. 그리고 초대 대공의 연인이었던 사람. 두 사람의 사랑은 비극으로 끝을 맺었다. 그날, 리녹을 무의식 세계에서 데려온 뒤로, 돌아와서 그녀의 이야기를 찾아보았다. 초대 대공의 말로는 그녀는 당시 세상을 구했다고 하였지만, 그 어디에도 율리아의 이야기는 적혀 있지 않았다. 그대로 잊혀진 것이다.

나는 이 점이 안타까웠다. 초대 대공은 이베르크 안에 남았지만 율리아의 이름은 어디에도 없이 사라졌다는 것이. 리녹은 이런 내 뜻을 알아차리고는 바로 라미아스에 관한 자료를 모아 주었다. 오랫동안 반역자로 몰린 탓에 구하기 힘들었을 텐데도 최선을 다해 구해 주었다. 그리고 그 자료들 사이에서 마침내 율리아와 초대 대공 간의 기록을 찾을 수 있었다.

이제는 역사에 잊혔던 대마법사의 이름이 하나 더 추가되었다. 그럼에도 나는 새의 문양을, 새의 동상을 볼 때면 그녀를 떠올렸다. 동시에 마지막까지 너무나도 고독하고 쓸쓸해 보이던 초대 대공의 모습과 목소리를 생각했다.

나는 율리아와 마지막 인사마저 제대로 나누지 못했다. 그녀는 날 위해 리녹의 무의식으로 들어갈 수 있게 해 주었지만 그것이 우리의 끝이었고 그녀에게 진심을 가득 담은 고맙단 말은 건네지 못했다. 늘 이것이 마음의 돌로 남았다.

그들의 끊어진 연은, 이미 오래전 과거의 강에 흘러 흔적도 없이 사라졌겠지만……. 초대 대공의 슬픈 말처럼 마지막에 서로가 만나, 사랑한다는 말만이라도 할 수 있다면 좋았을 텐데.

여기까지 생각한 순간이었다.

[바라?]

몸속에서 기이한 힘이 느껴지는가 싶더니, 눈부신 빛이 쏟아졌다. 펑, 새하얗게 터진 빛 속에서도 나를 잡는 리녹의 단단한 손이 느껴졌다.

"에이미!"

나는 리녹의 말에 답변하는 대신 또 한 번 들린 기묘한 소리에 집중했다.

[소원해?]

나는 입술을 달싹이다, 떼어냈다.

"……그래. 소원이야."

밑져야 본전이겠지. 그리 생각하며 뱉는 순간 더욱더 큰 빛이 쏟아졌다. 동시에 온몸에서 힘이 쭉 빠진다. 가물가물한 시야에 마지막으로 비친 것은 막 사라져 가는 검은 화살이었다. 그리고 동상을 향해 쏟아진 화살까지…….

저 화살이 어떤 역할을, 또 어떤 마법으로 나타날지 몰라도 이번엔 나와 리녹을 비껴갔다는 건 알 수 있었다. 대체 뭐 얼마나 큰 마법을 쓰기에……. 그 많은 마력이 한 번에 사라지는 건지. 가물가물한 눈을 천천히 감았다.

△

눈을 뜨니, 눈앞에 하얀 눈이 몰아치고 있었다. 온 세상이 새하얀 곳, 겨울의 이베르크다. 익숙한 풍경이지만 기억과는 조금 다른 곳. 하지만 이 또한 익숙한 풍경이기도 했다. 언젠가 보았던 곳이었으니까. 그리고 낯익은 얼굴이 보였다.

[그러니까 데런, 난 네가 아닌 세상을 택할 거야.]

거대한 바람 속에서 흩날리는 긴 갈색 머리칼. 다정하지만 결연한 녹색 눈동자. 그리운 얼굴이다.

율리아. 다정한 선조의 얼굴은 한 사람을 향해 있었다. 언젠가 언니랑 대련하기 위해 마법을 쓰려 했을 때 보았던 장면이기도 했다.

그렇기에 나는 다음 대사를 알고 있었다. 우린 평생 만날 일이 없을 거라 말하는 초대 대공의 말을.

그러나 그렇게 말을 해야 할 새카만 머리칼과 시리도록 푸른 눈을 가진 남자는 입을 열지 못했다. 어째서인지 그의 푸른 눈이 마구 흔들리고 있었다. 이상하게도 잠깐이지만, 나랑 눈이 마주친 것도 같았다. 내 손을 내려다보면 반투명했다. 유령인 것처럼.

[율리아, 우리는 평생……. 아니, 아니…….]

초대 대공이 자신의 입을 감쌌다. 하기 싫은 말은 하고 싶지 않다는 듯이.

[나는 너를 만나지 않고, 이대로 너를 보내고 살아갈 자신이 없다.]

[……데런?]

초대 대공은 냉정하던 얼굴을 흐트리고 숫제 울먹였다.

[율리아, 네 선택은 틀렸어! 틀렸다. 그렇게 만들 거다.]

[데런.]

[너는 세상을 구하기 위해 모든 걸 버릴 셈이야? 내가 그걸 두고 볼 것 같냐고!]

[데런, 네가 보기엔 그럴지도 몰라.]

[나를 버리고?]

[응, 데런. 필요하다면 너를 버리고.]

이미 한 번 들어본 대화였지만 어쩐지 느낌이 달랐다. 정확히는 초대 대공 쪽의 목소리만.

[널 아껴. 하지만 내 선택은 달라지지 않을 거야.]

단호하기 짝이 없는 율리아의 목소리가 끝을 맺었지만 초대 대공은 화를 내지도 분노를 대신하듯 마법을 퍼붓지도 않았다. 그저 그대로 지팡이를 잡은 채로 한참을 입을 달싹였다. 곧 그의 뺨으로 눈물이 흘러내렸다.

[……율리아. 알 것 같아. 왜인지 그런 기분이 든다. 이대로 네게 못 할 말을 던지면. 그러면…… 평생을 후회할 거란 걸.]

지팡이를 든 단단한 손이 속절없이 떨렸다. 율리아는 놀란 눈으로 보며 자신의 지팡이를 툭 아래로 떨어트렸다.

　[알아. 나는 세상을 구하겠다는, 너를…… 끝내 막지도 붙잡지도 못하겠지.]

　[데런.]

　우는 모습만은 리녹과 똑 닮은 남자가 천천히 고개를 돌렸다.

　[사랑해, 율리아.]

　남자는 울먹이며 진심을 토해냈다. 마치 이 시간이 다시 오지 않을 것처럼.

　[왜인지 꼭, 꼭 말해야 할 것 같군. 나는 아마 네가 사라진다면 시간을 되돌려서라도 너를 찾을 만큼……. 사랑한다는 걸.]

　[데런!]

　율리아가 지팡이를 내던지고 그대로 달려갔다. 그러고는 눈 덮인 데런의 몸을 끌어안았다. 연인의 위로 함박눈이 차곡차곡 내려앉았다. 마치 겨울에 피는 꽃같이 나풀나풀 흩날리며.

　[데런, 약속, 흡. 약속할게. 꼭……. 꼭 살아 돌아온다고. 그리고 너와 행복하게 살아가겠다고…….]

　울먹이는 율리아의 목소리가 차츰차츰 멀어진다. 나는 본능적으로 알 수 있었다. 내게 주어진 시간이 여기까지라는 걸. 이유는 알 수 없지만 나는 바뀐 두 사람의 마지막을 잠시 보게 된 거라는 것도.

　나는 사라지는 두 사람을 향해 입을 열었다. 그리고 목이 터져라 외쳤다.

　"율리아!"

　나의 조상님.

　"고마워요, 흡. 율리아. 고마웠어요!"

내가 본 저 모습이 정말로 저 시간인지, 혹은 내가 간절히 바라서 보게 된 환상인지 알 수 없었다. 그러나 부디 두 사람의 진심이 서로에게 느껴졌기를. 부디 그러기를 바라며 천천히 눈을 감았다.

다시 눈을 떴을 때, 눈앞에는 나의 이베르크가 울듯이 나를 붙잡고 있었다.

"에이미!"

나는 리녹에게 매달렸다. 율리아가 데런에게 했듯이.

"리녹……."

"괜찮나? 잠시지만 기절했다."

"네. 괜찮아요. 괜찮아요……."

아마, 시간이 몇 분도 지나지 않은 것 같았다. 여긴 봄이었고 따뜻했으며 여전히 리녹과 함께 있던 정원 안이었다. 그러나 그에게 안긴 채로 고개를 들어 올린 순간 나는 그대로 멈췄다.

동상이 달라졌다. 분명 따로 떨어져 있던 새와 늑대의 동상이 어느새 합쳐져 있었다. 새가 늑대의 위에 살포시 앉아 날개를 펼치고 있었다. 마치 이곳이 가장 안락한 안식처라고 말해 주듯이.

나는 동상에서 눈을 떼어내지 못했다. 그 순간 귓가로 작은 웃음소리가 들렸다. 아니, 하나가 아니었다. 밝은 웃음소리와 동굴처럼 낮은 웃음소리가 함께 겹쳐 들려온다.

[고맙다.]

[고마워, 아가야.]

높낮이가 다른 목소리가 아스라이 사라지며, 동시에 내 눈에서 눈물이 톡 떨어졌다. 눈물과는 다르게 입가에는 환한 미소가 피어올랐다.

"에이미, 아픈 거라면."

"아니요. 아니요. 리녹."

나는 단단한 품에서 떨어지며 리녹의 뺨을 감싸 쥐었다.

"나 방금 말이에요."

리녹은 더는 나를 걱정하는 대신 내 음성에 귀를 기울였다. 물론 아름다운 자색 눈동자로는 염려를 가득 담은 채로.

"세상에서 가장 행복한 장면을 본 것 같아요."

나는 그의 입술에 가벼이 입을 맞췄다. 조금 전 동상 위로 희미하게나마 보았던 두 인영이 결코 환상이 아니었길 바라며. 내가 보았던 것처럼 두 사람이 손을 잡고 함께 행복하게 웃으며…….

입술을 떼어내자, 나지막한 음성이 귀를 간지럽혔다.

"어떤 장면인가?"

나는 아주 행복하게 그에 대한 답변을 할 수 있었다.

"우리의 미래요."

영원히 함께할 우리처럼, 우리의 조상들. 커다란 새와 고독한 늑대가 좋은 곳으로 가길 바라며.

"앞으로 아주아주 행복할, 우리의 미래요."

나는 그렇게 리녹의 손을 잡고 정원의 돌길을 걸었다. 그러다 말고 문득 생각난 것이 있어 멈췄다. 나는 휙 돌아 리녹의 얼굴을 응시했다.

"그런데 리녹."

나는 조금 마른 그의 얼굴을 보며 씩 웃었다.

"원래 임신하면 종종 있는 현상 중에 '입덧'이라고 있대요. 알아요?"

리녹이 잠시 눈을 굴리더니 끄덕였다.

"알고 있다."

"흐응, 알고 계셨구나. 그런데 참 운이 좋게도 저는 그런 증상이 없더라구요."

"다행인 일 아닌가?"

"네. 다행이죠."

나는 리녹의 손을 잡고 그대로 펼쳤다. 그러고는 손가락으로 그의 손바닥을 꾹꾹 눌렀다.

"그런데 보통은 이럴 때 아내 대신에 남편이 입덧을 하기도 한다 잖아요."

그러자 그의 손바닥이 잠시지만 움찔했다. 나는 이것을 느끼지 못하는 척 손바닥을 꾸욱 눌렀다. 마치 체한 것을 풀어 주려는 것처럼.

"오늘 식사하는 거 몰래 봤는데."

"그걸 왜 몰래……."

리녹이 평소와 다르게 쩔쩔매는 듯한 음성을 했다.

"요즘 나랑 밥, 잘 안 먹으려 했잖아요. 바쁘다면서."

나는 고개를 들어 올렸다. 이미 그의 눈에나 내 눈에나 정답이 있을 터였다.

"리녹, 당신 입덧하는 거죠?"

나 대신. 하고 덧붙이자, 리녹은 한참이나 말이 없었다. 지지 않겠다는 듯 빤히 쳐다보자, 그가 끝내 고개를 끄덕였다.

"왜 말을 안 하고 그래요. 걱정되게."

나는 그의 손바닥을 찰싹 때렸다.

"걱정할 테니……."

"반대로 생각해 봐요. 내가 말 안 하고 혼자 고생하고 있으면 좋겠어요? 그래 볼까요?"

"아니, 아니라 생각한다."

"봐요."

나는 귀를 추욱 늘어뜨린 강아지처럼, 시무룩한 그의 얼굴을 보며 웃음을 터트렸다.

"이제 말해 줬으니까 됐네요."

나는 그의 손을 잡고 앞으로 끌었다.

"나랑 밥 먹으러 가요."

"그, 에이미. 내가 못 볼 꼴을 보일지도 모른다."

"아, 헛구역질요? 괜찮아요. 사람이 그럴 수도 있지."

"하지만."

"같이 먹으면 좀 나을지도 모른대요. 책에서 봤어요. 죽부터 한번 먹어 봐요."

돌아가면 로테에게 죽부터 가져오라고 해야겠다 생각하며 그의 손을 끌어 씩씩하게 걸었다. 로테는 더는 총집사장이 아니었지만 리녹도 나도 여전히 그를 총집사처럼 부려먹었고, 놀랍게도 로테 스스로도 그쪽을 좋아했다.

이처럼 시간이 지나도 변하지 않는 것이 있나 보다. 여전히 극성스러운 로테처럼 늘 오롯이 나만을 생각하는 내 남편처럼.

그리고 여전히 잔잔하게, 또 열렬하게 타오르는 당신과 나의 사랑처럼.

"돌아가면 다 같이 식사해야겠네요."

우리는 이제 우리의 집이 된 곳으로 즐겁게 향했다. 저 멀리 우리를 바라보고 있을 동상을 멀리 하며.

오늘도 즐거운 하루였다.

아마, 내일도 행복한 하루겠지.

Writer's Letter

문시현

어느 날의 특별한 마법.
세상의 구세주가 되는 대신, 단 한 사람만의 영웅이 된다는 것.

안녕하세요, 문시현입니다.

모든 이야기를 함께하고 후기까지 도착하신 독자님들께 감사드립니다. 재미있는 여정이셨을지 모르겠습니다. 부디 신나고 즐거운, 바란다면 오래 기억에 남을 이야기이길 소원해 보아요.
이 이야기를 쓰던 날의 제가 그러했듯이요. ㅎㅎ

문시현의 '문'은 글월 문ㅈ을 씁니다. 사실 지을 때만 해도 제가 이토록 오랫동안, 그리고 이렇게나 긴 이야기를 쓸 줄은 몰랐는데 참 신기하네요.

『언니가 남자 주인공을 주워 왔다』의 경우 리녹이 큰 리녹, 작은 리녹으로 나뉘다 보니 쓰면서 '남주가 두 명인가?' 하는 인식(?)을 지울 수가 없더라고요. 그리하여 남자 주인공이 서브 남자 주인공 역할까지 하며, 정작 서브남이 서브지만 서브 같지 않은 서브가 되었다는 슬픈 뒷얘기가 있습니다. 하하.

또 한 가지 떠오른 재미난 이야기가, 웹 연재에서는 『언남주』 삽화가 동반되다 보니 삽화를 그려 주신 분과 손을 꼭 붙잡고, "리녹은…… 몸이 좋아요……."라고 말씀을 드리며 얼굴이 빨개지던 날이 아직도 잊히지 않네요. 하지만 사실은 사실이니까요.
(다른 이야기지만 저는 탄시즈도 참 좋아한답니다. ㅎㅎ)

『언남주』가 정식 연재로 탄생하기까지 함께 해주신 에이템포 미디어 두 대표님과 편집부에 감사드립니다. 쓰는 동안 참 재밌었어요. 종이책을 제작하는 건 이번이 두 번째인데, 이번에 종이책을 만들어 주신 담당자님이 고생을 많이 하셨어요. 이 자리를 빌려 담당자님께도 감사 인사드려요.

끝으로, 이 소설에서 제가 가장 좋아하는 부분이에요.

어느 날,
특별한 마법이 기적과도 같이 나를 대단한 마법사로 만들어 주던 날.
나는 세상의 구세주가 되는 대신 단 한 사람만의 영웅이 되었다.

첫 번째로는 으레 세상을 구하는 용사처럼 '개인'보다 '세상'을 택하는 대단한 사람이 아니라, 사랑하는 이를 택하고 마는 평범한 이의 이야기를 하고 싶었고.
두 번째로는 평범하던 이였더라도 어느 날 누군가의 빛이 되고, 소금이 되며, 따뜻한 영웅이 될지도 모른다는 그런 이야기를 하고 싶었어요.
이미 이 책을 읽어 주신 모든 분께서는 제 멋진 빛이 되어 주셨네요!

기나긴 여정을 함께 해주셔서 감사합니다.
시간이 흘러도 오래오래 남을 수 있길 바라며.

항상 건강하시고,
모든 분께서 항상 행복하시길 바랍니다.

+ Postscript

언남주는 작년 7월 어느 날 문득 만들어진 이야기예요.
유난히 일찍 눈이 떠졌고 출근 준비를 하고도 무려 한 시간이 남았던 날이었네요.
멍하니 앉아 있는데, 번뜩 어떤 이야기가 스쳐 지나갔습니다.
어린 녹스와 에이미의 장면이었어요. 그 자리에서 30분 만에 뚝딱 한 편을 써내는
기함을 토해냈고, 그대로 올린 것이 바로 언남주 1편입니다.

에이미에 관하여

에이미는 활짝 웃는 모습이 아주 사랑스러운 아가씨입니다. 태생적인 올곧음과 선함으로 타인에게 긍정적인 영향력을 행사하는 캐릭터로, 누가 봐도 얘 정말 사랑받고 자랐구나 싶으면서 심지는 굳은 아이.

제일 좋아하는 부분은 머리 색입니다. 주황색이지만 제 마음속 색은 귤색이에요. 아주 상큼한 색! "우리 에이미는 과즙상이야!" 하면서 열심히 생각하며 쓰기도 했습니다.

에이미의 경우 처음엔 작은 새 종류, 이를테면 뱁새(?)와 같은 귀엽고 포근한 느낌을 생각했었는데 갈수록 토끼와 잘 어울리는 것 같습니다. 개와 고양이 중에서는 갯과라고 생각해요. 폭신폭신한 반곱슬이라, 강아지 중에선 코커스패니얼이 생각나는 외모이지 않나 싶어요.

에이미의 상징은 낮과 태양. 불볕더위의 오후라거나 뙤약볕이 아닌 봄

이나 여름날 쾌청한 낮과 따뜻한 볕의 느낌입니다. 상징적인 계절은 여름, 그중에서도 초여름이에요.

이야기 중반, 중후반, 후반부로 넘어가면서 에이미가 중심이 되는데요. 본인을 지극히 평범하게 여겼던 소녀가 서사를 가지고 성장해, 누군가를 구원하고, 때로는 고민하고, 눈물과 함께 올곧음을 관철하며 대마법사가 되는 과정이 참 좋았습니다.

에이미가 가진 고대 마법의 페널티는 사실 생각 외로 강한 것인데, 지면상 이야기에서 자세히 밝혀지지 않았지만 치료 마법이 듣지 않을뿐더러 상처도 잘 낫지 않습니다.

하지만 주변에 워낙에 먼치킨(?)—세레나와 무닌, 후긴, 하양이 등등—캐릭터들이 포진한 탓에 완결 뒤, 평생 살면서 이 페널티로 크게 위협받을 일은 없을 듯합니다. 이게 바로 인복이죠.

이 이야기는 크게 보면 에이미와 원작 인물들의 '감정'과 '관계' 이야기이기도 합니다. 에이미가 가진 가장 큰 상징성은 '변화'입니다. *어린 시절에 탄시즈와 만나 탄시즈의 운명을 바꾸었고, 리녹과 인연을 맺으며 감정을 가르쳐 주고, 끝내는 세레나에게 잃었던 것을 깨우쳐 주며 되찾아 주는 것으로. 불완전했던 세 인물을 채워 주는 역할을 합니다.* 환생 자체가 이 세계와 운명에 변화를 가져다주었던 존재인 거죠. 그렇기에 더욱더 선하고 사랑으로 가득한 주인공이었으면 했습니다.

리녹에 관하여

녹스이자 리녹, 무려 두 가지 이름을 가진 남자 주인공입니다. 녹스는 본문에서 나온 바 있듯이 '밤'이라는 뜻입니다. 라틴어에서 따온 이름이에요. 리녹이란 이름의 뜻은 언남주 속 고대어로 '아침이 돌아오는 밤'이라는 뜻인데, 제가 임의로 만들어낸 뜻입니다.

리녹: Re-knock(다시 두드리다.)

밤이 아침을 두드리다 → 아침을 두드리는 밤

리녹의 상징은 달과 밤, 그리고 늑대입니다. 강아지 중에선 시베리안 허스키 쪽이겠지만, 그보다는 늑대가 딱 어울리는 남자입니다.(낮의 리녹은 댕댕이, 밤의 리녹은 늑댕이. 이 설정은 제가 이 소설에서 가장 좋아하는 설정입니다!) 리녹은 평생 한 사람만 보는 냉미남이죠. 짐승처럼 날렵한 실루엣이면서도 미남인 탓에 쓰는 내내 즐거웠습니다. 하지만, 낮의 리녹과 헤어지는 부분을 쓰면서 눈물을 훔쳤습니다. 영원한 헤어짐을 쓰는 부분은 작자로서 제일 가슴 아프고 아쉬운 일인 것 같아요.

『언니가 남자 주인공을 주워 왔다』는 타임 패러독스를 차용한 소설로, 후반부에 과거로 돌입한 에이미가 리녹에게 사랑이라는 단서를 심어 주고, 리녹은 끝내 그 기억을 잊었지만 느낌만은 남아 에이미를 본 순간 각인했다는 설정입니다.

초반부에 리녹의 감정선이 조금은 급격하고, 빠르게 여겨진 것은 바로 이 설정 탓이었습니다. 급히 사랑에 빠진 것처럼 보였지만 이미 불씨는 이 남자의 마음속에 지펴지고 있었던 것이죠. 또한, 리녹은 플러팅(유혹)으로 이루어진 캐릭터인데, 본인은 자각 없다는 설정입니다. 천연이에요!

리녹의 세상은 에이미고, 앞으로도 절대 변하지 않을 사실이기도 합니다. 처음부터 끝까지 한 번도 변함없이 에이미의 원픽이자 이 이야기의 든든한 남자 주인공이었던 것 같습니다.

탄시즈에 관하여

'저 죽일 놈', 하고 손가락질할 수 있지만 끝내 미워할 수 없는 캐릭터인 것 같습니다. 처음 메인 악당을 설정하던 중, 탄시즈에 대한 고민이 컸습니다. 제가 절대 악으로서의 악당보다는 '사연 있는 악당'을 좋아하는 탓에 탄시즈는 서브남 겸 악당이 되었습니다.

아시다시피 배배 꼬인 성격의 소유자입니다. 복합적인 감정이 결국 본인을 망친 케이스이기도 합니다. 탄시즈는 감정을 잘 자각하지 못합니다. 자신이 아비를 증오하며 닮아 가고 있다는 걸 모르는 건, 이 때문이었죠.

탄시즈의 고대 마법 대가는 마법을 쓸수록 머리가 자라며, 자신의 시간 일부를 잃게 됩니다. 이 잃는 시간은 랜덤인데, 자신의 과거(기억)나 자신의 미래(수명)를 잃습니다. 어떤 시간을 잃는지는 마법을 쓴 뒤에서야 알 수 있습니다. 탄시즈가 가진 고대 마법이 강력한 탓에 대가도 강력한 편이죠.(대가는 세레나와 탄시즈가 제일 강력합니다.)

머리 색은 적금발인데, 적색이나 금색 한쪽으로만 해석될 수 있는 탓에 많은 고민을 했습니다. 결국 적발로 진행했으나, 끝으로 갈수록 금발이나 백금발도 잘 어울리더라고요.

외모는 아주 부드럽고 나른한 미남상입니다. 눈웃음으로 사람 홀리는 온미남상으로 평소에는 철저하리만치 단정하고 청결하지만, 감정이 흐트러지면 모습도 함께 흐트러지는 편입니다.(입으로 장갑을 벗는 등)

리녹과 함께 이 세계관의 투톱 미남이란 설정인데요. 리녹이 늑대라면 이쪽은 도사견, 도베르만입니다. 둘 다 갯과인 점에서 같습니다만, 탄시즈의 성격에는 뱀 같은 느낌이 있습니다.

상징은 낮과 태양이지만 에이미와는 의미가 다릅니다. 아주 뜨거운 적도의 한낮. 뙤약볕 아래의 태양, 사막의 태양 등 모든 것을 잡아먹을 듯 태우는 태양이지요.(긴 시간 동안 리녹에게 태양은 탄시즈였습니다. 꼴 보기 싫었고, 밤을 택하게 만든 인물이기도 했죠. 하지만 후반부에선 리녹에게 낮과 태양의 의미가 달라집니다.)

탄시즈는 사막을 상징하기도 합니다. 그는 에이미를 위해 짊어지고 싶

지 않았던 짐을 등에 진 채 평생 황제로서 살아갈 겁니다. 어느 독자님께
서 [에이미, 네겐 리녹이 있잖아. 탄시즈는 내가 가질게……]라고 댓글로
남겨 주셨는데, 공감했어요. 탄시즈는 독자님들의 탄시즈입니다(?).

세레나에 관하여

원작 여자 주인공이기도 한 세레나는 또 하나의 입체적인 캐릭터죠. 책
빙의 소재에서 보통 원작 주인공들은 자연스럽게 주변 인물이 되곤 하는
데, 세레나는 단순한 역할에서 그치지 않았으면 했습니다.

이 친구는 감정이 거세된 사람. 사이코패스에 가깝습니다. 아니, 정확히
는 불안정한 사이코패스라 하면 좋겠네요. 기본적인 감정 역시, 아주 어린
시절부터 실험체였던 탓에 제대로 배울 기회가 없었습니다. 자연히 터득
한 감정이라고는 호기심뿐이었던 인물입니다.

이기적이고 눈에 보이는 것에 충실하며, 원하는 결과를 얻어내기 위해
서는 무엇이든 서슴지 않습니다. 자신이 행한 일이 선인지 악인지 관심조
차 없습니다. 내게 이득이 되느냐 되지 않느냐로 판단하는 인물이지요. 그
이득의 기준은, 호기심입니다. '내 호기심을 충족시켜 주느냐, 주지 않느
냐.' 줄곧 이 기준으로 살아온 인물이지요.

이 호기심은 세레나의 고대 마법 대가와 맞물려 있습니다. 세레나도 사
람이기에 감정이 다시 생겨나기도 하는데, 그때마다 호기심을 마법을 쓰
는 대가로 사용해 왔습니다. 감정을 번번이 잃는 세레나를 에이미가 관찰
하면서 이를 헤아리게 되는데, 본래 이 둘의 관계성을 좀 더 세세하게 다
룰 예정이었습니다. 세레나가 에이미에게서 기쁨과 슬픔 따위의 원초적이
고 기초적인 감정을 배우는 식으로요. 하지만 지면상 생략되었고 이 과정
은 아마 두 사람이 친구가 된 지금, 차차 진행되고 있지 않을까 싶습니다.

디아나에 관하여

  에이미의 언니인 디아나의 이야기를 빼놓을 수 없는데, 『언니가 남자 주인공을 주워 왔다』라는 제목에 큰 지분을 가진 캐릭터지만, 초반부에 잠깐 나오고 후반부에서야 다시 활약하는 인물입니다.

  에이미의 선함에 가장 많은 영향을 준 사람이며, 정의로운 기사님입니다. 조금은 푼수 같은 느낌도 있는 멋진 언니이죠. 흔히 소년 만화에 나오는, 정의로 똘똘 뭉친 캐릭터를 기반으로 하되 천방지축인 느낌을 빼고 굳건하고 어른스러움을 살짝 추가한 캐릭터입니다.

  검 실력의 경우 리녹에게 살짝 못 미치는 편이지만, 에이미를 구하기 위해서는 누구보다 뛰어난 힘을 발휘한다는 설정이 있습니다. 개인적으로 디아나의 로맨스도 넣어 볼까 고민했지만 왜인지 디아나는 평생 혼자 잘 살 것 같은 캐릭터라 독자님들의 즐거움으로 두기로 했습니다.

  『언니가 남자 주인공을 주워 왔다』는 다른 의미로, 에이미의 선함과 사랑스러움에 감화되는 수많은 댕댕이들의 이야기이기도 했습니다.

  이야기는 막을 내렸지만 낮이 찾아온 세상에서 밤은 무척이나 행복하게 살아가리라 생각합니다. 낮을 따르는 수많은 댕댕이들도 함께요.

"때로는 누군가에게 우연이었던 일이, 세상을 바꾸는 열쇠가 된다."

문시현 장편소설

언니가 남자주인공을 주워 왔다

crescendo

a tempo.

본래 템포대로.

da capo.

처음부터 다시.

al fine.

끝까지.

언니가 남자 주인공을 주워 왔다 5

초판 인쇄 2020년 4월 13일
초판 발행 2020년 4월 28일

지은이 문시현
펴낸이 최재호
펴낸곳 주식회사 에이템포미디어

편집 디자인 s:now* **표지 디자인** Limjae
교정 교열 에이템포미디어 출판부

등록번호 2019년 2월 27일 제 2019-000012호
주소 경기도 부천시 부천로 198번길 18, 202동 1101호
　　　(춘의동, 춘의테크노파크 2차)
전화 070-4100-0600
전자우편 atempo_media@naver.com

블로그 atempomedia.com
인스타그램 instagram.com/atempomedia_books
트위터 twitter.com/atempomedia

ISBN 979-11-6428-199-2